Como se casar com um marquês

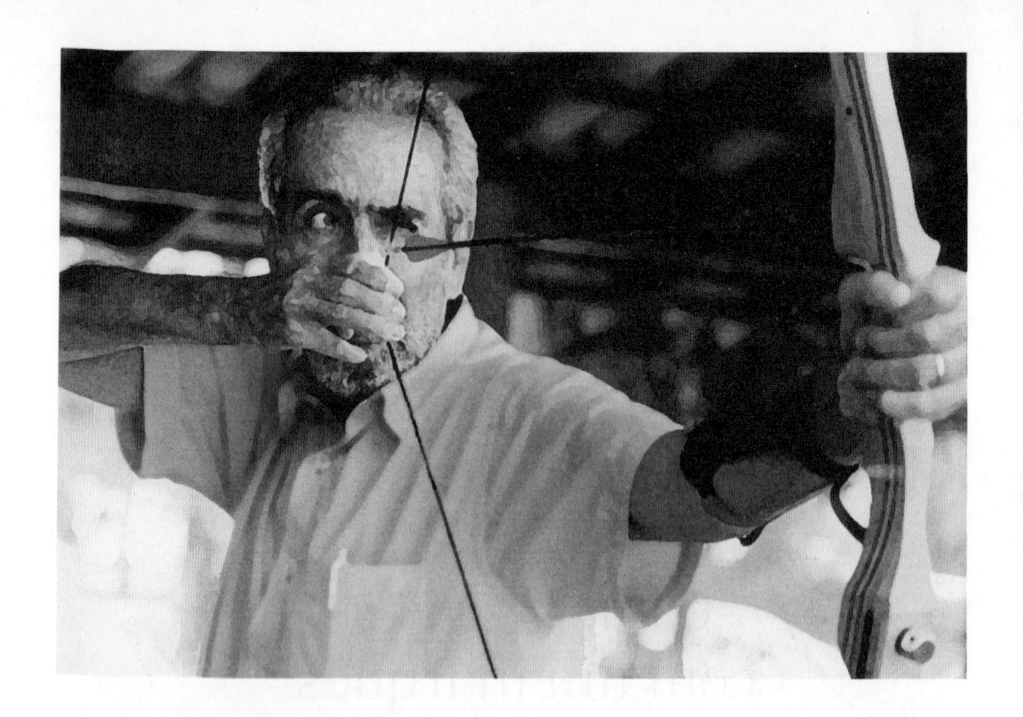

O Arqueiro

Geraldo Jordão Pereira (1938-2008) começou sua carreira aos 17 anos, quando foi trabalhar com seu pai, o célebre editor José Olympio, publicando obras marcantes como *O menino do dedo verde*, de Maurice Druon, e *Minha vida*, de Charles Chaplin.

Em 1976, fundou a Editora Salamandra com o propósito de formar uma nova geração de leitores e acabou criando um dos catálogos infantis mais premiados do Brasil. Em 1992, fugindo de sua linha editorial, lançou *Muitas vidas, muitos mestres*, de Brian Weiss, livro que deu origem à Editora Sextante.

Fã de histórias de suspense, Geraldo descobriu *O Código Da Vinci* antes mesmo de ele ser lançado nos Estados Unidos. A aposta em ficção, que não era o foco da Sextante, foi certeira: o título se transformou em um dos maiores fenômenos editoriais de todos os tempos.

Mas não foi só aos livros que se dedicou. Com seu desejo de ajudar o próximo, Geraldo desenvolveu diversos projetos sociais que se tornaram sua grande paixão.

Com a missão de publicar histórias empolgantes, tornar os livros cada vez mais acessíveis e despertar o amor pela leitura, a Editora Arqueiro é uma homenagem a esta figura extraordinária, capaz de enxergar mais além, mirar nas coisas verdadeiramente importantes e não perder o idealismo e a esperança diante dos desafios e contratempos da vida.

Julia Quinn

Como se casar com um marquês

Agentes da Coroa

2

ARQUEIRO

Título original: *How to Marry a Marquis*

tradução: Ana Rodrigues

preparo de originais: Juliana Souza

revisão: Hermínia Totti e Rafaella Lemos

diagramação: Ilustrarte Design e Produção Editorial

capa: Raul Fernandes

imagem de capa: Lee Avison / Trevillion Images

impressão e acabamento: Lis Gráfica e Editora Ltda.

CIP-BRASIL. CATALOGAÇÃO NA PUBLICAÇÃO
SINDICATO NACIONAL DOS EDITORES DE LIVROS, RJ

Q64c

Quinn, Julia
Como se casar com um marquês / Julia Quinn; tradução de Ana Rodrigues. São Paulo: Arqueiro, 2017.
320 p.; 16 x 23 cm. (Agentes da Coroa; 2)

Tradução de: How to marry a marquis
Sequência de: Como agarrar uma herdeira
ISBN: 978-85-8041-761-6

1. Ficção americana. I. Rodrigues, Ana. II. Título III. Série.

17-42830 CDD: 813
CDU: 821.111(73)-3

Editora Arqueiro Ltda.
Rua Funchal, 538 – conjuntos 52 e 54 – Vila Olímpia
04551-060 – São Paulo – SP
Tel.: (11) 3868-4492 – Fax: (11) 3862-5818
E-mail: atendimento@editoraarqueiro.com.br
www.editoraarqueiro.com.br

CARTA DA AUTORA

Caro leitor,

Cada livro nasce de um modo diferente. Algumas vezes, começa com um personagem que chama particularmente a atenção, em outras é o enredo da história que nos agarra e não solta mais. Em *Como se casar com um marquês* foi o título. Apenas o título. Eu sabia que era especial, sabia que era divertido. E, mais importante, sabia que era o tipo de título que deixaria os leitores intrigados e, assim eu esperava, os induziria a dar uma chance a uma nova autora.

O problema era: eu não tinha uma história. Na verdade, levei dois anos para chegar a um enredo que se adequasse ao título. Durante esse tempo, no entanto, um livrinho chamado *The Rules* (As regras) virou uma febre nos Estados Unidos. Para os que não conhecem, esse livro era essencialmente um guia de como arrumar um marido. Eu trabalhava em uma livraria na época e vi quantos exemplares praticamente saíram voando pela porta. Por isso, um dia peguei o livro e comecei a folheá-lo. E foi então que minha imaginação de escritora assumiu o controle...

E se Jane Austen tivesse escrito o fatídico livrinho? E se alguém tivesse listado umas duas dúzias de regras para damas do período regencial britânico, instruções passo a passo sobre como conseguir um marido? De súbito, eu soube o que fazer. Pegue uma jovem dama desesperada para conseguir um marido, acrescente um atraente marquês disfarçado e tempere a receita com um manual extremamente irritante. E pronto. *Como se casar com um marquês*. Espero que goste.

Boa leitura!

Julia Q.

In memoriam

Ted Cotler, 1915-1973
Rutherford Swatzburg, 1910-1992
Betty Goldblatt Swatzburg, 1910-1997
Edith Block Cotler, 1917-1998
Ernest Anderson, 1911-1998

Vocês me inspiram a cada dia.

E para Paul, embora ele ache que pode se safar de praticamente qualquer coisa dizendo: "Mas você é uma gracinha."

CAPÍTULO 1

Surrey, Inglaterra
Agosto de 1815

Quatro mais seis mais oito mais sete mais um mais um mais um, menos oito, vão dois...

Elizabeth Hotchkiss somou os números pela quarta vez, chegou ao mesmo resultado das últimas três vezes que fizera a conta e resmungou.

Quando levantou os olhos, três rostos tristes a encaravam – eram seus três irmãos mais novos.

– O que houve, Lizzie? – perguntou Jane, de 9 anos.

Elizabeth deu um sorrisinho desanimado, enquanto tentava imaginar como conseguiria dinheiro para comprar lenha. Era inverno, e seria necessário aquecer o pequeno chalé em que moravam.

– Nós, hã... estamos com poucos recursos, lamento dizer.

Susan, que aos 14 anos tinha a idade mais próxima à de Elizabeth, franziu o cenho.

– Tem certeza? Devemos ter alguma coisa. Quando papai estava vivo, nós sempre...

Elizabeth encarou a irmã com ar de urgência e a fez silenciar. A família tinha muitas coisas quando o pai estava vivo, mas ele não lhes deixara nada além de uma pequena quantia no banco. Nenhuma renda, nenhuma propriedade. Nada além de lembranças. E essas – ao menos as que Elizabeth guardava consigo – não eram do tipo que aquecia o coração.

– As coisas são diferentes agora – disse ela com firmeza, esperando pôr fim ao assunto. – Não dá para comparar os dois momentos.

Jane sorriu com ironia.

– Podemos usar o dinheiro que Lucas vem enfiando na caixa em que guarda seus soldados de brinquedo.

Lucas, o único menino do clã Hotchkiss, gritou:

– Por que andou mexendo nas minhas coisas?! – Ele se virou para Elizabeth com uma expressão que poderia ter sido descrita como "severa" se não estivesse tornando ainda mais bonitinho o rosto de um menino de 8 anos. – Não se tem privacidade nesta casa?

– Ao que parece, não – respondeu Elizabeth, distraída, encarando os números à sua frente.

Ela fez algumas anotações com o lápis, enquanto tentava pensar em novos meios de economizar.

– Irmãs são uma praga na minha vida – resmungou Lucas, parecendo exageradamente aborrecido.

Susan deu uma olhada nas contas de Elizabeth.

– Não podemos cortar algum custo? Fazer o dinheiro render um pouco mais?

– Não há nada para cortar. Graças a Deus o aluguel do chalé está pago, ou seríamos despejados.

– A situação está mesmo tão ruim assim? – sussurrou Susan.

Elizabeth assentiu.

– Temos o bastante para chegar ao fim do mês, e teremos um pouco mais quando eu receber meu pagamento de lady Danbury, mas depois...

Ela deixou as palavras se perderem e desviou o olhar, pois não queria que Jane e Lucas vissem seus olhos marejados. Elizabeth vinha cuidando daqueles três havia cinco anos, desde seus 18 anos. Os irmãos dependiam dela para ter comida, teto e, o mais importante, estabilidade.

Jane cutucou Lucas e, como ele não teve qualquer reação, acertou-o no ponto delicado entre o ombro e a clavícula.

– O que foi? – perguntou ele, irritado. – Isso dói.

– Não é educado falar assim – advertiu Elizabeth, de imediato. – É preferível perguntar "Pois não?".

Lucas ficou boquiaberto, ultrajado.

– Não foi educado da parte *dela* me cutucar daquele jeito. E com certeza não sou eu que vou dizer "Pois não?" a *ela*.

Jane revirou os olhos e suspirou.

– Você precisa lembrar que ele só tem 8 anos.

Lucas deu um sorrisinho afetado.

– E você só tem 9.

– Sempre serei mais velha do que você.

– Sim, mas eu logo ficarei mais alto e então você vai se arrepender.

Os lábios de Elizabeth se curvaram em um sorriso melancólico enquanto ela observava a implicância entre os irmãos. Já ouvira a mesma discussão milhões de vezes, mas também já surpreendera Jane entrando na ponta dos pés no quarto de Lucas, depois de escurecer, para dar um beijo de boa-noite na testa do irmão.

Eles podiam não ser uma família típica – afinal, eram apenas os quatro, órfãos havia anos –, mas o clã dos Hotchkisses era especial. Elizabeth se comprometera a manter a família unida cinco anos antes e jurava que não seria um problema financeiro que os afastaria agora.

Jane cruzou os braços.

– Você deve dar seu dinheiro a Lizzie, Lucas. Não é certo guardá-lo.

O menino assentiu com uma expressão solene e deixou o quarto, a cabeça loura baixa. Elizabeth olhou de volta para Susan e Jane. As duas também eram louras, com os olhos azuis cintilantes da mãe deles. E Elizabeth se parecia com os irmãos – formavam um pequeno exército dourado, sem dinheiro para comida.

Ela suspirou e encarou as irmãs com uma expressão séria.

– Vou ter que me casar. Não há mais o que fazer.

– Ah, não, Lizzie! – protestou Jane com um gritinho. A menina pulou da cadeira e praticamente escalou a mesa até chegar ao colo da irmã. – Isso não! Qualquer coisa menos isso!

Elizabeth virou para Susan com uma expressão confusa, perguntando silenciosamente se ela sabia por que Jane ficara tão aborrecida com a ideia. Susan apenas balançou a cabeça e deu de ombros.

– Essa sugestão não é tão ruim – disse Elizabeth, acariciando os cabelos de Jane. – Se eu me casar, provavelmente terei um filho, e você será tia. Não seria bom?

– Mas a única pessoa que a pediu em casamento foi Squire Nevins, e ele é horrível! Simplesmente horrível.

Elizabeth deu um sorriso nada convincente.

– Estou certa de que podemos encontrar alguém que não seja Squire Nevins. Alguém menos... hã... horrível.

– Não vou morar com ele – declarou Jane cruzando os braços em um gesto de rebeldia. – Não vou. Prefiro ir para um orfanato. Ou para um desses reformatórios horrorosos.

Elizabeth não a culpava. Squire Nevins era velho, gordo e cruel. E sempre a encarava de um jeito que a fazia suar frio. Para dizer a verdade, ela também não gostava muito do modo como ele olhava para Susan. E para Jane, por sinal.

Não, ela não poderia se casar com Squire Nevins.

Lucas voltou para a cozinha carregando uma pequena caixa de metal e a estendeu para Elizabeth.

– Economizei uma libra e quarenta – disse ele. – Ia usar para... – O menino engoliu em seco. – Não importa. Quero que fique com o dinheiro. Para ajudar a família.

Em silêncio, Elizabeth pegou a caixa e olhou dentro dela. Lá estava... uma libra e quarenta, tudo em moedas.

– Lucas, meu querido – falou ela com delicadeza. – Essas são suas economias. Você levou anos para juntar esse valor.

O lábio inferior do menino tremeu, mas ele deu um jeito de estufar o peito até ficar firme como um de seus soldados de brinquedo.

– Sou o homem da casa, agora. E tenho que sustentar vocês.

Elizabeth assentiu solenemente e passou as economias do irmão para a caixa onde guardava o dinheiro para a manutenção da casa.

– Muito bem. Vamos usar essa quantia para comprar comida. Você pode ir fazer compras comigo na próxima semana e escolher algo de que goste.

– Minha horta logo deve começar a produzir legumes e verduras – avisou Susan, querendo ajudar. – O bastante para nos alimentar e talvez um pouco a mais para que possamos vender ou trocar por mercadorias na cidade.

Jane começou a se remexer no colo de Elizabeth.

– Por favor, diga que não plantou mais nabos. Odeio nabos.

– Não é muito fácil de comer – resmungou Lucas.

Elizabeth deixou escapar o ar e fechou os olhos. Como haviam chegado àquela situação? A família deles era antiga e respeitada – o pequeno Lucas era um baronete! E, ainda assim, estavam limitados a cultivar nabos – que todos detestavam – em uma horta caseira.

Ela era um fracasso. Achara que poderia criar o irmão e as irmãs. A época em que o pai morreu fora a mais difícil da vida dela, e só o que a fizera seguir em frente fora o pensamento de que precisava proteger os irmãos, mantê-los felizes e acolhidos. Juntos.

Tias, tios e primos haviam se oferecido para cuidar de *uma* das crianças Hotchkisses, normalmente o pequeno Lucas, que, com o título que ostentava, em algum momento poderia se casar com uma moça com um belo dote. Mas Elizabeth recusou todas as ofertas, mesmo quando as amigas e os vizinhos a aconselharam a entregar o irmão.

Queria manter a família unida, dissera. Era pedir muito?

Mas estava fracassando. Não havia dinheiro para aulas de música ou qualquer uma das coisas que Elizabeth contara como garantidas quando era pequena. Só Deus sabia como ela conseguiria mandar Lucas para Eton. E ele precisava estudar lá. Há quatrocentos anos, todos os homens da família Hotchkiss estudavam em Eton. Nem todos conseguiram se formar, mas todos foram para lá.

Ela teria que se casar. E o marido precisaria ter muito dinheiro. Era simples assim.

~

– Abraão gerou Isaque; Isaque gerou Jacó; Jacó gerou Judá...

Elizabeth pigarreou baixinho e levantou os olhos com uma expressão esperançosa. Lady Danbury já adormecera? Ela se inclinou para a frente e examinou o rosto da velha dama. Era difícil dizer...

– ... Judá gerou, de Tamar, Perez e Zerá; e Perez gerou Esrom...

Os olhos da senhora sem dúvida estavam fechados havia um bom tempo, mas, ainda assim, nunca era demais ser cuidadosa.

– ... Esrom gerou Arão...

Aquilo fora um ronco? A voz de Elizabeth agora era apenas um sussurro.

– ... Arão gerou Aminadabe; Aminadabe gerou Naassom...

Elizabeth fechou a Bíblia e se encaminhou para sair da sala de estar pé ante pé, andando de costas. Normalmente não se importava de ler para lady Danbury – na verdade, essa era uma das melhores partes de seu trabalho como dama de companhia da condessa viúva. Mas nesse dia ela precisava voltar para casa. Se sentira muito mal por sair enquanto Jane ainda estava tão abalada com a perspectiva de Squire Nevins entrar para sua pequena família. Elizabeth assegurara à irmã que não se casaria com Nevins nem se ele fosse o último homem na face da Terra, mas Jane não acreditava muito que outro pretendente pediria Elizabeth em casamento, e...

TUM!

Elizabeth quase morreu de susto. Ninguém era melhor do que lady Danbury em fazer barulho com a bengala no piso.

– *Não* estou dormindo! – bradou lady D.

Elizabeth se virou com um sorrisinho sem graça.

– Peço desculpas.

Lady Danbury deu uma risadinha.

– Até parece que está arrependida. Volte para cá.

Elizabeth reprimiu um murmúrio e voltou para a cadeira de espaldar reto. Gostava de lady Danbury. De coração. Na verdade, ansiava pelo dia em que poderia usar a idade como desculpa para exibir a franqueza que era marca registrada da condessa.

Só que de fato precisava ir para casa e...

– Você é muito ardilosa, isso sim – comentou lady Danbury.

– Perdão?

– Todos aqueles "gerou". Escolhidos a dedo para me fazerem adormecer.

Elizabeth sentiu o rosto esquentar com um rubor culpado e tentou organizar as palavras que diria a seguir como uma pergunta.

– Será que entendi o que quer dizer?

– Você pulou uma parte. Ainda tínhamos que estar em Moisés e a grande enchente, não na parte do "gerou".

– Acho que não era Moisés que estava na grande enchente, lady Danbury.

– Bobagem. É claro que era.

Elizabeth acreditava que Noé compreenderia seu desejo de não prolongar a discussão sobre referências bíblicas com lady Danbury e ficou quieta.

– De qualquer modo, não importa quem foi atingido pelo dilúvio. O que importa é que você se adiantou na leitura só para me fazer adormecer.

– Eu... Hã...

– Ah, admita logo, menina. – Os lábios de lady Danbury se alargaram em um sorriso sagaz. – Na verdade, eu a admiro por isso. Eu teria feito a mesma coisa na sua idade.

Elizabeth revirou os olhos. Se esse não era um caso de "encrencada por fazer e encrencada por não fazer", ela não sabia o que mais seria. Por isso, apenas suspirou, pegou a Bíblia e perguntou:

– Que trecho gostaria que eu lesse?

– Nenhum. Isso é muito entediante. Não temos nada mais animado na biblioteca?

– Acredito que sim. Posso checar, se quiser.

– Sim, faça isso. Mas, antes, poderia me passar aquele livro-caixa? Sim, aquele que está sobre a mesa.

Elizabeth se levantou, caminhou até a mesa e pegou o livro-caixa encadernado em couro.

– Aqui está – falou, entregando-o a lady Danbury.

A condessa folheou o livro com precisão militar antes de voltar a olhar para Elizabeth.

– Obrigada, minha menina. Contratei um novo administrador. Ele chega hoje e quero memorizar todos esses números para me certificar de que ele não terá me roubado tudo daqui a um mês.

– Lady Danbury, nem mesmo o demônio ousaria roubá-la – comentou Elizabeth com extrema sinceridade.

Lady D. bateu com a bengala como forma de aplauso e riu.

– Falou bem, minha menina. É bom ver alguém tão jovem com cérebro. Meus próprios filhos... ah, bem, não vou entrar nesse assunto agora, a não ser para lhe dizer que, certa vez, meu filho ficou com a cabeça presa entre as estacas da cerca que contorna o Castelo de Windsor.

Elizabeth levou a mão à boca em um esforço para abafar uma risada.

– Ah, pode rir à vontade. – Lady Danbury suspirou. – Descobri que a única maneira de evitar a frustração materna é encará-la como uma fonte de divertimento.

– Bem – disse Elizabeth com cautela –, essa parece uma estratégia sábia...

– Você daria uma excelente diplomata, Lizzie Hotchkiss – retrucou lady Danbury com uma gargalhada. – Onde está meu bebê?

Elizabeth nem piscou. As mudanças súbitas de assunto de lady D. eram bastante comuns.

– Seu *gato* está dormindo na otomana há uma hora – falou, apontando para o outro lado da sala.

Malcolm levantou a cabeça peluda e tentou focalizar os olhos levemente estrábicos, mas logo decidiu que não valia a pena e voltou a apoiá-la no estofado.

– Malcolm, venha com a mamãe! – chamou lady Danbury com a voz melosa.

Malcolm a ignorou.

– Tenho uma surpresa para você.

O gato bocejou, reconheceu lady D. como sua principal fonte de fornecimento de comida e desceu de onde estava.

– Lady Danbury, a senhora sabe que esse gato está gordo demais – repreendeu Elizabeth.

– Bobagem.

Elizabeth balançou a cabeça em desaprovação. Malcolm pesava mais de cinco quilos, embora seus pelos representassem boa parte desse peso. Toda noite, já em casa, ela passava um bom tempo limpando pelos da roupa.

O que era realmente impressionante, porque em cinco anos o bicho esnobe não se dignara a deixar Elizabeth pegá-lo no colo.

– Bom gatinho – disse lady D., esticando os braços.

– Gato estúpido – resmungou Elizabeth quando o felino bege parou, encarou-a e seguiu adiante.

– Você é uma coisinha muito fofa. – Lady D. acariciou a barriga peluda do bicho. – Uma coisinha muito fofa.

O gato esticou o corpo no colo de lady Danbury, deitado de costas, as patas acima da cabeça.

– Isso não é um gato, é uma imitação barata de um tapete.

Lady D. ergueu a sobrancelha.

– Sei que você não teve a intenção de dizer isso, Lizzie Hotchkiss.

– Tive, sim.

– Tolice. Você ama Malcolm.

– Como amo Átila, o Huno.

– Ora, Malcolm ama você.

O gato levantou a cabeça e Elizabeth poderia jurar que o bichano havia mostrado a língua para ela.

Ela se levantou, soltando um grunhido indignado.

– Esse gato é perigoso. Vou para a biblioteca.

– Boa ideia. Encontre um novo livro para mim.

Elizabeth seguiu na direção da porta. Lady D. completou:

– E nada com "gerou...!".

Elizabeth riu mesmo sem querer e atravessou o corredor até a biblioteca. O som de seus passos desapareceu quando passou a pisar no tapete que cobria o chão do cômodo, e ela suspirou. Santo Deus, havia muitos livros ali. Por onde começaria?

Ela separou alguns romances, então pegou uma coleção de comédias de Shakespeare. Juntou à pilha um volume fino de poesia e então, quando já estava prestes a voltar para a sala de estar de lady D., outro livro chamou sua atenção.

Era muito pequeno, encadernado no couro de vermelho mais intenso que Elizabeth já vira. Porém, o mais estranho era que ele estava deitado, e não em pé, na estante de uma biblioteca que poderia ser a definição da palavra "ordem". Poeira nenhuma ousaria assentar sobre aquelas prateleiras, e com certeza nenhum livro ficaria naquela posição.

Elizabeth pousou a pilha que carregava e pegou o livrinho vermelho. Estava de cabeça para baixo, por isso ela teve que virá-lo para ler o título:

COMO SE CASAR COM UM MARQUÊS

Elizabeth largou o livro, quase como se achasse que um raio a atingiria bem ali na biblioteca. Com certeza aquilo devia ser algum tipo de brincadeira. Afinal, naquela tarde mesmo decidira que precisava se casar, e se casar bem.

– Susan? – chamou. – Lucas? Jane?

Ela balançou a cabeça. Estava sendo ridícula. Os irmãos, por mais atrevidos que pudessem ser, não entrariam escondidos na casa de lady Danbury e colocariam um livro falso na estante, e...

Ora, na verdade, pensou Elizabeth, virando o fino exemplar vermelho na mão, não parecia falso. A encadernação parecia resistente e o couro da capa, de alta qualidade. Ela olhou ao redor para se certificar de que ninguém a estava observando – embora não estivesse certa da razão por que se sentia tão constrangida – e abriu com cuidado a primeira página.

A autora era uma tal de Sra. Seeton, e o livro fora impresso em 1792, o ano do nascimento de Elizabeth. Uma coincidenciazinha engraçada, pensou ela, mas não era supersticiosa. E com certeza não precisava de um livrinho para lhe dizer como viver a própria vida.

Além do mais, indo direto ao ponto, o que aquela Sra. Seeton realmente sabia? Afinal, se *ela* tivesse se casado com um marquês, não seria *lady* Seeton?

Elizabeth fechou o livro, resoluta, e o devolveu a seu lugar na estante, certificando-se de que permanecesse deitado do modo como o encontrara. Não queria que ninguém pensasse que ela prestara atenção a uma tolice daquelas.

Pegou a pilha de livros que separara e voltou à sala de estar, onde lady Danbury ainda estava sentada, acariciando o gato e olhando pela janela como se estivesse esperando alguém.

– Peguei alguns livros – disse Elizabeth. – Acho que a senhora não vai encontrar muitos "gerou..." nestes aqui, embora talvez em Shakespeare...

– Sem tragédias, espero.

– Sim, imaginei que em seu atual estado de humor se distrairia mais com as comédias.

– Boa menina – elogiou lady Danbury. – Mais alguma coisa?

Elizabeth ficou confusa por um momento e baixou os olhos para os livros nos braços.

– Uns dois romances e alguns livros de poesia.

– Queime os de poesia.

– Perdão?

– Bem, não *queime* exatamente... Livros com certeza são mais valiosos do que lenha. Mas com certeza não quero ouvir poesia. Meu falecido marido deve ter comprado esses. Era um sonhador.

– Entendo – falou Elizabeth, basicamente porque imaginou que era isso que se esperava que dissesse.

Com um movimento repentino, lady Danbury pigarreou e acenou com a mão.

– Por que não vai para casa mais cedo hoje?

Elizabeth encarou-a boquiaberta. Lady Danbury nunca a liberava mais cedo.

– Tenho que lidar com esse maldito administrador, e com certeza não preciso de você aqui para isso. Além do mais, se ele tiver um bom olho para jovens bonitas, nunca conseguirei que preste atenção em mim com você por perto.

– Lady Danbury, acho que dificilmente...

– Bobagem. Você é uma coisinha muito atraente. Homens adoram cabelos louros. Sei disso. Os meus eram tão claros quanto os seus.

Elizabeth sorriu.

– Eles ainda são claros.

– São brancos, isso sim – retrucou lady D. com uma risada. – Você é uma menina muito gentil. Não deveria estar aqui comigo, e sim em busca de um marido.

– Eu... hã...

O que poderia dizer?

– É muito nobre da sua parte se devotar aos irmãos, mas você também tem que viver.

Elizabeth ficou apenas encarando a patroa, horrorizada ao perceber que os próprios olhos começavam a ficar marejados. Trabalhava havia cinco anos para lady Danbury, e as duas nunca tinham conversado sobre esses assuntos.

– Vou... vou embora, então, já que a senhora disse que posso sair mais cedo.

Lady Danbury assentiu, parecendo estranhamente desapontada. Será que esperara que Elizabeth desse sequência ao assunto?

– Só coloque esse livro de poesia no lugar antes de ir embora – pediu a velha dama. – Estou certa de que não vou lê-lo, mas não confio nos criados para manterem meus livros em ordem.

– Pode deixar.

Elizabeth pousou o resto dos livros em um criado-mudo, recolheu suas coisas e se despediu. Quando estava saindo da sala, Malcolm saltou do colo de lady Danbury e a seguiu.

– Está vendo? – bradou lady D. – Eu disse que ele adora você.

Elizabeth olhou para o gato com desconfiança enquanto andava em direção ao corredor.

– O que você quer, Malcolm?

Ele balançou o rabo, mostrou os dentes e miou.

– Ah! – exclamou Elizabeth, deixando cair o livro de poesia. – Seu monstro. Seguindo-me até aqui fora só para miar...

– Você jogou um livro no meu gato? – gritou lady D.

Elizabeth decidiu ignorar a pergunta e preferiu apontar o dedo na direção de Malcolm enquanto pegava o livro do chão.

– Volte para o colo de lady Danbury, criatura terrível.

Malcolm levantou o rabo e se afastou.

Elizabeth respirou fundo e entrou na biblioteca. Foi até onde ficavam agrupados os livros de poesia, mantendo as costas escrupulosamente viradas para o pequeno livro vermelho. Não queria pensar nele, não queria olhar para ele...

Maldição, aquela coisa estava praticamente clamando por ela. Nunca na vida Elizabeth se sentira tão consciente de um objeto inanimado.

Ela devolveu o volume de poesia à prateleira e saiu pisando firme pela porta, porque já estava começando a ficar irritada consigo mesma. Aquele livrinho tolo não deveria afetá-la de forma alguma. Ao evitá-lo como a uma praga, ela na verdade estava atribuindo a ele um poder que ele não merecia, e...

– Ah, pelo amor de Deus! – desabafou finalmente.

– Você disse alguma coisa? – perguntou lady Danbury da sala ao lado.

– Não! Eu só... ai, só tropecei na ponta do tapete. Só isso – resmungou Elizabeth depois de sussurrar outro "Pelo amor de Deus" baixinho e seguir pé ante pé na direção do livro.

Ele estava com a capa virada para baixo e, para grande surpresa de Elizabeth, a mão dela, como se tivesse vida própria, pegou o volume e o virou.

COMO SE CASAR COM UM MARQUÊS

Lá estava, exatamente como antes. Encarando-a, zombando dela, parado ali como se dissesse que Elizabeth não tinha coragem bastante para lê-lo.

– É só um livro – murmurou. – Só um livrinho tolo, com uma capa vermelha chamativa.

E ainda assim...

Elizabeth precisava desesperadamente de dinheiro... Lucas tinha que ser mandado para Eton e Jane chorara por uma semana quando acabou a última de suas tintas aquarela. E os dois estavam crescendo mais rápido que ervas-daninhas no verão. Jane podia se virar com os vestidos antigos de Susan, mas Lucas precisaria de roupas adequadas à sua posição.

O único caminho para a riqueza era o casamento, e aquele livrinho atrevido alegava ter todas as respostas. Elizabeth não era tola a ponto de acreditar que pudesse chamar a atenção de um marquês, mas talvez alguns conselhos a ajudassem a conquistar um bom cavalheiro do campo... algum que tivesse uma situação financeira confortável. Ela se casaria até com um comerciante. O pai dela se reviraria no túmulo, mas uma moça precisava ser prática, e Elizabeth poderia apostar que havia um bom número de comercíantes abastados que gostariam de se casar com a filha falida de um baronete.

Além do mais, ela estava naquela situação por culpa do pai. Se ele não tivesse...

Elizabeth balançou a cabeça. Aquela não era hora de pensar no passado. Precisava se concentrar em seu dilema do presente.

Para ser bem sincera, ela não sabia muito sobre homens. Não sabia o que deveria dizer a eles nem como deveria agir para fazê-los se apaixonar por ela.

Encarou o livro com determinação.

Olhou ao redor. Será que havia alguém por perto?

Respirou fundo e, rápida como um raio, enfiou o livro na bolsinha de mão que carregava.

Então saiu correndo da casa.

James Sidwell, o marquês de Riverdale, gostava de passar despercebido. O que mais o agradava era se misturar à multidão, sem que ninguém o reconhecesse, e ficar a par de tramas e fatos. Provavelmente fora por isso que gostara tanto dos anos em que tinha trabalhado para o Departamento de Guerra.

E ele fizera um trabalho muito bom. O mesmo corpo e o mesmo rosto que chamavam tanta atenção nos salões de baile de Londres desapareciam nas multidões com um sucesso estarrecedor. James simplesmente apagava o brilho confiante dos olhos, curvava os ombros e ninguém suspeitava que ele fosse de uma linhagem nobre.

É claro que os cabelos e olhos castanhos também ajudavam. Era sempre bom ter características mais comuns. James duvidava que houvesse muitos agentes ruivos bem-sucedidos.

Mas apenas um ano antes o disfarce dele fora descoberto por uma espiã de Napoleão Bonaparte, que revelou sua identidade aos franceses. Agora o Departamento de Guerra se recusava a designá-lo a qualquer missão mais emocionante do que a prisão ocasional de contrabandistas.

James aceitou seu destino tedioso com um suspiro profundo e um ar de resignação. De qualquer modo, provavelmente já estava mesmo na hora de ele se dedicar às suas propriedades e ao seu título. Precisaria se casar em algum momento – por mais desagradável que pudesse ser tal perspectiva – e gerar um herdeiro para o marquesado. Assim, James havia voltado a atenção para o cenário social de Londres, onde um marquês – ainda mais sendo jovem e belo – nunca passava despercebido.

Ele vinha se sentindo ora enojado, ora entediado, ora entretido. Enojado porque as jovens damas – e suas mães – o viam apenas como um grande peixe a ser fisgado. Entediado porque depois de anos de intrigas políticas, a cor das fitas e o corte de um colete não eram um assunto dos mais fascinantes para ele. E entretido porque, para ser franco, se não mantivesse o senso de humor ao longo de toda aquela provação, enlouqueceria.

Quando o bilhete da tia foi entregue por um mensageiro especial, James quase deixou escapar um grito de alegria. Agora, conforme se aproximava da casa dela em Surrey, ele tirou o bilhete do bolso e voltou a lê-lo.

Riverdale,

Preciso de sua ajuda com urgência. Por favor, venha à Casa Danbury o mais rápido possível. Não viaje em suas melhores roupas. Direi a todos que você é o novo administrador da propriedade. Seu nome fictício será James Siddons.

Agatha, lady Danbury

James não tinha ideia do que se tratava tudo aquilo, mas sabia que era exatamente o que precisava para suavizar o tédio que sentia e permitir que saísse de Londres sem culpa por estar negligenciando seus deveres. Ele viajou em uma carruagem alugada, já que um simples administrador não teria cavalos elegantes como os de um marquês, e caminhou pelos quase 2 quilômetros que separavam o centro da cidade da Casa Danbury. Tudo de que precisava estava guardado em uma bolsa de viagem.

Aos olhos do mundo, ele se tornou apenas o Sr. James Siddons, um cavalheiro, sem dúvida, mas provavelmente sem muitos recursos. A roupa que estava usando fora encontrada no fundo do armário – bem-feita, mas gasta nos cotovelos e conforme a moda de dois anos antes. Alguns retoques com a tesoura de cozinha com certeza haviam comprometido o excelente corte de cabelo que recebera apenas uma semana antes. Para todos os propósitos, o marquês de Riverdale desaparecera, e James não poderia estar mais satisfeito.

É claro que o plano da tia tinha um enorme defeito, mas isso era de esperar, já que tinha sido arquitetado por amadores. James não visitava a Casa Danbury havia quase uma década – o trabalho dele para o Departamento de Guerra não lhe deixara muito tempo para a família, e obviamente não quisera expor a tia a nenhum risco. Mas com certeza havia alguém – algum empregado mais idoso, o mordomo, talvez – que o reconheceria. Afinal, James passara a maior parte da infância ali.

Mas a verdade era que as pessoas viam o que esperavam ver, e quando James agia como um administrador, todos enxergavam um administrador.

Ele estava quase na Casa Danbury – praticamente nos degraus da entrada – quando a porta da frente se abriu e uma mulher miúda e loura saiu apressada, a cabeça baixa, os olhos fixos no chão, movendo-se quase como uma potranca a pleno galope. James nem teve oportunidade de fazer qualquer coisa antes que ela fosse direto de encontro a ele.

Os dois corpos colidiram em um baque surdo e a jovem deixou escapar um gritinho de surpresa enquanto se afastava dele e aterrissava no chão de forma nada elegante. Um arco, ou uma fita, ou fosse lá como as mulheres chamassem aquelas coisas, voou dos cabelos dela, fazendo com que um grosso cacho de cabelos de um dourado muito claro escapasse do penteado e se acomodasse de forma desajeitada sobre os ombros da moça.

– Perdão – disse James, estendendo a mão para ajudá-la a se levantar.

– Não, não – retrucou a jovem, limpando as saias –, a culpa foi toda minha. Eu não estava olhando para onde ia.

Ela não se deu ao trabalho de pegar a mão dele, e James ficou estranhamente desapontado. Nenhum dos dois estava usando luvas, e ele teve a estranha compulsão de sentir na palma o toque da mão dela.

Mas não poderia dizer uma coisa dessas em voz alta, por isso se inclinou para ajudá-la a pegar os pertences que haviam caído no chão. A bolsinha de mão que ela carregava se abrira quando atingira o chão e todo o seu conteúdo agora estava espalhado aos pés deles. James entregou as luvas a ela, o que a fez corar.

– Está muito quente – explicou a moça, enquanto olhava para as luvas com resignação.

– Não as coloque por minha causa – disse James com um sorriso fácil. – Como pode ver, também escolhi usar o tempo ameno como desculpa para não colocar as minhas.

A jovem observou as mãos dele por um instante antes de balançar a cabeça e murmurar:

– Esta é a conversa mais estranha que já tive.

Ela se ajoelhou para recolher o resto das coisas que caíram da bolsa, e James fez o mesmo. Ele pegou um lenço e estava esticando a mão para alcançar um livro quando a moça de súbito deixou escapar um som estranho – como um grito abafado – e pegou o volume antes que James pudesse tocar nele.

Ele se pegou com muita vontade de saber o que havia naquele livro.

A jovem pigarreou umas seis vezes e só então falou:

– É muito gentil da sua parte me ajudar.

– Não é problema algum, eu lhe garanto – murmurou James, claramente tentando dar uma olhada no livro.

Mas ela já o colocara de volta na bolsinha.

Elizabeth deu um sorriso nervoso para ele, enquanto enfiava a mão na bolsa para se certificar de que o livro estava mesmo ali, escondido e em segurança. Se fosse pega lendo uma coisa daquelas, ficaria mais constrangida do que as palavras poderiam descrever. Era comum acreditar que toda mulher solteira estava procurando um marido, mas apenas as mulheres mais patéticas seriam flagradas lendo um *manual* sobre o assunto.

O homem não disse nada, apenas a encarou com um olhar avaliador que a deixou ainda mais nervosa. Por fim, Elizabeth perguntou em um rompante:

– O senhor é o novo administrador?

– Sim.

– Entendi. – Ela voltou a pigarrear. – Bem, então imagino que eu deva me apresentar, já que nossos caminhos certamente se cruzarão. Sou a Srta. Hotchkiss, dama de companhia de lady Danbury.

– Ah, sou o Sr. Siddons, acabei de chegar de Londres.

– Foi um grande prazer conhecê-lo, Sr. Siddons – disse ela, com um sorriso que James achou estranhamente encantador. – Lamento muitíssimo pelo acidente, mas preciso ir.

Ela esperou pelo aceno de cabeça dele, então saiu quase correndo pelo caminho que levava para fora da propriedade, agarrando a bolsa como se sua vida dependesse disso.

James apenas observou-a, incapaz de tirar os olhos da jovem que se afastava apressadamente, por mais que isso lhe soasse estranho.

CAPÍTULO 2

— James! – Não era comum ver Agatha Danbury dar gritinhos agudos, mas James era seu sobrinho favorito. E, verdade seja dita, ela provavelmente gostava mais dele do que dos próprios filhos. James, pelo menos, era inteligente o bastante para não enfiar a cabeça entre as estacas de uma cerca. – Que prazer vê-lo!

James fez uma reverência e ofereceu o rosto para um beijo da tia.

– Prazer? – questionou ele. – Você parece quase surpresa com a minha chegada. Ah, por favor, sabe que eu nunca ignoraria um chamado seu, como não o faria com um chamado do próprio príncipe regente.

– Ah, certo.

Ele estreitou os olhos diante da resposta indiferente dela.

– Agatha, não está fazendo nenhum joguinho comigo, não é?

Ela de súbito se empertigou na poltrona.

– Você pensaria uma coisa dessas de mim?

– Claro que pensaria – retrucou James com um sorriso tranquilo, enquanto se sentava. – Aprendi meus melhores truques com você.

– Sim, bem, alguém precisava tomar conta de você – disse lady Danbury. – Pobre criança. Se eu não tivesse...

– Agatha – interrompeu James, sério.

Não estava com a menor vontade de se envolver em uma conversa sobre a própria infância. Devia tudo à tia... Mas não queria entrar no assunto naquele momento.

– Acontece que não estou fazendo nenhum joguinho – falou ela, com uma fungadinha de desdém. – Estou sendo chantageada.

James se inclinou para a frente. Chantageada? Agatha era uma velha dama muito esperta, mas bastante decorosa, e ele não conseguia imaginá-la fazendo nada que pudesse motivar uma chantagem.

– Consegue imaginar uma coisa dessas? – perguntou ela. – Que alguém tenha coragem de *me* chantagear? Humpf. Onde está meu gato?

– Onde está seu gato? – repetiu ele.

– Maaaaaaaaaaaalcolmmmmmmmm!

James se surpreendeu ao ver o felino monstruosamente obeso entrar na sala. O bichano foi até o rapaz, cheirou-o e pulou no colo dele.

– Ele não é o gato mais simpático que existe? – perguntou Agatha.

– Odeio gatos.

– Vai amar Malcolm.

James concluiu que seria mais fácil tolerar o gato do que discutir com a tia.

– Tem alguma ideia de quem pode estar fazendo a chantagem?

– Nenhuma.

– Posso lhe perguntar *por que* está sendo chantageada?

– O motivo é muito constrangedor... – disse ela, os olhos de um azul pálido cintilando, marejados.

James ficou preocupado. Tia Agatha nunca chorava. Poucas coisas na vida dele haviam sido completa e absolutamente constantes, e uma delas fora Agatha. Ela era sagaz, tinha um senso de humor ácido, amava-o acima de tudo e nunca chorava. Nunca.

James teve o impulso de ir até ela, mas se controlou. Agatha não iria querer que ele a consolasse. Veria isso apenas como uma constatação de seu breve momento de fraqueza. Além do mais, o gato não mostrou nenhuma intenção de sair do colo dele.

– Você está com a carta? – perguntou James com delicadeza. – Presumo que tenha recebido uma.

Ela assentiu, pegou um livro que estava pousado sobre a mesa ao lado dela e retirou uma única folha de papel que estava entre as páginas. Em silêncio, entregou-a ao sobrinho.

James colocou o gato no chão com delicadeza e se levantou. Deu alguns passos na direção da tia e pegou a carta. Ainda parado, baixou os olhos para o papel em suas mãos e leu:

Lady D.,

Conheço seus segredos. E conheço os segredos de sua filha. Meu silêncio terá um preço.

James olhou para ela.

– Foi só isso?

Agatha balançou a cabeça e estendeu outra folha a ele.

– Também recebi essa.

James pegou o papel.

Lady D.,

Quinhentas libras pelo meu silêncio. Coloque em um saco simples atrás do The Bag of Nails na sexta-feira à meia-noite. Não conte a ninguém. Não me decepcione.

– The Bag of Nails? – perguntou James, a sobrancelha arqueada.

– É a taberna local.

– Você deixou o dinheiro?

Ela assentiu, constrangida.

– Mas só porque eu sabia que você não conseguiria chegar aqui até sexta-feira passada.

James ficou em silêncio por algum tempo, enquanto decidia a melhor maneira de formular o que diria a seguir.

– Acho que seria melhor me contar sobre esse segredo – disse ele finalmente, em tom delicado.

Agatha balançou a cabeça, recusando-se.

– É vergonhoso demais. Não posso.

– Agatha, você sabe que sou discreto. E sabe que a amo como se fosse minha mãe. Seja o que for que me conte, não sairá deste aposento. – Quando ela não fez nada além de morder o lábio, ele perguntou: – Qual das filhas compartilha desse segredo?

– Melissa – sussurrou Agatha. – Mas ela não sabe.

James fechou os olhos e deixou o ar escapar lentamente. Sabia o que viria a seguir e resolveu poupar a tia do constrangimento de ter que confessar.

– Ela é ilegítima, não é isso?

Agatha assentiu.

– Tive um caso. Durou apenas um mês. Ah, eu era tão jovem e tão tola na época...

James se esforçou para não demonstrar sua perplexidade. A tia sempre fora muito rígida em relação à decência, então era inconcebível que tivesse tido um relacionamento fora do matrimônio. Mas, como ela mesma dissera, era jovem na época e talvez um pouco tola. E, depois de tudo que

Agatha fizera por ele, James não se sentia no direito de julgá-la. A tia fora sua salvadora e, se fosse preciso, ele daria a vida por ela sem um segundo de hesitação.

A velha dama deu um sorriso triste.

– Eu não sabia o que estava fazendo.

James pesou as próprias palavras com cuidado antes de perguntar:

– Seu medo, então, é que o chantageador revele o segredo à sociedade e envergonhe Melissa?

– Não dou a mínima importância ao que pensa a sociedade – retrucou Agatha, bufando. – Metade deles também é de bastardos. Provavelmente dois terços dos não primogênitos. É por Melissa que temo. Ela está muito bem casada com um conde, portanto o escândalo não a atingiria, mas era muito próxima de lorde Danbury... Ele sempre disse que ela era sua filha favorita, e partiria o coração de Melissa saber que não era seu verdadeiro pai.

James não se lembrava de lorde Danbury ser muito mais próximo de Melissa do que de qualquer outro filho. Na verdade, não se lembrava de ele ser próximo dos filhos e ponto final. Danbury fora um homem genial, mas distante. Com certeza do tipo que achava que "as crianças têm que ficar no quarto e não devem ser trazidas ao convívio dos adultos mais do que uma vez por dia". Mas, se Agatha acreditava que Melissa fora a favorita dele, quem era James para discutir?

– O que vamos fazer, James? – perguntou Agatha. – Você é a única pessoa em quem confio para me ajudar a passar por essa provação. E com sua experiência...

A tia sabia que ele já trabalhara para o Departamento de Guerra. Não havia mal nisso, e ele nem estava mais em qualquer missão, mas Agatha era muito curiosa e sempre fazia perguntas sobre as façanhas do sobrinho. Havia algumas coisas que um homem não se sentia à vontade para comentar com a tia. Isso sem falar que James poderia ser enforcado em nome da Coroa se revelasse algumas das informações que viera a saber ao longo dos anos.

– Você recebeu mais algum bilhete? – interrompeu-a James.

Agatha balançou a cabeça.

– Não. Nenhum.

– Farei algumas investigações preliminares, mas desconfio que não vamos descobrir nada até que você receba outro bilhete.

– Você acha que haverá outro?

James assentiu, sério.

– Chantagistas não sabem a hora de parar. Esse é o defeito fatal deles. Nesse meio-tempo, posso brincar de ser seu novo administrador. Mas me pergunto como você espera que eu faça isso sem ser reconhecido.

– Achei que não ser reconhecido fosse seu talento especial.

– E é – retrucou ele –, mas ao contrário da França, da Espanha e até mesmo da costa sul da Inglaterra, cresci aqui. Ou quase isso.

O olhar de Agatha de repente ficou perdido. James sabia que a tia estava pensando na infância dele, em todas as vezes em que ela encarara o pai dele em confrontos silenciosos e furiosos, insistindo que James ficaria melhor com a família Danbury.

– Ninguém o reconhecerá – assegurou ela, por fim.

– E Cribbins?

– Ele faleceu ano passado.

– Ah. Sinto muito.

James sempre gostara do velho mordomo.

– O novo mordomo é correto, imagino, embora outro dia tenha tido a audácia de me pedir para chamá-lo de Wilson.

James não sabia por que se daria ao trabalho de perguntar, mas quis tirar a dúvida assim mesmo:

– Esse deve ser o nome dele, não?

– Imagino que sim – disse ela, bufando discretamente. – Mas como vou me lembrar disso?

– Acabou de fazê-lo.

Agatha o encarou com severidade.

– Se ele é meu mordomo, vou chamá-lo de Cribbins. Na minha idade é *perigoso* ter qualquer grande mudança de comportamento.

– Agatha – disse James, se esforçando para demonstrar paciência –, podemos voltar ao que estávamos discutindo?

– Sobre você ser reconhecido.

– Sim.

– Todos se foram. Você não me visita há quase dez anos.

James ignorou o tom acusador da tia.

– Eu a vejo o tempo todo em Londres e você sabe disso.

– Isso não conta.

Ele se recusou a perguntar por quê. Sabia que ela estava morrendo de vontade de dizer o motivo.

– Há algo em particular que eu precise saber antes de assumir meu papel de administrador? – perguntou ele.

Ela fez que não com a cabeça.

– O que você precisaria saber? Eu o criei de forma adequada. Você já deve saber tudo o que é necessário sobre administração de propriedades.

Aquilo era verdade, embora James tivesse preferido deixar que os próprios administradores cuidassem das suas propriedades desde que herdara o título. Era mais fácil, já que não gostava de passar muito tempo no Castelo Riverdale.

– Muito bem, então – disse ele, levantando-se. – Já que Cribbins, o Primeiro, não está mais entre nós... que sua alma eternamente paciente descanse em paz...

– O que quer dizer com isso?

James projetou a cabeça um pouco para a frente e para o lado, de maneira bastante sarcástica.

– Qualquer um que tenha sido seu mordomo por quarenta anos merece ser canonizado.

– Seu patife impertinente – murmurou ela.

– Agatha!

– Para que segurar a língua na idade em que estou?

Ele balançou a cabeça.

– Como eu estava tentando dizer, já que Cribbins se foi, ser seu administrador é um disfarce tão bom quanto outro qualquer. Além do mais, gosto da ideia de passar algum tempo ao ar livre quando os dias estão assim agradáveis.

– Londres estava sufocante?

– Muito.

– O ar ou as pessoas?

James deu um risinho.

– Ambos. Muito bem, agora me diga onde deixo as minhas coisas. Ah, e tia Agatha... – ele se inclinou e deu um beijo no rosto da velha dama –, é muito bom ver você.

Ela sorriu.

– Também amo você, James.

Quando Elizabeth chegou em casa, estava ofegante e coberta de lama. Ficara tão ansiosa para se afastar da Casa Danbury que praticamente correra pelos primeiros 500 metros. Para piorar, o verão em Surrey estava sendo particularmente úmido, e a coordenação motora dela nunca fora das melhores. E quanto àquela protuberante raiz de árvore... bem, não havia mesmo como evitá-la. Assim, com um tombo, Elizabeth viu seu melhor vestido arruinado.

Não que o melhor vestido dela estivesse em boas condições. Havia pouco dinheiro nos cofres dos Hotchkisses para comprar roupas novas, mas dava-se um jeito se a pessoa em questão não coubesse mais nas antigas. Ainda assim, Elizabeth tinha lá seu orgulho e, se não tinha condições de vestir a família na última moda, ao menos podia se certificar de que estivessem todos arrumados e limpos.

Agora havia lama endurecida na faixa de veludo da cintura e, pior ainda, ela de fato roubara um livro de lady Danbury. E não fora qualquer livro. Roubara o que sem dúvida devia ser o mais estúpido e mais idiota da história dos livros. E tudo porque precisava leiloar a si mesma à melhor oferta.

Elizabeth engoliu em seco enquanto lágrimas se formavam em seus olhos. E se não *houvesse* ofertas? Então, o que faria?

Ela bateu com os pés no chão diante da porta da frente, para tirar a lama seca, e entrou na pequena casa. Tentou se esgueirar pelo corredor e subir as escadas até seu quarto sem que ninguém a visse, mas Susan foi mais rápida.

– Santo Deus! O que aconteceu com você?

– Escorreguei – declarou Elizabeth, sem tirar os olhos das escadas.

– De novo?

Aquilo foi o bastante para que ela se virasse e lançasse à irmã um olhar fuzilante.

– O que quer dizer com "de novo"?

Susan tossiu.

– Nada.

Elizabeth voltou a se virar para subir as escadas, mas sua mão bateu em uma mesa de canto.

– Aiiiiii! – uivou de dor.

– Aaah – reagiu Susan, se encolhendo em solidariedade. – Aposto que doeu.

Elizabeth apenas encarou a irmã com fúria, os olhos estreitos.

– Lamento profundamente – Susan apressou-se a dizer, bastante ciente do mau humor da irmã.

– Vou para o meu quarto – avisou Elizabeth, pronunciando cada palavra lentamente, como se a dicção cuidadosa de algum modo pudesse levá-la aos seus aposentos mais depressa. – Vou me deitar para um cochilo. E, se alguém me perturbar, não responderei pelos meus atos.

Susan assentiu.

– Jane e Lucas estão brincando no jardim. Tomarei cuidado para que não façam barulho quando voltarem.

– Ótimo, eu.... Aiiiiiiiii!

Susan se encolheu de novo.

– O que foi agora?

Elizabeth se abaixou e pegou um pequeno objeto de metal. Um dos soldadinhos de chumbo de Lucas.

– Há alguma razão para isso estar aqui no chão, onde qualquer um pode pisar? – perguntou.

– Nenhuma em que eu consiga pensar – respondeu Susan com uma tentativa fracassada de sorriso.

Elizabeth apenas suspirou.

– Não estou tendo um bom dia.

– É, eu percebi.

Elizabeth tentou sorrir, mas só conseguiu esticar os lábios. Não foi capaz de fazer os cantos se erguerem.

– Quer que eu lhe prepare uma xícara de chá? – perguntou Susan, gentil.

Elizabeth assentiu.

– Seria maravilhoso, obrigada.

– Será um prazer. Vou só... o que é isso na sua bolsa?

– O quê?

– Esse livro.

Elizabeth praguejou baixinho e enfiou o volume embaixo de um lenço.

– Não é nada.

– Pegou um livro emprestado de lady Danbury?

– Digamos que tenha sido isso.

– Ah, que bom! Já li tudo o que temos. Não que tenhamos muita coisa.

Elizabeth apenas assentiu e tentou passar pela irmã.

– Sei que você ficou de coração partido por ter que vender nossos livros – comentou Susan –, mas o dinheiro que arrecadou pagou as aulas de latim do Lucas.

– Preciso mesmo ir...

– Posso ver o livro? Talvez eu queira lê-lo depois.

– Não – respondeu Elizabeth com rispidez, o tom de voz saindo *muito* mais alto do que ela gostaria.

Susan recuou.

– Perdão.

– Preciso devolvê-lo amanhã. É só isso. Você não terá tempo de lê-lo.

– Posso só vê-lo?

– Não!

Susan se adiantou.

– Quero vê-lo.

– Eu já disse que não!

Elizabeth desviou para a direita, mal conseguindo escapar das mãos da irmã, que tentava agarrá-la, e disparou na direção da escada. Mas quando seu pé tocou no primeiro degrau, ela sentiu a mão de Susan agarrar suas saias.

– Peguei você! – grunhiu Susan.

– Me solte!

– Não até você me mostrar esse livro.

– Susan, sou sua guardiã legal e exijo que...

– Você é minha irmã, e quero ver o que está escondendo.

Apelar para a razão não funcionaria, percebeu Elizabeth, por isso segurou as saias e puxou-as com força... o que só a fez tropeçar no degrau e deixar a bolsa cair no chão.

– Arrá! – gritou Susan, triunfante, pegando o livro.

Elizabeth gemeu.

– *Como se casar com um marquês?* – disse Susan erguendo os olhos, a expressão um pouco confusa e absolutamente divertida.

– É só um livro bobo. – Elizabeth sentiu o rosto esquentar. – Só achei... quer dizer, só achei que eu...

– Um *marquês*? – perguntou Susan, parecendo em dúvida. – Estamos estabelecendo objetivos bem ambiciosos aqui, não é mesmo?

– Pelo amor de Deus! – exclamou Elizabeth, irritada. – Não vou me casar com um marquês. Mas talvez o livro tenha algum conselho útil... afinal, preciso me casar com alguém, e ninguém está me pedindo em casamento.

– A não ser Squire Nevins... – murmurou Susan, folheando o livro.

Elizabeth engoliu uma golfada de bile. A ideia de Squire Nevins tocando-a, beijando-a... a deixava gelada. Mas se ele fosse o único modo de salvar a família dela...

Elizabeth fechou os olhos com força. Tinha que haver *alguma* coisa naquele livro que a ensinasse a conseguir um marido. Qualquer coisa!

– Esse livro é mesmo bem interessante – disse Susan, sentando-se no chão acarpetado, perto de Elizabeth. – Escute só: Decreto nº 1...

– *Decreto*? – ecoou Elizabeth. – Há decretos aí?

– Parece que sim. Vou lhe dizer, esse negócio de arrumar um marido é mais complicado do que eu pensava.

– Só me diga qual é o tal decreto.

Susan baixou os olhos para o livro.

– "Seja única. Mas não única demais."

– Que diabo quer dizer isso? – explodiu Elizabeth. – Essa deve ser a coisa mais absurda que já ouvi. Vou devolver esse livro amanhã. Afinal, quem é essa Sra. Seeton? Nem marquesa ela é, portanto não vejo por que eu deveria escutar...

– Não, não – disse Susan, acenando com o braço para a irmã sem olhar para ela. – Esse é só o título do decreto. Ela explica o que quer dizer.

– Não tenho certeza se quero ouvir – resmungou Elizabeth.

– Na verdade, é bem interessante.

– Me dê isso aqui.

Elizabeth arrancou o livro da mão da irmã e leu silenciosamente:

É INDISPENSÁVEL QUE VOCÊ SEJA UMA MULHER ABSOLUTAMENTE ÚNICA. O MILAGRE QUE VOCÊ DEVE SER CAPAZ DE OPERAR É HIPNOTIZAR

O LORDE EM QUESTÃO ATÉ QUE ELE NÃO CONSIGA PRESTAR ATENÇÃO A NADA QUE NÃO SEJA O SEU ROSTO.

Elizabeth bufou.

– "O milagre que você deve ser capaz de operar"? "Prestar atenção a nada que não seja o seu rosto"? Onde essa mulher aprendeu a escrever? Em uma perfumaria?

– Acho a parte sobre o rosto bastante romântica – comentou Susan, dando de ombros.

Elizabeth ignorou a irmã.

– Onde está a parte sobre não ser única demais? Ah, aqui.

VOCÊ DEVE SE ESFORÇAR PARA CONTER SUA SINGULARIDADE DE MODO QUE APENAS ELE POSSA PERCEBÊ-LA. PRECISA PROVAR A ELE QUE SERÁ UM BEM VALIOSO COMO ESPOSA. NENHUM LORDE DA REALEZA DESEJA ESTAR ACORRENTADO AO CONSTRANGIMENTO E AO ESCÂNDALO.

– Até sobre correntes esse livro fala? – perguntou Susan.

Elizabeth ignorou-a e continuou a ler.

EM OUTRAS PALAVRAS, VOCÊ PRECISA SE DESTACAR NA MULTIDÃO, MAS APENAS NA MULTIDÃO EM QUE ELE ESTEJA. PORQUE ELE É O ÚNICO QUE IMPORTA.

Elizabeth levantou os olhos.

– Há um problema aqui.

– É mesmo?

– Sim. – Ela ficou tamborilando com o dedo na testa, como fazia sempre que estava muito concentrada. – Tudo isso pressupõe que eu tenho em vista um homem só.

Susan a encarou com os olhos arregalados.

– Você certamente não poderia se casar com mais de um homem!

– Quis dizer que não tenho um homem *específico* em mente – explicou Elizabeth, dando um tapa no ombro da irmã.

– Entendi. Ora, ainda assim a Sra. Seeton parece ter um bom argumento. Afinal você não pode se casar com dois.

Elizabeth fez uma careta.

– É claro que não. Mas acho que devo demonstrar interesse em mais de um, se quiser garantir um pedido de casamento. Mamãe não dizia sempre que não devemos colocar todos os nossos ovos em um único cesto?

– Humm – murmurou Susan –, você tem razão. Vou pesquisar a respeito hoje à noite.

– Como assim?

Mas Susan já se levantara e estava subindo a escada correndo.

– Vou ler o livro hoje à noite e conversarei com você de manhã! – gritou ela do patamar da escada.

– Susan! – Elizabeth usou seu tom mais severo. – Traga esse livro de volta já!

– Não se preocupe! Já terei montado nossa estratégia quando nos encontrarmos para o café da manhã!

E o som que Elizabeth ouviu em seguida foi o da chave girando na fechadura, enquanto Susan se trancava no quarto que compartilhava com Jane.

– Café da manhã? – murmurou Elizabeth. – Ela está planejando ficar sem jantar, então?

Aparentemente, sim. Ninguém viu a sombra de Susan nem ouviu um pio saindo de seu quarto. Naquela noite, o clã Hotchkiss ficou reduzido a apenas três membros à mesa, e a pobre Jane não conseguiu nem entrar no próprio quarto para se recolher, tendo que dormir com Elizabeth.

Elizabeth não achou nada engraçado. Jane era um amor, mas puxava todas as cobertas para si.

Quando Elizabeth desceu para o café da manhã, no dia seguinte, Susan já estava à mesa, com o livrinho vermelho nas mãos. Elizabeth percebeu, irritada, que a cozinha não tinha sinais de uso.

– Você não podia ter começado a preparar o café? – perguntou, de mau humor, enquanto procurava ovos no armário.

– Eu estava ocupada – respondeu Susan. – Muito ocupada.

Elizabeth não falou nada. Maldição. Tinham apenas três ovos. Teria que sair sem comer o dela e torcer para que lady Danbury estivesse planejando um almoço reforçado naquele dia. Colocou a frigideira de ferro em cima de um tripé sobre o fogo e quebrou os três ovos.

Susan aproveitou a deixa e começou a fatiar pão para torrada.

– Algumas regras do livro não são terrivelmente difíceis de colocar em prática – comentou, enquanto ajudava. – Acho que até você conseguiria segui-las.

– Estou impressionada com sua confiança em mim – retrucou Elizabeth, de forma seca.

– Na verdade, você deveria começar a praticar agora. Lady Danbury vai oferecer uma festa no fim do verão, não vai? Com certeza haverá maridos em potencial entre os convidados.

– *Eu* não estarei entre os convidados.

– Lady Danbury não pretende convidá-la? – perguntou Susan, claramente ultrajada. – Ora, eu nunca imaginaria uma coisa dessas! Tudo bem que você é dama de companhia dela, mas também é filha de um baronete, e então...

– É claro que ela vai me convidar – tranquilizou-a Elizabeth em um tom calmo. – Mas não vou aceitar o convite.

– Por quê?

Elizabeth não respondeu de imediato. Permaneceu parada onde estava, observando as claras dos ovos se tornarem brancas.

– Susan – disse por fim. – Olhe para mim.

Susan encarou-a.

– Sim?

Elizabeth segurou uma ponta do vestido verde desbotado que usava.

– Como terei condições de ir a uma festa elegante com as roupas que tenho? Posso estar desesperada, mas ainda tenho meu orgulho.

– Vamos falar sobre suas roupas quando chegar a hora de tocarmos nesse assunto – declarou Susan com firmeza. – E, de qualquer modo, isso não terá importância. Não se seu futuro marido não conseguir prestar atenção em nada que não seja o seu rosto.

– Se eu ouvir essa frase mais uma vez...

– Nesse meio-tempo – interrompeu Susan –, precisamos aperfeiçoar seus talentos.

Elizabeth teve que se controlar para não estourar as gemas dos ovos.

– Você não disse que havia um novo administrador na propriedade de lady Danbury?

– Eu não disse nada disso!

– Não? Ah. Bem, então deve ter sido Fanny Brinkley, que deve ter ouvido da camareira, que deve ter ouvido...

– Vá direto ao ponto, Susan – pediu Elizabeth.

– Por que não pratica com ele? A menos que o homem seja terrivelmente repulsivo, é claro.

– Ele não é repulsivo – murmurou Elizabeth.

Sentiu o rosto esquentar e manteve a cabeça baixa para que a irmã não notasse seu rubor. O novo administrador de lady Danbury estava longe de ser repulsivo. Na verdade, era o homem mais belo que já vira. E o sorriso dele provocara reações estranhas no íntimo de Elizabeth.

Era uma pena que o homem não tivesse rios de dinheiro.

– Ótimo! – disse Susan, batendo palmas, empolgada. – Você só precisa fazer com que ele se apaixone por você.

Elizabeth virou os ovos.

– E então...? Susan, ele é um administrador. Não tem o dinheiro necessário para mandar Lucas para Eton.

– Tolinha, você não vai se casar com ele. Vai apenas treinar com ele.

– Isso soa tão frio... – comentou Elizabeth, franzindo a testa.

– Ora, você não tem mais ninguém por perto com quem praticar seus talentos. Agora, escute com atenção. Separei várias regras para começar.

– Regras? Achei que fossem decretos.

– Decretos, regras, no fim é tudo a mesma coisa. Agora, então...

– Jane! Lucas! – chamou Elizabeth. – O café da manhã está pronto!

– Continuando, acho que deveríamos começar com os decretos dois, três e cinco.

– E quanto ao número quatro?

Susan ruborizou graciosamente.

– Esse, hã, fala sobre se vestir na última moda.

Elizabeth mal resistiu à vontade de jogar um ovo frito na irmã.

– Na verdade.... – Susan franziu o cenho –, você pode querer começar direto pelo número oito.

Elizabeth sabia que não deveria dizer nem uma palavra, mas algum demônio dentro dela a forçou a perguntar:

– E qual é o número oito?

Susan leu:

– "Seu encanto deve parecer natural."

– Meu encanto deve parecer natural? Que diabo quer dizer... Ai!

– Acho que significa que é melhor você não gesticular tanto com os braços, pois só assim sua mão não acertará o tampo da mesa... – disse Susan em uma voz irritante de tão afável.

Se um olhar pudesse matar, Susan estaria sangrando profusamente na testa.

Ela empinou o nariz.

– Estou falando apenas a verdade – declarou, com uma fungadinha.

Elizabeth continuou a fuzilar a irmã com o olhar enquanto levava a mão machucada à boca, como se a pressão dos lábios sobre o lugar da batida fosse mesmo capaz de estancar a dor.

– Jane! Lucas! – chamou de novo, dessa vez quase gritando. – Apressem-se, vamos! O café vai esfriar!

Jane entrou deslizando na cozinha e se sentou. Muito tempo antes a família Hotchkiss dispensara o costume de servir o desjejum na sala de jantar. O café da manhã era sempre servido na cozinha. Além do mais, no inverno todos gostavam de se sentar perto do forno. E no verão... bom, hábitos eram difíceis de mudar, imaginava Elizabeth.

Ela sorriu para a irmã mais nova.

– Você está um tanto desarrumada hoje, Jane.

– É que *alguém* trancou a porta do quarto e me deixou do lado de fora ontem à noite – disse a menina com um olhar severo e rebelde na direção de Susan. – Não tive chance nem de pentear o cabelo.

– Você poderia ter usado a escova de Lizzie – retrucou Susan.

– Gosto da minha escova – rebateu Jane. – É de prata.

Não era prata de verdade, pensou Elizabeth com ironia, ou ela já teria vendido a escova.

– As duas funcionam da mesma forma – declarou Susan.

Elizabeth pôs fim à implicância entre as duas gritando:

– Lucas!

– Temos leite? – perguntou Jane.

– Lamento, querida, não – respondeu Elizabeth, deslizando um ovo para dentro de uma travessa. – Temos o bastante apenas para um chá.

Susan colocou uma fatia de pão no prato de Jane e disse para Elizabeth:

– Sobre o Decreto nº 2...

– *Agora não* – sibilou Elizabeth, e indicou Jane com o olhar.

Felizmente, a menina estava ocupada demais enfiando o dedo no pão para reparar nas irmãs mais velhas.

– Minha torrada está mole – avisou Jane.

Elizabeth ia brigar com Susan por se esquecer de torrar o pão, mas antes disso Lucas entrou saltitante na cozinha.

– Bom dia! – cumprimentou, animado.

– Você parece especialmente alegre – comentou Elizabeth, bagunçando o cabelo do irmão antes de servir o café da manhã dele.

– Hoje vou pescar com Tommy Fairmount e o pai dele. – Lucas engoliu três quartos do ovo que estava em seu prato antes de acrescentar: – Vamos comer bem hoje à noite!

– Que maravilha, meu bem – disse Elizabeth, olhando de relance para o pequeno relógio sobre a bancada, antes de voltar a falar. – Preciso ir. Deixem a cozinha limpa, sim?

Lucas assentiu.

– Supervisionarei os trabalhos.

– Você vai *ajudar*.

– Isso também – resmungou ele. – Posso comer outro ovo?

O estômago de Elizabeth roncou em solidariedade.

– Não sobrou nenhum.

Jane a encarou com desconfiança.

– Você não comeu nada, Lizzie.

– Tomarei café da manhã com lady Danbury – mentiu Elizabeth.

– Fique com o meu.

Jane empurrou o que restara de seu café da manhã na direção da irmã – dois bocados de ovo e um pedacinho de pão tão empapado que Elizabeth teria que estar muito, mas muito mais faminta para sequer conseguir sentir o cheiro dele.

– Termine seu café, Janie – pediu Elizabeth. – Comerei na casa de lady Danbury. Prometo.

– Terei que pegar um peixe bem grande – sussurrou Lucas para Jane.

Ouvir isso foi a gota d'água para Elizabeth. Ela vinha resistindo àquela caça a um marido – odiava sentir-se uma mercenária pelo simples fato de pensar nessa possibilidade. Mas bastava. Que tipo de mundo era aquele em que um menino de 8 anos fazia planos de pescar um bom peixe não por diversão, mas por estar preocupado em forrar o estômago das irmãs?

Elizabeth endireitou os ombros e saiu pisando firme em direção à porta.

– Susan – falou muito séria –, posso dar uma palavrinha com você?

Jane e Lucas trocaram olhares.

– Ela vai ouvir um sermão por ter esquecido de torrar o pão – sussurrou Jane.

– Torrada mole – comentou Lucas com amargura, enquanto balançava a cabeça. – Isso vai contra a própria natureza humana.

Elizabeth revirou os olhos enquanto saía de casa. De onde o menino tirava essas coisas?

Quando ela e Susan estavam longe dos ouvidos dos outros dois, Elizabeth se virou para a irmã e disse:

– Antes de mais nada, não quero que mencione isso... essa *caçada a um marido*, na frente das crianças.

Susan levantou o livro da Sra. Seeton.

– Então você vai seguir os conselhos dela?

– Não vejo outra saída – murmurou Elizabeth. – Apenas me diga quais são essas regras.

CAPÍTULO 3

Elizabeth estava falando sozinha quando entrou na Casa Danbury naquela manhã. Para dizer a verdade, ela foi resmungando consigo mesma durante todo o caminho até lá. Prometera a Susan que tentaria colocar em prática os decretos da Sra. Seeton com o novo administrador, mas não sabia como poderia fazer isso sem contrariar automaticamente o Decreto nº 2:

NUNCA PROCURE UM HOMEM. SEMPRE FORCE-O A VIR ATÉ VOCÊ.

Elizabeth imaginou que teria que quebrar essa regra. Também se perguntou como conciliaria os decretos 3 e 5, que eram:

NUNCA SEJA RUDE. UM CAVALHEIRO DA NOBREZA PRECISA DE UMA DAMA QUE SEJA A SÍNTESE DA GRAÇA, DA DIGNIDADE E DAS BOAS MANEIRAS.

E:

NUNCA FALE COM UM HOMEM POR MAIS DE CINCO MINUTOS. SE VOCÊ ENCERRAR A CONVERSA, ELE FANTASIARÁ SOBRE O QUE VOCÊ TERIA DITO A SEGUIR.
PEÇA LICENÇA E VÁ PARA O RESERVADO DAS DAMAS SE FOR PRECISO. A FASCINAÇÃO POR VOCÊ AUMENTARÁ SE O CAVALHEIRO EM QUESTÃO ACHAR QUE VOCÊ TEM OUTRAS POSSIBILIDADES MATRIMONIAIS.

Era nesse ponto que Elizabeth ficava realmente confusa. Tinha a impressão de que, mesmo se pedisse licença, seria bastante rude encerrar uma conversa depois de apenas cinco minutos. E, de acordo com a Sra. Seeton, um homem da nobreza precisava de uma dama que nunca fosse rude.

E isso nem incluía todas as outras regras que Susan gritara para ela conforme Elizabeth foi se afastando de casa naquela manhã. "Seja encantadora." "Seja doce." "Deixe o homem falar." "Se você for mais inteligente do que ele, não deixe isso transparecer."

Com toda essa bobagem para se preocupar, Elizabeth foi rapidamente se apegando à ideia de permanecer Srta. Hotchkiss, uma solteirona, por tempo indefinido.

Quando entrou na Casa Danbury, Elizabeth seguiu direto para a sala de estar, como era de hábito. Como sempre, lady Danbury estava lá, sentada em sua poltrona favorita, escrevendo alguma correspondência e resmungando para si mesma no processo. Malcolm estava deitado de forma preguiçosa sobre o parapeito largo da janela. Ele abriu um olho, julgou que Elizabeth não era digna de sua atenção e voltou a dormir.

– Bom dia, lady Danbury – cumprimentou Elizabeth, com um aceno de cabeça. – Gostaria que eu fizesse isso para a senhora?

Lady Danbury sofria de dor nas juntas, e com frequência era Elizabeth que escrevia as cartas da velha dama.

Mas lady Danbury apenas enfiou o papel em uma gaveta.

– Não, não, de forma alguma. Meus dedos estão muito bem esta manhã. – Ela flexionou as mãos e abriu-as no ar, na direção de Elizabeth, como uma bruxa lançando algum tipo de feitiço. – Está vendo?

– Fico feliz por estar se sentindo tão bem – comentou Elizabeth, hesitante, se perguntando se tinha acabado de ser enfeitiçada.

– Sim, sim, hoje está sendo um bom dia. Ótimo, para falar a verdade. Isso só vai mudar se, é claro, você resolver ler a Bíblia de novo para mim.

– Eu nem sonharia em fazer isso.

– Na verdade, há algo que você pode fazer por mim.

Elizabeth ergueu as sobrancelhas louras, inquisitiva.

– Preciso ver meu novo administrador. Ele está trabalhando em um gabinete ao lado dos estábulos. Poderia chamá-lo para mim?

Elizabeth quase não conseguiu evitar que seu queixo caísse. Perfeito! Conseguiria ver o novo administrador e não teria que quebrar o Decreto nº 2 para isso.

Bem, ela avaliou que tecnicamente ainda estaria indo procurá-lo. Mas isso não podia ser levado em conta, já que recebera uma ordem de sua patroa.

– Elizabeth! – chamou lady Danbury em voz alta.

Elizabeth foi arrancada de seus devaneios.

– Sim?

– Preste atenção quando falo. Você não é do tipo que fica sonhando acordada.

Elizabeth não conseguiu conter um sorrisinho diante da ironia. Ela não sonhava acordada havia cinco anos. Antes, costumava sonhar com amor, casamento, idas ao teatro, viagens para a França. Mas tudo isso cessara quando o pai morreu e suas novas responsabilidades deixaram claro que os pensamentos secretos eram apenas fantasias destinadas a nunca se tornarem realidade.

– Lamento muitíssimo, milady – falou.

Os lábios de lady Danbury se comprimiram de um modo que deixou claro para Elizabeth que a patroa não estava de fato aborrecida.

– Apenas vá chamá-lo – disse lady D.

– Agora mesmo – respondeu Elizabeth com um aceno de cabeça.

– Ele tem cabelos e olhos castanhos e é bem alto. Só para você reconhecer quando vê-lo.

– Ah, encontrei o Sr. Siddons ontem. Esbarrei com ele quando estava indo embora.

– É mesmo? – Lady Danbury pareceu perplexa. – Ele não mencionou nada.

Elizabeth inclinou a cabeça, confusa.

– Haveria alguma razão para que ele tivesse mencionado? A função dele não tem nada a ver com a minha. Ou tem?

– Não, imagino que não. – Lady Danbury voltou a comprimir os lábios, como se estivesse às voltas com alguma grande questão filosófica não resolvida. – Vá logo, então. Vou querer que me acompanhe assim que terminar com J... hã, com o Sr. Siddons. Ah, enquanto eu estiver conversando com ele, você pode dar continuidade ao meu bordado.

Elizabeth precisou conter um resmungo. Lady Danbury adorava observar Elizabeth bordando e dar várias instruções enquanto supervisionava o trabalho. E Elizabeth odiava bordar. Ela já costurava mais do que o suficiente em casa, por causa de todas as roupas que precisavam ser remendadas.

– A fronha verde, eu acho, não a amarela – acrescentou lady Danbury.

Elizabeth assentiu, distraída, e saiu novamente pela porta.

– Seja única, mas não única demais – sussurrou para si mesma.

Ela balançou a cabeça. O dia em que descobrisse o que essa dica *significava* seria o dia em que o homem andaria na Lua.

Em outras palavras: nunca.

Quando chegou à área dos estábulos, Elizabeth já repetira todas as regras para si mesma pelo menos umas dez vezes e já estava tão zonza com tudo aquilo que teria sido um prazer empurrar a Sra. Seeton de uma ponte caso a dama estivesse pela região.

É claro que também não havia pontes na região, mas Elizabeth preferiu ignorar esse detalhe.

O gabinete do administrador ficava localizado em uma pequena construção à esquerda dos estábulos. Era um chalé de três cômodos, com chaminé de pedra e telhado de palha. A porta da frente se abriu para uma pequena sala de estar, com um quarto e um gabinete nos fundos.

A casinha tinha uma aparência limpa e era organizada, o que Elizabeth achou que fazia sentido, já que administradores costumavam se preocupar com a boa conservação das construções das propriedades. A moça ficou parada do lado de fora por cerca de um minuto, respirando fundo algumas vezes e lembrando a si mesma que era uma jovem razoavelmente atraente e elegante. Não havia qualquer motivo para que aquele homem – no qual ela, no fim das contas, nem estava tão interessada assim – pudesse zombar dela.

Era engraçado, pensou Elizabeth de forma irônica, como nunca ficara nervosa com a expectativa de conhecer pessoas. E se agora estava assim era tudo culpa daquela maldita caça a um marido e daquele livro duplamente maldito.

– Eu poderia estrangular a Sra. Seeton – resmungou para si mesma enquanto erguia a mão para bater à porta. – Na verdade, faria isso com muita alegria.

A porta não estava bem fechada e se moveu alguns centímetros quando Elizabeth bateu. Ela chamou:

– Sr. Siddons? Está aqui? Sr. Siddons?

Sem resposta.

Elizabeth empurrou a porta mais um pouco e enfiou a cabeça para dentro.

– Sr. Siddons?

O que ela deveria fazer agora? Ele com certeza não estava em casa. Elizabeth suspirou e apoiou o ombro esquerdo no batente da porta enquanto avançava mais para ver a sala. Ao que parecia, teria que caçar o homem, e só Deus sabia onde ele poderia estar. A propriedade era grande, e ela não estava se sentindo particularmente animada com a perspectiva de fazer uma longa caminhada em busca do errante Sr. Siddons, mesmo com a urgência que tinha em praticar os decretos da Sra. Seeton.

Enquanto permanecia parada ali, deixou os olhos correrem pela sala. Já entrara no pequeno chalé antes, e sabia quais itens pertenciam a lady Danbury. Ao que parecia, o Sr. Siddons não levara muitos pertences. Apenas uma bolsa pequena que estava jogada em um canto, e...

Elizabeth teve um sobressalto. Um livrinho vermelho. Pousado ali, na mesa de canto. Como diabos o Sr. Siddons conseguira uma cópia de *Como se casar com um marquês*? Não conseguia acreditar que aquele fosse o tipo de coisa que ficava exposta em livrarias para cavalheiros. Boquiaberta, atravessou a sala a passos largos e pegou o livro.

Ensaios, de Francis Bacon?

Elizabeth fechou os olhos e praguejou contra si mesma. Santo Deus, estava ficando obcecada. Aquele livrinho idiota parecia surgir em cada canto.

– Idiota, idiota, idiota – murmurou, virando-se para colocar o livro de volta sobre a mesa. – A Sra. Seeton *não* sabe de tudo. Você precisa parar... Ai!

Ela gritou quando a mão direita bateu no lampião de metal que estava sobre a mesa. Ainda segurando o livro com a mão esquerda, Elizabeth sacudiu a outra na altura do pulso, tentando suavizar a dor aguda.

– Ai, ai, ai, ai, ai! – ficou gemendo.

Aquilo foi pior do que dar uma topada, e só Deus sabia que ela já tivera experiência suficiente com isso.

Ela fechou os olhos e suspirou.

– Sou a criatura mais desajeitada de toda a Inglaterra, a maior cabeça--oca de toda a Grã-Bretanha...

Cranch.

Elizabeth ergueu rapidamente a cabeça. O que tinha sido aquilo? Parecia o som de um pé pisando no cascalho. E havia cascalho do lado de fora do chalé do administrador.

– Quem está aí? – chamou ela, a voz soando bastante estridente até para os próprios ouvidos.

Sem resposta.

Elizabeth estremeceu – o que era um mau sinal, considerando-se que aquele mês estivera muito mais quente que de costume. Ela nunca acreditara muito em intuição, mas algo com certeza estava errado ali.

E Elizabeth temeu que sofresse as consequências.

James passara a manhã cavalgando pela propriedade. Já a conhecia de ponta a ponta, é claro – quando criança passara mais tempo ali, na Casa Danbury, do que no próprio Castelo Riverdale. Mas se queria manter a fachada de novo administrador, precisava inspecionar o terreno.

No entanto, fazia muito calor, e quando James terminou sua cavalgada de três horas, sua testa estava úmida de suor e a camisa de linho, colada à sua pele. Um banho teria caído muito bem, mas um administrador não podia pedir que os criados da Casa Danbury lhe enchessem uma banheira, por isso ansiava por um pano úmido e frio, molhado na bacia de água que deixara em seu quarto.

Não esperara encontrar aberta a porta da frente do chalé que ocupava.

James passou a pisar da forma mais silenciosa possível e abriu devagarzinho a porta. Quando espiou, viu as costas de uma mulher. A dama de companhia da tia dele, se os cabelos louro-claros e o corpo miúdo não o tinham enganado.

James tinha ficado intrigado ao vê-la no dia anterior. Não percebera quanto até deparar com ela novamente naquele momento, inclinada sobre o volume dele dos *Ensaios*, de Francis Bacon.

Francis Bacon? Para uma invasora, a moça tinha muito bom gosto para livros.

Observá-la era quase hipnótico. A jovem estava de perfil, o nariz franzido do modo mais divertido enquanto ela examinava o livro. Mechas sedosas do cabelo muito claro haviam escapado do coque e se encaracolavam em sua nuca.

A pele dela parecia quente.

James respirou fundo, tentando ignorar o calor que se acumulava em seu ventre.

Ele se inclinou o mais próximo possível do batente da porta sem denunciar sua presença. Que diabo a moça estava dizendo? Ele se esforçou para se concentrar na voz dela, o que não foi fácil, já que seus olhos continuavam a se desviar para a curva suave dos seios de Elizabeth e para aquele ponto na nuca onde...

James se beliscou. A dor costumava ser um ótimo antídoto para as necessidades básicas de um homem.

A Srta. Hotchkiss estava murmurando alguma coisa e parecia bastante irritada.

– ... idiota...

Ele concordava com isso. Esgueirar-se para dentro dos aposentos dele em plena luz do dia não tinha sido muito inteligente da parte dela.

– ... Sra. Seeton...

Quem diabos seria essa?

– Ai!

James observou-a com mais atenção. A moça estava sacudindo a mão e olhando com raiva para o lampião sobre a mesa. Ele não conseguiu conter um sorriso. Ela parecia tão furiosa que James não teria ficado surpreso se o lampião tivesse entrado em combustão espontânea.

E agora a Srta. Hotchkiss deixava escapar miadinhos de dor que estavam provocando estranhas reações no estômago dele.

O primeiro instinto de James foi se apressar em ajudá-la. Ele ainda era um cavalheiro, afinal, para além de qualquer disfarce que houvesse adotado. E um cavalheiro sempre saía em socorro de uma mulher ferida. Mas hesitou. Ela não estava *tão* ferida assim, e, afinal, o que estava fazendo no chalé dele?

Será que era ela a chantagista?

E, se fosse, como teria descoberto que ele estava ali? Se a Srta. Hotchkiss não estava ali para investigá-lo, por que estava mexendo nos pertences dele? Moças decentes – do tipo que trabalha como dama de companhia para condessas idosas – não faziam essas coisas.

É claro que a jovem poderia ser apenas uma ladrazinha qualquer, com esperança de que o novo administrador fosse um cavalheiro com dificuldades financeiras, mas que guardasse algumas poucas relíquias de família. Um relógio, uma joia da mãe... o tipo de coisa de que um homem talvez não quisesse se separar, mesmo que as circunstâncias o forçassem a procurar trabalho.

A jovem fechou os olhos, suspirou e se virou.

– Sou a criatura mais desajeitada de toda a Inglaterra, a maior cabeça-oca de toda a Grã-Bretanha...

James se aproximou mais e arqueou o pescoço, enquanto tentava escutar tudo o que ela estava dizendo.

Cranch.

– Maldição – disse James para si mesmo, sem emitir som.

E se moveu rápido de modo que suas costas ficassem pressionadas contra a parede lateral do chalé. Já fazia anos desde a última vez que dera um passo descuidado como aquele.

– Quem está aí? – gritou ela.

James não conseguia mais vê-la, estava muito longe da porta para isso. Mas a jovem parecia em pânico, como se estivesse prestes a sair correndo do chalé a qualquer momento.

Ele se afastou mais, apressando-se em se posicionar entre os estábulos e o chalé. Assim, quando ouvisse a dama de companhia da tia sair da casa, caminharia em direção a ela, como se houvesse acabado de chegar.

E, como esperava, ouviu a porta da frente do chalé ser fechada poucos segundos depois. Na sequência, o som de passos. Então James entrou em ação.

– Bom dia, Srta. Hotchkiss – saudou ele, seus passos largos colocando-o bem no caminho da moça.

– Ah! – gritou ela, dando um saltinho. – Eu não o tinha visto.

Ele sorriu.

– Peço perdão se a assustei.

Elizabeth balançou a cabeça, o rosto começando a ficar ruborizado.

James pressionou o dedo contra a boca para esconder um sorriso triunfante. A jovem se sentia culpada por algo. Um rubor como aquele não surgia sem razão.

– Não, não, está tudo bem – balbuciou ela. – Eu... hã... preciso mesmo aprender a olhar por onde ando.

– O que a traz aqui? – perguntou ele. – Eu achava que a maior parte de seus deveres exigiam sua presença na casa.

– Sim, exigem mesmo. Mas na verdade me mandaram vir aqui para chamá-lo. Lady Danbury gostaria de falar com o senhor.

James estreitou os olhos. Não achava que a jovem estivesse mentindo... ela obviamente era muito inteligente para inventar algo que ele poderia desmentir com facilidade. Mas por que, então, ela teria se esgueirado para dentro dos aposentos dele?

A moça estava aprontando alguma. E, pelo bem da tia, James estava determinado a descobrir o quê. Já havia interrogado mulheres antes e sempre conseguiu fazê-las contar o que ele precisava saber. Na verdade, seus superiores no Departamento de Guerra com frequência riam comentando que ele aperfeiçoara a arte de interrogar mulheres.

Mulheres, percebera James havia muito tempo, de certa maneira eram de uma raça diferente da dos homens. Eram basicamente egocêntricas. Tudo o que era necessário era perguntar a uma mulher sobre ela mesma, e o mais provável era que ela deixasse escapar todos os segredos que guardava. É claro que havia uma ou duas exceções a essa regra, e a própria lady Danbury era um exemplo disso, mas...

– Algum problema? – perguntou a Srta. Hotchkiss.

– Como?

– O senhor está muito silencioso – comentou ela, então mordeu o lábio.

– Eu estava só divagando – mentiu James. – Confesso que não consigo imaginar por que lady Danbury está solicitando a minha presença. Eu a vi hoje de manhã.

A jovem chegou a abrir a boca, mas não tinha o que dizer.

– Não sei – disse ela finalmente. – Achei melhor não questionar os motivos de lady Danbury. Tentar entender como funciona a mente dela é muito cansativo para o cérebro.

James riu mesmo contra a vontade. Não queria gostar daquela moça, mas ela parecia encarar a vida com uma graça e um humor raros. E com certeza descobrira a melhor maneira de lidar com a tia dele. Agradá-la e fazer o que ela queria... sempre funcionara para James também.

Ele estendeu o braço, preparado para jogar seu charme na jovem até que ela revelasse todos os seus segredos.

– A senhorita me acompanharia de volta à casa? Isso, é claro, caso não tenha outros assuntos a resolver aqui fora.

– Não.

Ele ergueu as sobrancelhas.

– Quero dizer, não, não tenho mais nada para resolver aqui fora. – Ela deu um sorrisinho. – E, sim, será um prazer acompanhá-lo.

– Excelente – disse ele, satisfeito. – Mal posso esperar para nos conhecermos melhor.

Elizabeth deixou escapar um longo suspiro enquanto passava o braço pelo dele. Havia errado em sua última fala, mas, a não ser por isso, achava que estava colocando em prática as regras da Sra. Seeton com admirável habilidade. Conseguira até fazer o Sr. Siddons rir, o que tinha que estar listado em algum daqueles decretos. E se não estivesse, deveria estar. Certamente os homens apreciam mulheres que sabem ser espirituosas.

Elizabeth franziu o cenho. Talvez aquilo se encaixasse na parte de ser única...

– A senhorita está muito séria – comentou ele.

Elizabeth se sobressaltou. Maldição. Precisava manter a mente concentrada naquele cavalheiro. Não havia algo naquele livro sobre dedicar plena atenção aos cavalheiros? Isso teria que acontecer durante os cinco minutos *antes* que o assunto acabasse.

– É quase como se a senhorita estivesse um pouco concentrada demais em alguma coisa – continuou James.

Elizabeth quase lamentou alto. Lá se ia a tentativa de fazer seu encanto parecer natural. Ela não estava muito certa sobre como aquilo se aplicava à situação presente, mas acreditava que a mulher em questão não deveria aparentar estar seguindo um manual.

– É claro – prosseguiu o Sr. Siddons, que com certeza não percebera a perturbação dela – que sempre achei as mulheres sérias as mais intrigantes.

Ela conseguiria. Sabia que conseguiria. Afinal, era uma Hotchkiss, maldição, e poderia fazer qualquer coisa que estivesse determinada a fazer. Precisava conseguir um marido, mas o mais importante era que, primeiro, tinha que *aprender* a conseguir um marido. E quanto ao Sr. Siddons, ora, ele estava bem ali... talvez fosse um pouco cruel usá-lo como uma espécie de teste, mas uma mulher deve fazer o que é necessário. E ela era uma mulher desesperada.

Elizabeth se virou, com um sorriso radiante no rosto. Jogaria seu encanto naquele homem até que... até que... ora, até que ele ficasse encantado.

Ela abriu a boca para arrebatá-lo com algum comentário inteligente e sofisticado, mas, antes que pudesse emitir um único som, o Sr. Siddons se inclinou mais para perto, os olhos ardentes e perigosos, e disse:

– Estou terrivelmente curioso em relação a esse sorriso.

Elizabeth ficou confusa. Se não soubesse que não era o caso, teria pensado que era *ele* que estava tentando seduzi-la.

Não, pensou, afastando a ideia. Aquilo era impossível. Ele mal a conhecia, e por mais que não fosse a garota mais feia de toda Surrey, sem dúvida não era nenhuma sereia.

– Peço que me perdoe, Sr. Siddons – disse Elizabeth, em um tom simpático. – Assim como o senhor, tenho tendência a me perder em pensamentos. E com certeza não tive a intenção de ser rude.

Ele balançou a cabeça.

– A senhorita não foi rude.

– Mas veja só...

O que fora mesmo que Susan lera para ela naquele livro? Sempre estimule um homem a falar sobre si mesmo. Os homens são basicamente egocêntricos.

– Srta. Hotchkiss?

Elizabeth pigarreou e abriu outro sorriso.

– Sim! Ora, veja só, eu estava exatamente me perguntando sobre o senhor.

Houve um breve silêncio, até que ele perguntou:

– Sobre mim?

– É claro. Não é todo dia que temos uma pessoa nova aqui na Casa Danbury. De onde o senhor vem?

– Daqui e dali – respondeu ele, evasivo. – Em tempos mais recentes, de Londres.

– Que emocionante! – comentou ela, tentando parecer animada. Elizabeth odiava Londres. Era suja, malcheirosa e superpopulosa. – E o senhor sempre foi administrador?

– Nããão – disse o Sr. Siddons, lentamente. – Não há muitas propriedades rurais grandes em Londres.

– Ah, sim – murmurou Elizabeth. – Verdade.

Ele inclinou a cabeça e a encarou com simpatia.

– A senhorita sempre morou aqui?

Elizabeth assentiu.

– A vida toda. Não conseguiria me imaginar vivendo em outro lugar. Não há nada mais adorável do que a área rural inglesa quando as flores desabrocham. E uma pessoa com certeza não pode...

Ela se interrompeu. Não deveria estar falando sobre si mesma.

James ficou em alerta. O que ela teria dito?

Elizabeth pestanejou lentamente.

– Mas o senhor não quer saber a meu respeito.

– Ah, quero, sim – retrucou ele, brindando-a com seu olhar mais ardente e intenso, que as mulheres adoravam.

Não aquela, ao que parecia. A jovem jogou a cabeça para trás e tossiu.

– Algum problema? – perguntou James.

A Srta. Hotchkiss apressou-se a balançar a cabeça, negando, mas sua expressão era a de quem acabara de engolir uma aranha. Então – e isso não fazia sentido, mas James podia jurar que havia visto – a jovem endireitou os ombros, como se estivesse se preparando para executar alguma tarefa terrível, e disse com uma doçura forçada:

– Estou certa de que leva uma vida muito mais interessante do que a minha, Sr. Siddons.

– Ah, mas tenho certeza de que está enganada.

Elizabeth pigarreou, louca de vontade de bater o pé de pura frustração. Aquilo não estava funcionando. Cavalheiros deveriam gostar de falar sobre si mesmos, e tudo o que aquele homem estava fazendo era perguntar sobre ela. Elizabeth ficou com a estranha impressão de que ele estava fazendo alguma espécie de joguinho com ela.

– Sr. Siddons – disse Elizabeth, torcendo para ter conseguido eliminar qualquer traço de frustração da voz –, moro em Surrey desde que nasci. Como minha vida poderia ser mais interessante que a sua?

Ele estendeu a mão e tocou o queixo dela.

– Por algum motivo, Srta. Hotchkiss, tenho a sensação de que poderia me fascinar infinitamente se quisesse.

Elizabeth arquejou e então parou de respirar de uma vez. Nenhum homem a tocara antes e provavelmente ela era a pior espécie de meretriz por pensar assim, mas sentir o toque quente da mão dele foi quase hipnótico.

– Não acha? – sussurrou ele.

Elizabeth inclinou o corpo na direção do rapaz por um breve instante, então ouviu a Sra. Seeton – cuja voz, por sinal, parecia muito com a de Susan – em sua cabeça.

"Se você encerrar a conversa", sussurrou a voz de Susan, "ele ficará fantasiando a respeito do que você teria dito a seguir."

Então Elizabeth, que nunca experimentara o êxtase de saber que um homem estava interessado nela, forçou-se a endireitar a coluna pela segunda vez naquela manhã e disse com uma firmeza impressionante:

– Realmente preciso ir, Sr. Siddons.

Ele balançou a cabeça lentamente, sem afastar os olhos do rosto dela.

– Quais são seus interesses, Srta. Hotchkiss? – perguntou. – Seus hobbies? Seus anseios? A senhorita me passa a impressão de ser uma jovem dama com inteligência fora do comum.

Ah, ele com certeza estava debochando dela. Sem dúvida não a conhecia havia tempo bastante para ter formado uma opinião sobre seu intelecto. Elizabeth estreitou os olhos. Ele queria saber quais eram seus anseios, não é? Muito bem, então ela lhe diria.

– Eu gosto mesmo é de cuidar da minha horta – disse com os olhos brilhando.

– Da sua horta? – perguntou ele, atônito.

– Ah, sim. Nossa primeira colheita este ano vai ser de nabos. Muitos nabos. O senhor gosta de nabos?

– Nabos? – repetiu ele.

Ela assentiu enfaticamente.

– Nabos. Alguns os consideram sem graça, até insípidos, na verdade, mas é o tubérculo mais fascinante que existe.

James relanceou o olhar para a direita e para a esquerda, procurando por uma via de escape. De que diabo aquela moça estava falando?

– Já cultivou nabos?

– Ah... não, nunca.

– É uma pena – disse ela, parecendo lamentar muito. – A partir de um nabo é possível aprender muito sobre a vida.

Ele inclinou a cabeça um pouco para a frente, perplexo. Aquilo ele precisava ouvir.

– É mesmo? E, diga-me, por misericórdia: o que se pode aprender?

– Hã...

Ele sabia. Ela estava zombando dele. O que pretendia? James abriu um sorriso inocente.

– A senhorita estava dizendo...?

– Perseverança! – disse ela em um rompante. – É possível aprender muito sobre perseverança.

– É mesmo? Como?

A jovem suspirou dramaticamente.

– Sr. Siddons, se precisa perguntar, então temo que nunca compreenderia.

Enquanto James tentava digerir aquela declaração, ela continuou, animada:

– Ora, veja, já chegamos à Casa Danbury. Por favor, diga a lady Danbury que estarei no roseiral caso ela precise de mim.

Então, sem dizer nem mais uma palavra, ela se afastou, apressada.

James ficou parado ali por um momento, tentando descobrir o sentido do que sem dúvida fora a conversa mais bizarra que já tivera na vida. E foi então que percebeu a sombra dela pairando ao lado da casa.

Que roseiral, que nada. A maldita jovem estava escondida, ainda o espiando. Ele descobriria o que ela pretendia, mesmo se fosse a última coisa que fizesse na vida.

~

Dez horas mais tarde, Elizabeth arrastou os pés cansados para dentro do chalé Hotchkiss. Não se surpreendeu ao ver Susan esperando na base da escada, com o livro *Como se casar com um marquês* ainda em mãos.

– O que aconteceu? – perguntou Susan, pondo-se rapidamente de pé. – Conte-me tudo!

Elizabeth teve que controlar um ataque de riso constrangido.

– Ah, Susan – disse, meneando a cabeça. – Nos saímos muito bem no Decreto nº 1. Ele definitivamente me acha única.

CAPÍTULO 4

– Não está um lindo dia?

Elizabeth encarou o rosto animado da irmã, do outro lado da mesa de café. O sorriso de Susan só estava menos radiante do que o brilho do sol, já que tudo indicava que de novo o tempo ficaria bom naquele dia, o que de fato não era comum.

– Não está? – insistiu Susan.

Elizabeth simplesmente a ignorou e continuou atacando o bolinho à sua frente com uma faca.

– Se não vai comer esse bolinho, posso ficar com ele? – perguntou Lucas.

Elizabeth começou a empurrar o prato pela mesa.

– Espere! Eu também queria mais um pouco – atalhou Jane.

Elizabeth puxou o prato de volta, dividiu ao meio os restos do bolinho trucidado e empurrou o prato novamente adiante.

– Você está muito emburrada esta manhã – comentou Jane, enquanto pegava sua parte do bolinho.

– Sim, estou.

Como se tivesse sido coreografado, todos os três Hotchkisses mais jovens recuaram e trocaram olhares. Era raro ver Elizabeth de mau humor, mas quando isso acontecia...

– Acho melhor ir brincar lá fora – disse Lucas.

E levantou-se tão rápido que derrubou a cadeira.

– E acho melhor que eu me junte a você – falou Jane enfiando o resto do bolinho na boca.

As duas crianças saíram em disparada pela porta da cozinha. Elizabeth dirigiu um olhar insolente na direção de Susan.

– *Eu* não vou a lugar nenhum – avisou Susan. – Temos muito que conversar.

– Talvez você tenha percebido que não estou com humor para conversa.

Elizabeth deu um gole no chá. Estava morno. Ela voltou a pousar a xícara e se levantou para colocar mais água para ferver.

O dia anterior havia sido um fiasco absoluto. Um completo desastre. O que ela pensara? Deveria ter aproveitado para praticar suas habilidades sociais, mas acabara tagarelando sobre nabos.

Nabos!

Odiava nabos.

Elizabeth tentou convencer a si mesma de que não tivera escolha. O Sr. Siddons não era a pessoa que parecia numa primeira impressão, e ele claramente ficou fazendo algum joguinho com ela. Mas nabos? Por que ela escolhera nabos? E por que dissera que os malditos nabos tinham algo a ver com perseverança? Santo Deus, como conseguiria explicar uma coisa dessas?

O Sr. Siddons provavelmente contara a todos na Casa Danbury sobre a bizarra fascinação dela por tubérculos. Quando Elizabeth chegasse para o trabalho naquela manhã, a história talvez já tivesse circulado dos estábulos para a cozinha e de volta. Todos estariam rindo dela. E, por mais que não se importasse muito com a perda do Sr. Siddons como um "pseudomarquês", teria que trabalhar com o homem por meses – quem sabe até por anos! E ele possivelmente estava achando que ela era louca.

Elizabeth deu um passo na direção das escadas.

– Vou passar mal.

– Ah, não, não vai, não! – exclamou Susan, dando a volta na mesa e segurando o braço de Elizabeth. – Você vai para a Casa Danbury mesmo que isso acabe com você.

– *Está* acabando comigo. Pode apostar.

Susan apoiou a mão livre no quadril.

– Nunca a vi como uma covarde, Elizabeth Hotchkiss.

Elizabeth puxou o braço para se libertar e encarou a irmã com fúria.

– Não sou covarde. Só sei quando não dá para vencer uma batalha. E, acredite, essa tem Waterloo escrita nela em letras garrafais.

– Nós vencemos a batalha de Waterloo – lembrou Susan com um sorrisinho pretensioso.

– Finja que somos franceses – retrucou Elizabeth. – Estou lhe dizendo, o Sr. Siddons não é uma boa escolha.

– O que há de errado com ele?

– O que há de errado com ele? O que há de *errado* com ele? – A indignação fez Elizabeth alterar o tom de voz. – Não há nada errado com ele. *Tudo* está errado com ele.

Susan coçou a cabeça.

– Talvez seja por causa da minha pouca idade ou porque meu cérebro não está tão plenamente desenvolvido como o seu...

– Ah, *por favor*, Susan.

– ... mas não estou entendendo absolutamente nada do que você está falando. Se não há nada errado com o homem...

– Ele é perigoso. E está fazendo joguinhos comigo.

– Tem certeza?

– Ele já seduziu centenas de mulheres. Estou certa disso.

– Um administrador? – perguntou Susan, meio cética. – Eles não costumam ser baixos e gordos?

– Esse é belo como o pecado. Ele...

– Belo como o pecado? Sério? – Susan arregalou os olhos. – Como ele é?

Elizabeth ficou em silêncio por algum tempo, tentando não ruborizar enquanto o rosto do Sr. Siddons pairava em sua mente. O que havia de tão atraente naquele homem? Algo na boca, talvez. Os lábios de um fino contorno tinham a tendência a se curvar levemente para cima, como se guardassem a chave para uma piada secreta. Mas... podiam ser os olhos dele. Tinham um tom comum de castanho, da mesma cor dos cabelos, na verdade, e deveriam parecer banais, mas eram muito profundos, e quando ele olhava para ela, Elizabeth se sentia...

– Elizabeth?

Quente. Ela se sentia quente.

– Elizabeth?

– O que foi? – perguntou ela, distraída.

– Como ele é?

– Ah. Ele... ah, Deus, como posso descrevê-lo? Ele parece um homem.

– Que detalhado – comentou Susan em tom de deboche. – Lembre-me de nunca aconselhá-la a procurar trabalho como romancista.

– Eu jamais conseguiria inventar uma história mais ridícula do que a que estou vivendo agora.

Susan ficou séria.

– Está tão ruim assim?

– Sim – respondeu Elizabeth com um suspiro que foi dois terços de frustração e um terço de irritação. – O dinheiro que papai nos deixou está quase acabando, e o salário que recebo de lady Danbury não é nem de longe o bastante para nos sustentar... principalmente depois que o aluguel do chalé vencer. Tenho que me casar, mas o único homem disponível no distrito além de Squire Nevins é o novo administrador de lady D., e ele, além de ser muito bonito e perigoso *e* de achar que sou completamente louca, não deve ganhar o bastante para se qualificar como um candidato adequado. Assim, eu lhe pergunto – acrescentou ela, a voz aumentando em irritação e volume –: como você já declarou que não vou fazer fortuna publicando meus escritos, *o que* propõe que eu faça?

Elizabeth cruzou os braços, satisfeita com o discurso.

Susan apenas piscou e perguntou:

– Por que ele acha que você é louca?

– Isso não importa – declarou Elizabeth. – O que importa é que estou de mãos atadas.

– Por acaso, tenho a resposta – disse Susan com um sorriso lento e intenso.

Elizabeth viu a irmã levar o braço às costas para pegar algo e sentiu a raiva explodir em seu peito.

– Ah, não, não ouse pegar esse livro de novo.

Mas Susan já estava com o livrinho vermelho aberto.

– Escute só – pediu ela, animada. – Decreto nº 17...

– Já estamos no dezessete?

– Fique quieta. "Decreto nº 17: A vida é um ensaio até que você encontre o homem com quem irá se casar." – Susan assentiu com entusiasmo. – Viu?

Silêncio.

– Elizabeth?

– Você está brincando, não está?

Susan olhou para o livro e voltou a fitar a irmã.

– Nããããão – disse lentamente. – Eu...

– Dê esse livro aqui!

Elizabeth arrancou o livro das mãos da irmã e leu:

A VIDA É UM MERO ENSAIO ATÉ QUE VOCÊ ENCONTRE O HOMEM COM QUEM IRÁ SE CASAR. ASSIM, VOCÊ DEVE PRATICAR ESSES DECRETOS O TEMPO TODO, COM TODOS OS HOMENS QUE ENCONTRAR. NÃO IMPORTA SE NÃO TEM INTENÇÃO DE SE CASAR COM DETERMINADO HOMEM. VOCÊ DEVE LIDAR COM ELE COMO LIDARIA COM UM MARQUÊS. PORQUE, CASO SE DESABITUE A SEGUIR MEUS DECRETOS, ACABARÁ SE ESQUECENDO DO QUE DEVE FAZER QUANDO REALMENTE DEPARAR COM UMA PERSPECTIVA DE CASAMENTO. APERFEIÇOE SUAS HABILIDADES. ESTEJA PRONTA. SEU MARQUÊS PODE ESTAR NA PRÓXIMA ESQUINA.

– Ela enlouqueceu de vez? – perguntou Elizabeth. – Isso não é um conto de fadas. Não há marqueses na próxima esquina. E, francamente, achei tudo isso bastante ofensivo.

– Que parte?

– Tudo isso. Se levarmos em conta o que essa mulher diz, eu nem sequer existo até que encontre um marido. Isso é um disparate. Se sou tão sem importância, então o que venho fazendo nesses últimos cinco anos? Como consegui manter esta família unida? Não foi girando os polegares e esperando que algum cavalheiro bondoso se dignasse a casar comigo!

Susan abriu a boca em uma exclamação silenciosa. Depois de algum tempo, disse:

– Acho que ela não quis dizer...

– Sei que não quis... – interrompeu-a Elizabeth, um pouco constrangida com o seu desabafo explosivo. – Desculpe. Não tive a intenção... Por favor, esqueça que eu disse qualquer coisa.

– Tem certeza? – perguntou Susan, a voz baixa.

– Sim, está tudo bem – retrucou Elizabeth rapidamente.

Então se virou e olhou pela janela. Lucas e Jane estavam brincando no jardim. Eles haviam começado um jogo que envolvia um pedaço de tecido azul amarrado a um pau e davam gritinhos de alegria.

Elizabeth engoliu em seco, sentindo o amor e o orgulho transbordando dentro de si. Passou a mão pelos cabelos, deixando os dedos pararem no início da trança.

– Desculpe – disse para Susan. – Eu não deveria ter descontado em você desse jeito.

– Não me importo – retrucou Susan em tom solidário. – Você tem vivido sob grande tensão. Sei disso.

– É só que... estou muito preocupada. – Agora Elizabeth levou a mão à testa e a esfregou. De repente, se sentiu muito cansada e muito velha. – De que adianta praticar meus truques de sedução no Sr. Siddons se na verdade não há qualquer perspectiva real de casamento em vista?

– Lady Danbury recebe visitas o tempo todo – falou Susan em uma voz encorajadora. – Não é verdade? E você me disse que todos os amigos dela são ricos e ostentam títulos de nobreza.

– Sim, mas ela me dá folga quando recebe convidados. Diz que não precisa da minha companhia quando há hóspedes na residência.

– Você terá que achar um modo de burlar isso. Invente algum motivo para ir até a Casa Danbury. E essa festa no fim do mês? Você não disse que ela sempre a convida para eventos assim?

– Será um baile de máscaras, na verdade. Ela me informou ontem.

– Melhor ainda! Podemos não ser boas o bastante com agulhas para lhe costurar um vestido de baile, mas com certeza conseguimos improvisar uma fantasia. Você não precisa usar nada sofisticado.

Susan agitava as mãos com animação enquanto falava e, por um estranho momento, Elizabeth teve a impressão de estar vendo a si mesma aos 14 anos – numa época em que achava que tudo era possível. Antes que o pai morresse e a deixasse com um monte de responsabilidades. Antes que ele se fosse e levasse consigo a inocência da infância dela.

– Nós somos tão parecidas, você e eu... – sussurou Elizabeth.

Susan pareceu confusa.

– Como assim?

– Não, é que... – Elizabeth parou e deu um sorriso melancólico para a irmã. – É que às vezes o fato de sermos tão parecidas fisicamente me faz lembrar de como eu já fui como você.

– E não é mais?

– Não, definitivamente não. Às vezes sim, mas só por pouco tempo. – Ela se inclinou para a frente em um impulso e deu um beijo no rosto da irmã. – Esses são meus momentos favoritos.

Susan piscou com força e parecia que estava tentando conter as lágrimas, antes de assumir novamente sua personalidade profissional.

– Precisamos voltar ao assunto em questão.

Elizabeth sorriu.

– Esqueci completamente qual era.

– Quando lady Danbury vai receber visitas? – perguntou Susan com impaciência. – Não estou falando do baile de máscaras. Apenas de visitas.

– Ah, sim – retrucou Elizabeth, com amargura. – Ela vai receber algumas pessoas no próximo fim de semana. Acredito que fará uma pequena recepção ao ar livre. Na verdade, será mais uma reunião do que uma festa formal. Eu enderecei os convites.

– Para quantos convidados?

– Não mais do que dez ou doze, acho. Será à tarde. Afinal, estamos bem perto de Londres, e as pessoas podem vir e voltar para lá no mesmo dia.

– Você precisa estar lá.

– Susan, não fui convidada!

– Com certeza só não foi porque lady D. acha que você não aceitaria o convite. Se disser a ela...

– Não vou forçar um convite – declarou Elizabeth com determinação. – Até eu tenho mais orgulho do que isso.

– Você não pode pelo menos esquecer alguma coisa sua lá na sexta-feira? Então, teria que retornar no sábado para pegá-la. – Susan fez uma careta que era mais esperançosa do que persuasiva. – Talvez você seja convidada a se juntar às festividades.

– E você não imagina que lady Danbury vai achar essa coincidência meio esquisita? – zombou Elizabeth. – Já trabalho como sua dama de companhia há cinco anos e nunca esqueci nada lá antes.

– Talvez ela ache. Talvez não. – Susan deu de ombros. – Mas você não vai saber até tentar. E com certeza não vai encontrar um marido se ficar se escondendo aqui o dia todo.

– Ah, tudo bem – concordou Elizabeth com grande relutância. – Vou fazer isso. Mas só depois de checar a lista de convidados e *se* eu me certificar de que haverá algum homem solteiro entre eles. Não vou passar vergonha diante de lady Danbury só para depois descobrir que todos os convidados são casados.

Susan bateu palmas.

– Excelente! E, nesse meio-tempo, você vai praticar com esse Sr...

– Não! – retrucou Elizabeth em voz alta. – Não vou.

– Mas...

– Eu disse não. Não vou correr atrás desse homem.

Susan ergueu as sobrancelhas com uma expressão inocente.

– Ok, não há necessidade de correr atrás dele. De qualquer modo, a Sra. Seeton diz que não se deve fazer esse tipo de coisa. Mas se por acaso você esbarrar com ele...

– Isso será bem improvável, já que planejo evitá-lo como a uma praga.

– Mesmo assim...

– Susan!

Elizabeth dirigiu seu olhar mais severo à irmã.

– Tudo bem, mas se você...

Elizabeth ergueu a mão.

– Nem mais uma palavra, Susan. Vou agora mesmo para a Casa Danbury e cuidarei de lady Danbury, e apenas dela. Fui clara?

Susan assentiu, mas claramente não estava sendo sincera.

– Tenha um bom dia, então. Estou certa de que não terei nada a contar quando voltar para casa. – Elizabeth caminhou em direção à porta e abriu-a. – O dia hoje deve ser bastante tedioso. Absoluta e abençoadamente tedioso. Estou certa disso. Na verdade, estou convencida de que não verei o Sr. Siddons nem de longe.

Ela estava errada. Muito, muito errada. Ele esperava por ela na porta da frente.

– Srta. Hotchkiss, é um prazer vê-la de novo – disse ele, a voz tão agradável que Elizabeth não conseguiu confiar inteiramente em sua sinceridade.

Elizabeth se pegou dividida entre o desejo de disparar para dentro de casa e a vontade de arrancar aquele sorrisinho confiante do rosto dele. O orgulho venceu. Ela ergueu uma das sobrancelhas louras em uma expressão arrogante que aprendera com lady Danbury e comentou em tom ácido:

– É mesmo?

Um dos cantos da boca dele se ergueu, mas não se poderia chamar aquilo exatamente de um sorriso.

– Você não parece acreditar em mim.

Elizabeth deixou escapar o ar longamente por entre os lábios cerrados. Que diabo ela deveria fazer agora? Havia jurado para si mesma que não treinaria mais os decretos de *Como se casar com um marquês* com aquele homem. Ele sem dúvida era muito bem versado nas artes do flerte para ser afetado por qualquer uma das tentativas patéticas dela.

E depois da conversa da véspera sobre nabos, o Sr. Siddons provavelmente a estava considerando uma completa tola. O que levantava a pergunta: que diabo ele queria com ela naquele momento?

– Srta. Hotchkiss – começou a falar o Sr. Siddons, depois de esperar em vão que ela se pronunciasse –, eu esperava apenas que pudéssemos desenvolver um tipo de amizade. Afinal, vamos trabalhar juntos aqui na Casa Danbury por algum tempo. E ambos ocupamos esses cargos intermediários, como os de governanta e mordomo... um pouco bem-educados demais para nos misturarmos aos criados, ainda que não sejamos parte da família.

Elizabeth considerou as palavras dele – ou, para ser mais precisa, o tom estranhamente amigável dele. Então o encarou, e a expressão do homem também parecia gentil e simpática.

A não ser pelos olhos. Havia algo espreitando naquelas profundezas cor de chocolate. Algo... perspicaz.

– Por que está sendo tão legal comigo? – perguntou Elizabeth em um rompante.

Ele pareceu surpreso e deixou escapar um breve pigarro.

– Sinceramente, não sei o que quer dizer com isso.

Ela apontou o dedo para ele e balançou-o de modo avaliador.

– Sei o que o senhor está planejando, portanto não tente me fazer de tola.

Isso fez com que ele erguesse a sobrancelha, o que aborreceu Elizabeth, porque o homem obviamente fazia aquilo muito melhor do que ela.

– Como? – perguntou o Sr. Siddons.

– O senhor é muito sedutor e sabe disso.

Ele entreabriu os lábios e então, depois de um breve momento de silêncio, disse:

– Não me resta nada a dizer além de "obrigado".

– Isso não foi propriamente um elogio.

– Mas poderia ter sido? – perguntou ele em tom provocador.

Elizabeth balançou a cabeça.

– O senhor quer algo de mim.

– Apenas sua amizade.

– Não, o senhor quer algo e está tentando conseguir isso jogando seu encanto para cima de mim.

– E está funcionando?

– Não!

Ele suspirou.

– É uma pena. Normalmente funciona.

– O senhor admite, então?

– Acredito que deva admitir. – Ele ergueu as mãos, rendendo-se. – Mas se quer que eu responda às suas perguntas, peço que me faça a gentileza de caminhar comigo aqui fora por alguns minutos.

Elizabeth titubeou. Ir a qualquer lugar sozinha com aquele homem seria um erro imenso.

– Não posso. Lady Danbury está esperando por mim.

O Sr. Siddons abriu o relógio de bolso.

– Não pelos próximos quinze minutos.

– E como o senhor sabe disso? – perguntou ela.

– Talvez a senhorita se lembre de que fui contratado para cuidar dos interesses de lady Danbury.

– Mas o senhor não é secretário dela. – Elizabeth cruzou os braços. – Administradores não são responsáveis pela agenda de seus patrões.

Talvez tenha sido imaginação dela, mas a expressão nos olhos dele pareceu ficar mais ardente e intensa.

– Sempre achei que não há nada mais poderoso do que ser bem informado – retrucou ele. – Lady Danbury é uma mulher pontual. Me pareceu prudente ficar a par da agenda dela para que essa pontualidade não seja afetada.

Elizabeth torceu os lábios. Ele estava certo, que maldito! A primeira coisa que ela mesma fizera quando começara a trabalhar para lady D. fora memorizar a agenda da velha dama.

– Posso ver que concorda comigo, por mais relutante que se sinta em me lisonjear admitindo isso.

Ela o encarou com irritação. Realmente aquele homem passava dos limites da arrogância.

– Vamos – disse ele, em tom sedutor. – Com certeza a senhorita pode dedicar alguns momentos para ajudar um recém-chegado na região.

– Tudo bem – concordou Elizabeth, incapaz de dizer não depois que ele apresentou o convite como um pedido de ajuda. Ela nunca fora capaz de virar as costas a alguém que precisasse de auxílio. – Vou caminhar com o senhor, mas agora só tenho dez minutos.

– Que dama generosa – murmurou ele, e deu o braço a ela.

Elizabeth engoliu em seco quando sentiu a mão dele envolver a curva do seu braço. E voltou a experimentar a mesma sensação de antes – aquela estranha e ofegante consciência de si mesma que a envolvia sempre que ele estava perto. E a pior parte era que o homem parecia frio e tranquilo como sempre.

– O que acha de pegarmos um atalho pelo roseiral? – sugeriu ele.

Ela assentiu, incapaz de dizer mais alguma coisa. O calor da mão dele havia subido pelo braço de Elizabeth, e ela parecia ter esquecido como respirar.

– Srta. Hotchkiss?

Elizabeth voltou a engolir em seco e finalmente encontrou a própria voz.

– Sim?

– Espero que não se sinta desconfortável pelo fato de eu querer sua companhia.

– De forma alguma – retrucou ela, com a voz aguda.

– Ótimo – disse James com um sorriso. – É que não sei a quem mais recorrer.

Ele relanceou o olhar para ela e percebeu que o rosto da jovem tinha um adorável tom rosado.

Eles não disseram nada enquanto seguiam através do arco de pedra que levava ao roseiral. James a guiou para a direita, passando pelas famosas rosas Scarlet Scotch da Casa Danbury, que desabrochavam em uma linda exibição de cor-de-rosa e amarelo. Ele se inclinou para sentir o perfume de uma das flores, ganhando tempo enquanto tentava decidir a melhor maneira de proceder a partir dali.

James havia pensado na Srta. Hotchkiss a noite toda e uma boa parte da manhã. Era uma moça inteligente e sem dúvida estava com algum plano em andamento. Ele já passara tempo o bastante desvendando tramas secretas para saber quando uma pessoa estava agindo de modo suspeito. E todos os seus instintos lhe diziam que no dia anterior a Srta. Hotchkiss havia se comportado de forma fora do comum.

A princípio, parecera estranho que ela fosse a chantagista. Afinal, a jovem não devia ter muito mais de 20 anos. Com certeza não era mais velha do que Melissa, que tinha 32. Portanto, não poderia ter conhecimento em primeira mão do caso extraconjugal de lady Danbury.

Mas a própria Srta. Hotchkiss dissera que vivera a vida toda naquela região. Talvez os pais dela houvessem lhe confidenciado o acontecido. Segredos tinham um modo todo especial de perdurar por anos em cidades pequenas.

Isso sem mencionar que a Srta. Hotchkiss tinha livre acesso à Casa Danbury. Portanto, se a tia dele houvesse deixado alguma evidência incriminadora, a pessoa mais provável a descobri-la seria sua dama de companhia.

Não importava para onde ele se virasse, era sempre levado de volta à Srta. Elizabeth Hotchkiss.

Mas, se queria descobrir os segredos dela, tinha que fazê-la confiar nele. Ou, ao menos, precisava baixar a guarda dela o suficiente para que a moça deixasse escapar uma confidência ocasional daqueles deliciosos lábios rosados. James tinha a sensação de que a melhor maneira de fazer isso era pedindo a ajuda dela. A Srta. Hotchkiss era o tipo de mulher que levava a educação até as últimas consequências. Não havia como ela se negar caso ele pedisse ajuda para se familiarizar com a vizinhança. Mesmo se fosse a chantagista – e, portanto, egoísta até a alma –, ela precisava manter as aparências. A Srta. Elizabeth Hotchkiss, dama de companhia da condessa de Danbury, não poderia se permitir ser vista como nada menos do que uma pessoa encantadora e gentil.

– Talvez a senhorita já tenha percebido que sou novo na região – começou ele.

Ela assentiu lentamente, os olhos cautelosos.

– E, ontem, a senhorita me disse que morou a vida toda neste distrito.

– Sim...

James sorriu calorosamente.

– Estou precisando de alguma orientação. De alguém para me mostrar as principais atrações daqui. Ou, no mínimo, para me falar a respeito deste lugar.

Ela pareceu confusa.

– Quer ver as principais atrações? Como assim?

Maldição. Ela o pegara. Não se podia dizer que a cidadezinha transbordava cultura e história.

– Talvez "principais atrações" não seja a melhor escolha de palavras – improvisou James. – Mas cada lugar tem os próprios costumes, e se quero ser eficiente em meu trabalho como administrador da maior propriedade do distrito, preciso conhecê-los.

– Isso é verdade – disse ela, assentindo com uma expressão pensativa. – É claro que não sei exatamente o que o senhor precisaria conhecer, já que nunca administrei uma propriedade. E é de imaginar que o senhor esteja se sentindo perdido, já que também nunca administrou uma propriedade antes.

Ele a encarou muito sério.

– Eu nunca disse isso.

Ela parou de caminhar.

– Não? Ontem, quando mencionou que era de Londres.

– Eu falei que não havia propriedades a serem administradas em Londres, não que não havia feito esse trabalho antes de morar lá.

– Entendi. – A Srta. Hotchkiss inclinou a cabeça para o lado e o encarou com uma expressão avaliativa. – E onde administrou propriedades, se não em Londres?

Ela o estava testando, a maldita moça. Ele não sabia o motivo ao certo, mas ela com certeza o estava testando. Só que ele não a deixaria vencer. James Sidwell havia se disfarçado mais vezes do que podia contar e nunca se descuidara.

– Em Buckinghamshire – respondeu. – Cresci lá.

– Ouvi dizer que é um lindo lugar – comentou ela de forma educada. – Por que saiu de lá?

– Pelos motivos de sempre.

– Que são?

– Por que está tão curiosa?

A jovem deu de ombros.

– Sou sempre curiosa. Pode perguntar a quem quiser.

Ele parou e colheu uma rosa.

– São lindas, não são?

– Sr. Siddons – disse a Srta. Hotchkiss com um suspiro exagerado –, temo que não saiba de uma coisa a meu respeito.

James sentiu o corpo ficar tenso enquanto esperava por qualquer que fosse a confissão que ela estava prestes a fazer.

– Tenho três irmãos mais jovens.

Ele a encarou, confuso. Que diabo aquilo tinha a ver com o assunto?

– Por consequência – continuou ela, sorrindo para ele de um modo que o fez não ter mais tanta certeza se a moça estava realmente planejando algo além de ter uma conversa agradável –, sou muito boa em reconhecer quando uma pessoa está fugindo de uma pergunta. Na verdade, meus irmãos mais novos diriam que sou boa nisso de um jeito assustador.

– Estou certo que sim – murmurou ele.

– No entanto – prosseguiu a Srta. Hotchkiss, em tom amigável –, o senhor não é um dos meus irmãos e com certeza não tem obrigação de compartilhar seu passado comigo. Todos nós temos direito de preservar nossa privacidade.

– Hã, sim – concordou James, se perguntando se a jovem não era só o que parecia: uma bem-educada senhorita do campo.

A Srta. Hotchkiss voltou a sorrir para ele.

– Tem irmãos, Sr. Siddons?

– Eu? Não. Nenhum. Por quê?

– Como eu disse, sou infinitamente curiosa. A família pode revelar muito sobre o caráter de uma pessoa.

– E o que a sua família revela sobre o seu caráter, Srta. Hotchkiss?

– Que sou leal, imagino. E que faria qualquer coisa por meu irmão e minhas irmãs.

Inclusive chantagem? James se inclinou na direção dela, alguns poucos centímetros, mas ainda assim o bastante para fazer o lábio inferior dela tremer. Ele sentiu uma satisfação primitiva com isso.

A jovem apenas o encarou, com certeza inexperiente demais para saber lidar com um homem de atitude tão predatória. Os olhos dela eram enormes e do azul mais escuro e mais límpido que James já vira.

O coração dele começou a bater mais rápido.

– Sr. Siddons?

James sentiu a pele quente.

– Sr. Siddons?

Ele precisava beijá-la. Não tinha como evitar. Era a ideia mais idiota e menos recomendável que tivera em anos, mas parecia não haver nada que pudesse contê-lo. James se adiantou, diminuindo a distância entre os dois, saboreando com antecedência o momento em que os lábios dele pousariam sobre os dela, e...

– Ui!

Que diabo?

Ela deixou escapar um gritinho nervoso e logo se afastou, agitando os braços.

Então a Srta. Hotchkiss escorregou – no que, James não sabia, já que o solo estava seco. Mas ela continuou a agitar desesperadamente os braços para evitar cair e, no processo, acertou-o sob o queixo. Com força.

– Au! – uivou ele.

– Ai, perdão! – apressou-se em dizer a jovem. – Venha cá, deixe-me ver.

Ela pisou no pé dele.

– Ai!

– Desculpe, desculpe, desculpe.

A Srta. Hotchkiss parecia bastante preocupada, e normalmente ele teria deixado para lá, mas... maldição, o pé dele estava doendo *muito*.

– Vou ficar bem, Srta. Hotchkiss – disse ele. – Só preciso que saia de cima do meu dedo, e....

– Ah, desculpe! – repetiu ela, pelo que pareceu ser a centésima vez. E recuou um passo.

James aproveitou para flexionar os dedos dos pés.

– Desculpe – falou ela, novamente.

Ele estremeceu.

– Não repita isso.

– Mas...

– Eu insisto.

– Ao menos me deixe examinar seu pé.

Ela se abaixou.

– *Por favor*, não.

Havia poucas situações em que James considerava adequado implorar, mas aquela era uma delas.

– Está certo – disse a jovem, endireitando o corpo. – Mas eu tinha que...

Plec!

– Ai, minha cabeça! – gritou ela, esfregando o topo da cabeça.

– Meu queixo... – mal conseguiu dizer James.

Os olhos azuis dela se encheram de preocupação e embaraço.

– Desculpe.

– Bela mira, Srta. Hotchkiss – comentou ele, fechando os olhos em agonia. – Acertou no mesmo lugar em que havia me atingido com a mão.

Ele a ouviu engolir em seco.

– Desculpe.

E foi nesse momento que James cometeu seu erro fatal. Nunca mais ele manteria os olhos fechados quando estivesse perto de uma mulher tão desajeitada como essa, não importava quanto ela fosse atraente. Ele não sabia como ela conseguira, mas ouviu um novo gritinho, agora de surpresa, e então, de algum modo, todo o corpo da jovem colidiu com o dele, que cambaleou em direção ao chão.

Bem, ele achava que era em direção ao chão.

Se tivesse lhe ocorrido, James teria torcido para ter caído no chão.

Aliás, acabou percebendo que deveria ter *rezado* para ter caído no chão. Teria sido muito mais agradável do que cair sobre o roseiral.

CAPÍTULO 5

– *Desculpe!*

– Não diga isso – grunhiu ele, tentando decidir que parte do seu corpo doía mais.

– Mas preciso dizer! – uivou ela. – Venha, deixe-me ajudá-lo a se levantar.

– Não – gritou ele com fúria, em seguida ficando um pouco mais tranquilo – me toque. Por favor.

Ela entreabriu os lábios em uma expressão ao mesmo tempo horrorizada e mortificada e começou a piscar rapidamente. Por um instante, James achou que a jovem fosse começar a chorar.

– Está tudo bem – James forçou-se a mentir. – Não estou machucado. – Diante do olhar incrédulo dela, ele acrescentou: – Não muito.

Ela engoliu em seco.

– Sou muito desajeitada. Até Susan se recusa a dançar comigo.

– Susan?

– Minha irmã. Ela tem 14 anos.

– Ah – disse ele, que então acrescentou baixinho: – Menina esperta.

A Srta. Hotchkiss mordeu o lábio inferior.

– Tem certeza de que não quer ajuda para se levantar?

James, que com calma estava tentando se livrar de sua prisão de espinhos, enfim teve que encarar a verdade de que naquele combate o roseiral sairia vencedor.

– Vou lhe dar a mão – orientou ele, falando de forma lenta e gentil –, e a senhorita vai me puxar para cima e para fora daqui. Fui claro?

Ela assentiu.

– Não para o lado, não para a frente, não...

– Eu já disse que foi claro! – irritou-se ela.

Antes mesmo que James tivesse a chance de reagir, a Srta. Hotchkiss agarrou sua mão e o puxou para fora do roseiral.

James ficou apenas encarando-a por um momento, mais do que um pouco chocado pela força oculta naquele corpo tão franzino.

– Sou desajeitada – disse ela. – Não idiota.

Mais uma vez James se viu sem palavras. Duas vezes em um minuto, sem dúvida era um novo recorde.

– O senhor se machucou? – perguntou ela bruscamente, enquanto tentava arrancar um espinho da parte da frente do paletó dele e outro da manga. – Suas mãos parecem estar bem arranhadas. O senhor deveria estar usando luvas.

– Está muito quente para luvas – murmurou James, observando-a arrancar mais espinhos da roupa dele.

A moça só podia ser uma completa inocente... nenhuma dama com qualquer experiência, mesmo que estivesse flertando, ficaria tão próxima de um cavalheiro, as mãos correndo para cima e para baixo no corpo dele...

James admitiu para si mesmo que estava deixando sua imaginação e sua libido levarem a melhor. A Srta. Hotchkiss não estava exatamente passando as mãos para cima e para baixo no corpo dele, mas parecia que sim, a julgar pelo modo como ele reagia. Ela estava muito perto. Ele poderia estender a mão e tocar seus cabelos.... ver quanto eram macios, e...

Ah, Deus, ele conseguia sentir o *perfume* dela.

O corpo de James ficou rígido em um instante.

A Srta. Elizabeth afastou a mão e levantou os olhos azuis e inocentes.

– Algum problema?

– Por que haveria algum problema? – perguntou ele, a voz esganiçada.

– O senhor enrijeceu o corpo.

Ele sorriu sem humor. Se ao menos ela soubesse...

A jovem arrancou mais um espinho, dessa vez do colarinho do paletó.

– E, para ser franca, sua voz está muito estranha.

Ele tossiu, tentando ignorar o modo como os nós dos dedos dela roçaram por acidente contra a lateral do maxilar dele.

– Era um pigarro – explicou James com a voz rouca.

– Ah. – Ela se afastou e examinou seu trabalho. – Ah, céus, faltou um.

Ele seguiu a direção do olhar da moça... até a coxa dele.

– Eu tiro esse – disse ele rapidamente.

Ela ficou ruborizada.

– Sim, seria melhor, mas...

– Mas o quê?

– Outro – falou a Srta. Hotchkiss com uma tossidinha constrangida, e apontou com o dedo.

– Onde? – perguntou ele, apenas para fazê-la ruborizar ainda mais.

– Ali. Um pouco mais em cima.

Ela apontou e afastou os olhos, agora vermelha como um tomate.

James sorriu. Esquecera como era divertido fazer as damas ruborizarem.

– Aqui, pronto. Estou limpo?

Ela se virou de volta, examinou-o de cima a baixo e assentiu.

– Peço sinceras desculpas pelo, hã, roseiral – disse ela, e inclinou a cabeça de forma pesarosa. – É sério, me desculpe.

No momento em que James ouviu de novo a palavra "desculpe", teve que controlar a ânsia de agarrá-la pelos ombros e sacudi-la.

– Sim, acredito que já deixamos isso claro.

Ela levou uma das mãos delicadas ao rosto em uma expressão de preocupação.

– Eu sei, mas seu rosto está arranhado, e acho que deveríamos tratar os arranhões com um unguento e... ei, *o que* o senhor está aspirando?

Tinha sido pego.

– Eu estava?

– Sim.

Ele deu um sorriso travesso.

– A senhorita cheira a rosas.

– Não – retrucou ela com um sorriso divertido –, *o senhor* cheira a rosas.

James começou a rir. O queixo dele doía onde ela o atingira duas vezes, o pé latejava no ponto em que ela pisara e todo o corpo dele parecia ter sido arrastado pelo roseiral, o que não estava tão longe da verdade quanto parecia. E ainda assim ele começou a rir.

Ele olhou para a Srta. Hotchkiss, que estava mordendo o lábio inferior e o encarando com uma expressão desconfiada.

– Não estou ficando louco, se é isso que a preocupa – disse ele com um sorriso confiante –, embora eu aceite a sua oferta de tratamento médico.

Ela assentiu firmemente.

– É melhor entrarmos, então. Há uma salinha não muito longe da cozinha, onde lady Danbury guarda os remédios. Estou certa de que haverá algum tipo de unguento ou loção para aplicarmos em seus ferimentos.

– A senhorita... hã... vai cuidar...?

– Dos seus arranhões? – completou ela, os lábios se torcendo em um sorriso autodepreciativo. – Não se preocupe, até mesmo eu sou capaz de cuidar desses arranhões sem lhe causar qualquer dano mortal. Já limpei mais cortes e arranhões do que consigo me lembrar.

– Então esses seus irmãos são mais novos do que a senhorita?

Ela assentiu.

– E aventureiros. Ontem mesmo Lucas e Jane me informaram que planejam construir um forte subterrâneo. – Ela deixou escapar uma risada cética. – Eles me disseram que eu precisava cortar nossa única árvore para que tivessem as vigas de suporte de que necessitam. De onde eles tiram essas ideias, eu nunca saberei, mas... ah, desculpe. Que indelicadeza ficar tagarelando sobre a minha família.

– Não – disse James, um tanto surpreso pela rapidez da própria resposta. – Estou gostando de ouvir sobre a sua família. Eles parecem ser encantadores.

Os olhos dela se suavizaram, e ele teve a impressão de que a mente da jovem havia se afastado para algum lugar muito distante... algum lugar muito, muito bom, a julgar pelo sorriso sonhador no rosto dela.

– São mesmo – retrucou ela. – É claro que implicamos uns com os outros e discutimos como todas as famílias, mas... ah, veja só. Estou fazendo aquilo de novo. Na verdade, minha intenção é lhe assegurar que tenho mais do que experiência o bastante com pequenos machucados.

– Nesse caso – disse James com elegância –, confio plenamente na senhorita. Qualquer um que tenha cuidado de crianças de fato tem experiência suficiente para lidar com esses arranhões.

– Fico feliz em saber que conto com sua aprovação – disse ela com ironia.

Ele estendeu a mão.

– Vamos fazer uma trégua? Amigos?

A Srta. Hotchkiss assentiu.

– Amigos.

– Ótimo. Então vamos voltar para casa.

Eles riram e conversaram enquanto saíam do roseiral, e foi só quando James estava a meio caminho de volta para a Casa Danbury que lembrou que desconfiava de que ela fosse a chantagista.

Elizabeth molhou o próprio lenço no unguento de cheiro penetrante.

– Pode arder um pouco – avisou ela.

O Sr. Siddons sorriu.

– Acho que sou homem o bastante para... Ai! O que tem nesse unguento?

– Eu lhe disse que poderia arder.

– Sim, mas a senhorita não me disse que essa coisa tinha *dentes*.

Elizabeth levou o vidro ao nariz e cheirou.

– Acho que deve haver algum tipo de álcool aqui. Cheira um pouco a conhaque. Faz sentido? Alguém colocaria conhaque em uma coisa dessas?

– Só se essa pessoa quisesse fazer inimigos – murmurou ele.

Ela cheirou de novo e deu de ombros.

– Não sei dizer. Pode ser conhaque. Ou talvez alguma outra bebida alcoólica. Não fui eu que preparei essa solução.

– Quem preparou? – perguntou ele, parecendo temer a resposta.

– Lady Danbury.

Ele gemeu.

– Era o que eu temia.

Elizabeth o encarou com curiosidade.

– Por que temia? O senhor mal a conhece.

– É verdade, mas nossas famílias são amigas há anos. Acredite quando lhe digo que ela é uma lenda para a geração dos meus pais.

– Ah, eu acredito. – Elizabeth riu. – Ela é uma lenda para a minha geração. Todas as crianças da cidade têm pavor dela.

– Nisso eu acredito – concordou o Sr. Siddons em tom irônico.

– Eu não tinha ideia de que o senhor conhecia lady Danbury antes de vir trabalhar para ela – comentou Elizabeth, voltando a molhar o lenço no unguento.

– Sim, foi... – ele se encolheu quando ela aplicou o remédio na testa dele – ... por isso que ela me contratou, tenho certeza. Lady Danbury provavelmente achou que eu seria mais confiável do que alguém recomendado por uma agência.

– Isso é estranho. Antes de o senhor chegar, lady Danbury me dispensou mais cedo para que pudesse checar os livros-caixa e memorizar os números, a fim de se certificar de que o senhor não a roubaria.

James disfarçou uma risada tossindo.

– Ela disse isso?

– Ahã. – Ela se inclinou e estreitou os olhos, muito concentrada, enquanto examinava o rosto dele. – Mas no seu lugar eu não levaria isso para o lado pessoal. Ela teria essa preocupação em relação a qualquer um, até mesmo o próprio filho.

– Especialmente o próprio filho.

Elizabeth riu.

– O senhor a conhece bem, então. Ela está sempre reclamando dele.

– Ela lhe contou sobre a vez em que ele ficou com a cabeça presa...

– No Castelo de Windsor? Sim. – Ela sorriu, levou os dedos aos lábios e deixou escapar uma risadinha. – Nunca ri tanto.

James sorriu de volta, achando irresistível a proximidade dela. Sentiu-se quase exultante.

– A senhorita o conhece?

– Cedric? – Ela se afastou um pouco para que eles pudessem conversar a uma distância mais confortável. – Ah, suponho que deva chamá-lo de lorde Danbury agora, não é mesmo?

Ele deu de ombros como quem não se importava.

– A senhorita pode chamá-lo como quiser na minha companhia. Quanto a mim, gosto de chamá-lo de...

Elizabeth sacudiu o dedo indicador apontando para ele.

– Acho que gosta de uma travessura, Sr. Siddons. E está tentando me fazer dizer algo de que possa me arrepender.

Ele deu um sorriso malicioso.

– Prefiro levá-la a *fazer* algo de que possa se arrepender.

– Sr. Siddons... – disse ela em tom de reprovação.

Ele deu de ombros.

– Perdoe-me.

– Por acaso, de fato conheço o novo lorde Danbury – disse ela, e abaixou o queixo como que sinalizando que havia mudado oficialmente de assunto. – Não muito bem, é claro. Ele é um pouco mais velho do que eu, por isso não brincávamos juntos quando éramos crianças. Mas ele aparece para visitar a mãe de vez em quando, então às vezes nossos caminhos se cruzam.

Ocorreu a James que, se Cedric decidisse visitar a mãe a qualquer momento num futuro próximo, o disfarce dele seria completamente arruinado. Mesmo se ele ou Agatha conseguissem alertá-lo a tempo sobre a situação, não se podia confiar no rapaz para manter a boca fechada. Ele não tinha a menor noção de discrição nem o mínimo bom senso. James balançou a cabeça. Graças a Deus estupidez não era uma característica hereditária.

– O que houve? – perguntou a Srta. Hotchkiss.

– Nada. Por quê?

– O senhor balançou a cabeça.

– É mesmo?

Ela assentiu.

– Eu provavelmente não estava sendo delicada o bastante. Sinto muitíssimo.

Ele pegou a mão dela e a encarou com uma expressão lasciva.

– Anjos não seriam mais gentis.

A Srta. Hotchkiss arregalou os olhos e por uma fração de segundo seu olhar ficou preso ao dele, antes de se desviar para as mãos deles juntas. James esperou que ela fizesse alguma objeção, mas ela não disse nada, por isso ele deixou o polegar correr pelo pulso da jovem antes de soltá-la.

– Peço que me perdoe – murmurou ele. – Não sei o que deu em mim.

– Está... está tudo bem – balbuciou ela. – O senhor passou por um choque e tanto. Não é todo dia que uma pessoa se vê sendo empurrada para cima de um roseiral.

James não disse nada, apenas virou o rosto enquanto ela cuidava de um arranhão perto da orelha dele.

– Agora aguente firme – disse ela em tom suave. – Preciso aplicar isso no arranhão mais profundo.

Ele fechou a boca e Elizabeth prendeu a respiração enquanto se aproximava mais. O corte era à esquerda e abaixo da boca dele, curvando-se sob o lábio inferior.

– Há um pouco de terra aqui – comentou ela. – Eu... ah, aguente um pouco mais. Preciso...

Ela mordeu o lábio inferior e dobrou os joelhos para ficar no mesmo nível do rosto dele. Elizabeth pousou os dedos sobre o lábio dele e levantou o rosto de James com delicadeza para que o pequeno arranhão ficasse mais à mostra.

– Aqui está – sussurrou Elizabeth, enquanto limpava o ferimento, surpresa por ter sido capaz de emitir um som mais alto que o das batidas disparadas de seu coração.

Nunca ficara tão perto de um homem antes, e aquele em particular estava provocando as mais estranhas reações nela. Elizabeth se viu com o desejo absurdo de deixar o dedo correr sobre os ângulos delineados do rosto dele e de acariciar o arco elegante das sobrancelhas escuras.

Ela se forçou a soltar o ar, então abaixou os olhos para o rosto do administrador. Ele a estava encarando com uma expressão estranha, em parte divertida, em parte alguma outra coisa completamente diferente. Os dedos dela ainda estavam sobre os lábios dele e, por algum motivo, a imagem de si mesma tocando-o parecia mais perigosa do que o toque em si.

Ela deixou escapar um breve arquejo e afastou a mão.

– Terminou? – perguntou ele.

Elizabeth assentiu.

– Es... espero não ter lhe causado muita dor.

Os olhos dele ficaram mais escuros.

– Não senti dor alguma.

Elizabeth percebeu que sorria constrangida e recuou outro passo... faria qualquer coisa para recuperar o equilíbrio.

– Você é um paciente muito diferente do meu irmão – disse ela, tentando levar a conversa para assuntos mais amenos.

– Ele provavelmente não costuma se encolher metade do que eu me encolhi – brincou o Sr. Siddons.

– O senhor está certo – comentou Elizabeth com uma risada sem fôlego –, mas ele grita muito mais alto.

– A senhorita disse que o nome dele é Lucas?

Ela assentiu.

– Ele é parecido com a senhorita?

Os olhos de Elizabeth, que estavam fixos em uma pintura na parede, em um esforço de não fitar o Sr. Siddons, se desviaram rapidamente para o rosto dele.

– Que pergunta estranha.

O Sr. Siddons deu de ombros.

– Assim como a senhorita, sou do tipo curioso.

– Ah, ora... então sim. Todos os meus irmãos e eu somos parecidos. Meus pais eram ambos muito louros.

James ficou em silêncio por um momento, enquanto absorvia as palavras dela. Foi difícil não notar que a Srta. Hotchkiss falara dos pais no passado.

– Eles faleceram, então? – questionou ele com gentileza.

A jovem assentiu, e ele percebeu que o rosto dela se enrijecera ligeiramente antes que ela virasse a cabeça para o lado.

– Foi há mais de cinco anos – explicou ela. – Já nos acostumamos a viver sozinhos, mas ainda assim... – a moça engoliu em seco – ... é difícil.

– Desculpe perguntar.

Ela ficou em silêncio por um instante, então deu uma risadinha forçada.

– Achei que havíamos concordado que não usaríamos essa palavra.

– Não – brincou ele, tentando introduzir humor na conversa. Respeitava o direito dela de não compartilhar o luto. – Concordamos que *a senhorita* não diria essa palavra. Quanto a mim, por outro lado...

– Muito bem – disse ela, aliviada por ele não ter insistido no assunto anterior –, se o senhor deseja sinceramente se desculpar, ficarei feliz em listar suas transgressões por escrito.

James se inclinou para a frente e apoiou os cotovelos nos joelhos.

– A senhorita faria isso agora?

– Ah, com certeza. É claro que tenho apenas três dias de transgressões para documentar, mas estou quase certa de que consigo preencher pelo menos uma página.

– Uma? Tenho que me esforçar mais para... Srta. Hotchkiss?

Todo o corpo dela ficara rígido e a jovem estava olhando com raiva para a porta.

– *Saia* – sibilou ela.

James se levantou para poder olhar acima da bancada. O gato de Agatha estava sentado à porta, descansando sobre o próprio monte de pelos.

– Algum problema? – perguntou James.

Ela não tirou os olhos um instante do animal.

– Esse gato é uma ameaça.

– Malcolm? – Ele sorriu e foi até a porta. – Ele não faria mal a uma mosca.

– Não toque nele – alertou Elizabeth. – Esse bicho é cruel.

Mas James simplesmente levantou Malcolm no braço. O gato deixou escapar um ronronado alto, enfiou o rosto no pescoço de James e se esfregou nele de modo preguiçoso.

Elizabeth ficou boquiaberta.

– Pequeno traidor. Passei três anos tentando ser amiga dele!

– Achei que você trabalhasse aqui havia cinco anos.

– E trabalho. Mas desisti depois de três anos. Uma mulher tem um limite para aguentar o mau humor de um gato.

Malcolm olhou para ela, levantou o focinho e voltou a fazer demonstrações de amor felino ao pescoço de James.

James riu e voltou para perto da cadeira.

– Estou certo de que ele me vê como um desafio. Odeio gatos.

Elizabeth inclinou a cabeça para a frente em um movimento sarcástico.

– Que estranho, o senhor não parece odiar gatos.

– Bom, não odeio este aqui em particular.

– Que coincidência – murmurou ela. – Um homem que odeia gatos, com exceção de um. E um gato que odeia pessoas, com exceção de uma.

– Duas, se a senhorita contar com lady Danbury.

James sorriu e voltou a se sentar, sentindo-se subitamente satisfeito com a vida. Estava fora de Londres, longe daquelas debutantes de sorriso afetado e suas mães grudentas. E se via acompanhado por uma jovem encantadora, que *provavelmente* não estava chantageando a tia dele. E mesmo se estivesse... ora, havia anos que o coração dele não acelerava tanto como quando ela tocara os lábios dele com o dedo.

Se levasse em consideração que não havia conseguido se interessar por absolutamente nenhuma das perspectivas matrimoniais que pairavam em Londres, aquilo deveria significar alguma coisa.

E talvez – pensou James com uma esperança que não sentia havia anos –, se ela *estivesse* chantageando a tia dele... ora, talvez a jovem tivesse realmente uma boa razão para isso. Podia ser que ela tivesse algum parente enfermo ou estivesse sendo ameaçada de despejo. Ou então precisasse do dinheiro por alguma razão importante, válida, e nunca tivesse tido a real intenção de envergonhar Agatha espalhando qualquer rumor.

Ele sorriu para ela e decidiu que a teria nos braços até o fim da semana. E se fosse tão bom quanto James achava que seria, ele começaria a pensar em ir mais além com a jovem.

– Se usar os argumentos corretos – brincou ele –, posso interceder a seu favor com nosso amigo peludo aqui.

– Não estou mais interessada em... ah, meu Deus!

– O que houve?

– Que horas são?

James tirou o relógio da bolsa e, para sua surpresa, a Srta. Hotchkiss se adiantou e tirou o objeto de sua mão.

– Ah, meu Deus! – exclamou. – Eu deveria ter ido ao encontro de lady Danbury em sua sala de estar vinte minutos atrás. Leio para ela toda manhã, e...

– Estou certo de que ela não irá se importar. Afinal... – James indicou os arranhões no próprio rosto – você tem uma prova clara de que estava ajudando os doentes e necessitados.

– Sim, mas o senhor não compreende. Eu não deveria estar... quer dizer, eu deveria estar treinando...

Os olhos dela se encheram de um terrível constrangimento, e a jovem cobriu a boca com a mão.

James se levantou, erguendo-se em toda a sua estatura, e pairou sobre ela com a única intenção de intimidá-la.

– O que ia dizer?

– Nada – retrucou ela em uma voz aguda. – Eu jurei que não faria mais isso.

– Jurou que não faria mais o quê?

– Não é nada. Juro. Com certeza verei o senhor mais tarde.

Então, antes que James pudesse agarrá-la, a jovem saiu em disparada.

James ficou olhando para a porta por onde ela desaparecera por um longo tempo, antes de se colocar em ação. A Srta. Elizabeth Hotchkiss era uma criatura bem estranha. No momento em que finalmente começava a agir como ela mesma – e ele estava convencido de que a mulher boa e gentil, com espírito irônico e raciocínio rápido, era a verdadeira Elizabeth –, a jovem de repente passava a se comportar de forma arisca, balbuciando e dizendo todo o tipo de bobagens.

O que fora mesmo que ela dissera que tinha que fazer? Ler para a tia dele? E dissera também algo sobre treinar, e jurara que não faria mais aquilo... que diabo significava tudo isso?

Ele enfiou a cabeça para fora do quarto e olhou ao redor do corredor. Tudo parecia tranquilo. Elizabeth (Quando ele começara a pensar nela como Elizabeth e não na forma de tratamento mais apropriada, Srta. Hotchkiss?) não estava à vista, provavelmente já enfiada na biblioteca, escolhendo o que ler para a tia dele...

Era isso! O livro. Quando ele a vira no chalé que ocupava, a moça estava debruçada sobre o volume dele dos *Ensaios*, de Francis Bacon.

Em um lampejo de memória, ele se viu tentando recolher do chão o livrinho vermelho que ela carregava no dia em que a conhecera. Elizabeth entrara em pânico – praticamente pulara na frente dele para pegar primeiro o livro.

Mas que diabo haveria naquele livro?

CAPÍTULO 6

Ele a observou o dia todo. Sabia como seguir uma pessoa, esgueirando--se pelos cantos e escondendo-se em cômodos vazios. Elizabeth, que não tinha razão para achar que alguém pudesse estar seguindo seus passos, não percebeu nada. James a ouviu ler em voz alta, assistiu-a ir e voltar pelo corredor, pegando objetos desnecessários para a tia dele.

Ela tratava Agatha com respeito e afeição. James buscou sinais de impaciência ou raiva na voz da moça, mas sempre que a tia dele agia de forma irracional, Elizabeth reagia com uma indulgência bem-humorada que James achou encantadora.

O comedimento dela diante dos caprichos de Agatha era impressionante. James teria perdido a paciência antes do meio do dia. A Srta. Hotchkiss ainda estava sorrindo quando deixou a Casa Danbury às quatro horas daquela tarde.

James ficou olhando da janela enquanto ela descia as escadas da entrada da casa. A cabeça balançava ligeiramente de um lado para outro, e ele teve a estranha e agradável sensação de que a jovem estava cantando para si mesma. Sem pensar, James começou a assoviar.

– Que música é essa?

Ele levantou os olhos. A tia estava parada na porta da sala de estar dela, apoiando-se pesadamente na bengala.

– Nenhuma cuja letra você fosse gostar de conhecer – retrucou ele com um sorrisinho lascivo.

– Bobagem. Se for lascivo, então certamente quero conhecê-la.

James riu.

– Tia Agatha, eu não lhe disse a letra da música quando você me pegou cantarolando aquela canção de marinheiros quando eu tinha 12 anos, e é fato que não lhe direi a letra desta.

– Humpf. – Ela bateu com a bengala no chão e se virou. – Venha me fazer companhia enquanto tomo chá.

James a seguiu até a sala de estar e sentou-se à frente da tia.

– Fico feliz por ter me convidado a me juntar a você – começou ele. – Estou querendo conversar sobre a sua dama de companhia.

– A Srta. Hotchkiss?

– Sim – confirmou James, tentando parecer desinteressado. – Franzina, loura.

Agatha deu um sorriso de quem já tinha entendido tudo, os olhos penetrantes como sempre.

– Ah, então você percebeu.

James fingiu não entender.

– Que os cabelos dela são louros? Seria difícil não perceber, tia.

– Quero dizer que ela é lindinha como uma flor, e você sabe disso.

– A Srta. Hotchkiss é de fato atraente – comentou ele –, mas...

– Mas ela não faz o seu tipo – completou ela. – Eu sei. – Agatha levantou a cabeça. – Eu me esqueci de como gosta do seu chá.

James estreitou os olhos. Tia Agatha nunca esquecia nada.

– Com leite, sem açúcar – disse ele, desconfiado. – E por que você acha que a Srta. Hotchkiss não é o meu tipo de mulher?

Agatha deu de ombros delicadamente e serviu o chá.

– Ela tem uma elegância discreta.

James ficou em silêncio por um instante.

– Acho que acabou de me insultar.

– Ora, você tem que admitir que aquela outra mulher era... hã, como posso dizer... – Ela entregou o chá a ele. – Exagerada?

– *Que* outra mulher?

– Você sabe. Aquela de cabelos vermelhos e com... – Ela ergueu as mãos diante do peito e começou a fazer movimentos amplos e circulares. – Você sabe.

– Tia Agatha, ela era cantora de ópera!

– Ora – disse a velha dama, com uma fungadinha. – Você certamente não deveria ter me apresentado a ela.

– Eu não apresentei – retrucou ele com firmeza. – Você veio descendo a rua na minha direção, com a discrição de uma bala de canhão.

– Se você vai me insultar...

– Eu tentei evitar você – interrompeu James. – Tentei fugir, mas não, você não aceitaria isso.

Ela levou a mão ao peito em um gesto dramático.

– Perdoe-me por ser uma tia preocupada com o seu bem-estar. Há anos queremos que você se case, e só fiquei curiosa sobre a dama que o acompanhava.

James acalmou a respiração e tentou relaxar os músculos dos ombros. Ninguém além da tia tinha a habilidade de fazê-lo se sentir como um menino imaturo de 16 anos.

– Acho – continuou ele, com firmeza – que estávamos falando sobre a Srta. Hotchkiss.

– Ah, sim! – Agatha deu um gole no chá e sorriu. – A Srta. Hotchkiss. Uma jovem adorável. E muito equilibrada. Não é como essas mocinhas frívolas de Londres que vivo encontrando no clube Almack's. Depois de passar uma noite ali, a pessoa sai pensando que a inteligência e o bom senso foram completamente banidos da população britânica.

James estava de pleno acordo com a tia nesse ponto, mas aquela sem dúvida não era a hora de discutir isso.

– A Srta. Hotchkiss...? – lembrou ele.

A tia levantou os olhos, piscou e disse:

– Eu não sei como estaria sem ela.

– Talvez quinhentas libras mais rica? – sugeriu ele.

A xícara de chá de Agatha bateu com força no pires.

– Com certeza você não está desconfiando de *Elizabeth*.

– Ela tem total acesso aos seus objetos pessoais – lembrou James. – Você não poderia ter guardado algo incriminador? Para todos os efeitos, a Srta. Hotchkiss pode muito bem estar vasculhando as suas coisas há anos.

– Não – disse ela em uma voz muito baixa, que de alguma forma parecia gritar autoridade. – Não Elizabeth. Ela jamais faria uma coisa dessas.

– Perdoe-me, tia, mas como pode ter certeza?

Ela o fuzilou com o olhar.

– Acredito que você saiba que sou excelente em julgar o caráter, James. Como prova, isso deve ser suficiente.

– É claro que você é boa em julgar o caráter, Agatha, mas...

Ela ergueu a mão.

– A Srta. Hotchkiss é tudo o que há de bom, generoso e verdadeiro, e me recuso a escutar qualquer outro disparate que contrarie isso.

– Tudo bem.

– Se não acredita em mim, passe algum tempo com a moça. Verá que tenho razão.

James se recostou no assento, satisfeito.

– É exatamente o que farei.

Ele sonhou com ela naquela noite.

Estava inclinada sobre aquele maldito livro vermelho, os cabelos louros soltos, cintilando à luz do luar. Elizabeth usava uma camisola branca virginal que a cobria da cabeça aos pés, mas de algum modo James sabia exatamente como ela era por baixo da roupa, e além disso a desejava com ardor...

Então ela estava fugindo dele, rindo por sobre os ombros enquanto os cabelos cascateavam por suas costas, fazendo cócegas no rosto de James sempre que ele chegava mais perto. Mas toda vez que ele estendia a mão para tocá-la, ela conseguia se desvencilhar. E sempre que ele achava que conseguira se aproximar o bastante para ler o título do livrinho dela, a letra dourada se movia e borrava as palavras, e James se via tropeçando e arquejando em busca de ar.

E era exatamente assim que James estava se sentindo quando sentou-se de súbito na cama, a luz da manhã apenas começando a tocar o horizonte. Viu-se um pouco zonzo e com a respiração difícil, e tinha apenas uma coisa em mente...

Elizabeth Hotchkiss.

Quando Elizabeth chegou à Casa Danbury naquela manhã, estava com o cenho franzido. Havia jurado que não faria nada além de olhar para a capa de *Como se casar com um marquês*, mas quando chegara em casa no dia anterior, encontrara o livro sobre a cama, a lombada de um vermelho brilhante, praticamente desafiando-a a abri-lo.

Elizabeth disse a si mesma que só daria uma olhada. Tudo o que queria era ver se havia algo no livro sobre ser inteligente e fazer um homem rir, mas, antes que se desse conta, estava sentada na beirada da cama, concentrada na leitura.

E agora havia tantas regras e tantos regulamentos pairando em sua mente que estava zonza. Não devia flertar com homens casados, não devia tentar aconselhar um homem, mas deveria ser ríspida com um pretendente caso ele se esquecesse do aniversário dela.

– Graças aos céus pelas pequenas coisas – murmurou ela para si mesma, enquanto adentrava o grande salão da Casa Danbury.

Ainda faltavam mais de nove meses para o seu aniversário, longe demais para chegar a ter algum efeito negativo nos pretendentes que ela ainda pudesse...

Ah, pelo amor de Deus. No que estava pensando? Elizabeth jurara a si mesma que não permitiria que a Sra. Seeton lhe dissesse o que fazer, e ali estava ela...

– A senhorita parece muito séria esta manhã.

Elizabeth levantou os olhos, surpresa.

– Sr. Siddons – disse ela, a voz um pouco aguda demais na primeira sílaba do nome dele. – Que prazer vê-lo.

Ele se inclinou em uma cortesia.

– Eu lhe asseguro de que o sentimento é mútuo.

Ela deu um sorriso tenso, sentindo-se subitamente constrangida na presença daquele homem. Os dois haviam se dado muito bem no dia anterior, e Elizabeth chegara a achar que poderiam ser amigos, mas isso fora antes...

Ela pigarreou. Isso fora antes de ter passado metade da noite pensando nele.

Ele imediatamente estendeu seu lenço para ela.

Elizabeth se sentiu ruborizar e rezou para que isso não estivesse muito evidente.

– Não é necessário – apressou-se a dizer. – Eu estava só pigarreando.

TUM!

– Essa deve ser lady Danbury – murmurou o Sr. Siddons, sem nem sequer se virar na direção do som.

Elizabeth disfarçou um sorriso consternado e virou a cabeça. Como esperara, lady Danbury estava do outro lado do salão, batendo com a bengala no chão. Malcolm estava perto dela, com uma expressão presunçosa.

– Bom dia, lady Danbury – cumprimentou Elizabeth, indo imediatamente na direção da velha dama. – Como está se sentindo?

– Como se eu tivesse 72 anos – respondeu ela.

– Ora, isso é uma pena – retrucou Elizabeth com a expressão muito serena –, já que sei muito bem que a senhora não tem mais de 67.

– Menina impertinente. Você sabe muito bem que tenho 66.

Elizabeth disfarçou o sorriso.

– A senhora precisa de ajuda para ir à sala de estar? Já comeu alguma coisa hoje?

– Já comi dois ovos e três torradas, e não quero ficar sentada na sala de estar essa manhã.

Elizabeth a encarou surpresa. Ela e lady Danbury passavam todas as manhãs na sala de estar. E das várias lições de moral que lady D. gostava de dar, a favorita era sobre as qualidades profiláticas da rotina.

– Quero me sentar no jardim – anunciou lady D.

– Ah – disse Elizabeth. – Entendo. É uma excelente ideia. O ar está fresco esta manhã, e a brisa...

– Vou tirar um cochilo.

Aquela declaração deixou Elizabeth sem palavras. Era comum que lady Danbury cochilasse, mas ela nunca admitia isso, e certamente nunca usara a palavra "cochilo".

– Precisa de ajuda para caminhar pelo jardim? – perguntou o Sr. Siddons. – Seria um prazer acompanhá-la.

Elizabeth deu um salto. Havia se esquecido completamente da presença dele.

– De forma alguma – apressou-se em dizer lady D. – Não ando muito rápido hoje em dia, mas não estou morta. Venha, Malcolm.

Ela se afastou andando pesadamente, com Malcolm trotando ao seu lado.

Elizabeth ficou apenas fitando-os, com a mão no rosto, chocada.

– É de fato impressionante ver como esse gato foi bem treinado por ela – comentou James.

Elizabeth se virou para ele com uma expressão surpresa no rosto.

– Acha que ela está se sentindo mal?

– Não, por quê?

Ela acenou com os braços de forma desajeitada na direção da figura de lady Danbury, que se afastava, sem conseguir verbalizar a extensão do seu choque.

James encarou-a com uma expressão divertida.

– É assim tão estranho que ela queira tirar um cochilo no jardim? O clima está muito agradável.

– Sim! – respondeu ela, a preocupação fazendo sua voz soar mais alta. – Não gosto disso. Não gosto nem um pouco.

Ele inclinou a cabeça e a olhou com uma expressão avaliadora.

– O que propõe que façamos?

Elizabeth endireitou os ombros.

– Vou espiá-la.

– Vai ficar observando-a dormir? – perguntou ele, incrédulo.

– O senhor tem alguma ideia melhor?

– Melhor do que ficar olhando uma senhora idosa dormir? Ora, sim, na verdade, se me fosse solicitado, acredito que pensaria em uma ou duas formas de passar o tempo que seriam...

– Ah, pelo amor de Deus! – exclamou ela, irritada. – De qualquer modo, não preciso de sua ajuda.

James sorriu.

– A senhorita havia pedido ajuda?

– Como o senhor tão gentilmente apontou – retrucou ela, erguendo um pouco o queixo –, não é assim tão difícil ficar observando uma senhora idosa dormir. Estou certa de que o senhor tem outros deveres mais importantes a cumprir. Bom dia.

James entreabriu os lábios, surpreso, enquanto ela se afastava. Maldição, não tivera a intenção de *ofendê-la*.

– Elizabeth, espere!

Ela parou e se virou, provavelmente mais surpresa por ele ter usado seu primeiro nome do que pela veemência com que a chamou. Diabos, ele mesmo ficara surpreso. Mas a jovem ocupava os pensamentos dele havia dias, e James começara a *pensar* nela como Elizabeth, e...

– Sim? – perguntou ela, finalmente.

– Irei com você.

Ela o encarou bastante aborrecida.

– O senhor não sabe falar baixo, não é? Não quero que ela nos pegue espiando-a.

James contraiu os lábios com vontade de rir e teve que se controlar para não cair na gargalhada.

– Pode ter certeza de que não vou nos delatar – disse ele, bem sério. – Tenho orgulho de ser um bom espião.

Ela o encarou com severidade.

– Essa é uma estranha afirmação. E... quero dizer, o senhor está bem?

– Ótimo, por quê?

– Parecia prestes a espirrar.

Ele reparou em um arranjo floral e se apegou mentalmente a ele.

– Flores sempre me fazem espirrar.

– Não espirrou ontem no roseiral.

Ele pigarreou e pensou rápido.

– Essas não são rosas – disse ele, apontando para o vaso.

– De qualquer modo, não posso passear com o senhor – argumentou ela, dispensando-o. – Há flores ao longo de todo o perímetro do jardim. Não vou aguentar ouvi-lo espirrando a cada dois minutos.

– Ah, isso não acontecerá – apressou-se a dizer James. – Só flores cortadas me fazem espirrar.

Ela estreitou os olhos, desconfiada.

– Nunca ouvi falar desse tipo de problema.

– Eu também não tinha ouvido. Nunca conheci ninguém que reaja dessa forma. Deve ser algo no caule. Algo que... hã... se espalhe no ar quando o caule é cortado.

Ela o encarou novamente com uma expressão desconfiada, e então James enfeitou a mentira, acrescentando:

– É um inferno quando estou cortejando uma dama. Deus me ajude se eu tentar oferecer flores a ela.

– Muito bem – concordou ela bruscamente. – Venha. Mas se o senhor estragar tudo...

– Não estragarei – garantiu ele.

– Se o senhor estragar tudo – repetiu Elizabeth, em um tom mais alto dessa vez –, nunca o perdoarei.

Ele deixou a cabeça e o corpo se inclinarem para a frente em uma breve mesura.

– Vá na frente, Srta. Hotchkiss.

Ela deu alguns passos, então parou e se virou, os olhos azuis agora dando a entender que Elizabeth estava ligeiramente hesitante.

– Mais cedo, o senhor me chamou de Elizabeth.

– Perdoe-me – murmurou ele. – Passei dos limites.

James observou um conflito de emoções no rosto dela. Elizabeth não estava certa se deveria permitir que ele a chamasse pelo primeiro nome. Ele pôde ver a natureza evidentemente simpática dela lutando com a necessidade de mantê-lo a certa distância. Depois de algum tempo, os cantos da boca da jovem se enrijeceram e ela falou:

– Isso não tem grande importância. Nós, criados, não somos tão formais aqui na Casa Danbury. Se a cozinheira e o mordomo podem me chamar de Elizabeth, então o senhor também pode.

James sentiu o coração se encher de uma satisfação absurda.

– Então você deve me chamar de James – pediu ele.

– James. – Ela testou dizer o nome, então acrescentou: – É claro que não o chamarei assim se alguém perguntar por você.

– É claro que não. Mas se estivermos sozinhos, não há necessidade de se prender a formalidades.

Elizabeth assentiu.

– Muito bem, Sr... – Ela sorriu timidamente. – James. Temos que ir.

Ele a seguiu por um labirinto de corredores. Ela insistira em pegar um caminho tortuoso para não levantar suspeitas de lady Danbury. James não via como a presença deles no salão de baile, na sala de café da manhã e na estufa em apenas uma manhã poderia causar qualquer outra coisa *além de* suspeitas, mas guardou esses pensamentos para si. Elizabeth claramente estava tendo uma satisfação silenciosa em sua posição de líder e, além disso, ele estava apreciando muito o fato de contemplá-la por trás.

Quando eles finalmente emergiram a céu aberto, estavam na parte leste da casa, próximos à frente, o mais distante que poderiam estar do jardim.

– Poderíamos ter saído pelas portas francesas na sala de música, mas por aqui podemos seguir caminho por trás das sebes e continuar ao longo delas, circundando-as – explicou Elizabeth.

– Uma excelente ideia – murmurou ele, seguindo-a até a parte de trás das sebes.

A folhagem se erguia a mais de 3,5 metros de altura, protegendo-os completamente da vista da casa. Para surpresa de James, assim que Elizabeth deu a volta por trás das sebes, começou a correr. Bem, talvez não tenha corrido, mas ela com certeza estava se movendo à maneira de algo entre uma caminhada rápida e um trote.

Mas as pernas de James eram bem mais longas do que as de Elizabeth, e tudo o que ele precisou fazer para se manter ao lado dela foi alargar o passo.

– Estamos mesmo com tanta pressa? – perguntou James.

Ela se virou, mas não parou de andar.

– Estou muito preocupada com lady Danbury – disse ela, voltando a apressar o passo.

James viu aquele tempo sozinho com Elizabeth como uma excelente oportunidade de observá-la, mas mesmo assim sua consciência pragmática o forçou a comentar:

– Estou certo de que a vida na Casa Danbury não é tão banal a ponto de a ocorrência mais estranha do verão ser uma mulher de 66 anos tirando um cochilo.

Ela se virou de novo.

– Lamento se acha a minha companhia tediosa, mas, caso não lembre, você não foi forçado a me acompanhar.

– Ah, sua companhia é qualquer coisa menos tediosa – adulou ele, abrindo para ela seu sorriso mais encantador. – Só não entendo a gravidade da situação.

Ela se deteve de repente, plantou as mãos no quadril e o encarou com severidade, ao que James comentou com ironia:

– Você daria uma ótima governanta com um olhar desses.

– Lady Danbury nunca tira cochilos – insistiu Elizabeth, encarando-o com ainda mais severidade depois do comentário que ele fizera. – Ela vive e respira rotina. Dois ovos e três torradas para o café da manhã. Todo dia. Trinta minutos de bordado. Todo dia. Correspondência lida e respondida a partir das três da tarde. Todo dia. E...

James ergueu a mão.

– Você já deixou claro seu argumento.

– Ela nunca tira cochilos.

Ele assentiu lentamente, perguntando-se que diabo poderia acrescentar à conversa àquela altura.

Elizabeth deixou escapar um muxoxo, então deu as costas e seguiu em frente a toda a velocidade. James seguiu-a, as pernas movendo-se facilmente em passadas longas. A distância entre eles aumentara um pouco, e James acabara de se resignar com a ideia de que teria que acelerar ainda mais o passo quando percebeu adiante a raiz protuberante de uma árvore.

– Cuidado com essa...

Elizabeth aterrissou no chão, um dos braços estendidos como as asas elegantes de um pássaro, o outro apoiado para diminuir o impacto da queda.

– ... raiz – completou James. E se adiantou correndo. – Machucou?

Ela já estava balançando a cabeça e resmungando:

– É claro que não.

Mas se encolheu ao falar, por isso ele não ficou muito inclinado a acreditar na declaração.

James se agachou ao lado dela para examinar a mão que Elizabeth usara para aparar a queda.

– Como está essa mão?

– Estou bem – insistiu ela, recolhendo a mão e limpando a terra e as pedrinhas que haviam se colado à sua pele.

– Temo que terei que insistir em confirmar isso por mim mesmo.

– De algum modo isso deve ser culpa sua – resmungou Elizabeth.

Ele não conseguiu conter um sorriso de surpresa.

– Minha culpa?

– Não sei como nem por que, mas se há alguma justiça no mundo, isso é sua culpa.

– Se isso foi por minha culpa – disse James, com o que achou ser o máximo da seriedade –, então eu preciso mesmo compensá-la cuidando dos ferimentos.

– Não tenho...

– Eu raramente aceito não como resposta.

James flexionou o pulso dela com delicadeza. Elizabeth não teve qualquer reação até ele empurrar o pulso para trás.

– Ai! – reclamou Elizabeth, irritada consigo mesma por ter demonstrado dor. – Não doeu muito – apressou-se a dizer. – Tenho certeza de que não está deslocado.

– Também acredito que não – concordou ele. Não havia inchaço. – Mas você deve poupar esse pulso por um ou dois dias. E também voltar para a casa agora e colocar gelo ou um pedaço de carne fria sobre o local afetado.

– Não tenho tempo – disse ela bruscamente, colocando-se de pé. – Preciso ver como está lady Danbury.

– Se ela está mesmo tirando um cochilo, como você está preocupada que esteja, tendo a pensar então que seus medos de que ela escape são um tanto exagerados.

Elizabeth o encarou com irritação.

– Em outras palavras – disse James, com a maior gentileza possível –, não há necessidade de se apressar, arriscando sua vida e seu punho.

Ele percebeu que a jovem estava considerando o que diria em resposta. Mas finalmente apenas balançou a cabeça e disse:

– Você é livre para tomar as próprias decisões.

Então deu as costas e continuou em frente em passo acelerado.

James deixou escapar um gemido, enquanto tentava lembrar por que estava correndo atrás dela, afinal. Por causa de Agatha, chegou à resposta. Aquilo tudo era por causa da tia. Ele precisava descobrir se Elizabeth era a chantagista.

A intuição dele lhe dizia que não – qualquer pessoa que mostrasse aquele tipo de preocupação por uma velha dama autoritária e, com bastante frequência, um tanto irritante, não chantagearia essa dama.

No entanto James não tinha outros suspeitos, então seguiu caminhando rápido atrás de Elizabeth. Quando ela fez outra curva, ele a perdeu de vista, mas suas longas passadas logo o ajudaram a encontrá-la parada, o corpo ereto e imóvel, as costas coladas à sebe, com a cabeça virada para o lado, de modo que pudesse ver sobre o ombro.

– O que você está vendo? – perguntou James.

– Nada – admitiu ela –, mas ao que parece consegui dar um jeito terrível no pescoço.

James reprimiu o sorriso que sentiu fervilhar dentro dele e manteve o tom sério, quando disse:

– Gostaria que eu o examinasse?

Ela voltou a virar a cabeça para a frente e então, com uma careta de desconforto, inclinou-a para o lado e para cima. James se encolheu ao ouvir um estalo alto.

Elizabeth esfregou o pescoço.

– Acha que consegue fazer isso sem ser visto?

Imagens de sua última missão passaram em um relance pela cabeça de James – na França, na Espanha e ali mesmo, na Inglaterra. Ele era especialista em não ser visto.

– Ah – apressou-se a dizer –, acho que consigo dar um jeito.

– Muito bem, então. – Elizabeth recuou um passo. – Mas se desconfiar, mesmo por um segundo, que ela pode vê-lo, recue.

James sorriu e bateu continência para ela.

– Você é o general.

Naquele momento, Elizabeth esqueceu tudo.

Esqueceu que não tinha a menor ideia de como sustentaria os irmãos mais novos.

Esqueceu que lady Danbury estava agindo da forma mais estranha e que temia que a patroa pudesse estar com uma terrível doença.

Esqueceu cada maldito decreto do livrinho da Sra. Seeton e, acima de tudo, que aquele homem a fazia sentir um frio na barriga cada vez que ele erguia as sobrancelhas.

Esqueceu tudo, menos a leveza do momento e o sorriso travesso no rosto de James Siddons. Com uma risadinha, Elizabeth se inclinou para a frente e de brincadeira empurrou o ombro dele.

– Ah, pare com isso – disse ela, mal reconhecendo a própria voz.

– Parar com o quê? – perguntou ele, a expressão quase ridiculamente zombeteira.

Ela imitou a continência dele.

– Você *vem distribuindo* ordens a torto e a direito – observou James. – É natural que eu a compare a...

– James, apenas dê uma olhada em como está lady Danbury – interrompeu-o Elizabeth.

James abriu um sorriso sagaz e se esgueirou rente à sebe.

– Está vendo alguma coisa? – sussurrou Elizabeth.

Ele voltou.

– Vejo lady Danbury.

– Só isso?

– Achei que você não se interessaria pelo gato.

– Malcolm?

– Ele está no colo dela.

– Não me importo com o que o gato está fazendo.

Ele abaixou o queixo e a encarou com uma expressão um tanto condescendente.

– Não achei que se importasse.

– O que lady Danbury está fazendo? – perguntou Elizabeth, com determinação.

– Dormindo.

– Dormindo?

– Foi *isso* que ela disse que iria fazer, não foi?

Elizabeth fuzilou-o com o olhar.

– Estou querendo saber se ela está dormindo normalmente. A respiração dela está entrecortada? Ela parece estar agitada?

– No meio do sono? – perguntou James, com certa incredulidade.

– Não se faça de bobo. Algumas pessoas têm o sono agitado o tempo todo... – Ela estreitou os olhos. – Por que está sorrindo?

James tossiu para disfarçar o movimento dos lábios traiçoeiros e tentou se lembrar da última vez que uma mulher o chamara de bobo. As damas que conhecera em sua recente breve temporada em Londres haviam sido bajuladoras, elogiando-o por sua roupa, seu rosto, sua forma física. Quando uma delas chegou ao cúmulo de elogiar a curva da testa dele, James soube que estava na hora de partir.

No entanto, ele nunca imaginara como seria divertido ser insultado por Elizabeth Hotchkiss.

– Por que está sorrindo? – perguntou ela novamente, com impaciência.

– Eu estava sorrindo?

– Sabe que estava.

Ele se inclinou para a frente o bastante para fazê-la prender a respiração.

– Quer saber a verdade?

– Hã... sim. A verdade é quase sempre o caminho preferível.

– Quase?

– Ora, se a outra escolha acabar magoando alguém – explicou Elizabeth –, então... espere um instante! Era *você* que deveria estar respondendo à *minha* pergunta.

– Ah, sim, o sorriso. Na verdade, foi por causa do comentário sobre eu ser bobo.

– Está sorrindo porque eu o *insultei*?

Ele deu de ombros e estendeu as mãos no que torceu para ser um gesto sedutor.

– Não costumo ser insultado por mulheres.

– Então deve estar andando com o tipo errado de mulheres – resmungou Elizabeth.

James deixou escapar uma risadinha abafada.

– Fique quieto – sibilou ela, afastando-o da sebe. – Ela vai ouvi-lo.

– Lady Danbury está roncando alto o bastante para reunir ao seu redor uma horda de ovelhas – retrucou ele. – Duvido que nossas pequenas discussões conseguissem acordá-la.

Elizabeth balançou a cabeça, o cenho franzido.

– Não gosto disso. Ela nunca tira cochilos. Sempre diz que não é natural.

James abriu um sorriso, já preparado para implicar novamente com ela, mas se conteve ao ver a expressão de profunda preocupação nos olhos azuis da moça.

– Elizabeth, o que você realmente teme? – perguntou com gentileza.

Ela deixou escapar um longo suspiro.

– Ela pode estar doente. Quando as pessoas ficam cansadas de repente... – E engoliu em seco. – Pode ser sinal de alguma doença.

James permaneceu em silêncio por um longo tempo antes de questionar baixinho:

– Seus pais ficaram doentes antes de falecer?

Elizabeth se virou rapidamente para encará-lo e James percebeu que ela fora pega de surpresa pela pergunta.

– Não – disse ela, piscando repetidas vezes. – Minha mãe morreu em um acidente de carruagem, e meu pai... – Elizabeth parou de falar e desviou os olhos, a expressão tão tensa que era de partir o coração, até finalmente dizer: – Ele não estava doente.

James quis, mais que qualquer outra coisa, continuar perguntando, descobrir por que Elizabeth não contara mais sobre a morte do pai. Chocado, se deu conta de que queria saber tudo sobre ela.

Queria conhecer o passado, o presente *e* o futuro de Elizabeth. Queria saber se ela falava francês, se gostava de chocolate e se já lera Molière. Acima de tudo, queria saber os segredos por trás de cada minúsculo sorriso que se abria no rosto dela.

James quase recuou um passo ao se dar conta disso. Nunca sentira aquele tipo de necessidade ardente de alcançar os cantos mais distantes da alma de uma mulher.

Elizabeth preencheu o silêncio constrangedor perguntando:

– Seus pais ainda estão vivos?

– Não – respondeu James. – Meu pai faleceu de súbito, na verdade. O médico disse que foi do coração. – Ele deu de ombros. – Ou da falta de um.

– Ah, Deus – lamentou ela.

– Não tem problema – disse James, afastando a questão com um gesto da mão. – Ele não era um bom homem. Não sinto falta dele nem sinto a sua perda.

Os cantos da boca de Elizabeth ficaram tensos, mas James pensou ter visto algo de relance – talvez empatia? – em seus olhos.

– Minha mãe morreu quando eu era bem novo – acrescentou ele de forma abrupta, sem saber bem por que estava contando aquilo a ela. – Mal consigo me lembrar dela.

– Lamento – disse Elizabeth com suavidade. – Espero de verdade que não tenha sido doloroso demais.

James temeu não ter conseguido disfarçar a resposta na expressão de seus olhos, porque ela engoliu em seco e repetiu:

– Lamento.

Ele assentiu, grato pela solidariedade, mas não disse mais nada.

O olhar de Elizabeth ficou preso ao dele por um breve instante, então ela esticou o pescoço para dar outra olhada em lady Danbury.

– Eu ficaria arrasada se lady D. estivesse sofrendo. Sei que ela jamais diria a alguém. A mulher é terrivelmente orgulhosa. Nunca reconheceria a reação à sua confissão de dor como afeição e preocupação. Só veria piedade.

James observou-a de olho na tia dele e de repente se deu conta de como Elizabeth era miúda. Os campos da propriedade se estendiam atrás dela em uma interminável colcha de retalhos em tons de verde, e a jovem parecia terrivelmente pequena e solitária contra a vasta extensão de terra. A brisa de verão soprava mechas sedosas dos cabelos louros, soltando-as do coque, e sem pensar James estendeu a mão e colocou uma das mechas atrás da orelha dela.

Elizabeth prendeu a respiração e levantou a mão. Seus dedos roçaram nos nós dos dedos de James, que se viu lutando contra o insano desejo de entrelaçar sua mão na dela. Bastaria um mínimo movimento dos dedos, e a situação estava deliciosamente tentadora... mas ele retirou a mão e murmurou:

– Perdoe-me. O vento soltou seu cabelo.

Ela arregalou os olhos e entreabriu os lábios como se fosse dizer alguma coisa, mas, no fim, apenas se afastou.

– Lady Danbury tem sido muito bondosa comigo – disse ela, a voz emocionada. – Eu não teria como retribuir tanta gentileza.

James nunca pensara na tia extremamente sincera e de personalidade difícil como bondosa. A aristocracia a respeitava, a temia, até mesmo ria de suas piadas ácidas, mas ele nunca vira o amor que sentia pela mulher que muito provavelmente salvara a sua alma refletido nos olhos de outra pessoa.

Então o corpo de James se tornou estranho a ele e se moveu para a frente. Não estava controlando o próprio movimento, foi quase como se um poder maior o houvesse possuído, fazendo com que a mão dele alcançasse e segurasse Elizabeth pela nuca, os dedos deslizando para dentro dos cabelos sedosos, enquanto a puxava para si, mais perto, mais perto, e então...

E então os lábios dele estavam sobre os dela, e fosse qual fosse a força hipnótica que o levara a beijá-la, desapareceu, e tudo o que restou foi ele – ele e uma necessidade avassaladora de possuí-la de todos os modos que um homem poderia possuir uma mulher.

Enquanto uma das mãos explorava os cabelos de Elizabeth, a outra envolvia o corpo da moça, apoiando-se na curva delicada de suas costas. James sentia que ela começava a corresponder a ele. Elizabeth era uma total inocente, mas estava cedendo e seu coração batia mais rápido, o que fez o coração *dele* também se acelerar.

– Meu Deus, Elizabeth – arquejou James, movendo a boca para a bochecha dela, então para a orelha. – Quero... quero...

A voz dele deve ter despertado algo dentro dela, porque a moça ficou rígida e James a ouviu sussurrar:

– Ah, não...

James queria continuar abraçado a ela. Queria deitá-la no chão e beijá-la até que ela perdesse toda a razão, mas ao que parecia ele era mais honrado do que imaginara, porque soltou-a no instante em que ela começou a se afastar.

Elizabeth ficou parada na frente dele por vários segundos, parecendo mais chocada do que qualquer outra coisa. Ela levou uma das mãos pequenas à boca. Seus olhos estavam arregalados, sem piscar.

– Nunca pensei... – murmurou Elizabeth contra a própria mão. – Não posso acreditar...

– No que você não pode acreditar?

Ela balançou a cabeça.

– Ah, isso é terrível.

Aquilo era um pouco mais do que o ego dele poderia suportar.

– Ora, vamos lá, eu não diria...

Mas ela já estava se afastando, correndo.

CAPÍTULO 7

Elizabeth chegou à Casa Danbury na manhã seguinte com um objetivo prioritário em mente: ficar o mais humanamente longe possível de James Siddons.

Ele a beijara. De fato a beijara. E, pior, ela permitira. E, pior ainda, saíra correndo como uma covarde... até chegar em casa. Apenas uma vez em todos os anos em que trabalha como dama de companhia de lady Danbury saíra mais cedo, e fora quando tivera pneumonia. E mesmo nessa situação tentou permanecer no trabalho e só foi embora quando lady Danbury ameaçou assumir os cuidados com a sua saúde.

Mas dessa vez só o que bastara foi um beijo de um belo homem, e ela fugira como uma tonta. Elizabeth ficou tão mortificada com a própria atitude que mandou Lucas à Casa Danbury com um bilhete para lady D., explicando que fora embora por estar se sentindo muito mal fisicamente. Não era de todo mentira, pensou. Sentia-se quente e ruborizada, e seu estômago sem dúvida não estava normal.

Além do mais, caso não mentisse, teria que morrer de vergonha. Levando tudo em consideração, Elizabeth não demorou muito para decidir que sua pequena mentira era justificada.

Ela passou a noite recolhida no próprio quarto, consultando *Como se casar com um marquês* de forma obsessiva. Não havia muitas referências a beijos. A Sra. Seeton obviamente achava que qualquer uma que fosse inteligente o bastante para comprar o livro dela também seria inteligente o bastante para saber que não era apropriado beijar um cavalheiro com quem não se tivesse uma ligação profunda e potencialmente duradoura.

E a mulher em questão certamente não deveria gostar do beijo.

Elizabeth ficou resmungando, lembrando-se de tudo isso. Até ali, o dia tinha transcorrido como qualquer outro, a não ser pelo fato de que ela olhara tantas vezes por sobre o ombro que lady Danbury perguntara se havia desenvolvido um tique nervoso.

Esse constrangimento forçou-a a parar de virar o pescoço, mas ela ainda se sobressaltava cada vez que ouvia passos.

Elizabeth tentou se convencer de que não seria muito difícil evitá-lo. O Sr. Siddons devia ter mil obrigações a cumprir como administrador, e novecentas delas exigiriam a presença dele na parte externa da propriedade. Portanto, se ficasse entrincheirada dentro da Casa Danbury, provavelmente estaria a salvo. E se ele decidisse se dedicar a alguma estranha tarefa que o levasse para dentro da casa... ora, então Elizabeth encontraria algum motivo para deixar a casa e aproveitar o cálido sol britânico.

Então começou a chover.

Elizabeth bateu com a cabeça no vidro da janela da sala de estar com um baque surdo.

– Isso não pode estar acontecendo – murmurou. – Simplesmente não pode estar acontecendo.

– O que não pode estar acontecendo? – perguntou lady Danbury bruscamente. – A chuva? Não seja tonta. Estamos na Inglaterra. Por consequência, pode estar chovendo.

– Mas não hoje – suspirou Elizabeth. – Estava tão ensolarado esta manhã, quando cheguei.

– Desde quando isso quer dizer alguma coisa?

– Desde... – Ela fechou os olhos e engoliu um gemido. Qualquer um que tivesse vivido a vida toda em Surrey certamente sabia que não se podia confiar em uma manhã ensolarada. – Ah, não importa. Não tem importância.

– Está preocupada em voltar para casa? Não fique. Pedirei a alguém que a leve. Você não deve ficar exposta aos elementos depois de ter estado doente. – Lady Danbury estreitou os olhos. – Embora eu deva dizer que parece muito bem recuperada.

– Não me sinto muito bem recuperada – retrucou Elizabeth, com toda a honestidade.

– O que foi mesmo que você disse que sentiu?

– Foi meu estômago – murmurou ela. – Acho que foi algo que comi.

– Humpf. Ninguém mais se sentiu mal. Não consigo imaginar o que você pode ter comido. Mas se passou a tarde colocando tudo para fora...

– Lady Danbury! – exclamou Elizabeth.

Ela com certeza não passara a tarde anterior colocando tudo o que comera para fora, mas ainda assim não havia necessidade de discutir funções fisiológicas daquele tipo.

Lady D. balançou a cabeça.

– Sensível demais para o meu gosto. Quando as mulheres ficaram tão puritanas?

– Quando decidimos que não é agradável conversar sobre vômito – retorquiu Elizabeth.

– Esse é o espírito da coisa! – disse lady Danbury com uma gargalhada, batendo palmas. – Elizabeth Hotchkiss, declaro que você cada vez se parece mais e mais comigo.

– Que Deus me ajude – comentou Elizabeth com um gemido.

– Só melhora. Você disse exatamente o que eu teria dito. – Lady Danbury se recostou, tamborilou com o indicador na testa e franziu o cenho. – Muito bem, então, do que estávamos falando? Ah, sim, queríamos nos certificar de que você não teria que voltar para casa andando na chuva. Não se preocupe, encontraremos alguém para levá-la de charrete. Meu novo administrador se encarregará disso, se for preciso. Deus sabe que ele não vai conseguir fazer nada com esse clima.

Elizabeth engoliu em seco.

– Estou certa de que a chuva logo vai parar.

Um relâmpago rasgou o céu – só para calá-la, Elizabeth tinha certeza –, seguido pelo estrondo tão alto de um trovão que ela deu um pulo.

– Ai! – gritou.

– O que fez a si mesma desta vez?

– Foi só o meu joelho – respondeu ela com um falso sorriso paciente. – Não está doendo nem um pouco.

Lady Danbury bufou, deixando claro que não tinha acreditado.

– Não, é verdade – insistiu Elizabeth. – Mas é engraçado como eu nunca havia reparado naquela mesa de canto ali.

– Ah, sim. Ela foi movida para lá ontem. Foi o Sr. Siddons que sugeriu.

– Claro, como não... – resmungou Elizabeth.

– Como?

– Nada – disse ela, um pouco alto demais.

– Humpf – foi a resposta de lady Danbury. – Estou com sede.

Elizabeth imediatamente se animou diante da perspectiva de ter algo para fazer além de ficar olhando pela janela, preocupando-se com a possibilidade de o Sr. Siddons aparecer.

– Gostaria de um chá, lady Danbury? Ou talvez eu possa pedir à cozinheira que prepare uma limonada.

– Cedo demais para limonada – bradou lady D. – Aliás, cedo demais para chá, mas tomarei mesmo assim.

– Quer dizer que a senhora não tomou chá no café da manhã? – lembrou Elizabeth.

– Nesse caso, foi chá de *café da manhã*. Completamente diferente.

– Ah.

Elizabeth pensou que um dia ela própria seria canonizada por isso.

– Certifique-se de que a cozinheira coloque biscoitos na bandeja. E não se esqueça de pedir a ela que prepare algo para Malcolm. – Lady D. inclinou a cabeça para um lado e para outro. – Onde *está* aquele gato?

– Sem dúvida deve estar arquitetando um novo plano para me torturar – voltou a resmungar Elizabeth.

– Como? O que disse?

Elizabeth se virou na direção da porta, ainda olhando para lady Danbury por cima do ombro.

– Nada, lady Danbury. Eu só...

Qualquer outra coisa que ela pudesse ter dito se perdeu quando seu ombro esbarrou em algo grande, quente e decididamente humano.

Elizabeth arquejou. O Sr. Siddons. Tinha que ser ele. Ela nunca fora uma mulher particularmente sortuda.

– Fique firme aí – Elizabeth o ouviu dizer, uma fração de segundo antes de as mãos dele a segurarem delicadamente pelos braços.

– Sr. Siddons! – falou lady Danbury de forma melodiosa. – Que prazer vê-lo tão cedo.

– Sem dúvida – murmurou Elizabeth.

– Por que não se junta a nós para tomar um chá? – continuou lady D. – Elizabeth estava mesmo indo pegar a bandeja.

Elizabeth ainda evitava olhar para o rosto dele – por princípio, embora ela não estivesse muito certa sobre *qual era* o princípio –, mas percebeu seu sorriso malicioso.

– Eu adoraria – respondeu ele.

– Excelente – disse lady Danbury. – Elizabeth, vá lá, então. Precisaremos de chá para três.

– Não posso ir a lugar nenhum enquanto o Sr. Siddons estiver segurando os meus braços – declarou ela.

– Eu estava fazendo isso? – disse ele com ingenuidade, afrouxando as mãos nos braços de Elizabeth. – Nem percebi.

Se tivesse algum cacife, poderia apostar que ele estava mentindo, pensou a moça, mal-humorada.

– Tenho algumas perguntas a fazer à nossa querida Srta. Hotchkiss – falou o Sr. Siddons.

Elizabeth entreabriu os lábios, surpresa.

– Estou certo de que podem esperar até que ela retorne – murmurou ele.

A cabeça de Elizabeth se moveu para lá e para cá, indo do Sr. Siddons a lady Danbury enquanto tentava compreender a tensão estranha e silenciosa na sala.

– Se está certo disso... – disse ela. – Eu teria prazer em...

– Ele acha que você está me chantageando – disse lady Danbury em um rompante.

– Ele acha que eu estou fazendo *o quê*? – quase gritou Elizabeth.

– Agatha! – disse irritado o Sr. Siddons, que parecia estar com vontade de mandar a velha dama para o inferno. – Conhece o significado da palavra "discrição"?

– Humpf. Nunca funcionou para mim.

– Sei muito bem disso – resmungou ele.

– O senhor acabou de chamá-la de Agatha? – perguntou Elizabeth.

Ela se virou surpresa para lady Danbury. Vinha cuidando da condessa havia cinco anos e nunca pensara na possibilidade de tratá-la pelo primeiro nome.

– Eu conheci a mãe do Sr. Siddons – contou lady Danbury, como se aquilo explicasse tudo.

Elizabeth levou as mãos ao quadril e encarou com raiva o belo administrador.

– Como ousa pensar que eu estaria chantageando essa doce e velha dama?

– Doce? – repetiu o Sr. Siddons.

– Velha? – bradou lady Danbury.

– Eu nunca desceria tão baixo – declarou Elizabeth com uma fungadinha. – Jamais. O senhor deveria se envergonhar por pensar um absurdo desse.

– Foi o que eu disse a ele – voltou a falar lady D., dando de ombros. – Você realmente precisa de dinheiro, é claro, mas não é do tipo de...

A mão do Sr. Siddons voltou a se fechar ao redor do braço de Elizabeth.

– A senhorita precisa de dinheiro? – quis saber ele.

Elizabeth revirou os olhos.

– E quem não precisa?

– Eu tenho bastante – argumentou lady D.

Os dois empregados viraram a cabeça ao mesmo tempo e a encararam com irritação.

– Ora, é verdade – resmungou ela, emitindo um *humpf* alto.

– Por que a senhorita precisa de dinheiro? – perguntou o Sr. Siddons com delicadeza.

– Isso não é da sua conta!

Mas lady Danbury obviamente achava que era, porque disse:

– Tudo começou quando...

– Lady Danbury, *por favor*!

Elizabeth a encarou com uma expressão de súplica. Já era difícil o bastante estar com o orçamento tão apertado. Mas ainda ter que suportar a condessa fazendo-a passar vergonha na frente de um estranho...

Lady Danbury pareceu perceber – ao menos uma vez na vida – que havia passado dos limites e se calou.

Elizabeth fechou os olhos e soltou o ar.

– Obrigada – sussurrou.

– Estou com sede – declarou lady D.

– Ah, sim – disse Elizabeth, mais para si mesma, embora as palavras tenham saído alto o bastante para que todos na sala as ouvissem. – O chá.

– O que está esperando? – cobrou lady Danbury, batendo com a bengala no chão.

– Uma canonização – resmungou Elizabeth, baixinho.

O Sr. Siddons arregalou os olhos. Ah, *maldição*, ele a escutara. Estava tão acostumada a ficar sozinha com lady Danbury que se esquecera de prestar atenção no que murmurava para si mesma.

Mas o Sr. Siddons, para grande surpresa de Elizabeth, soltou seu braço de forma abrupta e começou a tossir. Então, quando qualquer pessoa normal já teria parado de tossir, ele dobrou o corpo ao meio, se apoiou contra a parede e começou a tossir com mais força ainda.

A hostilidade de Elizabeth deu lugar à preocupação e ela se abaixou:

– O senhor está bem?

Ele se apressou em assentir, sem tirar a mão da boca.

– Ele está engasgado com alguma coisa? – gritou lady Danbury.

– Eu não poderia imaginar com o quê – respondeu Elizabeth. – Ele não estava comendo nada.

– Bata nas costas dele – pediu lady D. – Com força.

O Sr. Siddons balançou a cabeça e saiu em disparada da sala.

– Talvez você deva segui-lo – sugeriu lady Danbury. – E não se esqueça de bater nas costas dele.

Elizabeth piscou, confusa, deu de ombros e saiu da sala, pensando que bater nas costas dele talvez se provasse muito agradável.

– Sr. Siddons? – Ela olhou para a direita e para a esquerda, mas não o viu. – Sr. Siddons?

Então ela ouviu. Gargalhadas altas vindas de um canto do corredor. Elizabeth bateu a porta com vontade.

Quando deparou com o Sr. Siddons, ele estava sentado em um banco acolchoado, arquejando em busca de ar.

– Sr. Siddons? James?

Ele levantou os olhos e, de repente, não parecia mais tão perigoso quanto na véspera.

– Uma canonização – disse com a voz ainda aguda de riso. – Santo Deus, sim, todos nós merecíamos uma.

– Ora, o senhor só está aqui há poucos dias – comentou Elizabeth. – Acho que precisa passar mais alguns anos na companhia dela, antes de poder ser cogitado sequer para o papel de mártir.

O Sr. Siddons tentou conter a risada, mas acabou voltando a cair na gargalhada. Quando recuperou o controle de si, disse:

– As mais quietinhas como você são sempre as mais perigosas e sagazes.

– Eu? – perguntou Elizabeth, sem acreditar. – Não sou nem um pouco quieta.

– Talvez não, mas escolhe as palavras com cuidado.

– Ora, isso sim – retrucou ela, inclinando a cabeça de forma inconsciente. – Já sou bastante desajeitada fisicamente, não há necessidade de que o seja também com as palavras.

Naquele momento, James decidiu que não havia a menor possibilidade de ser ela a chantagista. Ah, ele sabia que não recolhera fatos suficientes para chegar a essa conclusão, mas seus instintos vinham lhe dizendo havia dias que Elizabeth era inocente. Ele só não fora esperto o bastante para escutar.

James a encarou por um momento, então perguntou:

– Posso ajudá-la a preparar o chá?

– Com certeza você tem coisas mais importantes a fazer do que acompanhar uma dama de companhia até a cozinha.

– Com frequência percebo que as damas de companhia são as que mais precisam de companhia.

Os lábios de Elizabeth se curvaram em um sorriso relutante.

– Está certo, está certo, lady Danbury é bem peculiar.

James observou a boca de Elizabeth com um interesse descarado. Queria beijá-la, percebeu. Aquilo não o surpreendia em nada – afinal, no dia anterior fizera muito pouco *além* de pensar em beijá-la. Estranho era o fato de ele querer fazer isso ali mesmo, no corredor. Costumava ser muito mais discreto.

– Sr. Siddons?

Ele voltou a si, um pouco envergonhado por ter sido pego encarando-a.

– Quem está chantageando lady Danbury? – perguntou Elizabeth.

– Se eu soubesse a resposta para essa pergunta, dificilmente teria acusado você.

– Humpf. Não pense que o perdoei por isso.

– Santo Deus – comentou James, surpreso. – Você está começando a ficar como ela.

Elizabeth arregalou os olhos, horrorizada.

– Como lady Danbury?

Ele assentiu e repetiu o *humpf* em um perfeito arremedo de Elizabeth imitando lady D.

Ela arquejou.

– Eu não fiz isso, fiz?

James fez que sim de novo, os olhos dançando, divertidos.

Elizabeth resmungou.

– Vou pegar o chá.

– Então você me perdoou por suspeitar que fosse a chantagista?

– Acho que devo perdoar. Afinal, você não conhece o meu caráter o suficiente para me tirar de imediato da lista de suspeitos.

– É uma visão muito tolerante da sua parte.

Ela o fuzilou com um olhar que deixou claro que não apreciara muito o comentário engraçadinho.

– Mas o que não entendo é o que lady Danbury poderia ter feito para ser chantageada.

– Não cabe a mim dizer – retrucou ele, baixinho.

Elizabeth assentiu.

– Vou pegar o chá.

– Irei com você.

Ela ergueu a mão.

– Não. Você não vai.

James pegou a mão dela e beijou as pontas de seus dedos.

– Sim. Eu irei.

Elizabeth abaixou os olhos para a própria mão. Santo Deus, o homem a beijara de novo! Bem ali no corredor. Perplexa demais para retirar a mão, ela olhou de um lado para outro, apavorada com a possibilidade de que um criado esbarrasse com eles.

– Você nunca tinha sido beijada antes – murmurou James.

– É claro que não!

– Nem mesmo na mão.

Ele soltou os dedos dela, então pegou a outra mão e beijou os nós dos dedos.

– Sr. Siddons! – reclamou ela em um arquejo. – Está louco?

Ele sorriu.

– Fico feliz por você não ter sido beijada antes.

– Você é louco. Completamente louco. E – acrescentou, na defensiva – é claro que já tinha sido beijada na mão.

– Seu pai não conta.

O que Elizabeth mais queria era que um buraco se abrisse aos seus pés para que ela sumisse nele. Sentia o rosto arder e sabia que não precisava dizer nem uma palavra para que ele soubesse que estava certo. Não havia muitos homens solteiros em sua cidadezinha, e com certeza nenhum deles era cosmopolita o bastante para beijar a mão dela.

– Quem é você? – perguntou Elizabeth em um sussurro.

James a encarou com uma expressão estranha, e estreitou seus olhos castanhos.

– James Siddons. Você sabe disso.

Ela balançou a cabeça.

– Você nunca foi administrador antes. Eu poderia apostar a minha vida nisso.

– Gostaria de ver as minhas referências?

– Você não se comporta do jeito certo. Um criado não...

– Ah, mas não sou exatamente um criado – interrompeu ele. – Assim como você não é. Pelo que sei, você é da aristocracia local.

Ela assentiu.

– Também venho de uma família antiga – continuou ele. – Infelizmente nosso orgulho não foi perdido junto com nossa fortuna.

– Infelizmente?

Ele ergueu um dos cantos da boca.

– Ele acaba provocando momentos constrangedores.

– Como este – declarou Elizabeth com firmeza. – Você precisa voltar neste exato instante para a sala de estar. Tenho certeza de que lady Danbury está lá, se perguntando o que aconteceu, por que diabo bati a porta, o que estamos fazendo. E já que não posso falar por *você*, *eu* não gostaria de ter que dar explicações.

James encarou-a por um longo tempo, perguntando-se por que subitamente estava com a mesma sensação que tinha quando era repreendido por sua governanta. Ele abriu um sorriso.

– Você é boa nisso.

Elizabeth conseguira dar três passos na direção da cozinha. Ela deixou escapar um suspiro frustrado e se virou.

– No quê?

– Em falar com um homem adulto como se ele fosse uma criança. Fui mesmo colocado no meu lugar.

– Não foi, não – retrucou ela, gesticulando com a mão na direção dele. – Olhe só para você. Não parece nem um pouco arrependido. Está sorrindo como um tolo.

James inclinou a cabeça.

– Eu sei.

Elizabeth jogou as mãos para o alto.

– Tenho que ir.

– Você me faz sorrir.

As palavras dele, em tom baixo e intenso, a fizeram deter o passo.

– Vire-se, Elizabeth.

Havia alguma espécie de ligação entre eles. Elizabeth não sabia nada sobre amor, mas sabia que poderia se apaixonar por aquele homem. Sentia isso no fundo do seu coração, o que a apavorava. Ele não era um homem com quem ela poderia se casar. O Sr. Siddons não tinha dinheiro, ele mesmo dissera isso. Como ela conseguiria mandar Lucas para Eton tendo um administrador como marido? De que forma vestiria e alimentaria Susan e Jane? Susan estava com 14 anos apenas, mas logo iria querer uma festa de debutante. Londres estava fora de questão, mas qualquer evento comemorativo custaria dinheiro.

E aquilo era algo que nem Elizabeth, nem o homem que estava parado diante dela – provavelmente o único capaz de algum dia capturar o coração dela – tinham.

Santo Deus, ela pensara que a vida a tratara injustamente antes, mas aquilo... aquilo não era nada menos do que angustiante.

– Vire-se, Elizabeth.

Ela continuou a caminhar. Foi a coisa mais difícil que já fizera na vida.

Mais tarde naquela noite, Susan, Jane e Lucas Hotchkiss se agruparam no chão frio do segundo andar da casa, do lado de fora do quarto da irmã mais velha.

– Acho que ela está chorando – sussurrou Lucas.

– É claro que ela está chorando – murmurou Jane. – Qualquer tolo poderia perceber que ela está chorando.

– A pergunta é – interrompeu Susan –: *por que* ela está chorando?

Nenhum deles tinha resposta para isso.

Todos os três se encolheram um instante depois quando ouviram um som ligeiramente mais alto do que o de um soluço comum, então engoliram em seco quando o som foi seguido por uma fungada alta.

– Ela tem estado muito preocupada por causa de dinheiro nos últimos tempos – disse Lucas, hesitante.

– Ela está sempre preocupada com dinheiro – retrucou Jane.

– Mas isso é normal – acrescentou Susan. – Pessoas que não têm dinheiro sempre se preocupam com isso.

Os dois mais jovens assentiram.

– Realmente não temos nada? – perguntou Jane bem baixinho.

– Temo que não – respondeu Susan.

Os olhos de Lucas começaram a marejar.

– Não vou conseguir ir para Eton, vou?

– Não, não é isso – apressou-se em dizer Susan –, é claro que vai conseguir. Temos só que economizar.

– Como podemos economizar quando não temos nada? – questionou o menino.

Susan não respondeu.

Jane cutucou as costelas da irmã.

– Acho que um de nós deveria consolá-la.

Antes que Susan pudesse fazer algo mais do que assentir, eles ouviram um barulho alto, seguido pelo som inacreditável da irmã tão recatada deles berrando:

– Maldito, vá para o inferno!

Jane arquejou.

Susan ficou boquiaberta.

– Não acredito que ela disse isso – sussurrou Lucas em tom reverente. – Gostaria de saber quem ela estava amaldiçoando.

– Isso não é algo de que se orgulhar – repreendeu Jane, cutucando-o em um ponto macio perto do ombro.

– Ai!

– E não diga "amaldiçoando" – completou Susan.

– É, sim, algo de que se orgulhar. Mesmo que eu nunca tenha dito essa palavra.

Jane revirou os olhos.

– Homens.

– Parem de implicar um com o outro – disse Susan de forma distraída. – Acho melhor entrar para vê-la.

– Sim – concordou Jane –, como eu estava dizendo...

– Por que tudo tem que ser ideia sua? – comentou Lucas emburrado. – Você sempre...

– Isso *foi* ideia minha!

– Quietos! – praticamente bradou Susan. – Lá para baixo, vocês dois. E se eu descobrir que qualquer um dos dois me desobedeceu, vou exagerar na goma que coloco nas roupas de vocês por um mês.

As duas crianças menores assentiram e desceram correndo as escadas. Susan respirou fundo e bateu na porta de Elizabeth.

Sem resposta.

Bateu de novo.

– Sei que você está aí.

Passos. E a porta foi aberta com força.

– É claro que você sabe que estou aqui – disse Elizabeth com irritação. – Provavelmente foram capazes de me ouvir ao longo de todo o caminho até a Casa Danbury.

Susan abriu a boca, voltou a fechar, então abriu-a de novo e disse:

– Eu ia perguntar se você estava com algum problema, mas me dei conta de quanto isso soaria ridículo, por isso talvez eu deva perguntar *qual* é o problema.

A resposta de Elizabeth não foi verbal. Em vez disso, ela virou a cabeça e olhou de relance, com raiva, para um objeto vermelho jogado em um canto do quarto.

– Santo Deus! – exclamou Susan, e atravessou o quarto correndo. – O barulho que ouvi foi por isso?

Elizabeth olhou com desdém para o exemplar de *Como se casar com um marquês*, agora cuidadosamente abrigado nas mãos da irmã.

– Esse livro pertence a lady Danbury! – disse Susan. – Você mesma me fez prometer que não o danificaria. E o jogou do outro lado do quarto?

– Minhas prioridades mudaram. Não me importo se esse livro arder em chamas. Não me importo se a própria Sra. Seeton arder em chamas.

A boca de Susan se abriu em um círculo perfeito.

– Você está querendo que a Sra. Seeton vá para o inferno?

– Talvez esteja – retrucou Elizabeth em tom insolente.

Susan levou a mão ao rosto, em choque.

– Elizabeth, não a estou reconhecendo.

– *Eu* não estou me reconhecendo.

– Você precisa me contar o que aconteceu para deixá-la tão aborrecida.

Elizabeth soltou o ar em um som curto.

– Aquele livro arruinou a minha vida.

Susan pareceu confusa.

– Você nunca foi chegada a melodramas.

– Talvez eu tenha mudado.

– Talvez – repetiu Susan, claramente ficando irritada com as evasivas da irmã – você pudesse fazer a gentileza de explicar como esse livro arruinou a sua vida.

Elizabeth desviou os olhos para evitar que Susan visse seu rosto tremendo.

– Eu não teria flertado com ele. Nunca teria me aproximado dele se não tivesse colocado na cabeça que...

– Santo Deus! – interrompeu-a Susan. – O que ele lhe fez? Desonrou-a de algum modo?

– Não! – gritou Elizabeth. – Ele nunca faria isso.

– Então o que aconteceu?

– Ah, Susan... – retrucou Elizabeth, com lágrimas silenciosas descendo pelo rosto. – Eu poderia amá-lo. Poderia amá-lo de verdade.

– Então o que há de errado? – perguntou Susan em um sussurro gentil.

– Susan, ele não tem um tostão! É um administrador!

– Mas você não conseguiria ser feliz levando uma vida simples?

– É claro que conseguiria – retrucou Elizabeth com aspereza. – Mas e quanto à educação de Lucas? E a sua festa de debutante? E as aquarelas de Jane? Não ouviu uma palavra do que eu disse na semana passada? Achou que eu estivesse procurando um marido por pura diversão? Precisamos de dinheiro, Susan. Dinheiro.

Susan não conseguiu encarar a irmã.

– Sinto muito por isso.

– O engraçado é que eu não achava que seria um sacrifício tão grande. Mas agora... – Ela parou de falar e secou os olhos. – Agora é simplesmente difícil. Apenas isso. Difícil.

Susan engoliu a emoção e disse com suavidade:

– Talvez seja melhor você devolver o livro.

Elizabeth assentiu.

– Farei isso amanhã.

– Podemos... decidir mais tarde como proceder. Com certeza você consegue arrumar um marido sem ter que treinar os...

Elizabeth ergueu a mão.

– Não vamos falar disso agora.

Susan fez que sim com a cabeça, então deu um sorrisinho sem graça enquanto mostrava o livro.

– Vou só tirar a poeira desse livro. Você pode devolvê-lo amanhã.

Elizabeth não se moveu enquanto observava a irmã deixar o quarto.

Então se arrastou para a cama e começou a chorar. Mas, dessa vez, colocou o travesseiro sobre a cabeça para abafar o som dos soluços.

A última coisa que queria era mais solidariedade.

CAPÍTULO 8

Na manhã seguinte, Elizabeth chegou à Casa Danbury mais cedo que de costume, na esperança de conseguir se esgueirar até a biblioteca e devolver o livro antes que lady Danbury terminasse o café da manhã. Tudo o que queria era tirar aquela coisa maldita de seu alcance para sempre.

Ela treinou a cena na mente centenas de vezes. Devolveria *Como se casar com um marquês* para a estante e sairia da biblioteca, fechando com força a porta. E rezava para que esse fosse o fim daquela história.

– Você não me causou nada além de sofrimento – murmurou Elizabeth para dentro da bolsa onde guardara o livro.

Santo Deus, havia se tornado uma perfeita idiota. Estava conversando com um livro. Um livro! Que não tinha qualquer poder, que não mudaria a vida dela e que certamente não responderia quando ela fosse estúpida a ponto de falar com ele.

Era só um livro. Um objeto inanimado. O único poder que ele detinha era o que ela mesma escolhera lhe dar. Só poderia ser importante na vida dela se ela permitisse.

É claro, aquilo não explicava por que Elizabeth quase esperava que o livrinho cintilasse na escuridão toda vez que espiava dentro da bolsa.

Ela passou pelo corredor na ponta dos pés, ao menos uma vez na vida agradecendo por lady Danbury ser tão presa à rotina. Naquele momento, a condessa já teria consumido um terço de seu café da manhã, o que significava que Elizabeth teria pelo menos mais vinte minutos antes que a patroa aparecesse na sala de estar.

Dois minutos para colocar o livro de volta na biblioteca e mais dezoito para que pudesse se acalmar.

Elizabeth estava com a mão dentro da bolsa e segurava o livro quando fez a curva no corredor. A porta da biblioteca estava aberta. Perfeito. Quanto menos barulho fizesse, menor seria a possibilidade de que alguém esbarrasse com ela. Não que houvesse muita atividade naquela parte da casa antes de lady D. terminar o desjejum, mas, ainda assim, quanto mais cuidado melhor.

Elizabeth passou de lado pela abertura da porta, o olhar fixo na prateleira onde encontrara o livro no começo da semana. Tudo que precisava fazer era atravessar o cômodo, colocar o livro de volta e sair. Sem desvios, sem paradas desnecessárias.

Ela tirou o livro da bolsa, os olhos fixos na prateleira. Mais dois passos e...

– Bom dia, Elizabeth.

Ela deu um grito.

James recuou ligeiramente, surpreso.

– Minhas mais sinceras desculpas por assustá-la.

– O que está fazendo aqui? – quis saber Elizabeth.

– Você está tremendo – percebeu ele, a voz preocupada. – Eu realmente a assustei, não foi?

– Não – disse ela, a voz alta demais. – É só que eu não estava esperando encontrar ninguém. A biblioteca costuma estar vazia a esta hora da manhã.

Ele deu de ombros.

– Gosto de ler. Lady Danbury me disse que tenho livre acesso à coleção dela. Aliás, o que é isso em sua mão?

Elizabeth seguiu os olhos dele até a mão dela e arquejou. Santo Deus, ela ainda estava segurando o livro.

– Não é nada – apressou-se em dizer, enquanto tentava enfiar o livro de volta na bolsa. – Nada. – Mas o nervosismo a deixou desajeitada, e o livro caiu no chão.

– Esse é o livro que você estava tentando esconder de mim no outro dia – disse James com um brilho triunfante nos olhos.

– Não é! – exclamou Elizabeth quase gritando, enquanto se abaixava para cobrir o livro com o corpo. – É apenas um romance bobo que eu peguei emprestado, e...

– É bom? – perguntou James em uma voz arrastada. – Talvez eu goste dele.

– Você detestaria – respondeu de imediato Elizabeth. – É um romance.

– Gosto de romances.

– É claro que todo mundo gosta de romances – argumentou ela, sem pensar muito no que estava dizendo –, mas tem certeza de que quer ler este aqui? Acho que não. É muito melodramático. Você acabaria bastante entediado.

– Será? – murmurou James, um dos cantos da boca erguendo-se em um meio sorriso esperto.

Elizabeth assentiu com veemência.

– No fim das contas, é mesmo um livro para mulheres.

– Isso é bastante discriminatório, não acha?

– Estou apenas tentando lhe poupar tempo.

Ele se agachou.

– Muito atencioso da sua parte.

Ela mexeu o corpo de modo que acabou sentada em cima do livro.

– É bom ser atenciosa.

Ele chegou mais perto, os olhos cintilando.

– Essa é uma das coisas de que mais gosto em você, Elizabeth.

– O quê? – perguntou ela em uma voz aguda.

– O fato de ser atenciosa.

– Isso não pode ser verdade – retrucou ela, quase antes que ele terminasse de falar. – Ontem mesmo eu soube que você achava que eu estava chantageando lady Danbury. *Isso* seria atencioso da minha parte?

– Você está tentando mudar de assunto – acusou James –, mas, só para deixar registrado, eu já tinha me convencido de que você não era a chantagista. É verdade que você era minha primeira suspeita... afinal, tem livre acesso aos pertences de lady Danbury. Mas não é preciso muito tempo em sua companhia para se ter uma percepção precisa de seu caráter.

– Que atencioso da sua parte – falou ela, em tom sarcástico.

– Saia de cima do livro, Elizabeth – ordenou ele.

– Não.

– Saia de cima do livro.

Ela resmungou alto. Não era possível que sua vida tivesse chegado àquele ponto. "Humilhação" nem chegaria perto de descrever como se sentia naquele momento. E "vermelha" nem de longe traduziria a cor do rosto dela.

– Você só está piorando a situação.

Ele estendeu a mão e deu um jeito de segurar num pedaço do livro. Elizabeth afundou mais o corpo no mesmo instante.

– Não vou sair daqui.

Ele a encarou com malícia e mexeu os dedos.

– E eu não vou tirar a mão daqui.

– Seu libertino – reclamou ela em um arquejo. – Roçando a mão na parte de trás do corpo de uma dama.

James se inclinou para a frente.

– Se eu estivesse roçando a mão na parte de trás do seu corpo, você com certeza estaria com uma expressão bem diferente.

Ela deu um tapinha no ombro dele. Provavelmente merecido, pensou James, mas de forma alguma sairia daquela biblioteca sem dar uma boa olhada no livrinho vermelho de Elizabeth.

– Pode me insultar quanto quiser – falou ela em tom orgulhoso –, mas não vai adiantar. Não vou me mexer.

– Elizabeth, você está parecendo uma galinha tentando chocar um livro.

– Se você tivesse o mínimo de cavalheirismo...

– Ah, mas há hora e lugar para um homem se comportar com um cavalheiro, e esse não é o caso aqui.

Ele enfiou mais os dedos embaixo do corpo dela e capturou uma extensão maior do livro. Mais um pouco e seria capaz de passar o polegar ao redor da lombada e então conseguiria pegá-lo!

Elizabeth cerrou o maxilar.

– Tire as mãos de baixo de mim – murmurou com determinação.

Ele fez o oposto e moveu os dedos mais alguns centímetros.

– Um feito impressionante, realmente, falar tudo isso por entre os dentes.

– James!

Ele ergueu a mão livre.

– Só um momento, por gentileza. Estou me concentrando.

Enquanto ela o encarava com raiva, ele passou o polegar pela lombada do livro. E seus lábios se curvaram em um sorriso letal.

– Agora está perdida, Srta. Hotchkiss.

– O que você... Aaaaaaaauuuu!

Com um puxão, ele arrancou o livro de baixo do corpo dela e a fez cair no chão.

– Nããããão! – gritou Elizabeth, como se o destino do mundo dependesse da capacidade dela de recuperar o livro.

James correu para o outro lado da biblioteca, o livro erguido no ar em um gesto de triunfo. Elizabeth era pelo menos 30 centímetros mais baixa do que ele, nunca seria capaz de alcançar o livro.

– James, *por favor* – implorou.

Ele balançou a cabeça, desejando não se sentir tão cafajeste... a expressão no rosto dela era de partir o coração. Mas havia dias que estava curioso para saber que livro era aquele, e afinal chegara até ali. Portanto, levantou a cabeça, virou o livro para baixo e leu o título:

COMO SE CASAR COM UM MARQUÊS

James ficou surpreso. Com certeza ela não sabia... Não, não tinha como Elizabeth conhecer sua verdadeira identidade.

– Por que fez isso? – perguntou Elizabeth em uma voz engasgada. – Por que teve que fazer isso?

Ele inclinou a cabeça na direção dela.

– O que é isso?

– O que parece ser? – Elizabeth estava ríspida.

– Eu... hã... não sei.

Ainda segurando o livro no alto, James abriu-o e folheou algumas páginas.

– Parece ser um manual, na verdade.

– Então é isso – concluiu ela. – Agora, por favor, me devolva o livro. Preciso devolvê-lo a lady Danbury.

– Isso pertence à minha... a lady Danbury? – quis saber James, espantado.

– Sim! Agora me devolva.

James balançou a cabeça, voltou a olhar para o livro e novamente para Elizabeth.

– Mas por que ela precisaria de um livro como esse?

– Não sei! – A voz dela saiu quase em um uivo. – É um livro antigo. Talvez ela o tenha comprado antes de se casar com lorde Danbury. Mas, por favor, me deixe colocá-lo de volta na estante antes que lady D. acabe de tomar o café da manhã.

– Em um instante.

James virou outra página e leu.

NUNCA DESENCOSTE UM LÁBIO DO OUTRO QUANDO SORRIR. UM SORRISO DE LÁBIOS FECHADOS É INFINITAMENTE MAIS MISTERIOSO, E SEU TRABALHO É FASCINAR SEU MARQUÊS.

– É por isso que elas sempre fazem isso? – murmurou ele. E olhou de relance para Elizabeth. – O Decreto nº 12 explica muito.

– O livro – quase rosnou Elizabeth, a mão estendida.

– Só para o caso de você estar interessada – disse ele, com um gesto expansivo da mão –, eu por exemplo prefiro uma mulher que saiba sorrir. Isso... – ele sorriu de forma zombeteira sem desencostar um lábio do outro – é completamente sem sentido.

– Não acho que a Sra. Seeton estivesse se referindo a *isso*. – Ela imitou a expressão dele. – Acho que se referia a *isso*.

Dessa vez, Elizabeth curvou os lábios em um meio sorriso delicado, que fez um arrepio descer pela espinha de James até...

– Sim – concordou ele, tossindo –, esse seu sorriso sem dúvida é bem mais eficiente.

– Não acredito que estou conversando sobre isso com você – desabafou Elizabeth, mais para si mesma do que para ele. – Podemos, por favor, simplesmente devolver esse livro à estante?

– Temos pelo menos mais dez minutos antes que lady Danbury termine o café da manhã. Não se preocupe. – Ele voltou a se concentrar no livrinho vermelho. – Estou achando esse livro fascinante.

– Eu não estou – declarou ela.

James voltou sua atenção novamente para Elizabeth. Ela estava parada, muito rígida, os punhos cerrados ao lado do corpo. No rosto havia duas manchas de raiva muito vermelhas.

– Você está zangada comigo – observou ele.

– Sua perceptividade é impressionante.

– Mas eu estava só brincando com você. Precisa saber que nunca tive a intenção de ser ofensivo.

Os olhos dela ficaram um pouco mais duros.

– Está me vendo rir?

– Elizabeth – falou James, tentando acalmá-la –, eu só estava de brincadeira. Com certeza você não leva esse livro a sério.

Ela não respondeu. O silêncio no cômodo ficou mais pesado e James viu um relance de mágoa nos olhos cor de safira. Os cantos dos lábios dela estremeceram, então se enrijeceram e ela desviou os olhos.

– Ah, meu Deus – sussurrou ele, enquanto sentia pequenas pontadas de culpa atingirem seu estômago. – Por favor, me desculpe.

Elizabeth ergueu o queixo, mas James percebeu que ela lutava para controlar as emoções quando disse:

– Podemos parar com isso agora?

Ele abaixou os braços em silêncio e entregou o livro para ela. Elizabeth não agradeceu, apenas pegou o exemplar e segurou-o contra o peito.

– Eu não imaginava que você estivesse procurando um marido – comentou James baixinho.

– Você não sabe nada a meu respeito.

Ele fez um gesto constrangido na direção do livro.

– Ajudou?

– Não.

A falta de qualquer inflexão na voz dela foi um soco no estômago dele. E de súbito James se deu conta de que teria que dar um jeito de melhorar aquela situação. Precisava afastar aquela expressão de morta dos olhos dela e devolver o tom alegre à sua voz. Precisava ouvi-la rir e se ouvir rir de alguma piadinha dela.

Não sabia por quê. Só sabia que precisava fazer alguma coisa.

James pigarreou e perguntou:

– Há algo que eu possa fazer para ajudá-la?

– Como?

– Posso ajudá-la de algum jeito?

Ela o encarou com desconfiança.

– Aonde quer chegar com isso?

James entreabriu ligeiramente os lábios enquanto tentava descobrir como responder.

– É só que... bem, por acaso sei uma coisinha ou outra sobre encontrar um marido... ou, no meu caso, uma esposa.

Ela arregalou os olhos.

– Você é casado?!

– Não! – exclamou ele, surpreendendo a si mesmo com a intensidade da própria voz.

Elizabeth relaxou de modo visível.

– Ah, graças a Deus. Porque você... você...

– Porque eu beijei você?

– Sim – murmurou ela, o rosto ficando ainda mais vermelho.

James estendeu a mão, pousou os dedos sob o queixo dela e a forçou a encará-lo.

– Se eu fosse casado, Elizabeth, pode ter certeza de que não me envolveria com outra dama.

– Que... atencioso da sua parte.

– O que quis dizer foi que se você está realmente procurando um marido, eu ficaria feliz em ajudá-la de todas as maneiras possíveis.

Elizabeth ficou apenas encarando-o por um longo tempo, sem conseguir acreditar na ironia do momento. Ali estava ela, parada diante do homem por quem passara toda a noite anterior chorando, e ele estava se oferecendo para ajudá-la a encontrar outro homem para se casar?

– Isso não pode estar acontecendo – disse Elizabeth para si mesma. – Isso não pode estar acontecendo.

– Não vejo por que não – comentou ele com tranquilidade. – Eu a considero uma amiga, e...

– De que maneira você poderia me ajudar? – perguntou ela, imaginando que diabo a havia possuído para que ela estivesse dando continuidade àquele assunto. – Você é novo por aqui. Não teria como me apresentar a nenhum candidato adequado. E – acrescentou Elizabeth, gesticulando na direção dele – você claramente não é muito bem versado nas artes de se vestir bem.

Ele se afastou, indignado.

– Como assim?

– Suas roupas são perfeitamente adequadas, mas o auge delas foi há alguns anos.

– Assim como as suas – comentou ele com um sorrisinho zombeteiro.

– Eu sei – retrucou Elizabeth. – E é por isso que preciso da ajuda de alguém que saiba do que está falando.

James inclinou a cabeça rigidamente para o lado, então levantou-a de novo, tentando reprimir uma resposta ríspida. A menina impertinente tinha que ver o guarda-roupa dele em Londres. Roupas em abundância, todas da última moda, e nenhuma delas com aquelas listras e franjas típicas dos dândis.

– Por que deseja tanto se casar? – perguntou ele, decidindo que era mais importante compreender a situação do que defender o próprio figurino.

– Não é da sua conta.

– Discordo. Se vou ajudá-la, então deve ser da minha conta.

– Eu não *permiti* que você me ajudasse – lembrou ela.

Os olhos de James voltaram para o livro.

– Tem que ser um marquês?

Elizabeth o encarou sem compreender.

– Como?

– Tem que ser um marquês? – repetiu ele. – Precisa ter o título? Isso é assim tão importante?

Ela recuou um passo diante do tom estridente dele.

– Não.

James sentiu os músculos relaxarem. Nem se dera conta de como estivera tenso ou de como era importante para ele que a resposta de Elizabeth fosse negativa. Havia passado toda a vida dolorosamente ciente de que era a posição social dele que importava, não seu caráter. O pai nunca o chamara de filho, apenas de herdeiro. O antigo marquês não soubera como se relacionar com uma criança, tratara James como um adulto em miniatura. Qualquer transgressão infantil era vista como um insulto ao título, e James aprendeu rápido a manter sua personalidade normalmente expansiva escondida sob uma máscara de obediência e seriedade – ao menos quando estava na companhia do pai.

James fora popular na escola – como costumavam ser meninos com seu encanto natural e seu porte atlético –, mas levara algum tempo para separar os verdadeiros amigos daqueles que o viam apenas como um trampolim para uma vida e uma posição melhores.

Sendo assim, em Londres – santo Deus! Ele poderia ter duas cabeças e a tromba de um elefante que aquelas damas não se importariam. "O marquês, o marquês", ele as ouvia sussurrar. "Ele é marquês. Tem fortuna. Mora em um castelo." A aparência e a juventude dele eram vistas como uma vantagem, mas James nunca ouvira ninguém mencionar sua inteligência, seu senso de humor ou mesmo seu sorriso.

No fim das contas, Elizabeth Hotchkiss era a primeira mulher que James conhecia em muito tempo que parecia gostar dele pelo que ele era.

Ele voltou a olhar para ela.

– Não precisa ser marquês? – murmurou ele. – Então qual é o motivo do livro?

Elizabeth cerrou os punhos ao lado do corpo e parecia prestes a bater os pés a qualquer momento.

– Porque estava *aqui*. Porque não se chamava *Como se casar com um cavalheiro sem título de nobreza e com certo bom humor*. Não sei.

James não conseguiu segurar um sorriso.

– Mas, em primeiro lugar, duvido que eu conseguisse atrair um cavalheiro com um título de nobreza – acrescentou ela. – Não tenho dote e com certeza não sou um diamante de primeira grandeza.

Eles discordavam nisso, mas ele suspeitava de que Elizabeth não acreditaria se lhe dissesse isso.

– Você tem algum candidato em mente? – perguntou ele.

Ela fez uma pausa longa e significativa antes de dizer:

– Não.

– Então você *tem* um homem em mente – arriscou James com um sorriso.

Mais uma vez, ela permaneceu em silêncio por vários segundos, antes de dizer, em um tom que deixou claro que a vida de James estaria em perigo se ele seguisse com o assunto:

– Ele não é adequado.

– E o que é considerado adequado?

Ela deu um profundo suspiro.

– Não quero apanhar, prefiro não ser abandonada...

– Nossa... você foi longe.

– Esqueça que eu disse alguma coisa – retrucou ela com rispidez. – De qualquer modo, não sei por que estou lhe contando isso. Você obviamente não tem ideia do que é se sentir desesperado, sem alternativas, como é saber que não importa o que faça...

– Elizabeth – disse James com suavidade, pegando a mão dela. – Desculpe.

– Ele precisa ter dinheiro – explicou ela em tom lento, os olhos fixos na mão que ele segurava. – Preciso de dinheiro.

– Entendo.

– Duvido que entenda, mas acredito que seja o bastante para que saiba que estou sem um tostão no bolso.

– Lady Danbury não lhe paga o suficiente para o seu sustento? – perguntou ele, baixinho.

– Paga, mas não é o bastante para sustentar meus irmãos mais novos. E Lucas *precisa* ir para Eton.

– Sim – concordou James, de modo distraído –, é o que todo menino deveria fazer. Ele é um baronete, você disse?

– Não, eu não disse, mas sim, ele é.

– Lady Danbury deve ter me contado.

Elizabeth deu de ombros e deixou o ar escapar junto com uma risada autodepreciativa.

– É de conhecimento geral. Aqui no distrito somos o exemplo oficial de aristocracia empobrecida. Portanto, não sou exatamente uma boa opção no mercado de casamentos, entende? Tudo o que tenho a oferecer é a linhagem da minha família. E mesmo essa não é assim tão impressionante. Não é como se eu fosse fruto da alta nobreza.

– Não – repetiu James, pensativo –, mas é de imaginar que muitos homens desejariam se casar com alguém da aristocracia local, ainda mais sendo um ramo com títulos. E você tem o bônus adicional de ser absolutamente linda.

Ela levantou os olhos, irritada.

– Por favor, não seja condescendente comigo.

James sorriu, sem acreditar. Era óbvio que Elizabeth não tinha a menor ideia dos próprios encantos.

– Já me disseram que sou razoavelmente bela... – começou ela.

Ora, talvez tivesse alguma ideia.

– ... mas linda é bem diferente.

James acenou com a mão, afastando o protesto dela.

– Você terá que confiar em mim nesse quesito. Como eu estava dizendo, com certeza deve haver vários homens no distrito que gostariam de se casar com você.

– Há um – disse ela, em tom amargo. – Um proprietário de terras local. Mas ele é velho, gordo e cruel. Minha irmã mais nova já disse que fugirá para um orfanato se eu me casar com ele.

– Entendo.

James esfregou o queixo enquanto buscava uma solução para o dilema dela. Parecia um crime que a jovem se visse obrigada a se casar com um proprietário de terras repulsivo que tinha o dobro da idade dela. James tinha dinheiro bastante para mandar o irmão dela para Eton mil vezes.

Ou melhor, o marquês de Riverdale tinha. James Siddons, um mero cavalheiro, não deveria ter nada além das roupas do corpo.

Mas talvez ele pudesse conseguir alguma espécie de presente anônimo. Com certeza Elizabeth não seria assim tão orgulhosa a ponto de recusar um presente inesperado. James não duvidava de que ela fosse capaz de ignorar um presente para si mesma, mas não o faria se o bem-estar da família estivesse em jogo.

James fez uma anotação mental para entrar em contato com seu contador o mais rápido possível.

– Assim – voltou a falar Elizabeth, com uma risadinha constrangida –, a menos que você tenha uma fortuna guardada em algum lugar, realmente não sei como poderia me ajudar.

– Ora – disse James, evitando mentir de modo descarado –, pensei em ajudá-la de uma forma diferente.

– Como assim?

Ele escolheu as palavras com cuidado.

– Conheço um pouco da arte do flerte. Antes de procurar emprego eu era... não exatamente ativo, mas cheguei a participar da cena social.

– Em Londres? – perguntou ela, desconfiada. – Com a *alta sociedade*?

– Nunca vou compreender as complexidades da temporada social de Londres – comentou James em tom enfático.

– Ah. Ora, isso não importa, imagino, já que não tenho dinheiro para participar de uma temporada social. – Ela voltou a levantar os olhos e deu um sorriso triste para ele. – E, mesmo se não fosse esse o caso, todo o meu dinheiro seria gasto com a educação de Lucas.

James a encarou, reparando na delicadeza do rosto oval e nos grandes olhos azuis. Sem dúvida, ela era a pessoa menos egoísta que ele já conhecera.

– Você é uma boa irmã, Elizabeth Hotchkiss – disse ele em tom suave.

– Nem tanto – retrucou ela com desânimo na voz. – Às vezes fico muito ressentida. Se eu fosse uma pessoa melhor...

– Bobagem – interrompeu ele. – Não há nada de errado em sentir raiva diante da injustiça.

Elizabeth riu.

– Não é injustiça, James, é apenas pobreza. Estou certa de que você entende.

Em toda a vida, James nunca se vira sem dinheiro. Quando o pai ainda estava vivo, garantia ao filho uma mesada extremamente polpuda. E quando assumiu o título de nobreza herdou uma fortuna muito mais vultosa.

Elizabeth inclinou a cabeça e olhou pela janela. Lá fora uma brisa suave agitava as folhas do olmo favorito de lady Danbury.

– Às vezes eu desejo... – sussurrou ela.

– O que você deseja? – perguntou James de forma enfática.

Elizabeth balançou de leve a cabeça.

– Não importa. Eu realmente tenho que ir ver lady Danbury. Ela chegará à sala de estar a qualquer minuto e com certeza vai precisar dos meus serviços.

– *Elizabeth*! – gritou a velha dama do outro lado do corredor.

– Está vendo? Vê como a conheço bem?

James inclinou a cabeça em uma cortesia respeitosa e murmurou:

– Realmente impressionante.

– ELIZABETH!

– Deus do céu – reclamou Elizabeth –, do que ela pode estar precisando com tanta urgência?

– De companhia – respondeu James. – Isso é tudo de que ela realmente precisa.

– E onde está aquele gato ridículo quando preciso dele?

Ela se virou para sair da biblioteca.

– Elizabeth! – chamou James.

Ela se virou.

– Sim?

– O livro. – Ele apontou para o pequeno volume vermelho, ainda debaixo do braço dela. – Você não quer levar isso para a sala de estar, quer?

– Ah! Não! – Ela passou o livro para as mãos dele. – Obrigada. Eu tinha me esquecido completamente de que ele ainda estava comigo.

– Devolverei à estante para você.

– Ele fica naquela prateleira ali – explicou Elizabeth, apontando para o outro lado do cômodo. – De lado, com a capa para baixo. Você precisa se certificar de deixá-lo exatamente como eu disse.

Ele sorriu com indulgência.

– Se sentiria melhor se você mesma o colocasse de volta?

Ela pensou por algum tempo, então disse:

– Na verdade, sim, me sentiria.

E pegou novamente o livro.

James a observou atravessar correndo a biblioteca e colocar com cuidado o livro na prateleira correta. Elizabeth inspecionou seu trabalho por um momento e empurrou o livro, movendo-o ligeiramente para a esquerda. Então torceu os lábios, ficou pensativa, olhou mais um pouco para o livro e empurrou-o de volta para a direita.

– Estou certo de que lady Danbury não vai perceber se o livro estiver um ou dois centímetros fora do lugar.

Mas ela o ignorou, voltou a atravessar a biblioteca apressada, dizendo apenas um "Até mais tarde".

James enfiou a cabeça pela porta e observou-a desaparecer pelo corredor, na direção da sala de estar de Agatha. Então fechou a porta da biblioteca, pegou o livro e começou a ler.

CAPÍTULO 9

– A senhora vai fazer o *quê*?

Elizabeth parou diante de lady Danbury boquiaberta.

– Eu já lhe disse, vou tirar um cochilo.

– Mas a senhora nunca faz isso.

Lady Danbury ergueu a sobrancelha.

– Tirei um apenas dois dias atrás.

– Mas... mas...

– Feche a boca, Elizabeth. Você está começando a parecer um peixe.

– Mas a senhora me disse várias vezes que a marca de uma civilização é a rotina – protestou Elizabeth.

Lady D. deu de ombros e deixou escapar uma espécie de gorjeio presunçoso.

– Uma dama não pode mudar sua rotina de vez em quando? Todas as rotinas precisam de um ajuste periódico.

Elizabeth conseguiu fechar a boca, mas ainda não podia acreditar no que estava ouvindo.

– Talvez eu tire um cochilo todo dia – declarou a velha dama, cruzando os braços. – Ora, que diabo você está procurando?

Elizabeth, que estava lançando olhares desnorteados ao redor da sala, respondeu:

– Um ventríloquo. Essas palavras não podem de forma alguma estar saindo da sua boca.

– Eu lhe asseguro que estão. Estou achando esses cochilos da tarde incrivelmente restauradores.

– Mas aquele que a senhora tirou outro dia... o único desde a sua infância, devo acrescentar... foi de manhã.

– Humpf. Talvez tenha sido. Talvez não tenha.

– Foi.

– Teria sido melhor se tivesse sido à tarde.

Elizabeth não tinha ideia de como argumentar contra algo tão ilógico, então apenas jogou os braços para o alto e disse:

– Então vou deixá-la para que durma um pouco.

– Sim. Faça isso. E feche a porta ao sair. Com certeza vou precisar de silêncio absoluto.

– Eu não imaginaria que fosse exigir nada menos que isso.

– Menina abusada. De onde veio todo esse atrevimento?

Elizabeth encarou a patroa com uma expressão zombeteira.

– Sabe muito bem que veio da senhora, lady Danbury.

– Sim, estou fazendo um ótimo trabalho moldando você, não estou?

– Que Deus me ajude – murmurou Elizabeth.

– Eu ouvi isso!

– Acredito que não há a menor chance de que sua audição seja o primeiro de seus sentidos a falhar.

Lady Danbury riu alto ao ouvir isso.

– Você sabe como distrair uma velha dama, Elizabeth Hotchkiss. Não pense que não aprecio isso. Na verdade, gosto muito de você.

Elizabeth ficou surpresa diante daquela demonstração sentimental tão pouco característica de lady D.

– Ora, obrigada.

– Nem sempre sou uma criatura rude. – Lady Danbury consultou o pequeno relógio que usava pendurado em uma corrente ao redor do pescoço. – Acho que eu gostaria de ser acordada em setenta minutos.

– Setenta minutos?

De onde diabos lady D. tirava aquele número aleatório?

– Uma hora não seria o bastante, mas sou ocupada demais para desperdiçar uma hora e meia. Além disso – acrescentou lady Danbury com um olhar arrogante –, gosto de mantê-la atenta.

– Disso não tenho a menor dúvida – voltou a resmungar Elizabeth.

– Setenta minutos, então. E nem um minuto mais cedo.

Elizabeth assentiu, perplexa, e caminhou em direção à porta. Mas, antes de sair, virou-se e perguntou:

– Tem certeza de que está se sentindo bem?

– Tão bem quanto uma mulher de 58 anos tem o direito de se sentir.

– O que é uma verdadeira bênção, já que a senhora tem 66 – comentou Elizabeth, com um toque de ironia.

– Menina impertinente. Saia daqui antes que eu reduza o seu salário.

Elizabeth arqueou as sobrancelhas.

– A senhora não ousaria.

Lady Danbury sorriu enquanto observava sua dama de companhia fechar a porta ao sair.

– Estou fazendo um bom trabalho – disse para si mesma, a voz carregada de ternura... e talvez com um ligeiro toque de autossatisfação. – Ela está se tornando a cada dia mais parecida comigo.

Elizabeth deixou escapar um longo suspiro e afundou o corpo em um banco acolchoado no corredor. O que faria agora? Se soubesse antes que lady Danbury tiraria seus cochilos de forma rotineira, teria levado consigo algo para remendar ou talvez as contas de casa para organizar. Só Deus sabia quanto as finanças dos Hotchkisses estavam sempre precisando de ajuste.

É claro que também havia *Como se casar com um marquês*. Ela jurara que nem sequer olharia mais para o maldito livro, mas talvez pudesse apenas dar uma espiada na biblioteca para se certificar de que James não o trocara de lugar, ou o virara, ou amassara as páginas, ou... ou, ora, que não fizera *qualquer coisa* com o livro.

Não, disse a si mesma com firmeza, agarrando o veludo marrom que forrava o assento do banco para se impedir de levantar. Não teria mais nada a ver com a Sra. Seeton e seus decretos. Ficaria sentada onde estava, colada àquele banco, até que decidisse como passaria os setenta minutos seguintes.

Sem entrar na biblioteca. Fizesse o que fizesse, não entraria na biblioteca.

– Elizabeth?

Ela levantou o rosto e viu James – ou melhor, a cabeça de James, saindo de uma fresta da porta da biblioteca.

– Poderia se juntar a mim por um momento?

Elizabeth ficou de pé.

– Algum problema?

– Não, não. Na verdade, exatamente o oposto.

– Parece promissor – murmurou ela.

Já fazia muito tempo desde a última vez que alguém a chamara para dar *boas* notícias. *Poderia se juntar a mim por um momento?* costumava ser um modo delicado de dizer: *O pagamento que você deveria ter feito já está atrasado há muito tempo e, se não o fizer imediatamente, terei que notificar as autoridades.*

James chamou-a com um gesto de mão.

– Preciso falar com você.

Elizabeth foi até a biblioteca. A mais recente decisão dela não durara muito.

– O que houve?

Ele levantou *Como se casar com um marquês* e franziu o cenho.

– Andei lendo isso.

Ah, *não*.

– É realmente fascinante.

Elizabeth resmungou e levou as mãos aos ouvidos.

– Não quero ouvir nada a respeito.

– Estou convencido de que posso ajudá-la.

– Não estou ouvindo.

James segurou as mãos dela e puxou-as até que Elizabeth estivesse com os braços abertos como uma estrela-do-mar.

– Posso ajudá-la – repetiu ele.

– Estou além de qualquer ajuda.

Ele riu e o som cálido aqueceu Elizabeth até os dedos dos pés.

– Vamos, vamos, não seja pessimista – animou ele.

– *Por que* você está lendo isso? – perguntou ela.

Santo Deus, o que poderia James, ou qualquer outro homem belo e encantador, ver de interessante em um livro como aquele? Encarando da forma mais simples possível, era um material de pesquisa para mulheres desesperadas. E os homens não tinham por hábito comparar mulheres desesperadas com urtigas, infecção alimentar e peste bubônica?

– Pode atribuir a leitura à minha curiosidade insaciável – retrucou ele. – Como eu poderia resistir depois de ser forçado a ter atitudes tão heroicas para colocar as mãos no livro hoje mais cedo?

– Atitudes heroicas? – desafiou Elizabeth. – Você o arrancou de baixo de mim.

– A palavra "heroica" está sempre aberta a interpretações – retrucou ele em tom animado, brindando-a com outro daqueles sorrisos perigosamente masculinos.

Elizabeth fechou os olhos e deixou escapar um suspiro perplexo e cansado. Sem dúvida, aquela era a conversa mais estranha que já tivera na vida e, ainda assim, de algum modo parecera bastante natural.

A parte mais bizarra era que ela não se sentia constrangida. Ah, com certeza seu rosto estava um pouco mais rosado que de costume, e ela não conseguia acreditar que estivesse permitindo que certas palavras saíssem da própria boca, mas se houvesse pensado a respeito antes teria achado que, àquela altura, já teria morrido de vergonha.

Era por causa de James, percebeu. Algo nele a deixava à vontade. Ele tinha um sorriso fácil, uma risada confortante. Há nele algo como um lado perigoso e absolutamente misterioso, e, às vezes, James olhava para ela de uma forma ardente que sem dúvida tornava o ar mais denso, de um jeito bom. Apesar disso, era quase impossível se sentir desconfortável na companhia dele.

– No que está pensando? – Elizabeth o ouviu perguntar.

Ela abriu os olhos.

– Estava pensando que não consigo me lembrar da última vez que me senti tão ridícula.

– Não seja tola.

– Às vezes não consigo evitar – disse ela com um balançar de cabeça autodepreciativo.

James ignorou o comentário e levantou o livro, sacudindo-o com breves movimentos do punho.

– Este livro tem problemas.

– *Como se casar com um marquês*?

– Muitos problemas.

– Fico felicíssima em ouvir isso. Devo dizer que parece extremamente difícil seguir os decretos dele.

James começou a andar de um lado para outro, os olhos castanhos cálidos, claramente perdidos em pensamento.

– Me parece óbvio que a Sra. Seeton... se é que esse é o nome verdadeiro dela... jamais consultou um *homem* quando redigiu seus decretos – anunciou ele.

Elizabeth achou aquilo tão interessante que se sentou.

– Ela pode decretar quantas regras quiser, mas sua metodologia é falha – esclareceu James. – Ela afirma que se você seguir os decretos do livro, se casará com um marquês...

– Acredito que ela use "marquês" querendo se referir a qualquer cavalheiro elegível, um bom partido – interrompeu Elizabeth. – Imagino que apenas tenha achado que chamava mais atenção colocar "marquês" no título.

Ele balançou a cabeça.

– Não faz diferença. Marquês, cavalheiro elegível... somos todos homens.

– Sim – falou Elizabeth lentamente, mal resistindo à vontade de verificar o fato examinando-o de cima a baixo.

James se inclinou para a frente e a encarou com intensidade.

– Eu lhe pergunto: como, diga-me, por favor, a Sra. Seeton... se é que esse é mesmo o nome verdadeiro dela... pode julgar se as regras que propõe são apropriadas?

– Ora – balbuciou Elizabeth –, imagino que ela tenha sido acompanhante de algumas jovens damas e...

– Lógica falha – interrompeu ele. – A única pessoa que pode julgar se as regras dela são de fato apropriadas é um marquês.

– Ou um cavalheiro elegível – acrescentou ela.

– Ou um cavalheiro elegível – reconheceu James, balançando a cabeça ligeiramente para o lado. – Mas posso lhe assegurar, como um cavalheiro um pouco elegível, que se uma mulher se aproximasse de mim seguindo todos esses decretos...

– Mas ninguém se aproximaria de você – interrompeu Elizabeth. – Não se estivesse seguindo as instruções da Sra. Seeton. Seria contra as regras. Uma dama deve esperar até que um cavalheiro se aproxime dela. Não consigo me lembrar em que decreto isso está escrito, mas sei que está no livro.

– O que só mostra como a maior parte dessas regras é idiota. O argumento que eu estava tentando defender, no entanto, era de que se eu conhecesse uma *protégée* da nossa querida Sra. Seeton.... se esse for mesmo o nome verdadeiro dela...

– Por que continua repetindo isso?

James pensou a respeito por um momento. Devia ser por causa de todos aqueles anos como espião. No entanto, tudo o que respondeu foi:

– Não tenho a mais vaga ideia. Mas, como eu estava dizendo, se eu conhecesse uma das *protégées* dela, sairia correndo e gritando na direção oposta.

Houve um instante de silêncio, então Elizabeth disse, com a sombra de um sorriso travesso no rosto:

– Você não correu de mim.

James levantou rapidamente a cabeça para encará-la.

– O que quer dizer?

O sorriso dela ficou mais largo e sua expressão pareceu quase felina com o prazer de tê-lo irritado.

– Você não leu o decreto sobre a prática dos decretos? – Elizabeth se inclinou para a frente a fim de espiar as páginas do manual, que ele estava folheando, em busca do decreto mencionado por ela. – Acho que é o de número dezessete – acrescentou.

James a encarou incrédulo por longos dez segundos, antes de perguntar:

– Você praticou comigo?

– Sei que soa meio frio, e em alguns momentos me senti culpada, mas realmente não tive escolha. Afinal, se não fosse com você, com quem seria?

– É verdade, com quem... – murmurou James, sem saber exatamente por que estava irritado.

Não era pelo fato de Elizabeth ter treinado com ele; isso, na verdade, era até engraçado. É provável que a causa da irritação tenha sido ele não ter *percebido* que ela vinha treinando com ele.

Para um homem que se orgulhava de seu instinto e de sua capacidade de percepção, era mesmo irritante não ter percebido.

– Não vou mais fazer isso – prometeu Elizabeth. – Foi bastante injusto da minha parte.

Ele voltou a andar de um lado para outro, tamborilando com os dedos no queixo, enquanto tentava decidir qual seria a melhor maneira de reverter a situação a seu favor.

– James?

Arrá! Ele se virou rapidamente, os olhos iluminados com a perspectiva de uma nova ideia.

– Você estava treinando para conquistar quem?

– Não entendi.

Ele se sentou diante dela e deixou os braços descansarem sobre as coxas enquanto se inclinava para a frente. Mais cedo, naquela manhã, James jurara para si mesmo que acabaria com a expressão de desespero que vira nos olhos dela. Na verdade, ela não estava com aquele olhar no momento, mas ele sabia que retornaria assim que se lembrasse dos três irmãos famintos em casa. E agora ele achara um modo de ajudá-la e de se divertir muito ao mesmo tempo.

Seria o instrutor dela. Elizabeth queria arrastar algum homem desavisado para o casamento... ora, ninguém poderia saber mais sobre esse tipo de armadilha do que o marquês de Riverdale. Ele fora alvo de todos os truques – de debutantes cheias de risinhos que o seguiam para cantos escuros, até cartas de amor chocantemente explícitas, chegando a viúvas nuas na cama dele.

Parecia razoável que, se ele aprendera tão bem a evitar o casamento, fosse também capaz de aplicar esse conhecimento na direção oposta. Com um pouco de empenho, Elizabeth conseguiria agarrar qualquer homem na face da Terra.

Era esse detalhe – o do "empenho" – que fazia a pulsação de James acelerar e certas partes menos mencionáveis da anatomia dele se enrijecerem.

Porque qualquer aula que fosse dar a Elizabeth teria que envolver pelo menos uma abordagem superficial das artes amorosas. Nada, é claro, que comprometesse a jovem, mas...

– Sr. Siddons? James?

Ele olhou para cima e se deu conta de que estivera divagando. Santo Deus, a moça tinha o rosto de um anjo. James achava quase impossível acreditar que Elizabeth precisasse de ajuda para conseguir um marido. Mas ela achava que precisava, e isso dava a ele a mais esplêndida oportunidade...

– Quando você estava praticando comigo, quem era o seu objetivo final? – perguntou James com uma voz baixa e concentrada.

– Para conseguir me casar, você quer dizer?

– Sim.

Ela pareceu confusa e moveu ligeiramente os lábios antes de dizer:

– Eu... na verdade, não sei. Não cheguei a pensar tão longe. Estava apenas contando em comparecer a uma das reuniões sociais de lady Danbury. Me parece um bom lugar para encontrar um cavalheiro elegível.

– Ela tem alguma marcada para uma data próxima?

– Uma reunião social? Sim. No sábado, acredito. Uma pequena festa ao ar livre.

James voltou a se sentar. Maldição. A tia não dissera a ele que estava esperando visitas. Se algum dos convidados dela o conhecesse, ele teria que se fazer inacessível bem rápido. A última coisa que precisava era de algum dândi de Londres dando tapinhas nas costas dele na frente de Elizabeth e chamando-o de Riverdale.

– Mas acredito que ninguém esteja planejando passar a noite aqui – acrescentou ela.

James assentiu, pensativo.

– Então essa será uma excelente oportunidade para você.

– Concordo – disse Elizabeth, mas não soou tão animada quanto ele teria esperado.

– Tudo o que tem que fazer é descobrir quais homens entre os convidados estão solteiros e escolher o melhor do lote.

– Já examinei a lista de convidados e são esperados vários cavalheiros descompromissados. Mas... – Ela deixou escapar uma risadinha frustrada – ... você se esquece de uma coisa, James. O cavalheiro em questão também deve me escolher.

Ele afastou o comentário com um aceno.

– O fracasso não é uma possibilidade. Quando terminarmos com você...

– Não estou gostando disso.

– ... será impossível resistir aos seus encantos.

Elizabeth levou uma das mãos ao rosto, inconscientemente, enquanto o encarava surpresa. James estava se oferecendo para *treiná-la*? Para torná-la casável? Ela não sabia por que se sentia surpreendida com isso – afinal, ele nunca dera qualquer indicação... a não ser aquele beijo suave... de que estava interessado nela. Além disso, Elizabeth deixara claro que não se casaria com um administrador sem um tostão.

Então, por que estava tão deprimida como o fato de ele parecer tão ansioso para casá-la com um cavalheiro rico e bem-relacionado? Isso era exatamente o que ela dissera a ele que queria e precisava mais do que tudo.

– O que envolve esse treinamento? – perguntou Elizabeth, desconfiada.

– Ora, não temos muito tempo – comentou ele, pensativo –, e não há nada que possamos fazer a respeito do seu guarda-roupa.

– Que gentil da sua parte lembrar disso... – resmungou ela.

James dirigiu a ela um olhar vagamente repressor.

– Se me lembro bem, você não teve o menor pudor de insultar minhas roupas mais cedo.

Ele tinha razão, admitiu Elizabeth. E as boas maneiras a forçaram a dizer, um tanto emburrada:

– Suas botas são muito bonitas.

Ele sorriu e olhou para os próprios calçados que, embora velhos, pareciam bem-acabados.

– São mesmo, não são?

– Apesar desses arranhões – acrescentou ela.

– Vou engraxá-las amanhã – prometeu James, o olhar ligeiramente superior deixando claro que se recusava a morder a isca dela.

– Desculpe – disse Elizabeth, baixinho. – Fui deselegante. Elogios devem ser feitos sem restrições nem qualificações.

James olhou para ela com uma expressão avaliativa por um momento, antes de perguntar:

– Sabe o que eu gosto em você, Elizabeth?

Ela não tinha a menor ideia.

– Você é uma pessoa boa e gentil – continuou ele –, mas, ao contrário da maior parte das pessoas boas e gentis, não é chegada a fazer sermões ou se gabar, nem fica tentando fazer todas as outras pessoas serem boas e gentis.

Elizabeth o encarou boquiaberta. Aquele era o discurso mais inacreditável que já ouvira.

– E por trás de toda essa gentileza e bondade, você parece possuir um senso de humor afiado, não importa quanto se esforce de vez em quando para reprimi-lo.

Ah, santo Deus, se ele dissesse mais alguma coisa, ela se apaixonaria ali mesmo.

– Não há mal algum em implicar com um amigo se não tem a intenção de ser maldosa – prosseguiu James, a voz parecendo se dissolver em uma suave carícia. – E acho que você não saberia ser maldosa mesmo se alguém lhe apresentasse uma dissertação sobre o assunto.

– Então suponho que isso nos torna amigos – disse ela, a voz ligeiramente abalada.

James sorriu e Elizabeth sentiu o coração parar de bater.

– Você não tem outra escolha além de ser minha amiga – retrucou ele, inclinando-se mais para perto. – Afinal, conheço seus segredos mais constrangedores.

Um risinho nervoso escapou dos lábios dela.

– Um amigo que vai encontrar um marido para mim. Que curioso.

– Ora, imagino que consigo fazer um trabalho melhor do que a Sra. Seeton. Se é que esse é o verdadeiro...

– Não repita isso – pediu ela.

– Considere como não dito. Mas se quiser mesmo ajuda... – Ele a encarou de forma mais detida. – Você quer ajuda, não quer?

– Hã... sim.

Eu acho.

– Vamos precisar começar imediatamente.

Elizabeth olhou de relance para um relógio de mesa, muito rebuscado, que lady Danbury importara da Suíça.

– Preciso estar de volta à sala de estar em menos de uma hora.

James folheou algumas páginas de *Como se casar com um marquês* e balançou a cabeça enquanto examinava as palavras.

– Humm, não é muito tempo, mas... – Ele a encarou com intensidade. – Como conseguiu escapar de lady Danbury a essa hora do dia?

– Ela está tirando um cochilo.

– De novo?

A expressão no rosto dele não escondeu a surpresa.

Ela deu de ombros.

– Achei tão inacreditável quanto você, mas ela insistiu. Exigiu silêncio absoluto e me disse para só acordá-la dali a setenta minutos.

– Setenta?

Elizabeth fez uma careta.

– Isso foi para me manter atenta. Estou citando-a de forma literal, a propósito.

– Por algum motivo, isso não me surpreende. – James tamborilou com os dedos sobre a mesa principal da biblioteca, então olhou para Elizabeth. – Podemos começar depois que você for liberada do trabalho, esta tarde. Vou precisar de algum tempo para preparar um plano de aula, e...

– Um plano de aula? – ecoou ela.

– Precisamos ser organizados. A organização torna qualquer objetivo alcançável.

Elizabeth voltou a ficar boquiaberta.

James franziu o cenho.

– Por que está me olhando desse jeito?

– Você falou *exatamente* como lady Danbury. Na verdade, ela costuma dizer essa mesma frase.

– É mesmo?

James pigarreou. Maldição, estava se descuidando. Alguma coisa em Elizabeth e naqueles olhos azuis angelicais o faziam esquecer que estava trabalhando sob disfarce. Nunca deveria ter usado uma das máximas preferidas de Agatha. Elas haviam sido incutidas em sua mente com tanta frequência quando ele era criança que agora também eram máximas dele.

E acabara se esquecendo de que estava falando com a única pessoa que conhecia cada uma das excentricidades de Agatha tão bem quanto ele.

– Estou certo de que é apenas uma coincidência – disse James, mantendo o tom firme.

Sua experiência dizia que as pessoas tendiam a acreditar em qualquer coisa que dissesse desde que ele passasse a ideia de que sabia do que estava falando.

Mas, ao que parecia, isso não se aplicava a Elizabeth.

– Ela diz isso pelo menos uma vez por semana.

– Ora, então devo tê-la ouvido dizer essa frase em algum momento.

Elizabeth pareceu aceitar essa explicação, porque deixou de lado o assunto e disse:

– Você estava dizendo alguma coisa sobre planos de aula...

– Sim. Vou precisar da tarde para me organizar, mas podemos nos encontrar depois que terminar seu horário de trabalho. Posso acompanhá-la até em casa e começamos no caminho.

Ela deu um sorrisinho.

– Muito bem. Eu o encontrarei no portão da frente às 4h35. Sou liberada às quatro e meia, mas levo cinco minutos para caminhar até o portão – explicou.

– Não podemos nos encontrar aqui?

Ela fez que não com a cabeça.

– Não, a menos que você queira todos os fofoqueiros da Casa Danbury falando de nós.

– Excelente argumento. No portão da frente, então.

Elizabeth assentiu e saiu da biblioteca, as pernas ligeiramente bambas mal conseguindo levá-la de volta ao banco acolchoado. Santo Deus, no que estava se metendo?

Miau.

Ela olhou para baixo. Malcolm, o gato demônio, estava sentado aos pés dela, encarando-a como se ela fosse um rato de cozinha.

– O que você quer?

O gato pareceu dar de ombros. Até então, Elizabeth não sabia que um gato era capaz de demonstrar sentimentos, mas a verdade era que também nunca imaginara que se veria sentada no grande corredor da Casa Danbury, conversando com sua nêmesis felina.

– Você me acha ridícula, não é mesmo?

Malcolm bocejou.

– Concordei em deixar o Sr. Siddons me treinar para conseguir um marido.

As orelhas do gato se inclinaram para a frente.

– Sim, eu sei que você gosta mais dele do que de mim. Aliás, você gosta mais de qualquer pessoa que não seja eu.

O gato voltou a dar de ombros, mostrando claramente que não estava disposto a contradizê-la.

– Você acha que não consigo, não é?

Malcolm girou o rabo uma vez. Elizabeth não tinha a menor ideia de como traduzir aquilo, mas dado o bem-documentado desprezo do gato por ela, acreditava que quisesse dizer "*Eu* tenho mais chances de conseguir um marido do que você".

– Elizabeth?

Ela ficou vermelha como um tomate e virou a cabeça rapidamente. James enfiara a cabeça pela porta da biblioteca e estava olhando para ela com uma expressão interrogativa.

– Você está conversando com o gato?

– Não.

– Eu poderia jurar que a ouvi conversando com ele.

– Pois bem, não estou.

– Ah.

– Por que eu conversaria com o gato? Ele me odeia.

Os lábios de James se curvaram para cima.

– Sim. É o que você diz.

Elizabeth tentou fingir que não percebera quanto o próprio rosto estava vermelho e perguntou:

– Você não tem nada para fazer?

– Ah, sim, planos de aula. Vejo você logo depois das quatro e meia.

Elizabeth esperou até ouvir a porta da biblioteca se fechar com um clique.

– Santo Deus – sussurrou. – Fiquei louca. Completamente louca.

E, em uma afronta final, o gato assentiu.

CAPÍTULO 10

James chegou ao portão da frente às 4h15 da tarde. Sabia que era absurdamente cedo, mas por algum motivo não conseguira impedir os próprios pés de o levarem ao lugar combinado para o encontro. Passara a tarde toda inquieto, tamborilando sobre as mesas e andando de um lado para outro nos cômodos em que entrava. Tentara se sentar e escrever o plano de aula de que tanto se gabara, mas não encontrou as palavras para isso.

Ele não tinha experiência em preparar uma jovem dama para o convívio social. A única jovem dama que ele realmente *conhecia* era a esposa de seu melhor amigo, Blake Ravenscroft. E a própria Caroline não fora exatamente preparada para o convívio em sociedade. Quanto às outras mulheres que James conhecia... bem, eram todas exatamente do tipo que a Sra. Seeton gostaria que suas leitoras aprendessem a ser. E James sentira um enorme alívio em se ver livre exatamente desse tipo ao deixar Londres.

O que *ele* queria em uma mulher? Seu compromisso de ajudar Elizabeth parecia implorar pela resposta a essa pergunta. O que ele, James, queria em uma esposa? Ele precisava se casar, não havia como questionar o destino a esse respeito. Mas era terrivelmente difícil imaginar passar o resto da vida com uma flor tímida que tinha medo de expressar a própria opinião.

Ou pior, com uma flor tímida que nem sequer *possuía* uma opinião.

E como se não bastasse, essas jovens damas sem opinião invariavelmente vinham acompanhadas de mães *extremamente* cheias de opinião.

James se forçou a admitir que não estava sendo justo. Conhecia umas poucas jovens damas interessantes. Com uma ou duas delas ele poderia até mesmo ter se casado sem medo de estar arruinando a própria vida. Não teria sido uma união por amor nem teria havido grande paixão, mas poderia ter ficado satisfeito em alguma medida.

Então o que havia nessas damas, nas que haviam chamado a atenção dele mesmo que por um momento fugaz? Uma certa *joie de vivre*, um amor pela vida, um sorriso que parecia real, uma luz nos olhos. James estava certo de que não era o único homem que percebera essas coisas – afinal, todas as moças em questão haviam sido rapidamente pedidas em casamento, na maior parte dos casos por homens de quem ele gostava e a quem respeitava.

Amor pela vida. Talvez tudo se resumisse a isso. James passara a manhã lendo *Como se casar com um marquês* e, a cada decreto, imaginava aquela luz incomparável de safira se apagando um pouco mais dos olhos de Elizabeth.

Não queria moldá-la segundo um ideal predeterminado qualquer de como deviam ser as jovens inglesas. Não queria ver Elizabeth andando com os olhos baixos, tentando ser misteriosa e recatada. Só queria que Elizabeth fosse ela mesma.

Elizabeth fechou a porta da Casa Danbury ao sair e desceu pela entrada principal. Seu coração estava disparado, as mãos úmidas e, por mais que não se sentisse exatamente envergonhada por James ter descoberto seu segredo desesperado, estava bastante nervosa.

Ela ficara a tarde toda se censurando por ter aceitado a oferta. Afinal, não passara a noite da véspera soluçando até dormir exatamente porque achava que poderia amar um homem com quem nunca se casaria? E agora estava se colocando de propósito na companhia dele, permitindo que ele brincasse com ela, que flertasse com ela e...

Santo Deus, e se James quisesse beijá-la de novo? Ele dissera que iria treiná-la para atrair outros homens. Isso envolvia beijos? E, se envolvesse, ela permitiria que ele seguisse em frente?

Elizabeth resmungou. Como se fosse ser capaz de detê-lo. Toda vez que estavam juntos no mesmo cômodo, seus olhos acabavam encontrando a boca de James e ela se lembrava da sensação de ter aqueles lábios sobre os dela. E que Deus a ajudasse, mas queria sentir aquilo de novo.

Um último vislumbre de felicidade. Talvez esse fosse o objetivo dela com tudo aquilo. Iria se casar com alguém que não amava, talvez até com alguém de quem nem sequer gostava. Era assim tão errado querer uns poucos últimos dias de risos, olhares secretos e formigamentos provocados por desejo recém-descoberto?

Enquanto caminhava na direção do portão da frente, Elizabeth desconfiou que estivesse pedindo para ter uma frustração amorosa ao concordar em se encontrar com James, mas o coração dela não a deixaria fazer outra coisa. Já lera Shakespeare o bastante para confiar no Bardo, e se ele dizia que era melhor ter amado e perder do que nunca ter amado... bem, Elizabeth acreditava nele.

James estava esperando por ela, longe da vista da Casa Danbury, e seus olhos se iluminaram ao vê-la.

– Elizabeth – chamou ele, caminhando na direção dela.

Elizabeth parou, satisfeita só de vê-lo se aproximar, a brisa suave alvoroçando os cabelos escuros. Nunca conhecera ninguém que parecesse mais confortável na própria pele do que James Siddons. Ele tinha um passo fácil, um modo de andar suave. Ela pensou nas inúmeras vezes em que tropeçara em um tapete ou em que batera com a mão em uma parede, e suspirou de inveja.

James alcançou-a e disse apenas:

– Você está aqui.

– Achou que eu não estaria?

– Achei que você ficaria em dúvida.

– É claro que estou em dúvida. Esta é com certeza a coisa mais irregular que já fiz.

– Que admirável – murmurou ele.

– Mas não importaria se eu tivesse uma ou muitas dúvidas. – Ela deu um sorriso impotente. – Tenho que passar por aqui para ir embora, portanto não teria como evitá-lo mesmo se tentasse.

– Que sorte a minha.

– Tenho a impressão de que a sorte sorri com frequência para você.

Ele inclinou a cabeça.

– Ora, por que diz isso?

Ela deu de ombros.

– Não sei. É que você parece ser o tipo de pessoa que sempre cai de pé.

– Desconfio que você seja uma sobrevivente também.

– De certa maneira, sim, suponho. Eu poderia ter desistido da minha família anos atrás, sabe. Parentes se ofereceram para ficar com Lucas.

– Mas não com o resto de vocês?

Ela deu um sorrisinho irônico.

– O resto de nós não possui títulos.

– Entendo. – James deu o braço a ela e indicou o sul. – É por aqui?

Elizabeth fez que sim com a cabeça.

– Sim, cerca de 1,5 quilômetro descendo a estrada, então mais uns 400 metros pela estrada lateral.

Eles caminharam alguns passos, então James se virou para ela e disse:

– Você falou que era uma sobrevivente "de certa maneira". O que quis dizer com isso?

– É mais fácil para um homem ser um sobrevivente do que para uma mulher.

– Isso não faz sentido.

Ela o encarou com uma expressão que inspirava certa compaixão. James nunca compreenderia o que ela teria a dizer a respeito, mas Elizabeth imaginou que devia uma explicação a ele de qualquer modo:

– Quando um homem passa por dificuldades financeiras, há um grande número de coisas que ele pode fazer, opções a buscar, para reverter a situação. Ele pode servir o Exército ou arrumar uma ocupação em um navio pirata. Pode procurar trabalho, como você fez. E também tem a possibilidade de usar seu encanto e sua aparência – ela balançou a cabeça e sorriu com relutância –, como imagino que você já tenha feito.

– E uma mulher não pode fazer essas coisas?

– Uma mulher que esteja procurando por trabalho não tem muitas opções se não desejar deixar a própria casa. Um posto de governanta paga um pouco melhor do que o de dama de companhia, mas duvido que muitos patrões aceitassem tranquilamente que eu levasse Susan, Jane e Lucas comigo para morar na ala dos criados.

– *Touché* – disse James, assentindo para mostrar que compreendera.

– E quanto ao encanto e à aparência, ora, uma mulher pode usar essas características para três coisas: trabalhar no teatro, se tornar amante de algum homem ou se casar. Quanto a mim, não tenho qualquer inclinação ou talento para atuar, e não desejo envergonhar minha família ao manter uma relação ilícita. – Elizabeth olhou para James e deu de ombros. – Minha única opção é o casamento. Suponho que para uma mulher isso signifique ser uma sobrevivente.

Ela fez uma pausa e os cantos de sua boca tremeram como se não soubessem se era a tentativa de um sorriso ou o acompanhamento natural de um cenho franzido.

– Bastante desagradável, não acha?

James passou um longo tempo em silêncio. Gostava de pensar em si mesmo como um homem de mente aberta, mas nunca tinha parado para pensar em como deveria ser restritivo estar na pele de uma mulher. Sempre tomara como certa a vida que levava, com sua infinidade de escolhas.

Elizabeth inclinou a cabeça.

– Por que está olhando tão sério?

– Por respeito.

Ela recuou, surpresa.

– Como?

– Eu já a admirava antes. Você sempre se mostrou uma jovem inteligente e divertida. Mas agora percebo que merece meu respeito, assim como a minha admiração.

– Ah. Eu... eu...

Ela ficou ruborizada e claramente sem palavras.

– Não tive a intenção de deixá-la desconfortável.

– Não deixou – retrucou Elizabeth, a voz aguda demais denunciando que estava mentindo.

– Deixei sim, e eu não tinha a intenção de que essa tarde fosse ser tão séria. Temos trabalho a fazer, mas não há motivo para que não seja divertido.

Ela pigarreou.

– O que você tem em mente?

– Não temos muito tempo, por isso somos forçados a definir prioridades – explicou ele. – Devemos nos concentrar apenas nas habilidades mais importantes.

– Que são?

– Beijar e esbofetear.

Elizabeth deixou cair a bolsa que carregava.

– Você parece surpresa.

– Não consigo decidir qual das duas opções apresentadas me surpreende mais.

James se abaixou e pegou a bolsa dela.

– Faz todo o sentido quando se pensa a respeito. Um cavalheiro vai querer beijar uma dama antes de pensar em pedi-la em casamento.

– Não se ele respeitá-la – argumentou ela. – Tenho pleno conhecimento de que os homens não beijam mulheres solteiras a quem respeitam.

– Eu beijei você.

– Ora... isso foi... diferente.

– E acredito que já tenhamos deixado claro que respeito você. Mas chega disso. – Ele afastou os protestos dela com um aceno de mão. – Precisa confiar em mim quando lhe digo que nenhum cavalheiro com uma gota de bom senso vai se casar com uma mulher sem testar a temperatura da água primeiro.

– Nossa, colocado dessa forma soa tão poético... – resmungou ela.
– No entanto, isso pode colocá-la em uma posição desconfortável.
– Ah, você tem essa noção? – perguntou Elizabeth em tom sarcástico.
Ele a fuzilou com o olhar, claramente irritado com a constante interrupção dela.
– Faltam a alguns cavalheiros o bom senso básico e o discernimento, e talvez eles não interrompam o beijo no momento devido. É por isso que preciso ensiná-la a esbofetear.
– E você vai fazer tudo isso em uma tarde?
James tirou o relógio do bolso e o abriu, seu rosto com a imagem perfeita da despreocupação.
– Não, eu havia pensado apenas no beijo para esta tarde. Podemos tratar dos socos amanhã.
– E você já praticou pugilismo?
– É claro.
Ela o encarou com desconfiança.
– Não são aulas caríssimas? Ouvi dizer que há pouquíssimos instrutores realmente qualificados em Londres.
– Sempre há formas de conseguir o que se precisa – comentou ele. James olhou para ela com uma sobrancelha erguida. – Acho que você disse que sou do tipo que sempre cai de pé.
– Agora você vai me dizer que é do tipo que cai de pé com os braços erguidos e pronto para dar socos?
Ele riu e deu alguns murros no ar.
– Não há nada melhor para manter o sangue correndo nas veias.
Ela franziu o cenho, parecendo não acreditar muito.
– Não me parece uma atividade muito feminina.
– Achei que houvéssemos decidido que não nos prenderíamos à visão da Sra. Seeton sobre o que as mulheres devem ou não fazer.
– Não vamos nos prender, mas estamos tentando encontrar um marido para mim – retrucou ela.
– Ah, sim, seu marido – disse ele em tom sombrio.
– Não consigo imaginar que haja um único homem na Inglaterra que deseje se casar com uma dama pugilista.
– Você não precisa ser pugilista. Só tem que ser capaz de dar um soco bom o bastante para mostrar que não se pode tirar vantagem de você.

Ela deu de ombros e cerrou um dos punhos.

– Assim?

– Deus, não! Não coloque o polegar para dentro do punho. Com certeza irá quebrá-lo desse jeito.

Elizabeth moveu o polegar para o lado de fora do punho.

– Assim?

Ele assentiu, aprovando.

– Exatamente. Mas hoje vamos estudar beijos.

– Não, vamos deixar isso para depois. – Ela esticou o braço algumas vezes, o punho ainda cerrado. – Estou me divertindo muito.

James resmungou, sem saber muito bem o que o aborrecia mais – ter que deixar os beijos para outro dia ou o fato de Elizabeth ter o soco mais fraco que ele já vira.

– Não, não é assim – falou ele, posicionando-se atrás dela. James deixou a bolsa dela cair no chão, enquanto pousava a mão sobre o cotovelo de Elizabeth e reajustava o ângulo do ombro dela. – Você dá socos como uma moça.

– Eu *sou* uma moça.

– Ora, isso eu sempre achei óbvio, mas não precisa lutar como uma.

– E como um *homem* luta? – perguntou Elizabeth, engrossando propositalmente a voz.

– Pelo que aprendi, moças socam assim. – James cerrou o punho e movimentou o braço para a frente e para trás, o cotovelo nunca se afastando muito da lateral do corpo. – Homens, por outro lado, dão mais impulso no braço.

– Demonstre, por favor.

– Muito bem. Afaste-se, então. Não quero machucá-la.

Elizabeth brindou-o com um sorrisinho irônico e recuou alguns passos.

– Isso é espaço suficiente para um *homem*?

– Não deboche. Apenas observe. – Ele moveu o braço para trás. – Tenho que lhe mostrar isso a pelo menos metade da velocidade normal, já que não vou socar nada além de ar. A potência do soco provavelmente fará o golpe voltar na minha direção.

– Para todos os propósitos, então – disse Elizabeth com um gesto magnânimo da mão –, velocidade reduzida.

– Preste atenção. Você está assistindo a um mestre.

– Disso eu não tenho dúvida – comentou ela ironicamente.

James esticou o braço inteiro para a frente. Se ele tivesse se movido a plena velocidade e se houvesse alguém parado na frente, James estava quase certo de que o teria nocauteado.

– O que você acha? – perguntou ele, muito satisfeito consigo mesmo.

– Faça de novo.

James ergueu as sobrancelhas mas obedeceu, e se balançou ainda mais dessa vez. Ele olhou para Elizabeth – ela havia estreitado os olhos e o examinava como se ele fosse uma peça premiada em uma feira de gado.

Elizabeth o encarou brevemente e sugeriu:

– Mais uma vez?

– Você está prestando atenção ou só está tentando me fazer parecer um tolo?

– Ah, com certeza estou prestando atenção. Se você está parecendo um tolo, não tenho nada a ver com isso.

James moveu o braço para trás uma última vez.

– Recapitulando: quando uma mulher vai dar um soco, o movimento parte do ombro, sem usar os músculos do meio das costas.

Elizabeth imitou o soco feminino dele.

– Assim.

– Exatamente. Um homem, por outro lado, usa a força das costas assim como a do braço.

– Esses músculos aqui?

Ela levantou o braço direito e usou a mão esquerda para mostrar os músculos que envolviam a parte direita das costelas.

James sentiu a boca ficar seca. O vestido dela se ajustara ao redor dos lugares menos usuais.

– Aqui, James? – quis saber Elizabeth, cutucando as próprias costas. – Ou aqui?

Dessa vez, ela cutucou as costas dele, mas acabou errando o lugar e acertou-o mais para o lado, perto da cintura.

– Estava certo na primeira vez – avisou James, afastando-se do dedo dela. Se Elizabeth errasse as costas dele por mais alguns centímetros na direção sul, ele não se responsabilizaria pelos próprios atos.

– Então, é mais ou menos assim.

Ela deu um soco a uma velocidade reduzida, movendo-se apenas um pouco mais rápido do que ele na demonstração.

– Sim. Mas você precisa de um pouco mais de movimento lateral. Observe-me mais uma vez. – Ele deu outro soco. – Percebeu?

– Acho que sim. Gostaria que eu tentasse?

– Sim. – James cruzou os braços. – Me dê um soco.

– Ah, não, eu não conseguiria.

– Não, quero que faça.

– Não consigo. Nunca machuquei uma pessoa intencionalmente.

– Elizabeth, o único propósito desta aula é que você se torne capaz de machucar outra pessoa se houver necessidade. Se não conseguir se forçar a dar um soco em um ser humano, então tudo isso será uma total perda de tempo.

Ela não pareceu muito convencida.

– Se você insiste.

– Insisto.

– Muito bem.

Quase sem que qualquer um dos dois tivesse tempo para se preparar, Elizabeth moveu o braço para trás e lançou-o para a frente. Antes que James tivesse qualquer ideia do que estava acontecendo, se viu derrubado no chão, com o supercílio direito latejando.

Elizabeth, em vez de mostrar qualquer tipo de arrependimento ou preocupação com o bem-estar dele, ficou pulando feito louca, soltando gritinhos de alegria.

– Consegui! Consegui de verdade! Você viu? Você viu?

– Não, mas senti – resmungou ele.

Ela plantou as mãos nos quadris, com um enorme sorriso no rosto, como se estivesse prestes a ser coroada rainha do mundo.

– Ah, foi brilhante! Vamos fazer de novo.

– Não vamos, não – reclamou ele.

Elizabeth parou de sorrir e se inclinou para baixo.

– Machuquei você?

– De forma alguma – mentiu ele.

– Não?

Ela pareceu decepcionada.

– Ora, talvez só um pouquinho.

– Ah, bom, eu... – Ela reprimiu o que quer que estivesse planejando dizer. – Eu não me expressei bem. Juro. Não quero que você se machuque, mas realmente coloquei toda a minha força naquele soco, e...

– Sem dúvida vou exibir os resultados do seu soco amanhã, não se preocupe.

Ela arquejou em uma mistura de alegria e horror.

– Deixei você com um olho roxo?

– Achei que você não quisesse me machucar.

– Não quero – apressou-se em dizer Elizabeth –, mas devo confessar que nunca tinha feito nada parecido, e é um enorme prazer ter feito do modo certo.

James não achava que seu olho ficaria com um roxo tão esplêndido como ela obviamente esperava, mas ainda assim sentiu-se bastante irritado consigo mesmo por tê-la subestimado tanto. Elizabeth era tão pequenina... ele jamais imaginaria que ela acertaria logo no primeiro soco. E, mesmo depois disso, achava que ela jamais teria força bastante para fazer mais do que surpreender o oponente. Tudo o que ele pretendia era ensinar o suficiente a Elizabeth para que ela conseguisse desarmar o insolente a tempo de sair correndo.

Mas, pensou James, lamentando e apalpando o olho com cuidado, parecia que os socos dela eram qualquer coisa menos temporários. Ao olhar para Elizabeth, viu que ela parecia tão orgulhosa de si mesma que não conseguiu conter um sorriso, antes de dizer:

– Criei um monstro.

– Você acha?

O rosto dela se iluminou ainda mais, o que James não imaginara ser possível. Era como se o próprio sol estivesse se derramando de seus olhos.

Elizabeth começou a dar socos no ar.

– Talvez você pudesse me ensinar algumas técnicas mais avançadas.

– Você já está avançada o suficiente, obrigado.

Ela parou de pular de um lado para outro, o rosto sério.

– Devemos colocar algo nesse olho? Talvez ele não inche e fique roxo se colocarmos algo frio sobre ele.

James quase recusou. Para dizer a verdade, o olho dele não estava assim tão prejudicado – fora mais a surpresa do que qualquer outra coisa que o derrubara no chão. Mas Elizabeth acabara de convidá-lo para entrar na casa dela, e essa oportunidade não podia ser desperdiçada.

– Alguma coisa fria seria o ideal – murmurou ele.

– Venha comigo, então. Quer ajuda para se levantar?

Um tanto humilhado, James olhou para a mão esticada dela. Ela o estaria achando um fracote?

– Você me deu um soco no olho – retrucou ele com uma voz irônica. – O resto de mim está funcionando muito bem, obrigado.

Elizabeth retirou a mão.

– Só pensei... Você caiu no chão com força, afinal.

Maldição. Outra oportunidade perdida. O orgulho dele estava se tornando um aborrecimento. Poderia ter se apoiado nela por todo o caminho até a casa.

– Por que não tento me levantar sozinho e vemos como me saio? – sugeriu ele. Talvez pudesse torcer um tornozelo dali a mais ou menos uns 20 metros.

– Parece uma boa ideia. Mas tenha cuidado para não exigir demais de si.

James deu alguns passos cuidadosos, tentando lembrar com que lado do corpo havia caído no chão. Não seria bom mancar do lado errado.

– Tem certeza de que não está sentindo dor?

Ele teria que ser muito cafajeste para se aproveitar da preocupação que via nos olhos dela, mas obviamente a consciência dele partira para destinos desconhecidos, porque James suspirou e disse:

– Acho que sinto algo no quadril.

Elizabeth olhou para o quadril dele, o que provocou outro tipo de dor em regiões próximas.

– Está machucado?

– Não consigo imaginar outra coisa – respondeu ele. – Estou certo de que não é nada de mais, mas...

– Mas dói quando você anda – continuou ela, assentindo com um movimento maternal de cabeça. – Provavelmente se sentirá melhor pela manhã, mas parece tolice se cansar. – Ela franziu o cenho, pensativa. – Talvez fosse melhor você simplesmente voltar para a Casa Danbury. Se caminhar até o meu chalé, terá que voltar andando, e...

– Ah, estou certo de que não está tão ruim assim – apressou-se em dizer James. – E eu me comprometi a acompanhá-la até em casa.

– James, eu caminho sozinha até em casa todo dia.

– Não importa, devo cumprir minhas promessas.

– Fico feliz em liberá-lo dessa. Afinal, você não imaginava que seria nocauteado.

– Sinceramente, não está doendo tanto. Só não consigo caminhar com a minha velocidade usual.

Ela pareceu em dúvida.

– Além do mais – acrescentou James, achando que precisava reforçar sua posição –, ainda temos muito a conversar sobre a festa ao ar livre de lady Danbury no sábado.

– Tudo bem – concordou Elizabeth com relutância. – Mas você precisa prometer que vai me dizer se a dor se tornar insuportável.

Uma promessa fácil de cumprir, já que ele não estava sentindo dor alguma. Ora, ao menos não o tipo de dor ao qual ela se referia.

Eles haviam andado apenas uns poucos passos antes que Elizabeth se virasse para ele e perguntasse:

– Você está bem?

– Ótimo – garantiu James. – Mas agora que você já é uma especialista na arte da autodefesa, acho que deveríamos passar a outros aspectos do seu treinamento.

Ela ruborizou.

– Você quer dizer...

– Exato.

– Não acha que seria mais inteligente começarmos com o flerte?

– Elizabeth, acho que você não precisa se preocupar em relação a isso.

– Mas não tenho a menor ideia de como flertar!

– Só posso dizer que você tem um talento natural.

– Não! – insistiu ela. – Não tenho. Não tenho a mais vaga ideia do que dizer para os homens.

– Você pareceu saber o que dizer para mim. Isto é – corrigiu ele –, quando não estava tentando seguir os decretos da Sra. Seeton.

– Você não conta.

Ele tossiu.

– E por que não?

– Não sei – respondeu ela, com um breve balançar de cabeça. – Só sei que não conta. Você é diferente.

Ele pigarreou de novo.

– Não sou assim tão diferente dos outros membros do meu gênero.

– Se quer saber, acho muito mais fácil conversar com você.

James pensou a respeito. Antes de conhecer Elizabeth, ele se orgulhava de deixar debutantes choramingarem por ele e suas mães grudentas sem fala com apenas um olhar bem dado. Sempre fora uma ferramenta das mais eficientes – uma das únicas coisas realmente úteis que aprendera com o pai.

Apenas por curiosidade, James fixou seu olhar mais arrogante, mais sou-o-marquês-de-Riverdale, em Elizabeth – o mesmo que costumava fazer homens adultos se encolherem em um canto – e disse:

– E se eu a encarasse assim?

Ela caiu na gargalhada.

– Ah, pare! Pare! Você está ridículo.

– Como assim?

– Pare, James. Ah, por favor. Parece um garotinho fingindo ser um duque. Sei disso porque meu irmão mais novo tenta usar o mesmo olhar comigo o tempo todo.

Com o orgulho ferido, James perguntou:

– E quantos anos tem seu irmão?

– Ele tem 8 anos, mas...

O que quer que ela pretendesse dizer, perdeu-se em uma risada.

James não conseguia se lembrar da última vez que alguém rira dele, e particularmente não gostou de ser comparado com um menino de 8 anos.

– Posso lhe assegurar que... – falou ele com toda a frieza.

– Não diga mais nada – pediu Elizabeth, ainda rindo. – Sinceramente, James, a pessoa não deve se exibir como um aristocrata se não consegue se comportar como um.

Nunca, em toda a carreira de James como agente do Departamento de Guerra, ele se sentira mais tentado a revelar sua identidade. Estava se coçando de vontade de agarrá-la, sacudi-la e gritar:

– Sou um maldito marquês, sua tolinha! Posso ser um perfeito esnobe quando estou determinado a isso.

Mas, por outro lado, havia algo encantador no riso inocente de Elizabeth. Nesse momento, ela se virou para ele e disse:

– Ah, por favor, não se ofenda, James. Na verdade, trata-se de um elogio. Você é uma pessoa boa demais para ser um aristocrata.

E foi quando James decidiu que aquele talvez tenha sido o momento mais encantador da vida dele.

Ele abaixou o olhar para um ponto qualquer do caminho, e assim Elizabeth teve que se abaixar para ficar em sua linha de visão.

– Você me perdoa? – perguntou ela, brincalhona.

– Talvez eu encontre algum perdão em meu coração...

– Se você não me perdoar, talvez eu tenha que praticar pugilismo de novo.

Ele se encolheu.

– Nesse caso, eu definitivamente a perdoo.

– Achei que perdoaria. Vamos para casa.

E James se perguntou por que, quando Elizabeth disse "casa", realmente sentiu como se a casa fosse dele também.

CAPÍTULO 11

Elizabeth ficou surpresa por não se sentir muito preocupada com o estado de sua casa quando chegou com James à porta. As cortinas de damasco verde estavam desbotadas e as sancas precisavam de mais uma demão de tinta. A mobília era de qualidade, mas já tinha sido muito usada, com almofadas colocadas estrategicamente sobre as áreas que mais precisavam de renovação. De modo geral, a casa tinha uma aparência ligeiramente descuidada. Os artigos de decoração eram poucos e estimados – todos os objetos de valor já haviam seguido seu caminho até a casa de penhores ou até as mãos do caixeiro-viajante.

Normalmente Elizabeth sentia necessidade de explicar como sua família acabara naquela situação difícil e de deixar claro que moravam em uma casa muito maior antes de os pais deles morrerem. Afinal, Lucas era um baronete e era constrangedor que estivessem reduzidos àquelas circunstâncias.

Mas com James, ela simplesmente abriu a porta com um sorriso, certa de que ele veria o chalezinho do modo como ela via: um lar aconchegante e confortável. Ele mencionara o fato de ser bem-nascido, mas também dissera que a família havia perdido qualquer fortuna que já possuíra, portanto compreenderia a impossibilidade dela de comprar coisas novas, sua necessidade de economizar.

A casa estava – felizmente! – arrumada, e o ar cheirava a biscoitos recém-assados.

– Você está com sorte hoje – comentou Elizabeth sorridente. – Susan deve ter decidido fazer biscoitos.

– O cheiro está delicioso – disse James.

– Biscoitos de gengibre. Ora, por que não me acompanha até a cozinha? Temo que sejamos terrivelmente informais por aqui. – Ela abriu a porta da cozinha e o convidou a entrar. Quando James não se sentou, ela o encarou muito séria e disse: – Você não precisa ficar de pé por minha causa. Seu quadril está machucado e deve estar doendo muito. Além disso, é tolice você ficar de pé aí enquanto preparo o chá.

Ele puxou uma cadeira e se sentou, então perguntou:

– São seus irmãos, no jardim?

Elizabeth afastou a cortina e espiou pela janela.

– Sim, aqueles são Lucas e Jane. Não sei bem onde está Susan, embora com certeza ela tenha estado aqui há pouco tempo. Os biscoitos ainda estão quentinhos. – Ela sorriu e depositou um prato com biscoitos na frente dele. – Vou chamar Lucas e Jane. Estou certa de que eles vão querer conhecê-lo.

James observou com interesse enquanto Elizabeth batia três vezes no painel de madeira da janela. Em questão de segundos, a porta da cozinha se abriu com força e duas crianças apareceram.

– Ah, é você, Elizabeth – disse o menininho. – Achei que fosse Susan.

– Não, sou só eu mesmo. Tem alguma ideia de para onde ela foi?

– Ao mercado – respondeu o irmão. – Com alguma sorte alguém nos dará um pouco de carne em troca daqueles nabos.

– Por pena, é mais provável – murmurou a pequena menina. – Não consigo imaginar que alguém desista de um belo pedaço de carne em troca de um nabo miserável.

– Odeio nabo – declarou James.

Os três Hotchkisses viraram a cabeça loura na direção dele.

James acrescentou:

– Uma amiga uma vez me disse que se pode aprender muito sobre perseverança com um nabo, mas nunca consegui descobrir o que ela quis dizer.

Elizabeth engasgou.

– Acho isso uma grande bobagem – opinou a menina.

– Lucas, Jane! – interrompeu Elizabeth, falando alto. – Gostaria de lhes apresentar o Sr. Siddons. Ele é meu amigo e também trabalha na Casa Danbury. É o novo administrador de lady Danbury.

James se levantou e apertou a mão de Lucas com toda a seriedade que dedicaria a um primeiro-ministro. Então se virou para Jane e beijou a mão da menina. Todo o rosto dela se acendeu, mas o mais importante foi que, quando ele olhou para Elizabeth, viu que ela estava sorrindo, feliz.

– Como estão? – perguntou James.

– Muito bem, obrigado – respondeu Lucas.

Jane não disse nada. Estava muito ocupada observando a mão que James beijara.

– Convidei o Sr. Siddons para tomar chá com biscoitos – disse Elizabeth. – Vocês gostariam de se juntar a nós?

Normalmente, James teria ficado frustrado por perder tempo a sós com Elizabeth, mas havia algo aconchegante demais em ficar sentado ali, naquela cozinha, com aqueles três que obviamente sabiam o que era ser uma família.

Elizabeth entregou um biscoito a cada um dos irmãos e perguntou:

– O que vocês dois fizeram o dia todo? Terminaram as lições que deixei para vocês?

Jane assentiu.

– Ajudei Lucas com os exercícios de aritmética.

– Não ajudou, não! – apressou-se a dizer Lucas, com farelos de biscoito voando da boca. – Consigo fazer tudo sozinho.

– Talvez consiga, mas não fez – insistiu Jane, com um dar de ombros que demonstrava superioridade.

– Elizabeth! – protestou Lucas. – Ouviu o que ela me disse?

Mas Elizabeth ignorou a pergunta e começou a cheirar o ar com óbvio desprazer.

– Pelo amor de Deus, que cheiro é esse?

– Fui pescar de novo – respondeu Lucas.

– Você precisa ir se lavar imediatamente. O Sr. Siddons é nosso convidado, e não é educado...

– Não me importo nem um pouco com cheiro de peixe – interrompeu James. – Você pegou alguma coisa?

– Quase peguei um que era deeeeeesse tamanho – contou Lucas, abrindo os braços em quase toda a sua extensão –, mas ele escapou.

– Isso sempre acontece – murmurou James, solidário.

– Mas peguei dois de tamanho médio. Deixei no balde ali fora.

– São nojentos – comentou Jane, que já perdera o interesse na própria mão.

Lucas logo se virou para ela.

– Você não diz isso quando come os peixes no jantar.

– Quando como os peixes no jantar, eles estão sem olhos – retrucou ela.

– Isso porque Lizzie corta a cabeça deles, sua boba.

– Lucas – chamou Elizabeth em voz alta –, acho de verdade que você deve ir lá fora e se lavar para se livrar desse cheiro.

– Mas o Sr. Siddons...

– ... estava apenas sendo educado – interrompeu Elizabeth. – Faça isso agora, e aproveite para mudar logo de roupa.

Lucas resmungou, mas fez o que a irmã pediu.

– Às vezes ele é um desafio – comentou Jane com um suspiro cansado.

James teve que tossir para conter o riso.

Jane assumiu isso como consentimento e continuou, explicando:

– Mas Lucas tem só 8 anos.

– E quantos anos você tem?

– Nove – respondeu ela, como se isso fizesse toda a diferença do mundo.

– Jane, posso falar com você um instante? – chamou Elizabeth lá de onde estava colocando água para ferver para o chá.

Jane pediu licença e foi até o lado da irmã. James fingiu não estar olhando quando Elizabeth se abaixou e sussurrou algo no ouvido da irmã. Jane fez que sim com a cabeça e saiu correndo.

– O que houve? – ele teve que perguntar.

– Achei que ela também deveria se lavar, mas não quis constrangê-la dizendo isso na sua frente.

James inclinou a cabeça.

– Você acha mesmo que ela teria ficado constrangida com isso?

– James, Jane é uma menina de 9 anos que pensa ter 15. Você é um homem bonito. É claro que ela ficaria constrangida.

– Ora, você deve saber disso melhor do que eu – concluiu ele, tentando não demonstrar o prazer que sentira por ela ter elogiado sua aparência.

Elizabeth indicou o prato de biscoitos.

– Não vai experimentar um?

James pegou um e deu uma mordida.

– Delicioso.

– Não estão? Não sei o que Susan faz. Nunca consegui que os meus saíssem tão bons.

Ela também pegou um biscoito e mordeu.

James encarou-a, incapaz de afastar os olhos da boca de Elizabeth. Ela colocou a língua ligeiramente para fora para capturar um farelo perdido e...

– Voltei!

Ele suspirou. Um dos momentos eróticos mais esperados interrompido por um menino de 8 anos.

Lucas sorriu para James.

– Gosta de pescar?

– É um dos meus esportes favoritos.

– Acho que eu ia gostar de caçar, mas Elizabeth não deixa.

– Sua irmã é uma mulher muito sábia. Um menino da sua idade não deve segurar uma arma sem a supervisão adequada.

Lucas fez uma careta.

– Eu sei, mas não é por isso que ela não me deixa caçar. É porque Elizabeth é muito coração mole.

– Se o fato de não querer ver você machucar um pobre e inocente coelhinho significa que sou coração mole, então... – intrometeu-se Elizabeth.

– Mas você come coelho – argumentou o menino. – Já a vi comendo.

Elizabeth cruzou os braços e resmungou:

– É diferente quando ele tem orelhas.

James riu.

– Você pareceu a jovem Jane com sua aversão a olhos de peixe.

– Não, não, não – insistiu Elizabeth –, é completamente diferente. Caso não lembre, sou eu que sempre corto a cabeça dos peixes. Por isso, é óbvio que não sou toda melindrosa.

– Então, qual é a diferença? – provocou James.

– Sim – aproveitou Lucas, cruzando os braços e inclinando a cabeça, em uma perfeita imitação de James –, qual é a diferença?

– Não tenho resposta para isso!

James se virou para Lucas e disse por trás da mão:

– Ela sabe que ficou sem argumentos.

– Eu ouvi isso!

Lucas só riu.

James trocou um olhar muito másculo com o menininho.

– Mulheres tendem a ficar irritantemente sentimentais quando se trata de criaturas pequenas e peludas.

Elizabeth manteve os olhos no fogão, fingindo estar ocupada com o chá. Já fazia um longo tempo desde que Lucas tivera um homem que pudesse admirar e em quem se espelhar. Ela vivia preocupada por estar privando o irmão de algo importante, criando-o sozinha, apenas com irmãs como companhia. Se tivesse permitido que qualquer um dos parentes que se ofereceram ficassem com ele, Lucas ainda não teria tido um pai, mas pelo menos teria tido um homem adulto como referência na vida.

– Qual foi o maior peixe que você já pescou? – perguntou Lucas.

– Na terra ou no mar?

Lucas cutucou o braço dele sem o menor pudor quando disse:

– Não se pode pescar na terra!

– Estava me referindo a um lago.

Os olhos do menino se arregalaram.

– Você já pescou no mar?

– É claro.

Elizabeth o encarou, perplexa. Ele falara em um tom tão prosaico...

– Você esteve em um navio? – continuou Lucas.

– Não, era mais um veleiro.

Um veleiro? Elizabeth balançou a cabeça meio confusa enquanto tirava alguns pratos do armário. James devia ser muito bem relacionado.

– Qual era o tamanho do peixe que você pegou?

– Ah, não sei. Talvez deste tamanho.

James fez uma medida de cerca de 60 centímetros com as mãos.

– Pelos sinos do inferno! – gritou Lucas.

Elizabeth quase deixou cair um pires.

– Lucas!

– Desculpe, Elizabeth – disse Lucas, sem prestar muita atenção e sem sequer se virar para encará-la. A atenção dele nunca se desviou de James, a quem perguntou: – Ele se debateu muito?

James se inclinou e sussurrou algo no ouvido de Lucas. Elizabeth esticou o pescoço e apurou os ouvidos, mas não conseguiu entender o que foi dito.

Lucas assentiu com certo mau humor, então se levantou, atravessou a cozinha até onde estava a irmã e inclinou-se em uma breve cortesia para ela. Elizabeth ficou tão surpresa que dessa vez de fato deixou cair o que estava segurando. Por sorte era só uma colher.

– Desculpe, Elizabeth – falou Lucas. – Não é educado usar uma linguagem dessas na frente de uma dama.

– Obrigada, Lucas. – Ela olhou de relance para James, que deu um sorrisinho sem ninguém perceber. Ele inclinou a cabeça na direção do menino, então Elizabeth se abaixou, entregou um prato de biscoitos a Lucas e disse: – Por que você e Jane não vão procurar Susan? E podem comer esses biscoitos a caminho da cidade.

Os olhos de Lucas se iluminaram ao ver os biscoitos. Ele pegou o prato rapidamente, deixando Elizabeth boquiaberta para trás.

– O que você disse a ele? – perguntou ela, espantada.

James deu de ombros.

– Não posso lhe contar.

– Mas deve me contar. Seja o que for, foi terrivelmente eficaz.

Ele se recostou na cadeira, parecendo muito satisfeito consigo mesmo.

– É melhor que algumas coisas fiquem apenas entre os homens.

Elizabeth franziu o cenho com um ar divertido, tentando decidir se deveria pressioná-lo mais. Nesse momento, percebeu que a pele ao redor do olho dele começava a ficar arroxeada.

– Ah, eu me esqueci completamente! – pronunciou em um rompante. – Seu olho! Preciso encontrar algo para colocar sobre ele.

– Tenho certeza de que vou ficar bem. Já tive machucados piores e que receberam bem menos atenção.

Mas ela não estava ouvindo, pois agitava-se pela cozinha em busca de algo frio.

– Não precisa se preocupar – tentou James de novo.

Elizabeth olhou para ele, o que o surpreendeu. Achara que ela estava muito envolvida em sua busca para escutá-lo, quanto mais para responder a ele.

– Não vou discutir com você a esse respeito – declarou Elizabeth. – Portanto, pode muito bem poupar seu fôlego.

James percebeu que ela estava falando a verdade. Elizabeth Hotchkiss não era do tipo que deixava projetos por terminar ou responsabilidades em aberto. E se ela insistia em cuidar do olho roxo dele, havia muito pouco que ele – um nobre, um homem com o dobro do tamanho dela – poderia fazer para detê-la.

– Se acha melhor... – murmurou James, tentando soar ao menos um pouco indignado pela atitude dela.

Elizabeth passou as mãos ao redor de algo dentro da pia, então se virou e estendeu para ele.

– Tome.

– O que é isso? – perguntou ele, desconfiado.

– Apenas um pano molhado. O que achou, que eu colocaria sobre o seu rosto o peixe que Lucas pegou?

– Não, hoje você não está zangada o bastante para isso, embora...

Ela ergueu as sobrancelhas enquanto cobria o olho machucado com o pano.

– Você está querendo dizer que acha que, algum dia, pode me enfurecer a tal ponto que...

– Não estou dizendo nada disso. Deus, detesto que fiquem me paparicando. Você só... Não, é um pouco mais para a direita.

Elizabeth ajeitou o pano e se inclinou para a frente ao dizer:

– Está melhor?

– Sim, embora o olho pareça ter ficado quente.

Ela recuou alguns centímetros e endireitou o corpo.

– Desculpe.

– É só um pano – disse ele, ciente de que não era nobre o bastante para afastar os olhos do que estava bem na frente dele.

James não estava certo se Elizabeth percebera que ele estava olhando para seus seios, mas deixou escapar um:

– Oh! – E se afastou rapidamente. – Posso esfriá-lo de novo. – Ela fez isso e estendeu o pano úmido para ele. – É melhor você mesmo colocar.

Ele desviou o olhar para o rosto dela, a expressão inocente como a de um cachorrinho.

– Mas gosto quando você faz.

– Achei que você não gostasse de ser paparicado.

– Eu achava que não gostasse.

Isso fez com que ela o encarasse com uma das mãos no quadril e uma expressão meio incomodada, meio sarcástica. Naquela pose, Elizabeth parecia ao mesmo tempo tola e encantadora, parada ali com um trapo pendurado na mão.

– Está tentando me convencer de que sou seu anjo de misericórdia, vindo do céu para...

Os lábios de James se abriram devagar em um sorriso ardente.

– Exatamente.

Ela jogou o pano em cima dele, deixando uma mancha úmida no meio da camisa.

– Não acredito em você nem por um segundo.

– Para um anjo de misericórdia, até que você tem o pavio curto... – murmurou ele.

Ela resmungou.

– Apenas ponha o pano no olho.

James fez o que ela pediu. Longe dele desobedecê-la quando ela estava naquele estado de ânimo.

Eles ficaram se encarando por um momento, até que Elizabeth disse:

– Tire do olho por um instante.

Ele afastou a mão do olho.

– O pano?

Ela fez que sim uma vez.

– Você não acabou de mandar que eu colocasse o pano de volta no olho?

– Sim, mas quero avaliar a extensão do hematoma.

James não viu motivo para reclamar, então chegou para a frente, ergueu o queixo e inclinou o rosto para dar a ela um melhor acesso ao olho machucado.

– Humm – murmurou Elizabeth. – Não está nem de perto tão roxo quanto eu esperava.

– Eu lhe disse que não era um ferimento sério.

Ela franziu o cenho.

– Mas eu o *derrubei* no chão.

James arqueou um pouco mais o pescoço, desafiando-a silenciosamente a colocar a boca de novo à distância de um beijo da dele.

– Talvez se você olhar mais de perto.

Ela não caiu no truque dele.

– Vou conseguir ver melhor a cor do hematoma se chegar mais perto? Humpf. Não sei o que você pretende, mas sou muito esperta para os seus truques.

O fato de ela ser inocente demais para perceber que ele estava tentando lhe roubar um beijo o divertiu e o encantou ao mesmo tempo. Depois de um instante, no entanto, James percebeu que aquilo também o horrorizava. Se ignorava daquela forma os motivos reais dele, que diabo ela iria fazer quando se visse frente a frente com libertinos cujos objetivos eram bem menos nobres do que os dele?

E James sabia que Elizabeth passaria por isso. Ele podia ter reputação de mulherengo, mas tentava viver com certa honra, o que era mais do que poderia dizer sobre a maior parte da aristocracia. E Elizabeth, com aqueles cabelos cor de luar, para não mencionar aqueles olhos, e aquela boca e...

Diabos, não tivera a intenção de ficar sentado ali, fazendo um inventário dos atributos dela. A questão era que Elizabeth não tinha uma família poderosa para defendê-la. Portanto, cavalheiros *tentariam, sim*, tirar vantagem dela. E quanto mais pensava sobre isso, menos convencido ficava de que ela conseguiria chegar ao altar com a pureza e a alma intactas.

– Precisaremos ter outra aula de pugilismo amanhã – disse James em um rompante.

– Pensei que você tivesse dito...

– Sei o que eu disse – retrucou ele com rispidez –, mas estava só começando a pensar a respeito.

– Quanta dedicação da sua parte... – murmurou ela.

– Elizabeth, você precisa saber se defender. Homens são patifes. Canalhas. Idiotas, todos eles.

– Inclusive você?

– Especialmente eu! Tem alguma ideia do que eu estava tentando fazer no momento em que você examinava meu olho?

Ela fez que não com a cabeça.

Os olhos dele arderam de fúria e desejo.

– Se você tivesse me dado mais um segundo, só mais um abençoado segundo, eu teria passado a mão ao redor da sua nuca e, antes que você pudesse contar até um, estaria no meu colo.

Elizabeth não fez qualquer comentário, o que, por alguma razão idiota que James não conseguia definir, o enfureceu.

– Entende o que estou dizendo? – perguntou, irritado.

– Sim – respondeu ela em tom frio. – E devo me lembrar dessa lição como uma parte importante da minha educação. Confio muito nas pessoas.

– Você está malditamente certa a esse respeito – grunhiu James.

– É claro que isso introduz um dilema interessante para a aula de amanhã. – Elizabeth cruzou os braços e o encarou com uma expressão avaliativa. – Afinal, você me disse que preciso estudar os aspectos mais, hã, amorosos do ato de cortejar.

James teve a sensação de que não iria gostar do que estava prestes a ouvir.

– Você me disse que preciso aprender a beijar *e* – nesse momento o olhar dela era indecifrável – que você é quem deve me ensinar.

James não conseguia pensar em qualquer palavra que pudesse ao menos de longe colocá-lo sob uma luz mais lisonjeira, por isso manteve a boca fechada e tentou se agarrar à própria dignidade encarando Elizabeth com severidade.

– Agora você me diz que não devo confiar em ninguém. Portanto, por que devo confiar em você? – continuou ela.

– Porque *eu* tenho como objetivo o seu bem-estar.

– Rá!

No que se referia a colocar alguém no lugar, aquele breve som foi preciso e bastante eficiente.

– Por que você está me ajudando? – perguntou ela em um sussurro. – Por que me fez essa bizarra oferta dos seus serviços? Porque você sabe que é bizarro. Com certeza se dá conta disso.

– Por que você aceitou? – contra-atacou ele.

Elizabeth fez uma pausa. Não havia possibilidade de responder. Ela era uma péssima mentirosa e com certeza não poderia contar a *verdade* a ele. Ah, James se divertiria muito se ela contasse – se soubesse que Elizabeth queria passar uma última semana, ou quinze dias inteiros se ela tivesse sorte, na companhia dele. Queria ouvir a voz dele, sentir o seu perfume e capturar o hálito dele quando James chegasse bem perto. Ela queria se apaixonar e fingir que isso poderia durar para sempre.

Não, a verdade não era uma opção.

– Não importa por que eu aceitei – respondeu ela finalmente.

Ele se levantou.

– Não?

Sem se dar conta, Elizabeth recuou um passo. Era muito mais fácil fingir coragem quando ele estava sentado. Mas em toda a sua altura, James era o espécime masculino mais intimidante com que ela já esbarrara, e todos os seus recentes devaneios sobre se sentir confortável na presença dele pareceram tolos e prematuros.

Agora era diferente. Ele estava ali. Perto. E a desejava.

Aquela sensação que a fazia ficar à vontade perto dele havia desaparecido – a mesma que permitia que ela fosse tão espontânea em sua companhia, que dissesse o que lhe passava pela cabeça sem medo de ficar constrangida. Essa sensação fora substituída por algo infinitamente mais emocionante, algo que parecia roubar seu fôlego, sua capacidade de raciocínio, até sua alma.

Os olhos dele não se desviavam dos dela. A bela cor castanha ficou mais escura e parecia arder lentamente conforme James diminuía a distância entre os dois. Elizabeth não conseguia piscar, não conseguia nem respirar enquanto ele se aproximava cada vez mais. O ar ficou mais quente, elétrico. E James parou.

– Vou beijá-la agora – sussurrou ele.

Ela não conseguiu emitir qualquer som.

James pousou uma das mãos nas costas dela.

– Se não quer que eu faça isso, diga agora, porque se não disser...

Ela achou que não havia se movido, mas seus lábios se abriram em uma concordância silenciosa.

A outra mão de James deslizou para a nuca de Elizabeth e ela pensou tê-lo ouvido murmurar algo enquanto enfiava os dedos em seus cabelos sedosos. James roçou os lábios contra os dela uma vez, duas, então passou para o canto da boca de Elizabeth, onde a língua dele ficou provocando a pele sensível até ela se ver forçada a arquejar de prazer.

E o tempo todo as mãos dele estavam se movendo, acariciando as costas dela, roçando sua nuca. A boca de James passou para a orelha dela e, quando ele sussurrou, Elizabeth sentiu cada arfada ao mesmo tempo que o escutava.

– Vou puxá-la mais para perto.

O hálito e as palavras dele eram quentes contra a pele dela.

Uma parte ainda pouco consciente do cérebro de Elizabeth percebeu que ele estava concedendo a ela um respeito fora do comum e conseguiu encontrar voz por tempo o bastante para dizer:

– Por que está me perguntando?

– Para lhe dar a chance de dizer não. – O olhar dele, ardente, pesado e muito masculino, passeou pelo rosto dela. – Mas você não fará isso.

Ela odiava o fato de que ele não estava errado naquela certeza arrogante, odiava não ter capacidade para recusar nada a James quando ele a segurava nos braços daquela forma. Mas amou a consciência aguda que a dominou – uma sensação estranha de que, pela primeira vez na vida, compreendia o próprio corpo.

E quando James puxou-a mais para perto, Elizabeth adorou perceber que o coração dele estava batendo tão acelerado quanto o dela.

O calor do corpo de James a fazia arder, e ela não sentia nada além dele, não ouvia nada a não ser o fluxo do próprio sangue e uma palavra dita baixinho:

– Maldição.

Maldição?

Ele se afastou.

Maldição. Elizabeth cambaleou para trás e caiu sentada em uma cadeira que estava em seu caminho.

– Você ouviu isso? –murmurou James.

– O quê?

Um murmúrio de vozes.

– *Isso* – sibilou ele.

Elizabeth levantou-se rápido como uma bala.

– Ah, não – disse ela em um gemido. – É Susan. E Lucas. E Jane. Estou apresentável?

– Hã... quase – mentiu James. – Talvez você queira...

Ele fez gestos vagos que indicavam "arrumação" ao redor da cabeça.

– Meu cabelo? – Ela deixou escapar um arquejo horrorizado. – Meu cabelo! O que você fez com os meus cabelos?

– Nem perto do que eu gostaria de ter feito – segredou James.

– Ah, Deus, ah, Deus, ah, Deus. – Elizabeth se apressou até a pia, parando apenas para olhar por sobre o ombro e dizer: – Jurei por Deus, cinco anos atrás, que seria um exemplo para eles. Agora, olhe para mim.

Ele não fizera muito mais do que olhar para ela durante toda a tarde, pensou James mal-humorado, e tudo o que conseguiu foi frustração.

Ouviu-se uma batida na porta da frente. Elizabeth se sobressaltou.

– Meu cabelo está muito desarrumado? – perguntou, desesperada.

– Ora, não está como quando chegamos – admitiu ele.

Ela mexeu nos cabelos com movimentos rápidos e nervosos.

– Não vou conseguir arrumá-lo a tempo.

James preferiu não falar nada. Por experiência própria ele sabia que homens inteligentes não devem interromper a toalete de uma dama.

– Só há uma coisa a fazer – disse ela.

James observou com interesse enquanto Elizabeth mergulhava as mãos em uma pequena panela que estava cheia de água sobre a bancada. Era a mesma panela que ela usara para umedecer o pano que aplicara no olho dele.

As vozes das crianças estavam mais próximas.

Assim Elizabeth, que até então James considerara um ser humano razoavelmente equilibrado e racional, tirou as mãos da panela e jogou água no rosto todo, no corpete e, a bem da verdade, em James também.

A sanidade dela, decidiu ele, enquanto sacudia a água das botas, era um assunto que obviamente precisava ser revisto.

CAPÍTULO 12

– Pelo amor de São Pedro! – exclamou Susan. – O que aconteceu com você?

– Foi apenas um pequeno acidente – respondeu Elizabeth.

Seu talento para mentiras provavelmente havia se aprimorado, porque Susan não revirou os olhos no mesmo instante nem bufou, sem acreditar. Jogar água sobre si mesma por certo não fora o melhor dos planos, mas sem dúvida fora criativo. Como não conseguiria arrumar os cabelos, então poderia muito bem deixá-los num estado ainda pior. Ao menos, dessa forma, ninguém desconfiaria que o desalinho dela se devia aos dedos de James.

A pequena cabeça loura de Lucas se moveu de um lado para outro enquanto ele avaliava o estrago.

– É como se houvéssemos sido visitados por uma grande inundação.

Elizabeth tentou não se irritar com o comentário do irmão.

– Eu estava umedecendo um pano para o Sr. Siddons, que machucou o olho, então esbarrei na panela e...

– Como a panela ainda está de pé? – perguntou o menino.

– É que eu a coloquei novamente assim – respondeu Elizabeth, com alguma rispidez.

Lucas se surpreendeu com o tom da irmã e até recuou um passo.

– Acho melhor eu ir – anunciou James.

Elizabeth olhou de relance para ele. James sacudia água das mãos e parecia espantosamente paciente, considerando que ela acabara de encharcá-lo sem aviso prévio.

Susan pigarreou. Elizabeth ignorou-a. Susan voltou a pigarrear.

– Eu poderia usar uma toalha antes de partir? – pediu James.

– Ah, sim, é claro.

Susan voltou a tossir, um som tão alto dessa vez que seria de imaginar que ela precisava de um médico, de um cirurgião, de um hospital limpo e bem iluminado. Para não mencionar uma sala de quarentena.

– O que é, Susan? – perguntou Elizabeth em um sibilo.

– Vai me apresentar?

– Ah, sim. – Elizabeth sentiu o rosto ficar quente diante do óbvio lapso de protocolo. – Sr. Siddons, tenho o prazer de lhe apresentar minha irmã, Srta. Hotchkiss. Susan, esse é...

– Sr. Siddons? – perguntou a menina em um arquejo.

Ele sorriu e inclinou a cabeça em um cumprimento muito cosmopolita.

– Parece que a senhorita me conhece.

– Ah, não, de forma alguma – retrucou Susan, tão rapidamente que mesmo a mais tola das pessoas diria que estava mentindo. Ela abriu um sorriso um tanto largo demais, na opinião de Elizabeth... e então mudou logo de assunto. – Elizabeth, você fez algo de novo nos cabelos?

– Estão molhados – declarou a irmã mais velha.

– Eu sei, mas ainda assim parecem...

– *Molhados.*

Susan se calou, mas de algum modo conseguiu dizer "desculpe" sem mover os lábios.

– O Sr. Siddons precisa ir – disse Elizabeth em tom desesperado. Ela se adiantou e agarrou o braço dele. – Eu o levarei até o portão.

– Foi um prazer conhecê-la, Srta. Hotchkiss – dirigiu-se a Susan por sobre o ombro... e não poderia tê-lo feito de outra maneira, já que Elizabeth passou quase arrastando-o pelos três Hotchkisses mais jovens e agora estava passando com ele pela porta que dava para o corredor. – E a você também, Lucas! – gritou James. – Precisamos pescar juntos um dia desses!

O menino deixou escapar um grito de alegria e saiu correndo para o corredor atrás deles.

– Ah, obrigado, Sr. Siddons. Obrigado!

Elizabeth já o levara quase até os degraus da frente da casa quando ele parou de repente e disse:

– Há mais uma coisa que preciso fazer.

– O que mais você poderia ter para fazer? – quis saber Elizabeth. Mas James já se desvencilhara dela e caminhava a passos largos de volta até a porta da cozinha. Quando ela achou que ele já não conseguiria ouvir, resmungou: – Tenho a impressão de que já fizemos tudo o que tínhamos para fazer hoje.

James deu um sorriso malicioso por cima do ombro.

– Nem tudo.

Elizabeth balbuciou palavras sem sentido enquanto tentava pensar em uma resposta adequadamente destruidora, mas James arruinou o momento derretendo o coração dela.

– Ah, Jane! – chamou ele, inclinando-se contra o batente da porta.

Elizabeth não conseguiu ver dentro da cozinha, mas conseguia imaginar perfeitamente a cena: a irmã pequena levantando a cabeça, os olhos azul-escuros arregalados e encantados.

James soprou um beijo para ela.

– Adeus, doce Jane. Gostaria de verdade que você fosse um pouco mais velha.

Elizabeth deixou escapar um suspiro de êxtase e afundou em uma cadeira. A irmã sonharia com aquele beijo pelo resto da infância.

O discurso fora ensaiado à exaustão, mas o sentimento sem dúvida era sincero. Elizabeth sabia que teria que confrontar James para falar sobre o comportamento escandaloso deles, então passou a noite e também a manhã seguinte ensaiando conversas mentalmente. Ela ainda estava repetindo as palavras para si mesma quando abria caminho pela lama – chovera na noite da véspera – em direção à Casa Danbury.

Esse plano – esse bizarro, estranho e incompreensível plano que supostamente a levaria até o altar – precisava de regras. Normas de comportamento, diretrizes, esse tipo de coisa. Porque se ela não tivesse alguma ideia do que deveria esperar na companhia de James Siddons, era provável que ficasse louca.

Por exemplo, o comportamento dela na tarde anterior fora claramente a prova de que estava muito alterada. Jogara água por todo o corpo em uma crise de pânico! Isso sem mencionar sua reação lasciva ao beijo de James.

Ela teria que assumir um mínimo de controle da situação. Recusava-se a ser objeto de uma obra de caridade para diversão dele. Insistiria em pagar a James pelos serviços dele e pronto.

Além do mais, ele não poderia agarrá-la e puxá-la para seus braços quando ela não estivesse esperando. Por mais tolo que isso pudesse parecer, os beijos dele teriam que permanecer apenas no campo acadêmico. Era a única forma de Elizabeth conseguir sair daquele episódio com a alma intacta.

Quanto ao coração dela... bem, esse provavelmente já era uma causa perdida.

Mas não importava quantas vezes Elizabeth tentasse ensaiar o pequeno discurso que preparara, sempre soava diferente do que gostaria. Primeiro autoritária demais, então fraca demais. Estridente demais, então bajuladora demais. Onde diabos uma mulher deveria procurar conselho?

Talvez devesse dar só mais uma olhada em *Como se casar com um marquês*. Se eram regras e decretos que ela queria, certamente os encontraria ali. Talvez a Sra. Seeton houvesse incluído no livro algo sobre como convencer um homem de que ele estava errado sem insultá-lo de forma mortal. Ou sobre como conseguir que um homem fizesse o que a mulher queria ao mesmo tempo que o fazia achar que tudo fora ideia *dele* desde o começo. Elizabeth estava certa de que vira algo a esse respeito nos trechos que lera.

E se não houvesse, pelo amor de Deus, deveria haver. Ela não conseguiria imaginar uma habilidade mais útil. Sem contar com uns poucos conselhos femininos que a mãe lhe dera antes de morrer.

– Nunca fique com o crédito – dissera Claire Hotchkiss à filha. – Você vai conseguir muito mais se deixá-lo pensar que ele é o homem mais inteligente, corajoso e poderoso do mundo.

E essa tática, pelo que Elizabeth observara, funcionava. O pai dela fora extremamente devotado à mãe. Anthony Hotchkiss nunca conseguia prestar atenção em mais nada – incluindo os próprios filhos – quando a esposa entrava em um cômodo em que ele estivesse.

No entanto, infelizmente para Elizabeth, apesar de ter lhe oferecido conselhos sobre *o que* fazer com um homem, a mãe nunca parecera disposta a explicar *como* colocar os conselhos em prática.

Talvez essas coisas fossem intuitivas para algumas mulheres, mas certamente não eram para Elizabeth. Santo Deus, se ela se vira obrigada a consultar um manual só para saber o que dizer a um homem, por certo não saberia como fazê-lo acreditar que suas ideias na verdade tinham sido dele.

Ela ainda estava tentando dominar as lições mais básicas do flerte. Aquela parecia uma técnica de fato avançada.

Elizabeth bateu com os pés nos degraus do lado de fora da Casa Danbury para limpar a lama, então entrou pela porta da frente e se apressou pelo corredor até a biblioteca. Lady D. ainda estava tomando o café da manhã, aquela área da casa ainda se via tranquila e aquele maldito livrinho estava esperando...

Ela atentou para andar apenas sobre a elegante passadeira que se estendia por toda a extensão do corredor. Algo no silêncio ao redor lhe pareceu sagrado – é claro que isso devia ter alguma coisa a ver com as discussões intermináveis que tivera que suportar no café da manhã, pois Lucas e Jane brigaram para determinar de quem era a vez de fazer a limpeza. No instante em que seus pés tocaram o piso, ouviu-se um barulho estrondoso que ecoou pelo corredor e deixou em pior estado seus nervos já em frangalhos.

Ela entrou correndo na biblioteca e inalou o aroma da madeira polida e de livros antigos. Como saboreava aqueles breves momentos de privacidade... Em um movimento cuidadoso e silencioso, Elizabeth fechou a porta ao entrar e examinou as estantes. Lá estava ele, pousado de lado na prateleira onde ela o encontrara alguns dias antes.

Só uma olhadinha não faria mal. Elizabeth sabia que era um livro tolo e que a maior parte do que estava escrito ali não passava de bobagem, mas se conseguisse encontrar apenas um mísero conselho que a ajudasse em seu dilema...

Ela pegou o livro e folheou-o, os dedos virando as páginas com agilidade enquanto examinava por alto as palavras da Sra. Seeton. Elizabeth passou rapidamente pela parte que falava sobre guarda-roupa e a besteira sobre ensaiar. Talvez houvesse algo mais para o fim...

– *O que você está fazendo?*

Ela olhou na direção do som, dolorosamente consciente de que a expressão em seu rosto era a mesma de um cervo encarando o cano da espingarda de um caçador.

– Nada?

James atravessou o cômodo a passos largos, as pernas longas deixando-o a apenas intimidantes cinco passos dela.

– Você está lendo aquele livro de novo, não está?

– Não exatamente lendo – balbuciou Elizabeth. Era uma tonta por se sentir tão envergonhada, mas não conseguiu deixar de se sentir como se tivesse sido pega fazendo algo desprezível. – Estava só folheando.

– Sinceramente, não vejo a menor diferença entre as duas coisas.

Elizabeth decidiu que o melhor a fazer era mudar de assunto.

– Como soube que eu estava aqui?

– Ouvi seus passos. Da próxima vez, se quiser agir de forma clandestina, ande sobre o tapete.

– Eu andei! Mas o tapete termina. É preciso andar alguns passos direto sobre o piso para entrar na biblioteca.

Os olhos castanhos de James ficaram com um brilho estranho, quase acadêmico, enquanto ele dizia:

– Há formas de abafar... Ah, não importa. Não é *esse* o assunto em questão. – Ele estendeu a mão e arrancou dela o exemplar de *Como se casar com um marquês*. – Achei que houvéssemos concordado que esse livro não passa de uma grande tolice. De uma coleção de baboseiras pretensiosas feitas para transformar as mulheres em idiotas choronas desprovidas de cérebro.

– E eu tive a impressão de que os homens *já são* idiotas chorões desprovidos de cérebro.

– A maior parte realmente é – resmungou ele, concordando. – Mas você não precisa ser assim.

– Ora, Sr. Siddons, está me deixando chocada. Acho que isso foi um elogio!

– E você diz que não sabe flertar... – grunhiu James.

Elizabeth não conseguiu evitar o sorriso que nasceu em seu íntimo. De todos os elogios de James, os relutantes eram os que mais mexiam com ela.

James a encarou com severidade, a expressão agora quase infantil de tão petulante, e devolveu o livro para a prateleira.

– Não me deixe pegá-la olhando de novo para esse livro.

– Eu estava só procurando um conselho – explicou ela.

– Se precisa de conselho, *eu* lhe darei.

Elizabeth crispou os lábios por um breve segundo antes de responder:

– Acho que não é apropriado neste caso.

– Que diabo quer dizer com isso?

– Sr. Siddons...

– James – interrompeu ele, irritado.

– James – corrigiu-se. – Não sei o que o deixou nesse humor, mas não aprecio sua linguagem. Nem o seu tom.

Ele deixou o ar escapar longamente, impressionado por seu corpo ter estremecido ao fazer isso. Seu estômago parecia estar cheio de nós havia quase 24 horas, e tudo por causa daquela mulher tão pequenina. Elizabeth mal batia no ombro dele, pelo amor de Deus.

Começara com aquele beijo. Não, pensou James com amargura, começara muito antes disso, com a expectativa, a divagação, o sonho de como seria sentir a boca de Elizabeth sob a dele.

E é claro que não fora o bastante. Não fora nem de longe o bastante. Ele conseguira fingir despreocupação até muito bem na tarde anterior – com a ajuda da panela de água certeira dela, o que certamente apagara boa parte do desejo dele.

Mas a noite o deixara sozinho com os próprios pensamentos. E James tinha uma imaginação vívida.

– Estou de mau humor – respondeu ele finalmente e evitou uma mentira acrescentando: – porque não dormi bem na noite passada.

– Ah.

Elizabeth pareceu surpresa com a simplicidade da resposta dele. Abriu a boca como se fosse fazer mais perguntas, então voltou a fechá-la.

Bom para ela, pensou James, irritado. Se Elizabeth mostrasse mesmo que um vago interesse no motivo do sono ruim, ele com certeza contaria a ela. Descreveria seus sonhos nos mais explícitos detalhes.

– Lamento que você sofra de insônia – disse ela por fim –, mas acho sinceramente que precisamos conversar sobre sua oferta de me ajudar a conseguir um marido. Tenho certeza de que percebe que é uma oferta um tanto incomum.

– Achei que tivéssemos concordado que não deixaríamos que isso guiasse nossas ações.

Ela o ignorou.

– Preciso de um mínimo de estabilidade na vida, Sr. Siddons.

– James.

– James. – Ela repetiu o nome dele, a palavra saiu como um suspiro. – Não posso ficar em constante vigilância, em alerta para a possibilidade de você me atacar a qualquer momento.

– Atacar?

Um dos cantos da boca de James se inclinou na sugestão de um sorriso. Gostou da imagem que *atacar* lhe trouxe à mente.

– E certamente não pode ser benéfico para nós sermos tão, hã...

– Íntimos? – ajudou ele, só para irritá-la.

Funcionou. A expressão com que ela o encarou seria capaz de estilhaçar uma vidraça.

– A questão é – disse Elizabeth em voz alta, como se aquilo pudesse apagar a interferência dele – que nosso objetivo é conseguir um marido para mim, e...

– Não se preocupe – disse ele, alterado. – Vamos lhe encontrar um marido.

Mas no instante em que disse essas palavras, James percebeu um vago gosto estranho na boca. Podia se imaginar dando aulas a Elizabeth – imaginar cada delicioso minuto –, mas a ideia de ela de fato alcançar o objetivo de se casar o deixava um pouco nauseado.

– Isso me leva a outro ponto – voltou a dizer ela.

James cruzou os braços. Mais um ponto e ele teria que amordaçá-la.

– Sobre esse trabalho e seu desejo de me ajudar a encontrar um marido... não sei se me sinto confortável ficando em dívida com você.

– Não ficará.

– Ficarei, sim – retrucou Elizabeth com firmeza. – E insisto em lhe pagar.

O sorriso que ele dirigiu a ela foi tão másculo que Elizabeth sentiu as pernas bambas.

– E como pretende me pagar? – perguntou ele em uma voz arrastada.

– Chantagem.

James a encarou com surpresa. Elizabeth sentiu uma pontada de orgulho ao perceber.

– Chantagem? – repetiu ele.

– Lady Danbury me contou que você a está ajudando a desmascarar quem a chantageou. Gostaria de ajudá-lo.

– Não.

– Mas...

– Eu disse *não*.

Ela o encarou e, quando ele não disse nada, perguntou:

– Por que não?

– Porque pode ser perigoso, é por isso.

– Você está fazendo isso.

– Sou homem.

– Ah! – exclamou Elizabeth, cerrando os punhos ao lado do corpo. – Você é muito hipócrita! Tudo o que disse ontem sobre me respeitar e sobre achar que eu sou mais inteligente do que a média... foi apenas um monte de bobagens para me fazer confiar em você... para que pudesse...

– Isso não tem nada a ver com respeito, Elizabeth.

James plantou as mãos nos quadris, e ela chegou a recuar um passo diante da expressão nos olhos dele. Foi quase como se James tivesse se transformado em outro homem bem ali, no espaço de cinco segundos... um homem que fazia coisas perigosas, que conhecia pessoas perigosas.

– Estou indo – disse Elizabeth. – No que me diz respeito, você pode ficar aqui se quiser.

Ele a segurou pelo vestido.

– Acho que não terminamos essa conversa.

– Não estou certa de que desejo sua companhia.

Ele deixou escapar um suspiro longo e frustrado.

– O fato de respeitá-la não significa que eu esteja disposto a colocá-la em perigo.

– Acho difícil de acreditar que a nêmesis de lady D. seja um indivíduo perigoso. Afinal, ela não está sendo chantageada por guardar segredos de estado ou coisa parecida.

– Como pode ter certeza disso?

Elizabeth o encarou boquiaberta.

– É por isso?

– Não, é claro que não – retrucou ele, com irritação. – Mas você não teria como saber, não é?

– É claro que teria! Trabalho para ela há mais de cinco anos. Acha mesmo que lady Danbury se comportaria de forma suspeita sem que eu notasse? Santo Deus, veja como eu reagi quando ela começou a cochilar durante o dia.

James a encarou com severidade, a expressão nos olhos castanho-escuros não deixando espaço para discussão.

– Você não vai investigar quem é o chantagista, e isso é definitivo.

Ela cruzou os braços em resposta e não disse nada.

– Elizabeth?

Uma mulher mais cautelosa teria prestado atenção ao tom alarmante dele, mas Elizabeth não estava se sentindo muito prudente naquele momento.

– Você não pode me impedir de tentar ajudar lady Danbury. Ela vem sendo como uma mãe para mim e...

Ela engasgou com as palavras quando James a encurralou contra a mesa e passou as mãos ao redor dos braços dela com uma intensidade surpreendente.

– Eu a amarrarei, a amordaçarei. Prenderei você em uma maldita árvore se for necessário para impedi-la de enfiar o nariz onde não é chamada.

Elizabeth engoliu em seco. Nunca vira um homem tão furioso. Os olhos de James ardiam, a mão estava trêmula e o pescoço, tão tenso que dava a impressão de que bastaria uma leve encostada para arrancar a cabeça dele do lugar.

– Bom, então... – disse Elizabeth em uma voz bem aguda, tentando se soltar das mãos dele. James parecia não ter noção da força com que a apertava... ou mesmo que a estava apertando. – Não falei que me intrometeria, só que o ajudaria em certas missões absolutamente seguras e...

– Prometa-me, Elizabeth.

A voz dele estava baixa e intensa, e foi quase impossível não ceder diante da ferocidade de sentimentos contida naquelas três palavras.

– Eu... hã...

Nossa, onde estava a Sra. Seeton quando se precisava dela? Elizabeth tentara bajulá-lo para melhorar o mau humor dele... estava quase certa de que isso estava incluído no Decreto nº 26... mas a iniciativa dela não surtira o menor efeito. James ainda estava furioso, as mãos dele continuavam fechadas ao redor dos braços dela como vasos gêmeos e, que Deus a ajudasse, Elizabeth parecia não conseguir afastar os olhos da boca dele.

– Prometa-me, Elizabeth – repetiu James, e ela só conseguia manter os olhos pregados nos lábios dele formando as palavras.

As mãos de James apertaram ainda mais os braços dela e isso, combinado com alguma força divina, a tirou do transe e ela o fitou nos olhos.

– Não farei nada sem consultá-lo primeiro – sussurrou ela.

– Isso não basta.

– Terá que bastar. – Ela se encolheu. – James, você está me machucando.

Ele olhou para as próprias mãos como se fossem objetos alheios a ele, então soltou Elizabeth abruptamente.

– Desculpe – falou, distraído. – Não percebi.

Elizabeth recuou, esfregando os braços.

– Está tudo bem.

James a encarou por um longo momento antes de praguejar baixinho e se virar de costas. Estava tenso, frustrado, mas nunca imaginara a violenta onda de emoções que ela provocava. Bastara a mera ideia de ver Elizabeth em perigo e ele se transformara em um perfeito idiota.

A ironia era extraordinária. Apenas um ano antes James estivera rindo do melhor amigo que passara por uma situação semelhante. Blake Ravenscroft ficara completamente louco quando sua futura esposa tentara tomar parte em uma operação do Departamento de Guerra. E James achara toda a situação muito divertida. Logo percebeu que Caroline não encararia nenhum perigo real, e achou que Blake tinha sido um idiota atrapalhado por ter feito tanto escarcéu com o assunto.

James era capaz de olhar para a presente situação com objetividade bastante para saber que Elizabeth corria muito menos risco ali na Casa Danbury. E ainda assim o sangue dele gelava nas veias de medo e fúria à mera menção do envolvimento dela na questão da chantagem.

Ele tinha um pressentimento de que aquilo não era um bom sinal.

Aquilo só podia ser alguma espécie de obsessão doentia. Não fizera nada além de pensar em Elizabeth Hotchkiss desde que chegara à Casa Danbury no início daquela semana. Primeiro, tivera que investigá-la para descobrir se era uma chantagista, então se vira na posição não desejada de professor de sedução.

Na verdade, ele mesmo se atribuíra esse papel, mas preferiu não se demorar nesse ponto.

Na verdade era natural que ele temesse pela segurança dela. Se colocara como protetor dela de certo modo, pois Elizabeth era tão pequenina... qualquer homem desejaria protegê-la.

E quanto ao desejo que sentia por ela – o que parecia rasgar seu ventre e fazer sua pulsação arder –, ora, ele era um homem, afinal, e ela era uma mulher, e estava ali, e era de fato muito linda, ao menos na opinião dele, e quando Elizabeth sorria coisas estranhas aconteciam com ele...

– Que tudo vá para o inferno– murmurou ele –, terei que beijá-la.

CAPÍTULO 13

Elizabeth teve tempo apenas de inspirar rápido antes que os braços de James se fechassem ao seu redor. A boca dele encontrou a dela com uma surpreendente mistura de força e ternura, e ela se derreteu – de fato *se derreteu* – em seu abraço.

Na verdade, o último pensamento racional de Elizabeth foi que a palavra "derreteu" parecia estar surgindo na mente dela com cada vez mais regularidade. Algo naquele homem provocava isso nela. Bastava um daqueles olhares de pálpebras pesadas – do tipo que dava pistas de coisas sombrias e perigosas, sobre as quais Elizabeth nada sabia – e ela estava perdida.

A língua de James se enfiou por entre os lábios dela, e Elizabeth abriu a boca para acolhê-la. Ele explorou aquela boca, acariciou-a profundamente, apropriou-se do hálito dela.

– Elizabeth – disse James em uma voz rouca –, diga para mim que precisa disso. Diga.

Mas ela estava além das palavras. Seu coração disparava, os joelhos tremiam e uma parte obscura dela sabia que, se dissesse as palavras, não teria como voltar atrás. Assim, ela optou pelo caminho mais covarde e arqueou o pescoço para outro beijo, convidando-o silenciosamente a continuar aquela exploração sensual.

A boca de James desceu para o maxilar de Elizabeth, então brincou com a orelha dela e logo chegou à pele sensível do pescoço, e durante todo o tempo as mãos dele ficaram se movendo. Uma delas desceu para a curva do traseiro dela, envolvendo-o com extrema ternura enquanto pressionava delicadamente os quadris dela contra o membro rígido dele. E a outra subiu, passando pelo tórax dela em direção aos...

Elizabeth parou de respirar. Cada nervo de seu corpo tremia em expectativa, ardendo com um desejo desesperado que ela nunca imaginara que existisse.

Quando a mão de James se fechou sobre seu seio, não importou que houvesse duas camadas de tecido entre a pele dela e a dele. Elizabeth sentiu a pele queimar como se estivesse sendo marcada e soube que não importava o que acontecesse, parte da alma dela pertenceria para sempre àquele homem.

James estava murmurando palavras de amor, mas Elizabeth não compreendeu nada além do desejo absoluto na voz dele. Então ela caiu lentamente. A mão de James em suas costas a amparou, mas ela continuou a descer sobre o tapete macio que cobria o piso da biblioteca.

Ele murmurou algo – pareceu ser o nome dela –, e foi mais uma súplica do que qualquer outra coisa. Elizabeth se viu de costas, com James por cima. O peso do corpo dele estava muito excitante, o calor que ele emanava tirava o fôlego dela. Mas então James arqueou os quadris para a frente, Elizabeth sentiu a real extensão do desejo que ele sentia por ela, e isso interrompeu seu transe sensual.

– Não, James – sussurrou ela. – Não posso.

Se não interrompesse aquilo agora, eles não parariam mais. Elizabeth não fazia ideia de como sabia disso, mas tinha tanta certeza quanto tinha de qual era o próprio nome.

James se calou, mas sua respiração estava entrecortada e ele não saiu de cima dela.

– James, não posso. Eu queria...

Ela se interrompeu no último segundo. Deus do céu, quase dissera mesmo a ele que queria poder? Elizabeth ficou rubra de vergonha. Que tipo de mulher era? Aquele homem não era marido dela e nunca seria.

– Só um momento – disse ele com a voz rouca. – Preciso de um instante.

Os dois esperaram enquanto a respiração dele se normalizava. Depois de alguns segundos, James se colocou de pé e, sempre um cavalheiro (mesmo sob a mais desafiadora das circunstâncias), estendeu a mão para ela.

– Desculpe – disse Elizabeth, permitindo que ele a ajudasse a se levantar –, mas se eu me casar... meu marido vai esperar que...

– Não diga isso – rosnou ele. – Não diga uma maldita palavra.

James soltou a mão dela e se forçou a lhe dar as costas. Meu Deus. Ele estivera em cima dela no chão. Estivera a um milímetro de fazer amor com ela, de tirar a inocência de Elizabeth. Sabia que seria errado, que seria mais do que errado, mas não teria sido capaz de se impedir. Sempre se orgulhara de ser capaz de controlar as próprias paixões, mas agora...

Agora era diferente.

– James?

A voz dela veio de trás dele, baixa e hesitante.

James não disse nada, não estava confiando em si mesmo para falar. Sentiu a indecisão de Elizabeth – embora estivesse de costas para ela, conseguiu senti-la tentando decidir se deveria dizer mais alguma coisa ou não.

Mas que Deus o ajudasse se ela mencionasse a palavra "marido" mais uma vez...

– Espero que não esteja chateado comigo – disse ela com dignidade. – Mas se preciso me casar com um homem pelo dinheiro dele, o mínimo que posso fazer é dar a ele a minha inocência em retorno. – Uma risadinha subiu pela garganta dela, um som amargo. – Isso faz com que tudo pareça um pouco menos sórdido, não acha?

A voz de James saiu baixa e o mais firme que conseguiu quando ele disse:

– Vou lhe encontrar um marido.

– Talvez essa não seja uma boa ideia. Você...

Ele se virou na direção dela e falou irritado:

– Eu disse que lhe encontraria um maldito marido!

Elizabeth recuou alguns passos até a porta. A mãe dela sempre dissera que não havia como argumentar com um homem irritado e, pensando a respeito, Elizabeth achava que a Sra. Seeton havia escrito a mesma coisa.

– Deixarei para falar com você mais tarde sobre o assunto – disse ela em tom calmo.

James deixou escapar um suspiro longo e trêmulo.

– Por favor, aceite as minhas desculpas. Não tive a intenção de...

– Está tudo bem – apressou-se a dizer Elizabeth. – De verdade. Embora talvez devêssemos cancelar nossas aulas por hoje, considerando...

James a fuzilou com o olhar quando ela deixou as palavras morrerem.

– Considerando o quê?

Maldito fosse, ele iria fazê-la pronunciar as palavras. Elizabeth sentiu o rosto quente quando respondeu:

– Considerando que já fiz todo o treinamento no que se refere a beijos que poderia ser apropriado antes do casamento. – Quando ele não fez qualquer comentário, ela resmungou: – Provavelmente até mais.

James assentiu brevemente e perguntou:

– Você tem a lista dos convidados que virão amanhã?

Elizabeth o encarou confusa, surpresa pela súbita mudança de assunto.

– Lady Danbury tem. Posso entregá-la a você à tarde.

– Eu mesmo pegarei.

O tom dele dispensava comentários, por isso Elizabeth saiu da biblioteca.

James passou a manhã toda emburrado. Estava carrancudo com os criados, com Malcolm, até com o maldito jornal.

O passo dele, que normalmente era leve, passou a ser marcado por pisões muito fortes. E quando ele voltou à Casa Danbury depois de algumas horas nos campos, suas botas faziam barulho bastante para acordar os mortos.

Ele precisava mesmo era da maldita bengala da tia. Era infantil de sua parte, James tinha consciência disso, mas havia algo bastante satisfatório em descontar sua frustração no piso. Bater com o pé não seria o suficiente. Com a bengala, ele poderia abrir um maldito buraco no chão.

Ele atravessou o grande corredor como uma bala e, mesmo sem querer, seus ouvidos ficaram atentos quando passou pela porta ligeiramente aberta da sala de estar. Elizabeth estava lá? E o que ela estaria pensando enquanto ele passava pisando tão firme? Obviamente percebera que ele estava ali. Teria que ser surda como uma pedra para não notar o barulho que James estava fazendo.

Mas em vez do tom alegre e musical da voz de Elizabeth, James ouviu o coaxar retumbante da tia.

– James!

Ele deixou escapar um gemido quase silencioso. Se a tia o estava chamando de James, isso significava que Elizabeth não estava com ela. E se

Elizabeth não estava com ela, isso significava que Agatha queria falar com ele. O que nunca era um bom presságio.

James recuou alguns passos e enfiou a cabeça pela porta.

– Sim?

– Preciso falar com você.

Ele nunca soube como conseguiu não resmungar.

– Sim, imaginei isso.

Ela bateu com a bengala no chão.

– Não precisa passar a impressão de que está a caminho de uma execução.

– Isso depende de quem vai ser executado – murmurou ele.

– Como? O que você disse? – Tum, tum, tum.

Ele entrou na sala, os olhos buscando rapidamente por Elizabeth. Ela não estava ali, mas Malcolm estava, e o gato desceu rápido do parapeito da janela e trotou até o lado dele.

– Eu disse que quero uma bengala dessas – mentiu James.

Agatha estreitou os olhos.

– O que há de errado com as suas pernas?

– Nada. Só quero fazer barulho.

– Não poderia simplesmente bater uma porta?

– Eu estava lá fora – disse James com a voz branda.

Ela deu uma risadinha.

– Mau humor, é?

– Pior.

– Se incomoda de compartilhar o motivo?

– Nem se você tivesse uma arma apontada para o meu coração.

Isso fez com que Agatha arqueasse as sobrancelhas.

– Você deveria saber que não é bom despertar a minha curiosidade assim, James.

Ele sorriu sem humor para ela e se sentou em uma cadeira de frente para a tia. Malcolm o seguiu e se acomodou aos seus pés.

– Precisa de alguma coisa, Agatha?

– O prazer de sua companhia não é o bastante?

James não estava em clima de brincadeirinhas, por isso se levantou.

– Se isso é tudo, então já vou. Tenho tarefas a cumprir como seu administrador.

– *Sente-se*!

Ele obedeceu. James sempre obedecia a tia quando ela usava aquele tom de voz. Alguns hábitos eram difíceis de serem quebrados.

Agatha pigarreou... o que nunca era um bom sinal. James se resignou a ouvir um longo sermão.

– Minha dama de companhia tem agido de forma muito estranha ultimamente – disse ela.

– É mesmo?

Ela tamborilou uns dedos contra os outros.

– Sim, de um modo muito pouco característico dela. Você percebeu?

Não havia a menor possibilidade de ele explicar à tia os acontecimentos dos últimos dias. De forma alguma.

– Não posso dizer que conheço a Srta. Hotchkiss muito bem – retrucou James –, portanto não posso lhe dar minha opinião.

– É mesmo? – perguntou ela em tom excessivamente casual. – Pensei que vocês dois tivessem desenvolvido uma espécie de amizade.

– Sim. Algo assim. Ela é uma jovem dama muito simpática.

James começou a sentir as pontas das orelhas quentes. Se ficasse ruborizado, teria que sair do país, decidiu. Não ruborizava havia décadas.

E também não era interrogado pela tia havia quase o mesmo tempo.

– No entanto – continuou James, balançando ligeiramente a cabeça, de modo que seus cabelos ficaram cobrindo as orelhas –, isso tem apenas alguns dias. Com certeza não nos conhecemos há tempo bastante para que eu consiga julgar o comportamento dela.

– Humpf. – Seguiu-se um interminável momento de silêncio, então a expressão de Agatha mudou abruptamente. Ela perguntou: – Como está evoluindo a sua investigação?

A surpresa de James durou apenas um instante. Ele estava muito acostumado às súbitas mudanças de assunto da tia.

– Não está – disse ele de imediato. – Há pouco que eu possa fazer até que o chantagista faça outra exigência. Já lhe perguntei sobre seus criados e você me assegurou de que são todos leais demais ou ignorantes demais para terem bolado esse plano.

Agatha estreitou os olhos azuis, gelados.

– Você já tirou a Srta. Hotchkiss da sua lista de suspeitos, não é?

– Você ficará feliz em saber que sim.

– O que mais você fez?

– Nada – admitiu James. – Não há nada a fazer. Como eu disse, acredito que a próxima jogada será do chantagista.

Lady Danbury tamborilou as pontas dos dedos umas nas outras novamente.

– Então o que está me dizendo é que será forçado a permanecer aqui na Casa Danbury até que o chantagista faça outra exigência?

James assentiu.

– Entendo. – Ela afundou mais o corpo na cadeira. – Então parece que só o que você pode fazer é se manter ocupado como meu administrador de modo que ninguém desconfie de sua verdadeira identidade.

– Agatha – disse James em um tom severo –, você não me atraiu até aqui só para conseguir um administrador de graça, não é mesmo? – Diante da expressão ofendida da tia, ele acrescentou: – Sei quanto pode ser pão-dura.

– Não acredito que você seja capaz de pensar isso de mim – comentou ela, com uma fungadinha.

– Isso e mais, querida tia.

Ela abriu um sorriso muito doce para ele.

– É sempre bom ver a inteligência de uma pessoa ser respeitada.

– Sua esperteza é algo que nunca subestimei.

Ela riu.

– Ah, eu o criei bem, James. Amo você de verdade.

Ele suspirou e se levantou de novo. A tia era uma velha astuta. Não tinha o menor pudor em se meter na vida dele e, de vez em quando, transformá-la em um inferno, mas ele a amava sinceramente.

– Voltarei às minhas obrigações, então. Não queremos que ninguém pense que sou um administrador incompetente.

Ela o fuzilou com o olhar. Agatha nunca apreciava o sarcasmo vindo de qualquer outra pessoa que não fosse ela mesma.

– Você terá que me avisar se receber outro bilhete do chantagista.

– Na mesma hora – garantiu ela.

James parou na porta.

– Soube que organizou uma festa para amanhã.

– Sim, uma pequena festa ao ar livre. – Mas, antes que ele pudesse comentar qualquer coisa, ela continuou: – Ah, é claro. Não quer ser reconhecido. Espere, deixe eu lhe mostrar a lista de convidados. – Ela apontou para o outro lado da sala. – Pegue aquela caixa de papéis que está em cima da escrivaninha para mim.

James fez o que ela pediu.

– Foi bom eu ter feito você mudar de nome, não é? Não seria bom que um dos criados mencionasse o Sr. Sidwell.

James assentiu enquanto a tia folheava os papéis. Ele normalmente era conhecido como Riverdale desde que ascendera ao título, aos 20 anos, mas seu sobrenome era do conhecimento de muitas pessoas.

Agatha deixou escapar um "Arrá" e puxou uma folha de papel cor creme. Antes de entregar a lista a ele, ela a examinou e murmurou:

– Ah, céus. Acho difícil que você não conheça ao menos uma dessas pessoas.

James leu os nomes e permitiu que a tia acreditasse que o interesse dele na lista se devia ao desejo de manter secreta sua identidade. A verdade, no entanto, era que queria checar o grupo de homens entre os quais supostamente deveria escolher um maldito marido para Elizabeth.

Sir Bertram Fellport. Bêbado.

Lorde Binsby. Jogador inveterado.

Daniel, lorde Harmon. Casado.

Sir Christopher Gatcombe. Casado.

Dr. Robert Gifford. Casado.

Sr. William Dunford. Muito libertino.

Capitão Cynric Andrien. Muito militar.

– Isso não vai funcionar – grunhiu James, mal resistindo à vontade de fazer uma bolinha patética com o papel amassado.

– Algum problema? – perguntou Agatha.

Ele arregalou os olhos, surpreso. Esquecera-se completamente de que a tia estava na sala.

– Importa-se se eu fizer uma cópia dessa lista?

– Não vejo motivo para precisar disso.

– Só para os meus registros – improvisou ele. – É muito importante manter registros precisos.

Na verdade, James acreditava que quanto menos se colocasse por escrito, melhor. Não havia nada como documentos escritos para denunciar uma pessoa.

Agatha deu de ombros e estendeu uma folha de papel em branco ao sobrinho.

– Há pena e tinta na escrivaninha próxima à janela.

Um instante depois, já copiara cuidadosamente a lista de convidados e estava esperando que a tinta secasse. Ele voltou até onde estava a tia e disse:

– Sempre há possibilidade de que o chantagista esteja entre os seus convidados.

– Acho muito pouco provável, mas você é o especialista aqui.

Isso fez com que James erguesse as sobrancelhas surpreso.

– Você está mesmo se rendendo à minha opinião no assunto? As maravilhas não param de acontecer.

– Sarcasmo não combina com você, meu rapaz. – Agatha esticou o pescoço para examinar o papel nas mãos dele. – Por que deixou de fora os nomes das mulheres?

Mais improviso.

– As mulheres são suspeitas menos prováveis.

– Tolice. Você mesmo passou seus primeiros dias aqui bafejando no pescoço da Srta. Hotchkiss, achando...

– Eu *não* estava bafejando no pescoço dela!

– Eu estava falando de forma metafórica, é claro. Minha intenção era apenas argumentar que, a princípio, você desconfiava da Srta. Hotchkiss, portanto não entendo por que agora está eliminando todas as outras mulheres da lista de suspeitos.

– Passarei a elas depois que observar os homens – murmurou James, irritado. Ninguém tinha tanta capacidade de encurralá-lo como a tia. – Agora realmente preciso voltar ao trabalho.

– Vá, vá. – Agatha acenou com a mão, dispensando-o. – Embora seja um choque ver o marquês de Riverdale dedicando-se com tanto empenho a trabalhos subalternos.

James apenas fez que sim com a cabeça.

– Além do mais, Elizabeth deve voltar a qualquer momento. Estou certa de que ela será melhor companhia do que você.

– Sem dúvida.

– Vá.

Ele foi. A bem da verdade, James não gostava muito da ideia de esbarrar com Elizabeth naquele momento. Primeiro, queria tempo para examinar a lista e, então, preparar os argumentos que apresentaria a respeito da inadequação de quase todos – quer dizer, de *todos* – os homens em questão.

E isso daria certo trabalho, já que dois deles eram amigos de James.

~

Elizabeth estava voltando para casa no fim daquela tarde quando avistou James saindo do pequeno chalé que ocupava. Sentira-se tentada a pegar um caminho alternativo à saída principal, mas desistiu da ideia por achá-la covarde. *Sempre* passava pelo chalé do administrador quando voltava para casa, e não sairia do caminho que costumava fazer *apenas* pela possibilidade de que James *pudesse* estar em casa e não nos campos, ou visitando algum arrendatário, ou cumprindo uma das mil tarefas que fora contratado para dar conta.

E então lá estava ele, abrindo a porta da frente do chalé, bem no momento em que ela passou.

Elizabeth fez uma anotação mental para nunca mais confiar na sorte.

– Elizabeth – praticamente rosnou ele. – Estive procurando você.

Ela percebeu a carranca dele e decidiu que aquela era uma excelente hora para inventar uma emergência de vida ou morte em casa.

– Adoraria conversar – disse, tentando passar por James –, mas Lucas está doente e Jane...

– Ele não parecia doente ontem.

Elizabeth tentou sorrir com doçura, mas foi difícil fazer isso com os dentes cerrados.

– Crianças adoecem com muita rapidez. Se me der licença.

James a segurou pelo braço.

– Se ele estivesse de fato doente, você não teria vindo trabalhar hoje.

Maldição. Ele a pegara.

– Não falei que Lucas estava desesperadamente doente – declarou Elizabeth –, mas eu gostaria de cuidar dele e...

– Se ele não está desesperadamente doente, então você com certeza pode me ceder dois minutos.

Então, antes que ela tivesse a chance de sequer dar um gritinho, ele a pegou pelo cotovelo e a puxou para dentro do chalé.

– Sr. Siddons! – disse em uma voz aguda.

Ele fechou a porta.

– Achei que já havíamos passado da fase de me chamar de "Sr. Siddons".

– Regredimos – sibilou ela. – Solte-me.

– Pare de agir como se eu estivesse prestes a violá-la.

Elizabeth o encarou.

– Não sei por que isso parece tão impossível.

– Santo Deus – disse James, passando a mão pelos cabelos. – Quando desenvolveu essa tendência a ser uma megera?

– Quando você me forçou a entrar em seu chalé!

– Com certeza eu não teria feito isso se você não tivesse mentido sobre o seu irmão.

Ela ficou boquiaberta e bufou baixinho, indignada.

– Como ousa me chamar de mentirosa?

– Não mentiu?

– Ora, sim – admitiu Elizabeth, depois de um instante de hesitação –, mas só porque você é um brutamontes grosseiro e arrogante que se recusa a aceitar um não como resposta.

– Recusar-se a aceitar uma negativa costuma garantir um resultado positivo – retrucou ele, a voz tão condescendente que Elizabeth precisou segurar a saia com força para se impedir de esbofeteá-lo.

A voz e os olhos dela exalavam frieza quando falou:

– Parece que minha única escapatória é deixar que você diga o que quer. O que deseja falar?

James pegou um pedaço de papel.

– Consegui isso com lady Danbury.

– Sua carta de demissão, espero – murmurou ela.

James deixou essa passar.

– É a lista de convidados de lady Danbury. E lamento informar que nenhum desses cavalheiros é adequado.

– Ah, e suponho que você conheça todos pessoalmente – debochou ela.

– Na verdade, conheço.

Elizabeth arrancou o papel da mão dele e acabou rasgando um pedaço na pontinha.

– Ah, por favor – disse ela, em tom de zombaria. – Há dois lordes e um sir nesta lista. Como pode conhecer todos eles?

– Seu irmão é um sir – lembrou James a ela.

– Sim, mas o seu irmão não é – retrucou Elizabeth.

– Como pode ter certeza disso?

Ela levantou a cabeça rapidamente.

– *Quem é você?*

– Meu irmão não é um sir – disse ele em tom irritado. – Nem mesmo *tenho* um irmão. Eu só estava demonstrando que você tem o péssimo hábito de presumir sem antes avaliar os fatos.

– O que há de errado com esses homens? – perguntou Elizabeth, tão lentamente que James se deu conta de que a paciência dela estava por um fio.

– Três deles são casados.

O maxilar dela tremia, provavelmente por estar mantendo os dentes cerrados.

– Qual é o problema com os convidados solteiros?

– Ora, para começar, esse aqui – James apontou para o nome de sir Bertram Fellport – é um bêbado.

– Tem certeza?

– Eu não posso em sã consciência permitir que você se case com um homem que abusa de bebida alcoólica.

– Você não respondeu a minha pergunta.

Maldição, ela era obstinada.

– Sim, tenho certeza de que ele é um bêbado. E cruel, a propósito.

Elizabeth abaixou os olhos para o papel com a ponta rasgada.

– E quanto a lorde Binsby?

– Ele joga apostando dinheiro.

– Muito?

James assentiu, estava começando a se divertir.

– Muito. E é gordo.

Ela voltou a apontar para a lista.

– E quanto...

– Casado, casado e casado.

Elizabeth o encarou de modo cortante.

– Todos os três?

James fez que sim com a cabeça.

– Um deles é até muito feliz no casamento.

– Ora, isso certamente vai contra a tradição – murmurou ela.

James ficou em silêncio.

Elizabeth deixou escapar um longo suspiro, e James se deu conta de que os suspiros dela estavam passando de aborrecidos para cansados.

– Ainda restam o Sr. William Dunford e o capitão Cynric Andrien. Imagino que um deles seja deformado e o outro tonto.

James sentiu-se extremamente tentado a concordar com ela, mas bastaria um olhar para Dunford e para o capitão, e Elizabeth saberia que ele a enganara.

– Os dois são considerados homens belos e inteligentes – admitiu ele.

– Então, qual é o problema com eles?

– Dunford é promíscuo.

– E daí?

– Ele certamente será um marido infiel.

– Não sou exatamente um troféu, James. Não posso esperar perfeição.

Os olhos dele arderam, irritados.

– Você deve esperar fidelidade. Deve *exigir* isso.

Ela o encarou, incrédula.

– Estou certa de que isso seria fantástico, mas dificilmente me parece tão importante quanto...

– Seu marido será fiel a você ou terá que se ver comigo – bradou James.

Elizabeth arregalou os olhos, então abriu a boca e acabou tendo uma crise de riso.

James cruzou os braços e a encarou com nervosismo. Não estava acostumado com crises de riso diante de suas demonstrações de galanteria.

– Ah, James – disse ela, entre arquejos de riso –, me desculpe, e isso foi muito gentil da sua parte. Quase – ela secou o olho – gentil o bastante para me fazer perdoá-lo por ter me raptado aqui para dentro.

– Não a raptei – ressaltou ele, emburrado.

Ela acenou com a mão.

– Como diabos você espera defender a minha honra quando eu estiver casada?

– Você não vai se casar com Dunford – murmurou ele.

– Se está dizendo... – retrucou Elizabeth, com tanta atenção e seriedade que ele percebeu que ela estava morrendo de rir por dentro de novo. – Agora, então, por que não me diz o que há de errado com o capitão Andrien?

Houve uma longa pausa. Realmente longa. Por fim, James disse de súbito:

– Ele tem péssima postura.

Outra pausa.

– Você está tirando esse rapaz do páreo por causa da postura dele? – perguntou ela sem acreditar.

– É um sinal de fraqueza interior.

– Entendo.

James percebeu que Andrien teria que ter outro problema além de se inclinar demais.

– Isso porque não mencionei – acrescentou ele, balbuciando, enquanto tentava pensar em uma mentira apropriada – que já o vi gritar com a própria mãe em público.

Elizabeth claramente não conseguiu pensar em uma resposta. James não sabia se o motivo era a risada engasgada ou pura estupefação.

E não estava certo se queria mesmo descobrir.

– Hã, foi bastante desrespeitoso – acrescentou James.

Elizabeth estendeu a mão e tocou a testa dele.

– Você está com febre? Acho que sim.

– Não estou com febre.

– Está agindo como se estivesse.

– Vai me colocar na cama e cuidar de mim com toda a ternura se eu estiver com febre?

– Não.

– Então não estou com febre.

Ela recuou um passo.

– Nesse caso, é melhor que eu vá embora.

James se apoiou contra a parede, absolutamente exausto. Elizabeth sempre o deixava assim, ele percebeu. Se não estava rindo como um bobo, estava furioso. Se não estava furioso, estava dominado pelo desejo. Se não estava dominado pelo desejo...

Ora, aquela era uma questão controvertida, não era?

Ele a observou enquanto ela abria a porta, encantado com a curva delicada da mão enluvada.

– James? James?

Ele ergueu a cabeça, surpreso.

– Tem certeza de que o capitão Andrien tem má postura?

Ele assentiu, ciente de que seria desmascarado no dia seguinte, mas esperando que até lá já tivesse conseguido inventar outra mentira inteligente para substituir essa.

Elizabeth crispou os lábios.

Ele sentiu o estômago se contorcer e então dar uma cambalhota.

– Isso não lhe parece estranho? Um militar com má postura?

James deu de ombros, impotente.

– Eu lhe disse para não se casar com ele.

Ela deixou escapar um sonzinho engraçado.

– Posso ajudar a melhorar a postura dele.

Ele só conseguiu balançar a cabeça.

– Você é uma mulher impressionante, Elizabeth Hotchkiss.

Ela fez que não com a cabeça e saiu. Antes de fechar a porta, no entanto, enfiou a cabeça de volta para dentro da sala e disse:

– Ah, James?

Ele olhou para ela.

– Ajeite a sua postura.

CAPÍTULO 14

Na tarde seguinte, Elizabeth estava emburrada perto dos portões da frente da Casa Danbury, amaldiçoando-se primeiro por sua tolice, depois por sua covardia e, por fim, apenas porque sim.

Ela seguira o conselho de Susan e deixara seu caderno – onde anotava todas as contas de casa – na Casa Danbury, no dia anterior. Como o caderno era absolutamente essencial para a sua vida diária, teve que recuperá-lo durante a festa ao ar livre.

– Não há nada suspeito na minha presença aqui – disse para si mesma. – Esqueci meu caderno e preciso dele. Não vou conseguir sobreviver até segunda-feira sem ele.

É claro que isso não explicava por que ela levara o caderno – que nunca antes deixara o chalé Hotchkiss – para a Casa Danbury na véspera.

Elizabeth esperou até quase quatro da tarde, quando os convidados provavelmente estariam aproveitando o calor do sol do campo. Lady Danbury mencionara tênis e chá no gramado que ficava na parte sul da casa. Não era exatamente aquele o caminho que Elizabeth precisaria seguir para resgatar o caderno, mas não havia motivo para que não fizesse um desvio para procurar lady Danbury e perguntar a ela se vira o caderno.

Nenhuma razão a não ser o próprio orgulho.

Deus, como estava odiando essa situação... Parecia tão desesperada, tão calculista. Toda vez que o vento soprava, Elizabeth tinha certeza de que eram os pais dela, no céu, tendo espasmos ao ver a filha se rebaixando. Deviam ficar horrorizados ao vê-la daquela forma, inventando desculpas tolas só para comparecer a uma festa à qual não fora convidada.

E tudo aquilo só para conhecer um homem que provavelmente andava com os ombros envergados.

Ela resmungou. Estava havia vinte minutos parada diante do portão da frente, a cabeça encostada às barras. Se esperasse muito mais tempo ali, era bem provável que acabasse com a cabeça presa, exatamente como acontecera com Cedric no Castelo de Windsor.

Não podia mais adiar. Elizabeth ergueu o queixo, colocou os ombros para trás e seguiu em frente, desviando-se de propósito da área perto do chalé de James. A última coisa que precisava naquele momento era de um encontro com ele.

Ela se esgueirou pela porta da frente da Casa Danbury, atenta aos barulhos da festa, mas tudo o que ouviu foi o silêncio. O caderno estava na biblioteca, mas ficou fingindo que não sabia onde o deixara, por isso atravessou a casa até as portas francesas que levavam ao terraço dos fundos.

E ali estava cerca de uma dúzia de damas e cavalheiros elegantes espalhados pelo gramado. Alguns deles seguravam raquetes de tênis, outros bebericavam ponche e todos riam e conversavam.

Elizabeth mordeu o lábio. Até mesmo as vozes deles soavam elegantes.

Ela saiu para o terraço. Tinha a sensação de que parecia tímida como um rato, mas aquilo realmente não importava. Ninguém esperaria que a dama de companhia de lady Danbury entrasse na festa caminhado de forma altiva.

Lady D. presidia o evento no extremo do terraço, sentada em uma poltrona muito estofada que Elizabeth reconheceu como pertencente ao quarto azul. A monstruosidade estofada de veludo era a única peça de mobília interior que havia sido levada para aquele lugar, e sem dúvida cumpria o papel de trono – o que Elizabeth imaginava ser exatamente a intenção de lady D. Duas damas e um cavalheiro estavam sentados com ela. As damas assentiam com atenção a cada palavra, os olhos dos cavalheiros estavam vidrados, e ninguém parecia achar estranho que Malcolm estivesse deitado no colo de lady D., a barriga para cima e as patas esticadas formando um X. Ele parecia um pequeno cadáver de gato, mas lady Danbury assegurara inúmeras vezes a Elizabeth que a espinha dorsal do bicho era fantasticamente flexível e que Malcolm na verdade gostava daquela posição.

Elizabeth chegou um pouco mais perto, tentando ouvir as palavras de lady D., para que pudesse interromper no momento menos inoportuno. Não foi muito difícil acompanhar a conversa, que era mais um monólogo do que qualquer outra coisa, com lady Danbury como a estrela.

Elizabeth estava prestes a se adiantar um passo para tentar capturar a atenção da velha dama quando sentiu alguém agarrá-la pelo cotovelo. Ao se virar, viu-se face a face com o homem mais lindo que já tinha visto. Cabelos dourados, olhos azul-celeste... "belo" era um adjetivo rude demais para descrevê-lo. Aquele homem tinha o rosto de um anjo.

– Mais ponche, por gentileza – disse ele, estendendo para ela o copo que segurava.

– Ah, não, desculpe-me, o senhor não compreende. Eu...

– Agora.

Ele deu um tapa no traseiro dela.

Elizabeth sentiu o rosto corar e entregou o copo de volta para ele.

– O senhor está enganado. Se me der licença.

Os olhos do homem louro se estreitaram perigosamente, e Elizabeth sentiu um arrepio de cautela percorrer sua espinha. Aquele não era um homem que podia ser contrariado – embora fosse de imaginar que até os tipos de pior gênio não conseguiriam ficar tão irritados por causa de um copo de ponche.

Com um leve dar de ombros, ela afastou o incidente da mente e seguiu até onde estava lady Danbury, que olhou para ela com surpresa.

– Elizabeth! – exclamou a velha dama. – O que está fazendo aqui?

Elizabeth colocou no rosto o que esperava ser um sorriso que encantava e pedia desculpas ao mesmo tempo. Afinal, tinha plateia.

– Sinto muitíssimo por perturbá-la, lady Danbury.

– Bobagem. Qual é o problema? Alguma coisa em casa?

– Não, não, nada tão terrível.

Ela olhou de relance para o cavalheiro que estava ao lado de lady Danbury. O colorido dele lembrava o de James e eles pareciam ter idades próximas, mas os olhos do homem de algum modo pareciam ser de alguém mais jovem.

James vira coisas. Coisas sombrias. Era possível ver isso em seus olhos, quando ele achava que ela não o estava observando.

Mas precisava parar de fantasiar sobre James. Não havia nada errado com aquele cavalheiro diante dela. Ao examiná-lo de forma objetiva, Elizabeth teve que admitir que era devastadoramente belo. E com certeza não tinha má postura.

Ele só não era James.

Elizabeth se deu uma sacudida mental.

– Acredito que eu tenha deixado meu caderno aqui – explicou ela, voltando a fitar lady Danbury. – A senhora o viu? Preciso muito dele antes de segunda-feira.

Lady D. fez que não com a cabeça, enquanto enfiava a mão no farto pelo bege de Malcolm e esfregava a barriga do gato.

– Não o vi. Tem certeza de que o trouxe para cá? Nunca soube que você trazia esse tipo de coisa para cá.

– Tenho certeza.

Elizabeth engoliu em seco, perguntando-se por que a verdade parecia tanto uma mentira.

– Gostaria de poder ajudá-la – disse lady Danbury –, mas estou com convidados. Penso que é o caso de você fazer uma busca sozinha. Não pode haver mais do que cinco ou seis cômodos onde poderia encontrá-lo. E os criados sabem que você tem trânsito livre na casa.

Elizabeth endireitou o corpo e assentiu. Fora dispensada.

– Vou procurar agora mesmo.

De repente, o homem parado ao lado de lady Danbury se adiantou.

– Eu ficaria feliz em ajudá-la.

– Mas o senhor não pode ir – reclamou uma das damas em uma vozinha aguda.

Elizabeth observou a cena com interesse. Ficou claro por que as damas estavam tão interessadas em permanecer ao lado da velha dama.

– Dunford – bradou lady Danbury –, eu estava lhe contando sobre a minha audiência com a condessa russa.

– Ah, eu já sei o que acontece – retrucou ele com um sorriso travesso.

Elizabeth ficou boquiaberta. Nunca conhecera ninguém que não se acovardasse e acabasse se submetendo à vontade de lady Danbury. E aquele sorriso... santo Deus, nunca vira nada semelhante. Aquele homem sem dúvida alguma já partira *muitos* corações.

– Além disso – continuou o homem –, gosto de uma boa caça ao tesouro.

Lady Danbury franziu o cenho.

– Imagino que seja melhor apresentá-los, então. Sr. Dunford, essa é minha dama de companhia, Srta. Hotchkiss. E essas duas damas são a Srta. e a Sra. Corbishley.

Dunford passou o braço pelo de Elizabeth.

– Excelente. Tenho certeza de que vamos achar esse caderno errante em um instante.

– O senhor de fato não precisa...

– Bobagem. Não consigo resistir a uma donzela aflita.

– Dificilmente isso pode ser chamado de aflição – comentou a Srta. Corbishley em tom irritado. – Pelo amor de Deus, ela só perdeu um caderno.

Mas Dunford já se afastara com Elizabeth, passando pelas portas do terraço e entrando na casa.

Lady Danbury franziu o cenho.

A Srta. Corbishley fuzilou as portas do terraço com o olhar como se estivesse tentando colocar fogo na casa.

E a Sra. Corbishley, que raramente via motivo para segurar a língua, disse:

– Se eu fosse a senhora, dispensaria aquela mulher. Ela é muito atrevida.

Lady Danbury a brindou com um olhar letal.

– E no que baseia essa suposição?

– Ora, basta ver o modo como...

– Conheço a Srta. Hotchkiss há mais tempo do que a conheço, Sra. Corbishley.

– Sim – retrucou ela, os cantos da boca se retesando de um modo nada atraente –, mas sou uma Corbishley. A senhora conhece a minha família.

– Sim – concordou lady Danbury, irritada –, e nunca gostei de vocês. Passe-me a minha bengala.

A Sra. Corbishley estava chocada demais para atender ao pedido, mas sua filha teve presença de espírito o bastante para pegar a bengala e colocá-la nas mãos de lady Danbury.

– Ora, que horror! – reagiu a Sra. Corbishley, indignada.

Tum! Lady Danbury ficou de pé.

– Aonde a senhora vai? – perguntou a Srta. Corbishley.

Quando lady Danbury respondeu, sua voz parecia distraída.

– Preciso falar com uma pessoa. Neste exato momento.

Então ela se afastou, movendo-se mais rápido do que não fazia havia anos.

~

– Percebe que ficarei em dívida com a senhorita até o dia da minha morte? – comentou Dunford.

– Essa é uma promessa muito longa, Sr. Dunford – retrucou Elizabeth, com um toque de divertimento na voz.

– Apenas Dunford, por favor. Não sou chamado de "senhor" há anos.

Ela não conseguiu evitar um sorriso. Havia algo extremamente simpático naquele homem. Pela experiência de Elizabeth, aqueles que eram abençoados com uma aparência tão extraordinária costumavam ser amaldiçoados com um péssimo temperamento. Mas Dunford parecia ser a exceção à regra. Seria um belo marido, concluiu Elizabeth, se ela conseguisse fazer com que ele a pedisse em casamento.

– Muito bem, então – disse Elizabeth. – Apenas Dunford. E de quem estava tentando escapar? De lady Danbury?

– Por Deus, não. Agatha é sempre ótima para uma noite de entretenimento.

– A Srta. Corbishley? Ela parecia bem interessada...

Danbury estremeceu.

– Nem a metade tão interessada quanto a mãe dela.

– Ah...

Ele ergueu a sobrancelha.

– Percebo que está familiarizada com o tipo.

Uma risadinha horrorizada escapou dos lábios de Elizabeth. Santo Deus, *ela* era aquele tipo.

– Eu daria várias moedas de ouro por *esses* pensamentos – confessou Dunford.

Elizabeth balançou a cabeça, sem saber muito bem se deveria continuar rindo ou se era melhor cavar um buraco... e pular dentro dele.

– Esses pensamentos são muito caros para...

Ela virou a cabeça. Será que tinha visto James espiando do quarto azul?

Dunford seguiu seu olhar.

– Algum problema?

Ela acenou com a mão em um gesto impaciente.

– Só um momento. Pensei ter visto...

– O quê? – Os olhos castanhos dele a encararam com intensidade. – Ou quem?

Elizabeth fez que não com a cabeça.

– Devo estar enganada. Pensei ter visto o administrador.

Dunford ficou sem entender.

– Isso é assim tão estranho?

Elizabeth balançou ligeiramente a cabeça. Não havia como sequer *tentar* explicar a situação.

– Eu... hã... acho que deixei o caderno na sala de estar. É lá que eu e lady Danbury costumamos passar os dias em que estamos juntas.

– Vamos lá, então, milady.

Ele a seguiu até a sala de estar. Elizabeth fez toda uma encenação, abrindo gavetas e fingindo procurar.

– Um criado talvez tenha confundido meu caderno com os pertences de lady Danbury e o guardado – explicou ela.

Dunford ficou parado enquanto ela procurava, claramente cavalheiro demais para ficar olhando os pertences de lady Danbury. Não importava muito se ele olhasse, pensou Elizabeth com ironia. Lady D. mantinha trancadas todas as suas posses mais importantes, e ele com certeza não encontraria o caderno, que estava escondido na biblioteca.

– Talvez esteja em outro cômodo – sugeriu Dunford.

– Pode ser, mas...

Uma batida discreta na porta a interrompeu. Elizabeth, que não tinha ideia de como terminaria a frase, fez um agradecimento rápido e silencioso ao criado parado na porta.

– É o Sr. Dunford? – perguntou o criado.

– Sou.

– Tenho um bilhete para o senhor.

– Um bilhete?

Dunford estendeu a mão e pegou um envelope de cor creme. Enquanto lia o que estava escrito, franziu os lábios.

– Espero que não sejam más notícias – comentou Elizabeth.

– Preciso voltar a Londres.

– Agora?

Elizabeth não conseguiu disfarçar a decepção na voz. Dunford não fazia seu sangue correr mais rápido como James, mas com certeza era um bom partido.

– Lamento que sim. – Ele balançou a cabeça. – Vou matar Riverdale.

– Quem?

– O marquês de Riverdale. Um grande amigo meu, mas que é capaz de ser muito vago. Olhe para isso! – Ele sacudiu o bilhete no ar, sem dar qualquer oportunidade a ela de olhar. – Não consigo saber se se trata de uma emergência ou se ele quer apenas me mostrar seu cavalo novo.

– Ah.

Parecia não haver muito mais que ela pudesse dizer.

– E gostaria muito de saber como ele me encontrou – continuou Dunford. – O homem sumiu na semana passada.

– Parece sério – murmurou Elizabeth.

– Será – confirmou ele –, depois que eu o estrangular.

Ela teve que segurar o riso, pois percebeu que seria uma reação *muito* inapropriada no momento.

Dunford levantou a cabeça e seus olhos se concentraram no rosto dela pela primeira vez em vários minutos.

– Acredito que a senhorita possa continuar sem mim.

– Ah, é claro. – Ela deu um sorrisinho irônico. – Já venho fazendo isso há mais de vinte anos.

O comentário dela o pegou de surpresa.

– É uma jovem muito agradável, Srta. Hotchkiss. Se me dá licença.

E ele se foi.

– Muito agradável – imitou Elizabeth. – Uma jovem muito agradável. Maldição. – Ela resmungou. – Muito tediosamente agradável.

Homens não se casavam com "mulheres agradáveis". Queriam beleza, fogo e paixão. Queriam, nas palavras da infernal Sra. Seeton, alguém absolutamente única.

Ora, mas não muito única.

Elizabeth se perguntou se iria para o inferno por amaldiçoar a Sra. Seeton.

– Elizabeth.

Ela viu James sorrindo da porta.

– O que está fazendo? – perguntou ele.

– Refletindo sobre a doce vida após a morte – murmurou ela.

– Um assunto muito nobre, sem dúvida.

Ela o encarou com intensidade. Percebera que a voz dele estava um pouco simpática demais. E por que era o sorriso *dele* que fazia o coração dela parar, quando o de Dunford, que, objetivamente falando, sem dúvida era a mais impressionante combinação de lábios e dentes em toda a criação, a fazia ter vontade apenas de dar um tapinha fraternal no braço dele?

– Se não parar de cerrar os dentes com tanta força – comentou James em uma voz irritantemente tranquila –, vai acabar transformando-os em pó.

– Conheci o seu Sr. Dunford – disse ela.

– É mesmo?

– E o achei muito agradável.

– Sim, bem, ele é do tipo agradável.

Os braços de Elizabeth ficaram tensos como dois gravetos raivosos ao lado do corpo.

– Você me disse que ele era promíscuo – acusou ela.

– E é. Um promíscuo agradável.

Havia algo errado ali. Elizabeth estava certa disso. James parecia um pouco despreocupado demais por ela ter conhecido Dunford. Ela não sabia que tipo de reação esperara, mas com certeza não era aquela absoluta falta de paixão.

– Você não tem qualquer relação com o marquês de Riverdale, tem? – perguntou Elizabeth, estreitando os olhos.

Ele começou a tossir, engasgado.

– James?

Ela correu para o lado dele.

– Foi só a poeira – arquejou ele.

Elizabeth deu um tapinha nas costas dele, então cruzou os braços, perdida demais nas próprias reflexões para desperdiçar sua solidariedade com ele.

– Acho que esse rapaz Riverdale é parente de lady Danbury.

– Não diga.

Ela tamborilou um dedo contra o rosto.

– Estou certa de que ela já o mencionou. Acho que é primo dela, mas talvez seja sobrinho, na verdade. Ela tem um batalhão de irmãos.

James forçou um dos cantos da boca em um sorriso, mas duvidava que estivesse sendo convincente.

– Eu posso perguntar a ela sobre ele. Provavelmente *deveria* perguntar a ela sobre ele.

Ele precisava mudar de assunto. E rápido.

– Afinal, lady D. vai querer saber por que Dunford partiu tão de repente – continuou Elizabeth.

James duvidava disso. Fora a própria Agatha que o caçara pela casa e exigira que ele afastasse Dunford, aquele libertino inescrupuloso, como ela o chamara, de Elizabeth.

– Talvez eu deva ir procurá-la agora mesmo.

Sem sequer um segundo de pausa, James começou a tossir de novo. O único outro modo de impedir que Elizabeth deixasse a sala era agarrá-la e possuí-la no chão, e ele tinha a sensação de que ela não consideraria o comportamento apropriado.

Ora, talvez aquele não fosse o único outro modo, mas certamente era o mais persuasivo.

– James? – chamou Elizabeth, a preocupação nublando seus olhos cor de safira. – Tem certeza de que está bem?

Ele assentiu e tossiu mais algumas vezes.

– Você realmente não parece bem.

Ela pousou a mão, quente e terna, no rosto dele.

James prendeu o ar. Elizabeth estava parada muito perto dele, perto demais, e ele percebeu o próprio corpo se enrijecendo.

Ela levou a mão à testa dele.

– Você parece estranho, embora não esteja quente – murmurou ela.

– Estou bem – disse James, mas o som saiu como um arquejo.

– Eu posso pedir chá.

Ele fez que não rapidamente com a cabeça.

– Não é necessário. Estou... – James voltou a tossir. – Vou ficar bem. – E deu um sorrisinho fraco. – Está vendo?

– Tem certeza?

Elizabeth tirou a mão da testa dele e o examinou. Cada vez que ela piscava, aquele olhar nublado e desfocado ia desaparecendo de seus olhos, sendo substituído por um ar de absoluta competência.

Que pena... O olhar nublado e desfocado era um prelúdio muito melhor para um beijo.

– Você está bem? – Voltou a perguntar ela.

James assentiu.

– Ora, se é assim – disse Elizabeth, a voz mostrando o que James considerou uma incrível falta de preocupação –, vou para casa.

– Já?

Ela ergueu um dos ombros em um movimento estranhamente enternecedor.

– Não vou conseguir mais nada hoje. O Sr. Dunford foi chamado de volta a Londres por esse marquês misterioso, e duvido que eu consiga arrancar um pedido de casamento do Adônis louro que me confundiu com uma criada promíscua.

– Adônis?

Santo Deus, aquela era a voz dele? O próprio marquês nunca imaginara que fosse capaz de soar tão irascível.

– Rosto de anjo, modos de um brutamontes – explicou ela.

James assentiu, sentindo-se muito melhor.

– Fellport.

– Quem?

– Sir Bertram Fellport.

– Ah. O que bebe muito.

– Exatamente.

– Como *você* conhece essas pessoas?

– Eu já lhe disse, costumava circular pela alta sociedade.

– Se é tão amigo dessas pessoas, não quer cumprimentá-las?

Era uma boa pergunta, mas James tinha uma boa resposta.

– E deixar que vejam como decaí? De forma alguma.

Elizabeth suspirou. Sabia exatamente como ele se sentia. Tivera que aguentar todos os sussurros do vilarejo, os dedos apontados e os risinhos abafados. Todo domingo ela levava a família à igreja, e todo domingo sentava-se com a coluna muito ereta, tentando agir como se *quisesse* vestir as irmãs em roupas fora de moda e o irmão em calções perigosamente gastos nos joelhos.

– Temos muito em comum, você e eu – disse ela baixinho.

Algo cintilou nos olhos dela, uma expressão que parecia de dor ou talvez vergonha. Elizabeth percebeu então que *tinha* que ir embora, porque tudo o que queria fazer era passar os braços ao redor dos ombros dele e confortá-lo... Como se uma mulher tão pequena como ela pudesse de algum modo proteger aquele homem grande e forte das preocupações do mundo.

Era um absurdo, é claro. James não precisava dela.

E ela precisava não precisar dele. Emoção era um luxo a que não podia se permitir àquela altura da vida.

– Estou indo – disse Elizabeth rapidamente, horrorizada pela rouquidão comovida que notou na própria voz.

Ela passou correndo por James, encolhendo-se quando seu ombro esbarrou no dele. Por um brevíssimo instante ela achou que ele talvez estendesse o braço para detê-la. Elizabeth o sentiu hesitar, percebeu que ele se moveu, mas no fim James disse apenas:

– Vejo você na segunda-feira?

Ela assentiu e saiu apressada em direção à porta.

∽

James permaneceu olhando para a porta por vários minutos. O perfume de Elizabeth ainda pairava no ar, uma leve mistura de morangos e sabonete. Um aroma inocente, sem dúvida, mas que era o bastante para deixá-lo rígido e fazê-lo ansiar por tê-la nos braços.

Nos braços... Quem ele estava tentando enganar? Queria Elizabeth embaixo dele, ao redor dele. Queria o corpo dela sobre o dele, ao lado do dele.

Simplesmente a queria. Ponto.

Que *diabo* iria fazer em relação a ela?

James já organizara tudo para que uma ordem de pagamento fosse enviada à família dela – de forma anônima, é claro. De outro modo, Elizabeth nunca aceitaria. Aquilo talvez a fizesse parar com toda aquela bobagem de se casar com o primeiro homem em boa forma – e com uma carteira bem robusta – que a pedisse em casamento.

Mas isso não resolveria em nada a trapalhada em que *ele* estava metido. Quando a tia fora atrás dele mais cedo naquela tarde e lhe dissera que Elizabeth entrara em casa com Dunford, James experimentou uma onda de ciúme diferente de qualquer coisa que já sonhara ser possível. Sentiu o coração apertado, o sangue pulsando com violência nas veias, e isso o deixou irracional, incapaz de pensar em nada além de tirar Dunford de Surrey e mandá-lo de volta para Londres.

Londres, meu Deus... Se tivesse conseguido encontrar um modo de mandar Dunford para Constantinopla, teria feito isso.

Já estava cansado de tentar se convencer de que Elizabeth era apenas mais uma mulher. Só o fato de imaginá-la nos braços de outro homem já o fazia sentir-se fisicamente mal, então não conseguiria levar adiante por muito mais tempo aquela farsa de encontrar um marido para ela. Não quando, cada vez que a via, sentia-se quase fora de si, tomado pelo desejo de arrastá-la para um local reservado e possuí-la.

James murmurou com resignação. Estava se tornando mais claro para ele a cada dia que teria que se casar com aquela moça atrevida. Aquele sem dúvida era o único caminho que daria um mínimo de paz ao seu corpo e à sua mente.

Mas antes que pudesse se casar com ela, teria que revelar sua verdadeira identidade, e não poderia fazer isso até ter resolvido o problema da chantagem para Agatha. Devia isso à tia. Com certeza conseguiria colocar as próprias necessidades de lado por cerca de duas semanas.

E se não conseguisse resolver o caso em duas semanas... ora, então não sabia que diabo iria fazer. Duvidava que fosse capaz de aguentar muito mais de duas semanas no estado de tensão em que se encontrava.

James praguejou alto sem o menor constrangimento, virou-se e saiu da casa. Precisava de um pouco de ar fresco.

∽

Elizabeth tentou não pensar em James quando passou rapidamente pelo chalezinho tão aconchegante dele. Não teve sucesso, é claro, mas ao menos não precisou se preocupar em não esbarrar com ele naquela tarde. James estava na sala de estar, e era provável que estivesse rindo do modo como ela fugira dele.

Não, admitiu para si mesma, ele não estaria rindo dela. Isso tornaria as coisas muito mais fáceis. Assim poderia odiá-lo.

Como se o dia já não estivesse ruim o bastante, Malcolm aparentemente decidira que torturar Elizabeth era mais divertido do que ouvir lady Danbury fazer um sermão para as Corbishleys. O gato enorme ficou trotando ao lado dela, sibilando a intervalos regulares.

– Isso é mesmo necessário? – perguntou Elizabeth ao bicho. – Me seguir só para ficar miando para mim?

Como resposta, Malcolm emitiu mais um som.

– Monstro. Ninguém acredita que você fica sibilando para mim, sabia? Você só faz isso quando estamos sozinhos.

O gato deu um risinho zombeteiro. Elizabeth poderia jurar que isso tinha de fato acontecido.

Ela ainda estava discutindo com o maldito gato quando alcançou os estábulos. Malcolm grunhia e sibilava em completo abandono, e Elizabeth estava balançando o dedo na direção dele e exigindo silêncio, o que provavelmente fez com que ela não ouvisse o som de passos se aproximando.

– Srta. Hotchkiss.

Ela olhou rapidamente na direção do som. Sir Bertram Fellport, o Adônis louro com rosto de anjo, estava diante dela. Um pouco perto demais, na opinião de Elizabeth.

– Ah, bom dia, senhor.

Ela deu um discreto e inofensivo passo para trás.

Ele sorriu e Elizabeth quase esperou que um grupo de querubins aparecesse ao redor da cabeça dele, cantando sobre os anjos no céu.

– Sou Fellport – apresentou-se ele.

Ela assentiu. Já sabia disso, mas não viu razão para informá-lo a respeito.

– Prazer em conhecê-lo.

– Encontrou seu caderno?

Ele provavelmente ouvira a conversa dela com lady Danbury.

– Não, não encontrei. Mas com certeza vai acabar aparecendo. É o que sempre acontece – retrucou Elizabeth.

– Sim – murmurou ele, os olhos azul-celeste mirando-a com uma intensidade desconfortável. – Trabalha há muito tempo para lady Danbury?

Elizabeth recuou outro pequeno passo.

– Há cinco anos.

Ele estendeu a mão e acariciou o rosto dela.

– Deve ser uma vida solitária.

– De forma alguma – discordou Elizabeth, tensa. – Se me der licença.

A mão dele foi rápida e envolveu o pulso dela com uma força dolorosa.

– Não lhe dou licença.

– Sir Bertram – disse ela, de algum modo conseguindo manter a voz serena, apesar do coração em disparada –, devo lembrá-lo de que é um convidado na casa de lady Danbury?

Ele puxou o pulso de Elizabeth, forçando-a a chegar mais perto.

– E devo lembrá-la de que é empregada de lady Danbury e, portanto, tem obrigação de cuidar do conforto dos convidados dela?

Elizabeth fitou aqueles surpreendentes olhos azuis e viu algo muito feio e frio ali. O estômago dela se contorceu e ela percebeu que precisava escapar *imediatamente*. Fellport a estava puxando na direção dos estábulos e, quando ele a tirasse de vista, não haveria escapatória.

Elizabeth deixou escapar um grito, mas que foi logo cortado pela mão cruel que cobriu sua boca.

– Você vai fazer o que eu mandar – sussurrou ele no ouvido dela – e depois ainda vai me agradecer.

Então todos os piores medos de Elizabeth se concretizaram quando ela se viu sendo arrastada para dentro de um dos estábulos.

CAPÍTULO 15

James caminhava em direção aos estábulos com as mãos enfiadas nos bolsos. Estava se permitindo um raro surto de chateação; não era comum que tivesse que se negar algo que realmente desejava, e saber que teria que adiar a conquista de Elizabeth o deixara de mau humor.

O ar fresco não ajudara muito, por isso ele decidira levar a ideia ao próximo nível e sair a cavalo. Uma cavalgada capaz de quebrar o pescoço, na velocidade do vento, daquelas que deixam os cabelos como um ninho de rato. Como administrador de Agatha, tinha acesso livre aos estábulos, e se não era comum que esse tipo de profissional saísse galopando como louco... bem, James pretendia disparar tão rápido que ninguém o reconheceria.

Mas quando ele chegou à área dos estábulos, Malcolm estava sentado sobre as patas traseiras, arranhando loucamente a porta de um deles e gritando como se estivesse possuído.

– Santo Deus, gato. O que deu em você?

Malcolm uivou, recuou alguns passos e bateu com a cabeça na porta.

Foi então que James se deu conta de que as portas de um estábulo estavam fechadas, o que era estranho naquela hora do dia. Embora os cavalos dos convidados já tivessem sido cuidados havia algum tempo, e os cavalariços provavelmente já tivessem partido para a Bag of Nails, a taberna, para tomar uma caneca de cerveja, era de esperar que as portas tivessem sido deixadas abertas. Afinal, estava um dia quente e os cavalos apreciariam qualquer brisa que entrasse.

James abriu a porta, encolhendo-se ao ouvir o rangido das dobradiças enferrujadas. Imaginou que fosse seu trabalho tomar conta de coisas como aquelas. Ou pelo menos providenciar que alguém fizesse isso. Ele tamborilou na coxa com os dedos enluvados por um momento, então seguiu na direção do armário de suprimentos para procurar graxa para as dobradiças. Não demoraria muito para ajeitar aquilo e, além do mais, achou que um pouco de trabalho manual lhe faria bem naquele momento.

No entanto, quando chegou à porta do armário, ouviu um som estranho.

Não passava de um farfalhar, na verdade, mas algo naquele som não parecia vir de um cavalo.

– Há alguém aqui? – chamou James.

Mais farfalhar, dessa vez mais rápido e mais frenético, acompanhado por um estranho barulho abafado de pânico.

James sentiu o sangue gelar nas veias.

Havia dezenas de baias. O barulho poderia estar vindo de qualquer uma delas. Mas de algum modo ele soube. Seus pés o levaram até a baia no extremo mais distante e, com um grito selvagem nascido no fundo de sua alma, ele derrubou a porta.

~

Elizabeth descobriu como era a face do inferno. Tinha olhos azuis, cabelos louros e um sorriso cruel e bestial. Ela lutou contra Fellport com todas as forças que tinha, mas era leve demais, e foi como se ele estivesse arrastando uma pena ao longo dos estábulos.

Fellport colou a boca à dela, e Elizabeth lutou para manter os lábios fechados. Ele podia estar roubando a dignidade e a capacidade de controle dela, mas a jovem estava decidida a manter ao menos uma parte de si protegida daquele homem.

Fellport afastou a cabeça e pressionou Elizabeth contra uma pilastra, os dedos envolvendo com força os braços dela.

– Acabei de beijá-la, Srta. Hotchkiss – disse Fellport em uma voz arrastada. – Agradeça-me.

Elizabeth apenas o encarou, muda.

Ele a puxou na direção dele, então empurrou-a de volta na direção da pilastra, sorrindo com malícia quando a cabeça de Elizabeth bateu na madeira dura, cheia de farpas.

– Acho que você tem algo a me dizer – continuou ele em uma voz falsamente suave.

– Vá para o inferno! – cuspiu Elizabeth.

Ela sabia que não deveria provocá-lo, que fazer isso só o tornaria mais cruel, mas maldito fosse, ela não permitiria que aquele homem controlasse suas palavras.

Fellport a encarou com raiva e, por um momento abençoado, Elizabeth achou que ele talvez não a castigasse pelo insulto. Mas então, com um grunhido furioso, ele a puxou da pilastra e jogou-a dentro de uma baia vazia. Elizabeth caiu sobre o feno e tentou ficar de pé, mas Fellport foi mais rápido e era muito grande, então aterrissou sobre ela com uma força que a deixou sem ar.

– Deixe-me em paz, seu...

Ele voltou a cobrir a boca de Elizabeth com a mão, e a cabeça dela foi virada com violência para o lado. A jovem sentiu o feno áspero se enterrando em seu rosto, mas não sentiu dor. Não sentiu... nada. Estava saindo do próprio corpo, a mente percebendo que esse era o único modo de atravessar aquele horror para o qual ela fora arrastada: observar de longe, como se aquele corpo, o que estava sendo abusado por Fellport, não pertencesse a ela.

Então, bem no momento em que aquela separação entre corpo e mente estava quase completa, Elizabeth ouviu um barulho.

Fellport também ouviu e sua mão apertou com ainda mais força a boca de Elizabeth. Ele ficou completamente imóvel.

A porta do estábulo rangeu. O chefe dos cavalariços deveria tê-la consertado no dia anterior, mas fora chamado para resolver alguma coisa, e todos os outros funcionários estavam ocupados demais naquele dia, com tantos convidados a atender.

Mas o rangido significava que alguém estava ali. E se alguém estava ali, Elizabeth tinha uma chance.

– Há alguém aqui?

A voz de James.

Elizabeth se debateu como nunca fizera antes. Descobriu uma força que nunca sonhara possuir, enquanto se agitava e se contorcia sob a mão de Fellport.

O que aconteceu a seguir foi como um borrão na mente dela. Houve um grito alto que nem sequer parecia humano, e então a porta da baia foi aberta com muita força. Fellport foi tirado de cima dela e Elizabeth cambaleou para um canto, agarrando as saias.

James estava possuído. Ele atingiu Fellport com golpes brutais e seus olhos estavam com uma expressão feroz, selvagem mesmo, quando ele empurrou o rosto do homem contra o feno.

– Gosta do sabor do feno? – sibilou James. – Gosta de ter o rosto pressionado contra o chão?

Elizabeth ficou encarando os dois homens com um fascínio horrorizado.

– Você se sente mais forte ao subjugá-la, ao abusar de alguém com metade do seu tamanho? É isso? Você consegue fazer o que quer só porque é maior e mais forte? – James empurrou a cabeça de Fellport mais para baixo, arrastando o rosto dele no feno e na terra. – Ah, mas eu sou maior e mais forte do que você. Qual é a sensação, Fellport? Como se sente agora que está à minha mercê? Eu poderia parti-lo em dois.

Houve um momento de silêncio duro, pontuado apenas pela respiração entrecortada e arquejante de James. Ele encarava Fellport com intensidade, mas seus olhos pareceram estranhamente diferentes quando sussurrou:

– Esperei muitos anos pelo momento de me vingar.

– De mim? – disse Fellport com a voz estrangulada.

– De todos vocês – declarou James. – De cada um de vocês. Não pude salvar...

Ele engasgou com as palavras, e ninguém respirou enquanto os músculos do rosto dele se retesavam.

– Posso salvar Elizabeth – sussurrou James. – Não deixarei que tire a dignidade dela.

– James? – foi a vez de Elizabeth sussurrar.

Santo Deus, ele ia acabar matando Fellport. E Elizabeth, que Deus salvasse sua alma, queria ver isso. Queria ver James partir aquele homem em dois.

Mas não queria ver James ser enforcado, o que quase certamente seria a consequência daquilo. Fellport era um baronete. Um administrador nunca mataria um baronete e sairia ileso disso.

– James – voltou a falar Elizabeth, em uma voz mais alta –, você precisa parar.

James parou, apenas por tempo bastante para Fellport dar uma boa olhada no rosto dele.

– Você! – grunhiu Fellport.

O corpo de James estava tremendo, mas ele manteve a voz baixa e firme quando disse:

– Peça perdão à dama.

– A essa prostituta?

A cabeça de Fellport bateu novamente contra o chão.

– Peça perdão à dama.

Fellport não disse nada.

Então, em um movimento tão rápido que Elizabeth mal conseguiu acreditar nos próprios olhos, James sacou um revólver.

Elizabeth prendeu a respiração e levou a mão trêmula à boca.

Ouviu-se um clique baixo, e James pressionou o cano do revólver contra a cabeça de Fellport.

– Peça perdão à dama.

– Eu... eu...

Fellport começou a tremer incontrolavelmente, e não conseguia pronunciar as palavras.

– Peça perdão à dama.

– James – falou Elizabeth, o terror evidente na voz –, você precisa parar. Está tudo bem. Não preciso...

– Não está tudo bem! – rugiu ele. – Nunca ficará tudo bem! E esse homem vai pedir perdão a você, ou eu...

– Perdão!

A palavra explodiu da boca de Fellport, em uma voz aguda, carregada de pânico.

James agarrou o colarinho de Fellport e o ergueu do chão. Fellport arquejou quando o tecido cortou sua pele.

– Você vai embora desta festa – disse James em uma voz letal.

Fellport apenas deixou escapar um som engasgado.

James se virou para Elizabeth, sem soltar Fellport em momento algum.

– Voltarei logo.

Ela assentiu, trêmula, apertando uma mão contra a outra em um esforço para fazê-las pararem de tremer.

James arrastou Fellport para fora, deixando Elizabeth sozinha na baia. Sozinha com mil perguntas na mente.

Por que James carregava um revólver? E onde aprendera a lutar com precisão tão letal? Aqueles golpes não haviam sido aprendidos com a prática do amigável pugilismo... tinham a intenção de matar.

E havia perguntas mais assustadoras, que não permitiriam que o coração dela se acalmasse, que seu corpo parasse de tremer. E se James não tivesse aparecido a tempo? E se Fellport tivesse sido brutal? E se...?

A vida não podia ser vivida de acordo com os "e se?", e Elizabeth sabia que só estava prolongando seu sofrimento demorando-se no que poderia ter acontecido em vez de no que realmente acontecera, mas não conseguia parar de reviver o ataque inúmeras vezes na mente. E sempre que chegava ao ponto em que James a salvara, ele não aparecia, e Fellport ia mais longe, rasgava suas roupas, arranhava sua pele, a tomava...

– Pare! – disse em voz alta, pressionando os dedos contra as têmporas enquanto arriava no chão.

Seus tremores aumentaram e os soluços do choro que ela não permitira cair antes começaram a apertar sua garganta. Ela respirou fundo várias vezes, tentando manter o corpo traiçoeiro sob controle, mas não tinha força para conter as lágrimas.

Elizabeth apoiou a cabeça nas mãos e começou a chorar. Então sentiu a coisa mais estranha. Malcolm se arrastou para cima de seu colo e começou a lamber suas lágrimas. E por algum motivo aquilo a fez chorar ainda mais.

~

A conversa de James com sir Bertram Fellport foi breve. Não foram necessárias muitas palavras para explicar o que aconteceria ao baronete se ele algum dia voltasse a colocar os pés na propriedade de lady Danbury. E enquanto Fellport tremia de medo e ressentimento, James agravou a ameaça e incluiu a ordem de que Fellport nunca mais chegasse a menos de 20 metros de Elizabeth, não importava onde ela estivesse.

Afinal, se James seguisse com os planos de fazer dela sua esposa, os caminhos deles sem dúvida voltariam a se cruzar em Londres.

– Estamos entendidos? – perguntou James, a voz terrivelmente calma.

Fellport assentiu.

– Então desapareça desta propriedade.

– Preciso pegar as minhas coisas.

– Farei com que enviem suas coisas para você – avisou James. – Veio de carruagem?

Fellport fez que não com a cabeça.

– Vim com Binsby.

– Ótimo. A cidade fica a menos de 2 quilômetros. Lá você pode contratar alguém para levá-lo de volta a Londres.

Fellport assentiu.

– E se disser uma única palavra do que aconteceu aqui para qualquer pessoa, se você sequer mencionar a minha presença aqui, eu o matarei – avisou James em uma voz letal.

Fellport voltou a assentir, e parecia não desejar nada além de seguir as ordens e partir, mas James ainda o segurava pelo colarinho.

– Mais uma coisa – continuou James. – Se mencionar a mim, repito, irei matá-lo, mas se mencionar a Srta. Hotchkiss...

Fellport não controlou os intestinos.

– Farei isso de forma lenta.

James soltou o colarinho de Fellport, e o baronete cambaleou alguns passos antes de sair correndo. James observou-o desaparecer sobre a inclinação suave da colina, então voltou pisando firme para os estábulos. Preferia não ter deixado Elizabeth sozinha depois de uma experiência tão traumática, mas não tivera escolha. Precisava lidar com Fellport, e achou que a moça não iria querer estar no mesmo ambiente que aquele canalha por um instante que fosse além do necessário.

Isso sem mencionar que Fellport poderia ter revelado a verdadeira identidade de James a qualquer momento.

No instante em que entrou no estábulo, James a ouviu chorar.

– Maldição – sussurrou, hesitando um passo enquanto caminhava para onde ela estava.

Não sabia como confortá-la, não tinha a menor ideia do que fazer. Tudo o que ele sabia era que Elizabeth precisava dele, e pediu a Deus para não decepcioná-la.

Ele chegou à baia do canto, a porta ainda pendurada nas dobradiças. Elizabeth estava agachada contra a parede no outro extremo, os braços ao redor das pernas, a testa descansando contra os joelhos. O gato dera um jeito de se enfiar no espaço entre as coxas e o tronco de Elizabeth e, para espanto de James, parecia estar tentando confortá-la.

– Lizzie? – sussurrou James. – Ah, Lizzie...

O corpo dela oscilava ligeiramente de um lado para outro, e ele viu que os ombros dela subiam e desciam a cada respiração trêmula.

James conhecia aquele tipo de respiração. Era do tipo que acontece quando a pessoa está tentando com muita determinação guardar os próprios sentimentos para si, mas não se sente forte o bastante para isso.

Ele foi rapidamente até o lado dela, sentou-se sobre o feno e passou o braço ao redor dos ombros esguios. Então falou baixinho:

– Ele foi embora.

Ela não disse nada, mas James sentiu os músculos dela ficarem tensos.

James olhou para Elizabeth. As roupas dela estavam sujas mas não rasgadas, e embora estivesse certo de que Fellport não conseguira violentá-la, ele rezou para que o ataque do homem não tivesse ido além de um beijo brutal.

Beijo? James quase cuspiu a palavra. O que quer que Fellport tivesse feito com Elizabeth, por mais que tivesse forçado sua boca contra a dela, não fora um beijo.

James desviou os olhos para o topo da cabeça de Elizabeth. Os cabelos de um dourado muito claro estavam cheios de palha, e mesmo sem conseguir ver seu rosto, ela parecia bastante perdida...

James cerrou o punho. Estava voltando rapidamente... aquela sensação familiar de impotência. Conseguia sentir o terror dela, que parecia atravessá-lo e revirar suas entranhas.

– Por favor – sussurrou ele. – Diga-me o que posso fazer.

Ela não deixou escapar qualquer som, mas se aconchegou mais ao corpo dele. James abraçou-a com mais força.

– Ele não a perturbará mais – garantiu com intensidade. – Eu lhe prometo.

– Tento tanto ser forte – falou Elizabeth em um arquejo. – Todo dia, tento tanto...

James se virou e segurou-a pelos ombros, forçando-a a levantar os olhos cheios de lágrimas em sua direção.

– Você é forte – afirmou ele. – É a mulher mais forte que eu conheço.

– Tento tanto – repetiu Elizabeth, como se procurasse reafirmar para si mesma. – Todo dia. Mas não fui forte o bastante. Não fui...

– Não diga isso. Não foi culpa sua. Homens como Fellport... – James fez uma pausa para deixar escapar o ar com dificuldade. – Eles machucam as mulheres. É a única forma que conhecem de se sentirem fortes.

Elizabeth ficou em silêncio e James percebeu que ela estava se esforçando para engolir os soluços que subiam por sua garganta.

– Essa... essa violência... é fruto de um defeito de caráter dele, não seu. – Ele balançou a cabeça e fechou os olhos com força por um brevíssimo instante. – Você não pediu que ele fizesse isso com você.

– Eu sei. – Ela ficou inquieta e seus lábios se abriram no sorriso mais triste que James já vira. – Mas não consegui detê-lo.

– Elizabeth, ele tem duas vezes o seu tamanho!

Ela deixou escapar um longo suspiro, se afastou dele e se apoiou contra a parede.

– Estou cansada de ser forte. Muito cansada. Desde a morte do meu pai...

James a encarou e examinou os olhos dela, que ficaram sem expressão. Um mau pressentimento apertou seu coração.

– Elizabeth, como seus pais morreram? – perguntou ele com cuidado.

– Minha mãe morreu em um acidente de carruagem – respondeu ela, a voz tão sem expressão quanto os olhos. – Todos viram. A carruagem destruída. Cobriram o corpo dela, mas todos viram como ela morreu.

James esperou que ela dissesse algo sobre o pai, mas isso não aconteceu. Por fim, ele perguntou baixinho:

– E seu pai?

– Ele se matou.

Os lábios de James se entreabriram de surpresa e ele se viu dominado por uma raiva incontrolável. Não tinha ideia do que acontecera para que o pai de Elizabeth se sentisse tão desesperado, mas o Sr. Hotchkiss escolhera o caminho dos covardes e deixara a filha mais velha a cargo da família.

– O que aconteceu? – questionou ele, tentando não deixar transparecer a raiva na voz.

Elizabeth olhou para James e um som amargo e fatalista escapou de seus lábios.

– Foi seis meses depois do acidente da minha mãe. Ele sempre... – Ela teve dificuldade em continuar. – Ele sempre a amou demais.

James começou a dizer algo, mas as palavras agora escapavam dos lábios de Elizabeth com a velocidade de água correndo. Foi como se ele tivesse rompido um dique, e agora ela não conseguia conter o fluxo de emoção.

– Ele simplesmente não conseguiu seguir em frente – continuou ela, os olhos cintilando de raiva. – A cada dia ele deslizava mais e mais para algum lugar secreto que nenhum de nós conseguia alcançar. E nós *tentamos*! Meu Deus, juro a você, nós tentamos.

– Sei que tentaram – murmurou ele, apertando o ombro dela. – Conheço você. Sei que tentou.

– Até Lucas e Jane. Eles continuaram a subir no colo dele, exatamente como antes, mas papai os afastava. Não nos abraçava. Não nos tocava. E, já perto do fim, nem mesmo falava conosco. – Elizabeth respirou bem fundo, mas isso não serviu para acalmá-la. – Eu sempre soube que ele nunca nos amaria como a amou, mas era de imaginar que pelo menos nos amasse *o suficiente*.

Ela cerrou o punho e James a observou com uma tristeza impotente, pressionando o punho com força contra a boca. Então ele estendeu a mão e tocou os dedos dela, sentindo-se estranhamente aliviado quando eles se fecharam ao redor da mão dele.

– Era de esperar – continuou ela, a voz baixa e triste – que ele nos amasse o bastante para *viver*.

– Não precisa dizer mais nada – sussurrou James, ciente de que seria assombrado para sempre por aquele momento. – Não precisa me contar.

– Não. – Elizabeth balançou a cabeça. – Eu quero. Nunca externei essas palavras.

Ele esperou enquanto ela reunia coragem para continuar.

– Ele atirou em si mesmo – contou Elizabeth, tão baixo que James mal conseguiu ouvir. – Eu o encontrei no jardim. Havia muito sangue. – Ela engoliu várias vezes. – Eu nunca vira tanto sangue.

James permaneceu em silêncio, querendo muito dizer algo para confortá-la, mas sabendo que nenhuma palavra ajudaria.

Elizabeth deixou escapar um risinho amargo.

– Tentei me convencer de que aquele fora seu último ato de carinho, atirar em si mesmo no jardim. Precisei ir muitas vezes ao poço para buscar água e limpar o local, mas pelo menos a sujeira foi absorvida pela terra. Se ele tivesse se matado dentro de casa, só Deus sabe como eu teria limpado tudo.

– O que você fez? – perguntou ele em tom suave.

– Fiz com que parecesse um acidente de caça – sussurrou ela. – Arrastei o corpo para o bosque. Todos sabiam que ele caçava. Ninguém desconfiou que fosse qualquer outra coisa ou, se desconfiaram, não disseram nada.

– Você o arrastou? – perguntou James, surpreso. – Seu pai era um homem pequeno? Quero dizer, você é bem pequenina e...

– Ele tinha mais ou menos a sua altura, embora fosse um pouco mais magro. Não sei de onde tirei forças – explicou Elizabeth, balançando a cabeça. – Acho que do mais puro terror. Eu não queria que as crianças soubessem o que ele fizera. – Ela levantou a cabeça, a expressão nos olhos subitamente insegura. – Eles ainda não sabem.

James apertou a mão dela.

– Tentei não falar mal dele – continuou a jovem.

– E vem carregando esse peso nos ombros há cinco anos – concluiu ele com ternura. – Segredos são pesados, Elizabeth. É difícil carregá-los só.

Os ombros dela se ergueram e se abaixaram em um movimento exausto.

– Talvez eu tenha agido errado. Mas entrei em pânico. Não sabia mais o que fazer.

– Pois a mim parece que você fez exatamente o que precisava ser feito.

– Ele foi enterrado em solo consagrado – contou ela, em uma voz sem expressão. – De acordo com a igreja... de acordo com todos menos eu... não foi suicídio. Todos ficaram me dando condolências, dizendo que tinha sido uma tragédia, enquanto eu precisei me controlar para não gritar a verdade.

Elizabeth virou a cabeça para encarar James. Os olhos dela estavam marejados, brilhando, da cor exata das violetas.

– Odiei vê-lo ser descrito como herói. Fui eu que optei por esconder o suicídio, e ainda assim queria contar a todos que meu pai fora um covarde, que me deixara para recolher os pedaços dele. Eu tinha vontade de sacudir a todos várias vezes para que parassem de dizer como ele fora um *bom* pai. Porque ele não foi. – A voz dela ficou mais baixa e mais firme. – Ele não foi um bom pai. Ele ficava incomodado com os filhos. Meu pai só queria a minha mãe. Ele nunca nos quis.

– Sinto muito – sussurrou James, pegando a mão dela.

– Não é sua culpa.

Ele sorriu, tentando arrancar um sorriso dela também.

– Eu sei, mas sinto muito mesmo assim.

Os lábios dela estremeceram... foi quase um sorriso, mas não chegou a tanto.

– Não é irônico? Era de imaginar que o amor fosse uma coisa boa, não acha?

– O amor é uma coisa boa, Elizabeth. – E ele estava sendo sincero. Estava sendo mais sincero do que jamais sonhara ser.

Ela balançou a cabeça.

– Meus pais se amavam muito. Simplesmente não sobrava amor suficiente para nós. E quando mamãe morreu... bem, nós simplesmente não conseguimos ocupar o lugar dela.

– Isso não é culpa sua – concluiu James, os olhos buscando os dela com uma intensidade hipnotizante. – Não há limite para o amor. Se o coração do seu pai não foi grande o bastante para caber toda a família dele, isso era um defeito *dele*, não seu. Se ele tivesse sido qualquer outro tipo de homem, teria percebido que os filhos eram extensões milagrosas do amor dele por sua mãe. E teria tido força para continuar sem ela.

Elizabeth digeriu as palavras e deixou que penetrassem lentamente no coração. Sabia que James estava certo, que a fraqueza do pai era dele, não dela. Mas era tão difícil aceitar isso, maldição... Ela se voltou para James, que a encarava com os olhos mais cálidos e bondosos que ela já vira.

– Seus pais devem ter se amado bastante – comentou ela baixinho.

James recuou, surpreso.

– Meus pais... – disse ele lentamente. – Eles não se casaram por amor.

– Ah... – comentou ela baixinho. – Mas talvez tenha sido melhor assim. Afinal, meus pais...

– O que seu pai fez – interrompeu James – foi um erro, uma fraqueza, uma covardia. O que meu pai fez...

Elizabeth viu a dor nos olhos dele e apertou suas mãos.

– O que meu pai fez deve ter garantido a ele um lugar no inferno – sussurrou ele em tom selvagem.

Elizabeth sentiu a boca seca.

– O que quer dizer?

Houve um longo silêncio e quando James finalmente falou, sua voz soou de forma muito estranha.

– Eu tinha 6 anos quando a minha mãe morreu.

Ela permaneceu em silêncio.

– Me disseram que ela havia caído da escada. Quebrado o pescoço. Uma tragédia, era o que todos diziam.

– Ah, não. – As palavras escaparam dos lábios de Elizabeth.

– Ela sempre tentava me fazer acreditar que era desastrada, mas eu a via dançar. Ela costumava murmurar uma música enquanto valsava sem par pela sala de música. Era a mulher mais linda, mais graciosa que já vi. Às vezes, minha mãe me pegava no colo e valsava comigo apoiado em seu quadril.

Elizabeth tentou confortá-lo com um sorriso.

– Eu costumava fazer isso com o Lucas.

James balançou a cabeça.

– Ela não era desastrada. Nunca esbarrou em um castiçal nem derrubou uma vela. Ele batia nela, Elizabeth. Ele a agredia todo maldito dia...

Elizabeth engoliu em seco e mordeu o lábio inferior. De repente, a fúria incontrolável de James por Fellport fez um pouco mais de sentido. Aquela fúria tinha mais de duas décadas, vinha queimando em fogo lento havia muito tempo.

– Ele... ele batia em você? – perguntou ela em um sussurro.

Ele balançou rapidamente a cabeça, negando.

– Nunca. Eu era o herdeiro dele. Meu pai costumava lembrar isso o tempo todo à minha mãe. Dizia que ela não valia mais nada, pois já me tivera. Ela podia ser esposa dele, mas eu tinha o sangue dele.

Um tremor percorreu a espinha de Elizabeth quando se deu conta de que ele estava citando palavras que ouvira vezes sem conta.

– E ele me usava – continuou James. Os olhos dele ficaram sem expressão e suas mãos grandes e fortes estavam trêmulas. – Ele me usava para justificar seus ataques de fúria contra ela. Nunca concordava com os métodos da minha mãe para me criar. Se a via me abraçando ou me consolando quando eu chorava, ficava furioso. Se ela estava me fazendo carinho, gritava. Dizia que iria me transformar em um homem fraco.

– Ah, James.

Elizabeth estendeu a mão e acariciou os cabelos dele. Não conseguiu se conter. Nunca conhecera ninguém que precisasse tanto de conforto humano.

– Então eu aprendi a não chorar. – James balançou a cabeça com certo desespero. – E, depois de algum tempo, eu me afastei dos abraços da minha mãe. Se ele não a surpreendesse me abraçando, talvez parasse de bater nela.

– Mas ele não parou, não é?

– Não. Sempre havia um motivo para ela ser colocada em seu devido lugar. E, no fim... – A respiração dele saiu em um suspiro rouco e trêmulo. – No fim ele decidiu que o lugar dela era caída na base da escada.

Elizabeth sentiu algo quente escorrer por seu rosto, e foi só então que se deu conta de que estava chorando.

– O que aconteceu com você?

– Esse talvez seja o único ponto positivo na história – respondeu James, a voz ficando um pouco mais forte. – Minha tia, a irmã da minha mãe, foi até a minha casa e me levou embora com ela. Acho que minha tia sempre havia suspeitado que a minha mãe era maltratada, mas nunca imaginou que fosse tão grave. Muito mais tarde, ela me contou que jamais permitiria que meu pai começasse a fazer o mesmo comigo.

– Você acha que isso teria acontecido?

– Não sei. Eu ainda era valioso para ele. Seu único herdeiro. Mas ele precisava abusar de alguém, e como minha mãe não estava mais lá... – Ele deu de ombros.

– Sua tia deve ser uma mulher muito especial.

James olhou para Elizabeth, querendo mais do que tudo na vida contar a verdade a ela, mas não podia. Ainda não.

– Ela é mesmo – disse ele, a voz rouca de emoção. – Ela me salvou. Foi como se tivesse me tirado de um prédio em chamas.

Elizabeth tocou o rosto dele.

– Sua tia deve ter lhe ensinado a ser feliz.

– Ela ficava tentando me abraçar – contou ele. – Naquele primeiro ano, ela tentava demonstrar amor, e eu sempre a afastava. Eu achava que meu tio me bateria se ela me abraçasse. – Ele passou os dedos pelos cabelos, e uma risadinha escapou de seus lábios. – Acredita nisso?

– Como você poderia pensar de outro modo? – perguntou Elizabeth, baixinho. – Seu pai era o único homem que você conhecia.

– Minha tia me ensinou a amar. – Ele deu um breve suspiro. – Ainda não cheguei ao refinamento de saber perdoar, mas sei amar.

– Seu pai não merece perdão – constatou ela. – Sempre tentei seguir os sermões de Deus, e sei que devemos dar a outra face, mas seu pai não merece isso.

James ficou em silêncio por um momento, então se virou para ela e disse:

– Ele morreu quando eu tinha 20 anos. Não compareci ao funeral.

Aquele era o insulto máximo que um filho poderia dirigir a um pai. Elizabeth assentiu com uma aprovação sombria.

– Você voltou a vê-lo nesse meio-tempo?

– Tive que ver em determinada ocasião. Foi inevitável. Eu era filho dele. Legalmente, minha tia não podia evitar isso. Mas ela foi forte e o intimidou. Até então meu pai nunca conhecera uma mulher que o enfrentasse. E não tinha ideia de como lidar com ela.

Elizabeth se inclinou para a frente e deu um beijo delicado na testa dele.

– Vou incluir sua tia nas minhas preces hoje à noite.

Ela deixou a mão pousar no rosto dele e o encarou com pesar e melancolia, desejando que houvesse algum modo de voltar o relógio, alguma forma de abraçar aquele menininho que ele fora e mostrar a ele que o mundo podia ser um lugar seguro e afetuoso.

James virou o rosto e o pousou na mão dela. Pressionou os lábios contra a palma, buscando o calor da pele dela e cheio de respeito pelo calor que Elizabeth tinha no coração.

– Obrigado – sussurrou ele.

– Por quê?

– Por estar aqui. Por ouvir. Por apenas ser você.

– Obrigada a você também, então – sussurrou ela de volta. – Por todas as mesmas coisas.

CAPÍTULO 16

Enquanto acompanhava Elizabeth até em casa, James sentiu sua vida entrar em foco. Desde que fora forçado a sair do Departamento de Guerra, ficara mais flutuando pela vida do que de fato vivendo. Se vira vítima de um mal-estar. Sabia que precisava seguir em frente, mas não estava satisfeito com as opções que se apresentavam. Sabia que precisava se casar, mas sua reação às mulheres em Londres havia sido quase sempre morna. Precisava ter um interesse mais ativo em suas terras e propriedades, mas era difícil chamar o Castelo Riverdale de lar quando via a sombra do pai em cada canto.

Mas no espaço de uma semana a vida dele assumira uma nova direção. Pela primeira vez em mais de um ano ele queria alguma coisa.

Queria alguém.

Queria Elizabeth.

Sentira-se enfeitiçado por ela antes daquela tarde, encantado e obcecado a ponto de decidir se casar com ela. Mas algo muito estranho e mágico acontecera na baia do estábulo quando ele tentara consolá-la.

James se descobrira contando a ela coisas que havia mantido em segredo por anos. E quando todas as palavras já haviam sido derramadas, sentira o vazio que morava em seu peito sendo preenchido. E soube então que não estava enfeitiçado por Elizabeth. Não estava encantado nem obcecado.

Precisava dela.

E sabia que não teria paz até que ela fosse dele, até que conhecesse cada centímetro daquele corpo, cada canto daquela alma. Se aquilo era amor, estava disposto a se entregar de boa vontade.

Mas não podia abandonar suas responsabilidades e não quebraria a promessa que fizera à tia. Resolveria o mistério daquele maldito chantagista. Depois de tudo o que Agatha fizera por ele quando criança, resolveria aquele mistério para ela.

Elizabeth amava Agatha. Portanto, entenderia.

Mas isso não significava que ele não tomaria nenhuma atitude. Dissera a Agatha que o melhor modo de desmascarar o chantagista era esperar outro bilhete, e aquilo era verdade, mas estava cansado de esperar.

Ele olhou para Elizabeth, viu os olhos daquele azul infinito e a pele irretocável, e tomou sua decisão.

– Terei que ir a Londres amanhã – disse James de modo abrupto.

Ela virou rápido a cabeça para encará-lo.

– Londres? – repetiu. – Por quê?

– Alguns negócios desagradáveis de família – respondeu ele, odiando o fato não poder contar a ela toda a verdade, mas sentindo-se confortado pelo fato de que suas palavras não eram exatamente uma mentira.

– Entendo – disse ela devagar.

É claro que ela não entendia, pensou ele, aborrecido. Como poderia? Mas não podia lhe contar. Era improvável que o chantagista de Agatha se tornasse violento, mas James não poderia afastar completamente essa possibilidade. A única forma de proteger Elizabeth era deixá-la no escuro.

– Voltarei logo – continuou ele. – Em uma semana, espero.

– Não está planejando ir atrás de Fellport, não é? – perguntou Elizabeth, o cenho franzido de preocupação. – Porque se estiver...

James pressionou o dedo indicador gentilmente contra os lábios macios dela.

– Não estou planejando ir atrás de Fellport.

Ela continuou desconfiada.

– Se você voltar a agredi-lo, será enforcado – insistiu Elizabeth. – Com certeza você sabe...

James a silenciou com um beijo breve mas cheio de promessas.

– Não se preocupe comigo – murmurou ele contra o canto da boca de Elizabeth. Ele recuou e segurou as mãos dela. – Há coisas que preciso resolver, pendências de que preciso cuidar antes de...

Ele deixou as palavras morrerem e viu a pergunta silenciosa nos olhos dela.

– Vamos ficar juntos – prometeu ele. – Eu lhe prometo.

No fim, James teve que beijá-la uma última vez.

– O futuro parece muito promissor – sussurrou James, as palavras doces e suaves contra os lábios dela. – Muito promissor mesmo.

Elizabeth ainda mantinha aquelas palavras no coração dez dias mais tarde, quando ainda não havia recebido sinal de James. Ela não sabia bem por que estava tão otimista em relação ao futuro. Ainda era uma dama de companhia e James ainda era um administrador, e nenhum dos dois tinha um tostão, mas por algum motivo ela confiava nas habilidades dele para tornar o futuro, como o próprio James colocara, promissor.

Talvez ele estivesse esperando uma herança de algum parente distante. Talvez conhecesse algum dos mestres de Eton e conseguisse arranjar um modo de Lucas frequentar a instituição por um valor reduzido. Talvez...

Talvez, talvez, talvez. A vida estava cheia de talvez, mas de repente "talvez" guardava muito mais promessas.

Depois de tantos anos carregando tantas responsabilidades, Elizabeth sentia-se quase exultante por ter abandonado a sensação de preocupação constante. Se James dissera que poderia resolver seus problemas, ela acreditava nele. Talvez fosse tola por acreditar que um homem fosse capaz de entrar na vida dela e tornar tudo perfeito. Afinal, o pai dela não fora exatamente um modelo de confiabilidade e retidão.

Mas certamente ela merecia um pouco de mágica na vida. Agora que encontrara James, não conseguia se forçar a procurar armadilhas e perigos. Sentia o coração mais leve do que já sentira em anos e se recusava a pensar que alguma coisa poderia roubar essa felicidade.

Lady Danbury confirmou que James conseguira um breve período de folga para visitar a família. Era um benefício fora do comum para um administrador, mas Elizabeth presumiu que ele recebesse mais consideração e liberdade por causa de sua leve ligação com os Danburys.

O que era estranho, no entanto, era o quase permanente estado de irritação de lady Danbury. Ela podia até ter cedido o tempo de que James precisava para cuidar dos assuntos dele, mas claramente não o fizera com muita boa vontade ou senso de caridade. Elizabeth não conseguiria contar o número de vezes que pegara lady D. resmungando por causa da ausência dele.

Mais recentemente, no entanto, lady Danbury andava preocupada demais com o baile de máscaras, que estava próximo, para continuar a reclamar de James. Seria o maior baile oferecido na Casa Danbury em anos, e todos os que trabalhavam na casa, além de cinquenta serviçais extras contratados apenas para o evento, se agitavam de um lado para outro. Elizabeth mal conseguia se deslocar da sala de estar para a biblioteca (que ficava apenas três portas mais para baixo) sem tropeçar em alguém em busca de lady Danbury para questioná-la a respeito da lista de convidados, do cardápio, das lanternas chinesas, das fantasias...

Sim, fantasias. No plural. Para grande choque de Elizabeth, lady Danbury encomendara duas fantasias. De rainha Elizabeth para si mesma e de pastora para Elizabeth.

Elizabeth não achou nada divertido.

– Não vou carregar aquele bastão de pastora comigo a noite toda – avisou.

– Bastão, rá. Isso não é nada – disse lady D. com uma gargalhada. – Espere só até ver o carneiro.

– *O quêêêê?*

– Estou brincando. Santo Deus, menina, você precisa ter mais senso de humor.

Elizabeth balbuciou vários sons sem sentido antes de finalmente conseguir dizer:

– Ah, por favor!

Lady D. fez um gesto com a mão, dispensando as reclamações de Elizabeth.

– Eu sei, eu sei. Agora você vai dizer que qualquer pessoa que tenha sobrevivido cinco anos trabalhando para mim só pode ter um excelente senso de humor.

– Algo assim – murmurou Elizabeth.

– Ou talvez que, se você não tivesse um senso de humor sensacional, a essa altura já estaria morta pela tortura de ser minha dama de companhia.

Elizabeth encarou a patroa, espantada.

– Lady Danbury, acho que a *senhora* é que deve ter desenvolvido senso de humor.

– Aff. Na minha idade, a pessoa precisa ter senso de humor. É o único modo de conseguir chegar ao fim do dia.

Elizabeth apenas sorriu.

– Onde está meu gato?

– Não tenho ideia, lady Danbury. Não o vi essa manhã.

Lady D. virou a cabeça de um lado para outro e falou, enquanto examinava a sala em busca de Malcolm:

– Ainda assim é de imaginar que eu deveria receber pelo menos um pouco mais de respeito.

– Sinceramente, não tenho ideia do que a senhora quis dizer com esse comentário.

O rosto da velha dama assumiu uma expressão azeda.

– Em relação a você e James, vou acabar nunca tendo permissão para ser tão arrogante quanto eu quiser.

Antes que Elizabeth pudesse retrucar, lady D. se virou para trás e continuou:

– Na minha idade, é meu *direito* ser tão arrogante quanto eu quiser.

– E que idade seria essa no dia de hoje?

Lady D. balançou o dedo para Elizabeth.

– Não seja engraçadinha. Você sabe muito bem a minha idade.

– Faço o possível para me manter em dia com essa informação.

– Humpf. Onde está meu gato?

Como já respondera àquele questionamento, Elizabeth preferiu perguntar:

– Quando, hã, a senhora acha que Sr. Siddons retorna?

Os olhos de lady Danbury estavam perspicazes demais quando ela respondeu:

– Meu administrador errante?

– Sim.

– Não sei, maldição. A propriedade está ficando em ruínas.

Elizabeth olhou pela janela, para os jardins intermináveis e imaculados da Casa Danbury.

– Talvez a senhora esteja exagerando um pouco.

Lady D. começou a dizer alguma coisa, mas Elizabeth levantou a mão e disse:

– E não me diga que sua idade é prerrogativa para que exagere.

– Ora, mas é. Humpf. Malcolm!

Os olhos de Elizabeth se voltaram rapidamente para a porta. O rei da Casa Danbury estava entrando na sala de estar, as patas gordas se movendo silenciosamente sobre o tapete.

– Aí está você, meu docinho – disse lady Danbury, em uma voz melosa. – Venha com a mamãe.

Mas Malcolm nem sequer balançou a cauda cor de café com leite para ela. Diante do olhar horrorizado de lady D., o gato trotou direto até onde estava Elizabeth e pulou no colo dela.

– Bom gatinho – mimou Elizabeth em uma voz suave.

– O que está acontecendo aqui? – quis saber lady D.

– Malcolm e eu nos reconciliamos, de certo modo.

– Mas ele a odeia!

– Ora, lady Danbury – falou Elizabeth, fingindo estar chocada. – Ao longo de todos esses anos, a senhora insistiu que ele era um gatinho absolutamente amigável.

– Ele com certeza é um gatinho perfeito – murmurou lady D.

– Sem falar em todas as vezes em que a senhora alegou que era tudo imaginação minha.

– Eu menti!

Elizabeth levou a mão ao rosto demonstrando uma incredulidade zombeteira.

– Não!

– Quero meu gato de volta.

Elizabeth deu de ombros. Malcolm virou de costas e esticou as patas acima da cabeça.

– Felino traidor miserável.

Elizabeth sorriu para Malcolm enquanto acariciava o pelo sob o queixo dele.

– A vida é boa, não é, Malcolm? A vida é boa, muito boa.

Malcolm ronronou em concordância, e Elizabeth sabia que falava a verdade.

Em Londres, James estava frustrado como o diabo. Passara bem mais de uma semana investigando a vida de Agatha e não conseguira nada. Não encontrara uma alma que sequer soubesse de alguém que guardasse rancor contra a tia dele. Ah, com certeza várias pessoas tinham muito a dizer sobre os modos insolentes dela e sobre sua forma direta de se relacionar, mas ninguém a odiava de fato.

Além disso, não havia qualquer sombra de escândalo cercando o passado dela. No que dizia respeito a Londres, Agatha, lady Danbury, tinha levado uma vida exemplar. Honrada e sincera, ela era vista como um exemplo de conduta para as mulheres da Inglaterra.

Para dizer a verdade, James não conseguia se lembrar de já ter feito uma investigação tão tediosa.

Soubera de antemão que era pouco provável que descobrisse algo significativo, afinal o chantagista procurara Agatha em Surrey. Mas ele não havia conseguido desencavar nenhuma pista na Casa Danbury e, pela lógica, o próximo passo seria Londres. Se o inimigo de Agatha soubera do segredo do passado dela através da eficiente rede de fofocas da aristocracia, então era de imaginar que alguém em Londres saberia de *alguma* coisa.

James terminara amargamente desapontado.

Não havia nada a fazer, a não ser voltar para a Casa Danbury e torcer para que o chantagista houvesse feito outra exigência. No entanto, aquilo parecia improvável. Com certeza a tia já o teria avisado se tivesse recebido outro bilhete ameaçador. Sabia onde encontrá-lo, pois James dissera a ela exatamente aonde iria e o que esperava conseguir.

Agatha se opusera com determinação à partida dele. Estava convencida de que o chantagista seria encontrado em Surrey, escondendo-se nas sombras da Casa Danbury. Quando James saiu pela porta da frente, Agatha já estava em plena forma, resmungona e emburrada, mais irritada do que aquele gato dela.

James se encolheu por dentro ao pensar na pobre Elizabeth, presa na companhia rabugenta da tia dele durante a última semana. Mas se havia alguém capaz de tirar Agatha de um ataque de mau humor, ele estava convencido de que essa pessoa era Elizabeth.

Mais três dias. Não devotaria mais tempo do que isso a sua investigação em Londres. Três dias e então retornaria à Casa Danbury, declararia à tia o seu fracasso e anunciaria suas intenções a Elizabeth.

Mais três dias e ele poderia recomeçar sua vida.

Na sexta-feira à tarde, a Casa Danbury estava sitiada. Elizabeth se trancou na biblioteca por uma hora só para ficar longe do enxame de criados que preparavam a mansão para o baile de máscaras daquela noite. No entanto, não havia como escapar da atividade frenética, e lady Danbury insistira para que Elizabeth se arrumasse lá mesmo. Foi uma proposta sensata, pois eliminava a necessidade de Elizabeth ter que ir para casa e voltar fantasiada para a festa da patroa. Mas isso também tornava impossível que ela escapasse e conseguisse alguns minutos de paz.

O tempo na biblioteca não contava. Como poderia contar quando não menos do que cinco criados bateram na porta, requisitando a opinião dela sobre os assuntos mais tolos? Por fim, Elizabeth se viu obrigada a jogar as mãos para o alto e gritar:

– Pergunte a lady Danbury!

Quando a primeira carruagem entrou no caminho que levava à casa, Elizabeth subiu correndo as escadas até o quarto que lady Danbury lhe designara naquela noite. A terrível fantasia de pastora estava pendurada no guarda-roupa, com o bastão que a acompanhava apoiado contra a parede.

Elizabeth se jogou na cama. Não tinha a menor vontade de chegar cedo à festa. Sua expectativa era de que passaria a noite sozinha. Não tinha problemas com a própria companhia, mas a última coisa que desejava era que *reparassem* que ela estava sozinha. Se chegasse quando a festa já estivesse a pleno vapor, poderia se misturar à multidão. Àquela altura, os convidados de lady Danbury estariam envolvidos demais nas próprias conversas para prestarem atenção nela.

Mas os convidados acabaram chegando todos de uma vez e não aos poucos, e Elizabeth conhecia lady Danbury muito bem para saber que a condessa a arrastaria escada abaixo pelos cabelos se ela se demorasse muito a descer. Assim, vestiu a fantasia de pastora, prendeu no rosto a máscara que lady D. também comprara para ela e se colocou diante do espelho.

– Estou ridícula – disse para o próprio reflexo. – Absolutamente ridícula.

O vestido branco era uma massa de franjas e babados, enfeitado com mais renda do que qualquer pastora poderia pagar, e o corpete, embora com certeza não fosse indecente, era mais decotado do que qualquer coisa que Elizabeth já tivesse usado.

– Como se alguma pastora fosse correr pelos campos usando isso – resmungou, enquanto ajeitava o vestido.

É claro que também era improvável que uma pastora usasse uma máscara enfeitada com penas, mas isso não era nada se comparado à extensão de colo que ela estava exibindo.

– Ah, não me importo – declarou Elizabeth. – De qualquer modo, ninguém vai saber quem eu sou, e, se alguém tentar fazer algo desagradável, pelo menos tenho esse maldito bastão.

Dito isso, Elizabeth pegou o bastão e agitou-o no ar como uma espada. Satisfeita com a arma, saiu do quarto para ir ao salão. Antes que chegasse às escadas, no entanto, uma porta foi aberta de supetão e uma mulher vestida de abóbora saiu de súbito por ela – direto ao encontro de Elizabeth.

As duas caíram sobre o tapete com um baque e um alvoroço de pedidos de desculpas. Elizabeth cambaleou para ficar de pé e olhou para a abóbora, que ainda estava sentada atrás dela.

– Precisa de ajuda para levantar? – perguntou Elizabeth.

A abóbora, que segurava uma máscara verde na mão, assentiu.

– Obrigada. Ando um pouco desajeitada nos últimos tempos.

Elizabeth demorou alguns instantes, mas então percebeu ao que a abó... a dama! Ao que a dama se referia. Tinha que parar de pensar nela como uma abóbora...

– *Ah, não*! – disse Elizabeth, ficando de joelhos ao lado da outra. – A senhora está bem? Sua... – Ela gesticulou para a barriga da dama, embora fosse difícil dizer onde ela ficava sob a fantasia de abóbora.

– Estou bem – garantiu a dama. – Posso lhe garantir que apenas o meu orgulho saiu ferido.

– Venha, deixe-me ajudá-la.

Era difícil manobrar a fantasia, mas Elizabeth acabou conseguindo levantá-la.

– Lamento muitíssimo por ter esbarrado em você – desculpou-se a dama. – É que eu estava atrasada e sei que meu marido está lá embaixo batendo o pé, e...

– Não foi nada, eu lhe garanto – falou Elizabeth. Então, só porque a dama era uma abóbora muito simpática, acrescentou: – Na verdade, estou bastante grata à senhora. Essa deve ser a primeira vez que não sou a causa de um acidente desses. Sou terrivelmente desastrada.

A nova amiga de Elizabeth riu.

– Já que estamos tão íntimas, por favor, permita que eu seja terrivelmente ousada e me apresente. Sou a Sra. Blake Ravenscroft, mas ficaria insultada demais se você me chamasse de qualquer outra coisa que não Caroline.

– Sou a Srta. Elizabeth Hotchkiss, dama de companhia de lady Danbury.

– Santo Deus, é mesmo? Ouvi dizer que ela é um verdadeiro dragão.

– Na verdade, lady Danbury é uma pessoa muito doce. Mas eu não gostaria de cair nas más graças dela.

Caroline assentiu e levou as mãos aos cabelos castanhos.

– Estou despenteada?

Elizabeth fez que não com a cabeça.

– Não mais do que se esperaria de uma abóbora.

– Sim, suponho que abóboras tenham permissão para serem mais benevolentes em relação à elegância de seus penteados.

Elizabeth riu de novo. Estava gostando bastante da outra mulher.

Caroline ofereceu o braço.

– Vamos descer?

Elizabeth assentiu, e as duas desceram as escadas.

– Você conta com minha profunda admiração – disse Caroline com uma risada, erguendo a máscara verde em uma saudação. – Meu marido passou bastante tempo aqui quando criança e garante que ainda tem medo de lady Danbury.

– Seu marido era amigo dos filhos dela?

– Do sobrinho dela, na verdade. O marquês de Riverdale. Inclusive espero vê-lo esta noite. Ele deve ter sido convidado. Já o conheceu?

– Não, ainda não. Mas ouvi falar um pouco sobre ele na semana passada.

– É mesmo? – Caroline começou a descer as escadas com cuidado. – O que ele anda fazendo? Não ouço falar dele há mais de um mês.

– Na verdade, não sei. Lady Danbury deu uma pequena festa ao ar livre na semana passada, e ele mandou um bilhete pedindo a um dos convidados que o encontrasse em Londres com urgência.

– Aaah, que intrigante. E bem típico de James.

Elizabeth sorriu à menção do nome. Tinha seu próprio James, e mal podia esperar para vê-lo de novo.

Caroline parou sobre um degrau e se virou para Elizabeth com uma expressão intrometida, muito de irmã.

– O que significou isso?

– O quê?

– Esse sorriso. E não me diga que não sorriu. Eu vi.

– Ah. – Elizabeth sentiu o rosto quente. – Não é nada. Tenho um pretendente que também se chama James.

– Sério? – Os olhos azul-esverdeados de Caroline ganharam o brilho de uma casamenteira nata. – Você precisa nos apresentar.

– Ele não está aqui, infelizmente. É o novo administrador de lady Danbury, mas foi chamado a Londres há pouco tempo. Alguma emergência de família, eu acho.

– É uma pena. Já sinto que somos amigas de verdade. Eu gostaria de conhecê-lo.

Elizabeth sentiu os olhos marejados.

– Que coisa adorável de se dizer.

– Acha mesmo? Fico feliz por você não pensar que estou indo rápido demais. Não fui criada na alta sociedade e tenho o lamentável hábito de falar sem pensar. Isso deixa meu marido louco.

– Estou certa de que ele a adora.

Os olhos de Caroline cintilaram, e Elizabeth soube que o casamento dela fora motivado por amor.

– Estou tão atrasada que é provável que ele arranque a minha cabeça – admitiu Caroline. – Ele é todo preocupado.

– Então é melhor seguirmos em frente.

– Mal posso esperar para apresentá-la a Blake.

– Seria fantástico. Mas primeiro preciso encontrar lady Danbury e me certificar de que ela não precisa de nada.

– O dever lhe chama, suponho. Mas você precisa prometer que vamos nos encontrar de novo esta noite. – Caroline deu um sorrisinho irônico e apontou para a própria fantasia. – Será fácil me encontrar.

Elizabeth chegou à base da escada e desvencilhou o braço do de Caroline.

– Prometo.

Então, com um sorriso e um aceno, ela saiu apressada do salão de baile. Lady Danbury devia estar na porta da frente recebendo os convidados, e seria mais fácil cortar caminho pelo lado de fora da casa do que tentar passar pelo mar de pessoas que já estavam ali dentro.

∽

– Que diabo? – a pergunta foi seguida por xingamentos bem mais grosseiros e obscuros, enquanto James guiava o cavalo ao redor da fila de carruagens que seguia lentamente em direção à Casa Danbury.

O baile de máscaras. O maldito, irritante, inconveniente, baile de máscaras. Ele havia esquecido completamente.

Planejara aquela noite nos mínimos detalhes. Procuraria a tia, diria a ela que havia fracassado, que não fora capaz de desmascarar o chantagista, e prometeria que continuaria tentando, mas que não podia mais manter a vida em suspenso enquanto isso.

Então iria a cavalo até o chalé de Elizabeth e a pediria em casamento. Passara todo o caminho até ali sorrindo como um tolo, decorando cada palavra que diria. Pensara em chamar Lucas de lado e pedir a mão da irmã a ele. Não que James fosse deixar que um menino de 8 anos mandasse na vida dele, mas por algum motivo a ideia de incluir o menininho no pedido aquecia seu coração.

Além do mais, tinha a sensação de que Elizabeth ficaria encantada com o gesto, o que provavelmente era o verdadeiro motivo para tudo aquilo.

Mas James não conseguiria escapar da Casa Danbury naquela noite, e por certo não conseguiria ficar a sós com a tia.

Frustrado com a aglomeração de carruagens, guiou o cavalo para fora da estrada principal e cortou caminho por um campo com algumas árvores que se estendia ao longo da propriedade. A lua estava cheia e havia luz bastante escapando das muitas janelas da mansão para iluminar o caminho. Assim, James não teve que diminuir muito a velocidade enquanto seguia na direção dos estábulos.

Ele cuidou do cavalo e, cansado, entrou em seu pequeno chalé, sorrindo ao lembrar da vez em que pegara Elizabeth bisbilhotando ali algumas semanas antes. Ele ainda não falara com ela sobre isso. Não importava; eles teriam uma vida inteira para compartilhar lembranças e criar novos momentos a serem recordados.

James tentou ignorar os sons da festa, preferindo a paz e a reclusão de seu lar temporário, mas não conseguiu abstrair os roncos do estômago vazio. Voltara apressado para Surrey, ansioso por ver Elizabeth, e não parara nem para comer um pedaço de pão. O chalé, é claro, não tinha nada comestível e, assim, ele se permitiu um xingamento bastante vulgar e saiu. Com alguma sorte, conseguiria chegar à cozinha sem ser reconhecido ou incomodado por algum bêbado animado.

Manteve a cabeça baixa enquanto abria caminho entre as muitas pessoas que se espalhavam pelos gramados. Se agisse como um criado, os convidados de Agatha veriam um mero funcionário da casa e, com sorte, o deixariam em paz. Com certeza eles não esperariam ver o marquês de Riverdale tão empoeirado, com a roupa amassada.

Ele passou ao largo dos convidados e estava a meio caminho do seu destino quando viu pelo canto do olho uma pastora loura tropeçar em uma pedra, balançar com desespero o braço esquerdo em busca de equilíbrio, até finalmente conseguir se manter de pé enfiando no chão o cajado que segurava.

Elizabeth. Só podia ser. Nenhuma outra pastora loura poderia ser tão absoluta e encantadoramente desajeitada.

Ela parecia estar se esgueirando ao longo do perímetro da Casa Danbury, a caminho da frente da propriedade. James mudou um pouco de direção e seguiu para onde ela estava, o coração pleno por saber que logo a teria nos braços.

Quando se tornara um romântico tolo daquele?

Quem sabia? Quem se importava? Estava apaixonado. Finalmente encontrara a única mulher que poderia preencher seu coração e, se isso fazia dele um tolo, que fosse.

James caminhou pé ante pé atrás dela, que seguia para a frente da casa, e, antes que Elizabeth conseguisse ouvir os passos dele sobre o cascalho, estendeu a mão e segurou seu pulso.

Ela se virou com um arquejo, em choque. James observou com prazer os olhos de Elizabeth irem rapidamente do pânico à alegria.

– James! – gritou ela, e estendeu a mão livre para pegar a dele. – Você voltou!

Ele levou as mãos dela aos lábios e beijou uma de cada vez.

– Não consegui ficar longe.

O tempo que passaram separados a deixara tímida e ela não o encarou quando sussurrou:

– Senti sua falta.

Que o decoro fosse para o inferno! James tomou-a nos braços e beijou-a. Então, quando finalmente conseguiu afastar os lábios dos dela, sussurrou:

– Venha comigo.

– Para onde?

– Para qualquer lugar.

Ela foi.

CAPÍTULO 17

A noite estava plena de magia. A lua cintilava, o ar guardava o delicado aroma das flores do campo e o vento era como um sussurro romântico contra a pele.

Elizabeth achou que devia ser uma princesa. A mulher cruzando os campos, com os cabelos escorrendo pelas costas como uma faixa dourada, não podia ser a comum e sem graça Elizabeth Hotchkiss. Por uma noite, ela se transformaria. Por uma noite, seu coração não guardaria pesos nem preocupações. Estava banhada em risos e paixão, envolvida pela mais pura alegria.

De mãos dadas, eles correram. A Casa Danbury sumiu de vista, embora os sons da festa ainda pairassem no ar. As árvores ao redor deles ficaram mais densas e, finalmente, James parou, a respiração pesada pelo esforço da corrida e pelo desejo.

– Ai, meu Deus – arquejou Elizabeth, quase caindo em cima dele. – Não corro tanto assim desde...

James passou os braços ao redor dela e Elizabeth parou de respirar.

– Beije-me – ordenou ele.

Ela se perdeu no encanto da noite e qualquer hesitação que pudesse ter tido, qualquer noção do que seria adequado ou escandaloso, se perdeu junto. Elizabeth arqueou o pescoço, oferecendo os lábios a ele, e James os tomou, a boca capturando a dela na mistura mais doce de ternura e desejo primitivo.

– Não vou possuí-la. Não agora... não ainda – prometeu ele contra a pele dela. – Mas deixe-me amá-la.

Elizabeth não sabia o que ele queria dizer, mas seu sangue correu mais rápido e mais quente pelas veias, e ela não conseguiria lhe negar nada. Elizabeth levantou a cabeça, viu fogo nos olhos cor de chocolate e tomou sua decisão.

– Me ame – sussurrou ela. – Confio em você.

Os dedos de James tremiam quando ele os deixou correr com reverência sobre a pele suave das têmporas dela. Os cabelos de Elizabeth eram como seda dourada sob o toque dele, e ela parecia dolorosamente pequena e frágil sob suas mãos grandes e então desajeitadas. Elizabeth era preciosa, e o dever dele era protegê-la.

– Serei delicado – sussurrou, mal reconhecendo a própria voz. – Nunca a machucarei. Nunca.

Elizabeth confiava nele. E isso era uma dádiva poderosa, capaz de transformar a alma de alguém.

James deixou os dedos descerem suavemente pelos contornos do rosto dela até a pele nua do pescoço. A fantasia que Elizabeth estava usando era diferente de tudo o que ela já usara antes e provocava o desejo dele com vislumbres dos ombros nus, o tecido ameaçando escorregar em um mínimo toque. Ele poderia passar o dedo pelo tecido branco macio e expor um dos ombros delicados, então o outro, e poderia abaixar o vestido, despindo-a...

O sangue correu ardente pelas veias de James, parecendo acumular-se em seu baixo ventre. Santo Deus, se ele já estava ficando rígido só de *pensar* em despi-la, que diabo aconteceria quando ele realmente a tivesse nua e cheia de desejo nos braços? Como conseguiria fazer amor com Elizabeth com a delicadeza e o cuidado que ela merecia?

A respiração parecia queimar os pulmões de James, quando ele deslizou lentamente o vestido dela por um ombro, sem nunca afastar os olhos da pele que ia aparecendo. Elizabeth cintilava sob a luz do luar como a pérola mais rara, e quando ele abaixou a cabeça para enfiá-la na curva quente e sedutora onde o pescoço encontrava o ombro dela, foi como estar em casa.

James a beijou, e a mão dele fez a mesma mágica no outro lado do vestido. Ele a ouviu arquejar quando o tecido foi abaixado, revelando a curva suave do início dos seios. Elizabeth murmurou algo – James achou que foi o nome dele –, mas não disse não, e assim ele desabotoou o único botão que descansava entre os seios dela, abrindo a frente do vestido o bastante para expor seu torso.

Elizabeth tentou se cobrir, mas James a impediu segurando as mãos dela, enquanto se inclinava para a frente e pousava um beijo muito delicado em seus lábios.

– Você é linda – sussurrou ele, o calor de sua voz penetrando na boca de Elizabeth. – Muito linda...

Ainda segurando Elizabeth com uma das mãos, James usou a outra para envolver delicadamente um dos seios dela, deixando que preenchesse a palma de sua mão. O seio dela era surpreendentemente cheio e exuberante, e James não conseguiu conter um gemido de prazer quando sentiu o mamilo se enrijecer sob seu toque.

Ele olhou para o rosto dela, pois queria ver sua expressão, precisava saber que ela estava gostando. Os lábios de Elizabeth estavam entreabertos e cintilavam, já que ela havia acabado de umedecê-los com a língua. Os olhos dela estavam nublados e desfocados, a respiração saía em pequenos arquejos.

James deixou a outra mão descer até envolver o traseiro dela, sustentando-a enquanto ambos desciam até o chão. A relva era um tapete macio e frio sob seus corpos e os cabelos de Elizabeth se espalharam como um leque dourado precioso. James ficou apenas encarando-a por um instante, murmurando baixinho um agradecimento a fosse qual fosse o deus que o levara àquele momento. Então abaixou a cabeça até alcançar os seios dela e a amou com a boca.

Elizabeth deixou escapar um "Ah" chocado quando os lábios de James se fecharam ao redor do seu mamilo. O hálito saía quente em seu seio e ela sentia o sangue correr quente e acelerado nas próprias veias. Seu corpo se tornou absolutamente estranho a ela e foi quase como se não estivesse conseguindo ser contido pela pele. Estava louca de vontade de se mexer, de esfregar as solas dos pés na grama, de enfiar as mãos nos cabelos cheios e castanhos de James.

Elizabeth arqueou as costas sob o corpo dele, consumida por uma paixão imprudente que a levara a aceitar o que quer que James oferecesse.

– James – ofegou ela, e logo repetiu isso sussurrando. O nome dele parecia ser a única palavra que se formava em seus lábios, e soava como uma súplica e uma oração.

O vestido dela fora abaixado o máximo possível e James deixou uma das mãos descer até a perna dela, passando pela panturrilha até subir para a parte externa do joelho. Então, em um movimento tão lento que fez Elizabeth arder de expectativa, a mão de James subiu do joelho para pressionar a pele macia da coxa.

O nome dele voltou a escapar dos lábios dela, mas a boca de James estava sobre a dela e assim as palavras se perderam no beijo. A mão dele agora acariciava toda a extensão da perna dela, movendo-se até a área muito delicada da parte interna da coxa. Elizabeth enrijeceu o corpo, sentindo que chegara ao limite de alguma coisa, que navegara na direção de algum lugar secreto de onde não haveria retorno.

James ergueu a cabeça de modo a olhar para ela. Elizabeth teve que piscar várias vezes antes de conseguir focalizar as feições amadas dele, e então, com um sorriso malicioso nos lábios, James perguntou:

– Mais?

Que deus a ajudasse, porque ela assentiu e viu o sorriso dele se alargar pouco antes de sua boca descer para a parte de baixo do queixo dela, empurrando o rosto de Elizabeth para cima, para que ele pudesse explorar toda a extensão do seu pescoço.

Então a mão dele subiu mais.

James havia quase chegado ao alto da coxa agora, portanto mais perto do ponto mais íntimo da feminilidade dela. A proximidade era enervante, e as pernas de Elizabeth começaram a tremer em expectativa.

– Confie em mim – sussurrou James. – Apenas confie em mim. Farei com que seja bom para você. Eu prometo.

O tremor no corpo de Elizabeth não parou, mas ela abriu ligeiramente as pernas, permitindo que ele acomodasse o próprio corpo entre suas coxas. Ela não se dera conta até aquele momento de que James vinha se mantendo afastado dela, usando os braços fortes para suportar o próprio peso.

Mas tudo mudou quando ele abaixou o corpo sobre o dela. O peso de James era excitante, a altura dele, o calor. Ele era muito maior do que ela. Elizabeth se deu conta de que nunca havia notado a plena extensão da força e do poder dele até tê-lo colado tão intimamente ao corpo dela.

A mão dele se espalhou por toda a largura da coxa dela, o polegar chegando particularmente perto dos pelos que protegiam a feminilidade dela. Ele apertou-a ali, provocou-a.

E então, James a tocou.

Elizabeth estava completamente despreparada para a onda de pura eletricidade que disparou por sua espinha. Nunca imaginara que pudesse se sentir tão quente, tão pulsante, tão desesperada pelo toque de outro ser humano.

Os dedos dele a provocaram até ela estar certa de que não conseguiria aguentar mais, então ele foi além. O hálito quente dele brincou na orelha de Elizabeth até ela ter certeza de que entraria em autocombustão, e James continuou a sussurrar palavras de amor e de paixão. Toda vez que ela tinha certeza de que chegara a algum limite, ele a levava além, fazendo com que Elizabeth alcançasse um novo patamar de paixão.

Ela se agarrou à relva, com medo de acabar rasgando a camisa de James caso passasse os braços ao redor dele. Mas então, quando deslizou o dedo para dentro dela, James sussurrou:

– Toque-me.

Hesitante, com medo da própria paixão, ela levou as mãos ao colarinho da camisa dele. O botão de cima já estava aberto, e o segundo foi rapidamente desabotoado na pressa que Elizabeth sentia de tocar a pele dele.

– Meu Deus, Elizabeth – arquejou James. – Assim você me mata.

Ela parou e levantou os olhos para encontrar os dele.

– Não – disse ele, rindo apesar do desejo que o consumia. – Isso é bom.

– Tem certeza? Porque.... ahhhhhhhhhh!

Elizabeth não tinha ideia do que ele fizera, de como exatamente movera os dedos, mas a pressão que vinha crescendo dentro dela subitamente explodiu. Ela sentiu o corpo muito tenso, arqueou-o, então estremeceu e, quando finalmente voltou a descansar o corpo trêmulo no chão, teve certeza de que devia estar em cacos.

– Ah, James – disse Elizabeth em um suspiro. – Você me faz sentir tão bem por dentro.

O corpo de James ainda estava rígido como uma rocha, tenso com um desejo que ele sabia que não conseguiria satisfazer naquela noite. Os braços dele começaram a tremer sob o peso do corpo, por isso ele rolou para o lado e se acomodou junto a Elizabeth na grama. Apoiou a cabeça sobre um dos cotovelos e ficou aproveitando a visão preciosa do rosto dela. Elizabeth estava com os olhos fechados, os lábios entreabertos, e James nunca vira nada tão lindo na vida.

– Há tanto que eu preciso lhe contar – murmurou ele, afastando os cabelos dela da testa.

Elizabeth abriu os olhos.

– O que é?

– Amanhã – prometeu ele, fechando com delicadeza o corpete do vestido dela.

Era uma pena cobrir uma beleza tão perfeita, mas James sabia que ela ainda ficava constrangida com a própria nudez. Ou ao menos *ficaria*, depois que se lembrasse de que estava nua.

Elizabeth ficou ruborizada, o que confirmou a suposição de James de que, enquanto ainda se recuperava dos efeitos da paixão, ela havia esquecido seu estado de nudez.

– Por que não pode me contar hoje à noite? – perguntou.

Era uma boa pergunta. E por muito pouco James não contou logo sua verdadeira identidade e a pediu em casamento, mas algo o deteve. Só iria pedir alguém em casamento uma vez na vida, e queria que o momento fosse perfeito. Nunca sonhara em encontrar uma mulher que capturasse tão completamente a sua alma. Elizabeth merecia rosas e diamantes, e que ele estivesse de joelhos à sua frente.

James também achava que devia contar a Agatha que estava encerrando aquela farsa antes de fazê-lo.

– Amanhã – prometeu ele de novo. – Amanhã.

Isso pareceu satisfazer Elizabeth, porque ela suspirou e se sentou.

– Acho que precisamos voltar.

Ele deu de ombros e sorriu.

– Não tenho nenhum compromisso urgente.

Aquilo fez com ele recebesse um divertido olhar de repreensão.

– Sim, mas eu sou esperada. Lady Danbury passou a semana toda me perturbando para que eu comparecesse ao baile de máscaras. Se eu não aparecer, terei que escutá-la até o fim da vida. – Elizabeth deu uma olhada de lado para ele, com uma expressão irônica. – Ela está bem perto de me enlouquecer. Um sermão interminável sobre eu não comparecer ao baile provavelmente será o que falta para isso.

– Sim, ela sabe jogar com a culpa como ninguém – murmurou James.

– Por que não vem comigo?

Aquela era a pior das ideias. Muitas pessoas poderiam reconhecê-lo.

– Eu adoraria, mas não posso – mentiu James.

– Por quê?

– Hã, estou todo empoeirado da estrada, e...

– Podemos limpá-lo.

– Não tenho fantasia.

– Aff! Metade dos homens se recusa a usar fantasias. Estou certa de que conseguimos encontrar uma máscara para você.

Desesperado, ele soltou:

– Simplesmente não posso me misturar com as pessoas no meu estado atual.

Isso fez com que ela calasse qualquer comentário que pretendesse fazer. Depois de vários segundos de um silêncio constrangedor, Elizabeth finalmente perguntou:

– A que estado você se refere?

James resmungou. Ninguém explicara a ela como funcionavam as coisas entre homens e mulheres? Provavelmente não. A mãe dela morrera quando Elizabeth tinha apenas 18 anos, e ele achava difícil que a tia dele assumisse tarefa tão delicada. James encarou Elizabeth. Os olhos dela esperavam pela resposta.

– Acho que você não vai deixar que eu apenas lhe diga que gostaria de pular em um lago e não dar mais explicações – disse ele.

Ela fez que não com a cabeça, confirmando o que James pensara.

– Foi o que imaginei – murmurou James.

– Você não... hã...

Ele se agarrou às palavras dela.

– Exatamente! Eu não.

– O problema – explicou Elizabeth, sem encará-lo – é que não sei o que exatamente você não fez.

– Eu lhe mostrarei mais tarde – prometeu ele. – Que Deus me ajude! Se eu não lhe mostrar mais tarde, estarei morto antes do fim do mês.

– Vai demorar um mês inteiro?

Um mês? Ele estava louco? Teria que conseguir uma licença especial. Como lady Danbury poderia permitir?

– Uma semana. Definitivamente, uma semana.

– Entendi.

– Não, você não entendeu. Mas vai entender.

Elizabeth tossiu e ficou ruborizada.

– Seja o que for de que você está falando, tenho a sensação de que é bastante malicioso – balbuciou.

James levou a mão dela aos lábios.

– Você ainda é virgem, Elizabeth. E estou frustrado como o diabo.

– Ah! Eu... – Ela deu um sorriso envergonhado. – Obrigada.

– Eu lhe diria que não foi nada – falou James, pegando o braço dela –, mas seria uma mentira deslavada.

– E suponho – acrescentou Elizabeth, em tom travesso – que você também estaria mentindo se dissesse que o prazer foi seu.

– Isso seria uma *enorme* mentira. De proporções imensas.

Ela riu.

– Se você não começar a me tratar com o devido respeito, posso acabar jogando-a no lago junto comigo – resmungou James.

– Você com certeza é capaz de aguentar umas provocações.

– Acho que já suportei todas as provocações que meu corpo conseguiria aguentar esta noite.

Elizabeth deixou escapar mais risadas.

– Desculpe – pediu em um arquejo. – Não tenho a intenção de rir de você, mas...

– Sim, você tem.

Ele tentou ficar sério, mas não teve sucesso.

– Está certo, sim, eu tenho, mas só porque... – Ela parou de caminhar e levantou a mão para tocar o rosto amado dele. – Porque você me faz sentir muito feliz, muito livre. Não consigo me lembrar da última vez que fui capaz de simplesmente rir.

– E quando você está com a sua família? – perguntou ele. – Sei que você os adora.

– É verdade. Mas mesmo quando estamos rindo, brincando, vivendo bons momentos, sempre há uma nuvem pairando acima de mim, lembrando-me a cada instante de que podemos perder tudo aquilo. De que tudo aquilo *estaria* perdido no momento em que eu me descobrisse incapaz de sustentá-los.

– Você nunca mais terá que se preocupar com isso – disse James, a voz séria. – Nunca mais.

– Ah, James... – O tom de Elizabeth era melancólico. – Você é um amor por dizer isso, mas não vejo como pode...

– Terá que confiar em mim – interrompeu ele. – Tenho alguns truques na manga. Além do mais, acho que você disse que quando está comigo essa nuvem cinza desagradável desaparece.

– Quando estou com você, eu me esqueço das minhas preocupações, mas isso não significa que elas estejam resolvidas.

James deu um tapinha carinhoso na mão dela.

– Ainda posso surpreendê-la, Elizabeth Hotchkiss.

Eles caminharam em direção à casa em um silêncio cúmplice. Quando chegaram mais perto, os sons da festa ficaram mais altos, música misturada com vozes e risadas ocasionais.

– Parece que a festa está animada... – comentou Elizabeth.

– Lady Danbury não aceitaria menos do que isso – comentou James.

Ele olhou de relance para a majestosa mansão de pedra, que acabara de surgir à vista. Havia ainda mais convidados espalhados pelo gramado, e ele sabia que teria que desaparecer dali imediatamente.

– Elizabeth, agora preciso ir, mas eu a procurarei amanhã.

– Não, por favor, fique aqui. – Ela sorriu para ele, os olhos azul-escuros tão expressivos que eram de partir o coração. – Nós nunca dançamos.

– Eu lhe prometo que faremos isso.

James manteve os olhos fixos nas pessoas mais próximas. Não viu ninguém conhecido, mas não custava ser cuidadoso.

– Conseguirei uma máscara para você, se essa é a sua preocupação.

– Não, Elizabeth, simplesmente não posso. Você precisa aceitar isso.

Ela franziu o cenho.

– Não vejo por que você precisa...

– Apenas porque é assim que tem que ser. Eu... Ai!

Alguma coisa muito grande e acolchoada esbarrou nas costas de James. Claramente eles não estavam tão longe da aglomeração de convidados quanto ele imaginara. James se virou para censurar o convidado desastrado...

E se viu encarando os olhos azul-esverdeados de Caroline Ravenscroft.

Elizabeth observou a cena que se desenrolava à sua frente com ceticismo e horror crescentes.

– James? – chamou Caroline, arregalando os olhos de alegria. – Ah, James! Como é bom ver você!

Elizabeth olhou rapidamente de James para Caroline, enquanto tentava descobrir como aquelas duas pessoas se conheciam. Se Caroline o conhecia, então certamente ela saberia que ele era o administrador que mencionara mais cedo naquela noite.

– Caroline – respondeu James, a voz tensa de um modo irrefreável.

Caroline tentou passar os braços ao redor do pescoço dele, mas sua fantasia de abóbora dificultava abraços.

– Por onde você andou? – perguntou ela. – Blake e eu não ficamos nada satisfeitos. Ele vem tentando encontrá-lo... Elizabeth?

James ficou paralisado.

– Como você conhece Elizabeth? – ele quis saber, as palavras saindo em tom lento e cuidadoso.

– Nos conhecemos esta noite – explicou Caroline, acenando com a mão como se para afastar o assunto e se virando para a sua nova melhor amiga. – Elizabeth, eu vim procurando por você até agora. Onde estava? Você desapareceu! E como conhece James?

– Eu... eu...

Elizabeth não conseguiu encontrar as palavras, não conseguiria de forma alguma verbalizar o que estava se tornando cada vez mais óbvio.

– Quando conheceu Elizabeth? – Caroline se virou para James, a trança de cabelos castanhos batendo no ombro dele. – Comentei a seu respeito essa tarde mesmo e ela disse que não o conhecia.

– Você falou comigo sobre ele? – questionou Elizabeth em um sussurro. – Não, não falou. Você não o mencionou. A única pessoa de quem me falou foi de...

– James – interrompeu Caroline. – O marquês de Riverdale.

– Não – disse Elizabeth com a voz trêmula, a mente de repente se enchendo de imagens de um livrinho vermelho e de inúmeros decretos. *Como se casar com um marquês*. Não, não era possível. – Esse não é...

Caroline se virou para James.

– James? – Ela arregalou os olhos quando se deu conta de que, sem querer, revelara um segredo. – Ah, não. Desculpe. Nunca sonhei que você estivesse trabalhando disfarçado aqui na Casa Danbury. Você me disse que havia parado com tudo isso.

– Com tudo isso o quê? – perguntou Elizabeth, a voz ligeiramente aguda.

– Isso não ter a ver com o Departamento de Guerra – retrucou James secamente.

– E tem a ver com o quê, então? – insistiu Caroline.

– O marquês de Riverdale? – repetiu Elizabeth. – Você é um marquês?

– Elizabeth – disse James, ignorando completamente Caroline –, me dê um momento para explicar.

Um marquês. James era um marquês. E devia estar rindo dela havia semanas.

– Seu desgraçado – sibilou.

Então, aplicando cada uma das lições de pugilismo que ele lhe dera, somadas a um pouco de puro instinto, ela posicionou o braço direito para trás e atacou.

James cambaleou. Caroline deu um gritinho. Elizabeth foi embora pisando firme.

– Elizabeth! – berrou James, indo atrás dela a passos largos. – Volte aqui agora mesmo. Você vai me ouvir.

A mão dele se fechou ao redor do cotovelo dela.

– Solte-me! – vociferou ela.

– Não até que você me escute.

– Ah, como você deve ter se divertido comigo! – acusou ela com a voz engasgada. – Muito bom me ensinar como me casar com um marquês. Seu desgraçado. Desgraçado imundo.

James quase se encolheu com o rancor que ouviu na voz dela.

– Elizabeth, eu nunca...

– Você riu de mim com seus amigos? Riu da pobre dama de companhia que pensou ser capaz de se casar com um marquês?

– Elizabeth, tive minhas razões para manter minha identidade em segredo. Você está tirando conclusões precipitadas.

– Não seja condescendente comigo – bradou ela, tentando soltar o braço que ele segurava. – Nunca mais fale comigo novamente.

– Não vou deixar que você saia correndo sem antes me ouvir.

– E eu deixei você me tocar – sussurrou ela, o horror visível na expressão de seu rosto. – Deixei você me tocar e foi tudo uma mentira.

James segurou o outro braço dela e puxou-a contra o corpo até que os seios de Elizabeth ficassem esmagados contra o abdômen dele.

– Jamais chame o que aconteceu de mentira.

Agora era ele quem estava sibilando.

– Então o que foi aquilo? Você não me ama. Nem sequer me respeitou o bastante para me contar sua verdadeira identidade.

– Você sabe que isso não é verdade. – James se deu conta de que uma pequena aglomeração de pessoas começara a se formar perto de Caroline, que ainda estava parada, boquiaberta, a cerca de 9 metros de distância. – Venha comigo! – ordenou ele, puxando-a para que fossem em direção a um canto da Casa Danbury. – Vamos discutir isso em particular.

– Não vou a lugar algum com você. – Ela fincou os pés no chão, mas não era páreo para a força de James. – Eu vou para casa, e, se você algum dia tentar voltar a falar comigo, não responderei pelas consequências.

– Elizabeth, você está sendo irracional.

Aquilo foi o limite para ela. Fosse por causa da voz ou das palavras dele, foi o limite.

– Não me diga o que eu sou! – esbravejou ela, socando o peito dele. – Não me diga nada!

James ficou parado, deixando que ela batesse nele. Ficou tão imóvel que por fim os braços de Elizabeth, como não sentiram resistência, tiveram que parar.

Ela se afastou, o corpo movido por arquejos profundos e violentos, e passou a encará-lo.

– Odeio você – disse ela em voz baixa.

James ficou em silêncio.

– Você não tem ideia do que fez – sussurrou Elizabeth, balançando a cabeça sem acreditar. – Nem sequer acha que fez algo de errado.

– Elizabeth.

James nunca imaginara que pudesse ser necessário tanto esforço para pronunciar uma simples palavra.

Os olhos dela assumiram uma leve expressão de pena, como se Elizabeth tivesse percebido de repente que James estava abaixo dela, que nunca seria digno do amor e do respeito dela.

– Vou para casa. Pode informar a lady Danbury que pedi demissão.

– Você não pode pedir demissão.

– E por que não?

– Ela precisa de você. E você precisa...

– Do dinheiro? – cuspiu Elizabeth. – Era isso que você ia dizer?

James sentiu o rosto ficar quente e soube que ela havia sido capaz de ver a resposta nos olhos dele.

– Há algumas coisas que não faço por dinheiro, e se você acha que vou voltar aqui e trabalhar para a sua tia... Ah, meu Deus! – arquejou ela, como se houvesse acabado de se dar conta do que dissera. – Ela é sua tia. Devia estar sabendo de tudo. Como lady Danbury pôde fazer isso comigo?

– Agatha não tinha conhecimento do que estava acontecendo entre nós. Seja qual for a culpa que você resolva delegar, nenhuma pode recair sobre os ombros dela.

– Eu confiei nela – continuou Elizabeth. – Ela era como uma mãe para mim. Por que deixou que isso acontecesse?

– James? Elizabeth?

Os dois se viraram para ver uma abóbora muito hesitante enfiar a cabeça pelo canto da casa, seguida por um pirata de cabelos negros um tanto irritado, que acenava com os braços na direção oposta à da casa e gritava:

- Vão embora! Todos vocês! Não há nada para ver aqui.

- Esta não é uma boa hora, Caroline - disse James, o tom tenso.

- Na verdade acredito que é exatamente a hora certa - retrucou ela suavemente. - Não seria melhor entrar? Encontrar um lugar reservado?

Blake Ravenscroft, marido de Caroline e melhor amigo de James, se adiantou.

- Ela está certa, James. Já estão começando o falatório. Metade da festa estará se esgueirando até aqui em questão de minutos.

Caroline assentiu.

- Temo que haja um terrível escândalo.

- Estou certa de que o escândalo já se instaurou - retrucou Elizabeth. - Não que eu me importe. Tenho certeza de que nunca mais voltarei a ver essas pessoas.

James cravou as unhas nas palmas das mãos. Estava ficando cansado da teimosia de Elizabeth. Em nenhum momento ela lhe dera a oportunidade de se explicar. E aquela conversa sobre confiar nele? Se ela realmente confiasse, teria deixado que ele falasse.

- Você *vai* ver essas pessoas de novo - disse James em uma voz perigosa.

- Ah, é mesmo? E quando será isso? - ironizou Elizabeth. - Não sou do seu nível, como você tão eficientemente, mesmo que em segredo, deixou claro.

- Não - falou ele, baixinho -, você é melhor.

Isso a fez ficar em silêncio. A boca de Elizabeth tremeu e sua voz também saiu trêmula quando ela finalmente disse:

- Não, não faça isso. O que você fez é imperdoável e não pode usar palavras doces para tentar se redimir.

James cerrou os dentes e deu um passo na direção dela, sem se importar com o modo como Caroline e Blake o encaravam boquiabertos.

- Vou lhe dar um dia para se recuperar da raiva que está sentindo, Elizabeth. Você terá até essa mesma hora, amanhã.

- E então o que acontecerá?

Os olhos de James ardiam quando ele se inclinou para a frente, intimidando-a de propósito com seu tamanho.

- Então você vai se casar comigo.

CAPÍTULO 18

Elizabeth acertou outro soco em James e, dessa vez, pegou-o tão desprevenido que ele caiu no chão.

– Que coisa horrível de se dizer! – gritou.

– Elizabeth – disse Caroline, segurando o pulso da jovem e puxando-a para o lado. – Acho que ele acabou de pedi-la em casamento. Isso é uma coisa *boa* de se dizer. Uma coisa boa. – Ela se virou para o marido, que estava olhando para James e tentando não rir. – Não é uma coisa boa?

– Ele não falou a sério – retrucou Elizabeth irritada. – Só está dizendo isso porque se sente culpado. Sabe que o que fez foi errado e...

– Espere um momento – intrometeu-se Blake. – Achei que a senhorita tinha dito que ele nem sabia que havia feito algo errado.

– Ele não sabia. Não sabe. Eu não sei! – Elizabeth se virou e estreitou os olhos na direção do belo cavalheiro moreno. – E o senhor nem estava aqui. Como sabe o que eu falei? Ficou escutando a nossa conversa?

Blake, que trabalhara com James no Departamento de Guerra por muitos anos, apenas deu de ombros.

– Temo que eu tenha feito isso no automático.

– Ora, é um hábito lamentável. Eu... – Elizabeth se interrompeu e gesticulou na direção dele de forma impaciente. – Quem é o senhor?

– Blake Ravenscroft – respondeu ele, inclinando o corpo em uma saudação educada.

– Meu marido – esclareceu Caroline.

– Ah, sim, o que é amigo *dele* – Elizabeth agora gesticulou com a mão na direção de James, que estava sentado no chão, segurando o nariz – há anos. Perdoe-me se esse vínculo não me faz vê-lo com bons olhos.

Blake apenas sorriu.

Elizabeth balançou a cabeça, sentindo-se estranhamente desequilibrada. O mundo estava desmoronando ao seu redor em uma velocidade alucinante, todos falavam ao mesmo tempo, e a única coisa a que ela parecia capaz de se agarrar era à raiva que sentia por James. Elizabeth sacudiu o dedo na direção dele, ainda encarando Blake com severidade.

– Ele é um aristocrata. Um maldito marquês.

– Isso é assim tão ruim? – perguntou Blake, erguendo as sobrancelhas.

– Ele deveria ter me contado!

– James – recomeçou Caroline, ajoelhando-se perto dele da melhor forma que sua fantasia permitiu –, você está sangrando?

Sangrando? Elizabeth odiava se importar com isso mas não conseguiu evitar um arquejo e se virou de imediato para James. Nunca o perdoaria pelo que ele fizera, e com certeza nunca mais queria voltar a vê-lo, mas também não gostaria que ele estivesse *ferido*.

– Não estou sangrando – resmungou James.

Caroline olhou para o marido e contou:

– Ela deu dois socos nele.

– Dois? – Blake sorriu. – É mesmo?

– Isso não é engraçado – ralhou Caroline.

Blake se virou para James.

– Você deixou que ela o socasse duas vezes?

– Maldição, fui eu que lhe ensinei.

– Isso, meu bom amigo, mostra uma incrível falta de visão da sua parte.

James o encarou com irritação.

– Eu estava tentando lhe ensinar a se proteger.

– De quem? De você?

– Não! De... Ah, pelo amor de Deus, o que isso importa, eu... – James viu Elizabeth se afastando aos pouquinhos e rapidamente se colocou de pé. – Você não vai a lugar algum – grunhiu ele, agarrando a faixa na cintura da fantasia dela.

– Solte-me! Argh... ah... James! – Elizabeth se debateu como um peixe fora da água, tentando sem sucesso se virar para conseguir fuzilá-lo com o olhar. – Tire. As mãos. De MIM!

– Nem em um milhão de anos.

Elizabeth olhou para Caroline com uma expressão de súplica. Com certeza outra mulher seria solidária à causa dela.

– Por favor, diga a ele para me soltar.

Caroline olhou de Blake para James, e então voltou-se novamente para Elizabeth. Claramente dividida entre a lealdade ao antigo amigo e à simpatia por Elizabeth, ela balbuciou:

– Eu... não sei o que está acontecendo, a não ser pelo fato de ele não ter dito a você quem era.

– Isso não é o bastante?

– Ora, James raramente conta quem ele é – declarou Caroline.

– O quê? – perguntou Elizabeth em uma voz aguda, virando o corpo para conseguir empurrar o ombro aristocrático de James. – Você já fez isso antes? Criatura desprezível, amoral...

– Já basta! – bradou James.

Seis cabeças espiaram do canto da casa.

– Acho de verdade que deveríamos entrar na casa – disse Caroline em uma voz fraca.

– A menos que vocês *prefiram* ter uma plateia – acrescentou Blake.

– Quero ir para casa – declarou Elizabeth, mas ninguém a escutou.

Ela não soube por que isso a surpreendeu, ninguém a ouvira a noite toda.

James assentiu brevemente para Blake e Caroline, e indicou a casa com um movimento rápido de cabeça. Ele segurou com mais força a faixa do vestido de Elizabeth e, quando entrou na casa, não houve nada que ela pudesse fazer além de acompanhá-lo.

Poucos momentos depois, Elizabeth se viu na biblioteca, o que era o mais cruel toque de ironia. *Como se casar com um marquês* ainda repousava na estante, no local exato onde ela o deixara.

Conteve um desejo irracional de começar a rir. A Sra. Seeton estava certa, *havia mesmo* um marquês em cada canto. A nobreza estava por toda parte, só esperando para humilhar mulheres pobres e desavisadas.

E James fizera isso. Ele a humilhara o tempo todo que passara ensinando a ela como agarrar um marquês – um maldito *marquês*. Toda vez que ele tentara ensinar a ela como sorrir ou como flertar ela fora diminuída. E quando ele a beijara, fingindo não passar de um administrador sem recursos, ele a maculara com suas mentiras.

Se James não a estivesse segurando pela faixa da fantasia, Elizabeth provavelmente teria pegado o maldito livro e o arremessado pela janela... e aproveitaria para empurrar James também.

Elizabeth sentiu os olhos dele em seu rosto, fazendo sua pele arder, e quando o encarou percebeu que ele acompanhara o olhar dela na direção do livro da Sra. Seeton.

– Não diga nada – sussurrou ela, dolorosamente consciente da presença dos Ravenscrofts. – Por favor, não me deixe constrangida dessa maneira.

James assentiu de forma breve, e Elizabeth sentiu o corpo todo relaxar de alívio. Não conhecia Blake e mal sabia sobre Caroline, mas não conseguiria suportar que eles soubessem que ela fora tão patética a ponto de buscar um manual para conseguir um marido.

Blake fechou a porta da biblioteca, então olhou para as pessoas ali dentro com uma expressão neutra.

– Hã... – começou ele, os olhos indo de Elizabeth para James –, gostariam que saíssemos?

– Sim – disse James em tom azedo.

– Não! – praticamente gritou Elizabeth.

– Acho que deveríamos ir – sugeriu Blake à esposa.

– Elizabeth quer que fiquemos, e não podemos deixá-la aqui sozinha com ele – argumentou Caroline.

– Não seria apropriado – apressou-se a acrescentar Elizabeth.

Ela não queria ficar sozinha com James. Se ficassem a sós, ele a venceria pelo cansaço, a faria esquecer sua raiva. Usaria palavras suaves, toques delicados, e ela acabaria perdendo de vista o que era verdade e o que era certo. Elizabeth sabia que James tinha aquele poder, e odiava a si mesma por isso.

– Acho que já passamos da fase do que é apropriado – retorquiu James.

Caroline se sentou na beirada da mesa.

– Ah, céus...

Blake encarou a esposa com um olhar divertido.

– Desde quando você passou a se preocupar tanto com o que é ou não apropriado?

– Desde... ah, fique quieto. – Então, em uma voz sussurrada, acrescentou: – Você não quer que eles se casem?

– Eu nem sequer sabia da existência dela até dez minutos atrás.

– Não vou me casar com ele – declarou Elizabeth, tentando não reparar no modo como sua voz vacilou ao dizer aquelas palavras. – E eu agradeceria se vocês dois não falassem como se eu não estivesse aqui.

Caroline baixou os olhos.

– Desculpe – murmurou. – Odeio quando as pessoas fazem isso comigo.

– Quero ir para casa – repetiu Elizabeth.

– Eu sei, querida – murmurou Caroline –, mas precisamos mesmo resolver esse assunto e...

Alguém começou a bater na porta.

– Vá embora! – gritou Blake.

– Você vai se sentir muito melhor pela manhã se resolvermos isso agora – continuou Caroline. – Eu lhe prometo que...

– SILÊNCIO!

A voz de James reverberou no cômodo com tanta força que Elizabeth se sentou. Infelizmente a mão dele ainda estava ao redor da faixa do vestido, então ela se viu arquejando por ar, a faixa apertando suas costelas.

– James, me solte – ofegou.

Ele a soltou, embora provavelmente mais por causa do desejo de balançar o punho para todos os que estavam na biblioteca do que por qualquer outra coisa.

– Pelo amor de Deus – esbravejou ele –, como um homem consegue *pensar* com todo esse barulho? Será que podemos ter uma conversa civilizada? Apenas um assunto de cada vez, para que todos possamos acompanhar?

– Na verdade, se analisarmos bem, *estamos* discutindo um único assunto. É claro que estamos todos falando *ao mesmo tempo*... – argumentou Caroline, provavelmente em uma iniciativa não muito esperta.

O marido a puxou para o seu lado com firmeza o bastante para que ela deixasse escapar um gritinho. Depois disso, Caroline não disse mais nada.

– Preciso falar com Elizabeth – disse James. – A sós.

A resposta de Elizabeth foi rápida e firme.

– Não.

Blake começou a caminhar na direção da porta, arrastando Caroline atrás de si.

– Está na hora de irmos, querida.

– Não podemos deixá-la aqui sozinha contra a vontade dela – protestou Caroline. – Não está certo, e em sã consciência não posso...

– Ele não vai machucá-la – interrompeu Blake.

Mas Caroline fincou o pé ao redor da perna de uma mesa.

– Não vou deixá-la aqui – insistiu.

Do outro lado da sala, Elizabeth disse um "obrigada" comovido e silencioso, apenas mexendo os lábios.

– Blake... – falou James, olhando de relance para Caroline, que havia passado os braços de abóbora ao redor de uma poltrona.

Blake deu de ombros.

– Você logo saberá, James, que há momentos em que um homem não pode discutir com a esposa.

– Ora, ele vai aprender isso com alguma outra esposa, porque *eu* não vou me casar com ele – declarou Elizabeth.

– Ótimo! – explodiu James, acenando com o braço na direção de Blake e Caroline em um gesto irritado. – Fiquem e escutem. De qualquer forma, era provável que ficassem ouvindo atrás da porta. E quanto a *você*... – Ele voltou o olhar furioso para Elizabeth. – Você *vai* me escutar e *vai* se casar comigo.

– Está vendo? – sussurrou Caroline para Blake. – Eu sabia que ele mudaria de ideia e nos deixaria ficar.

James se virou lentamente na direção do casal, o pescoço tão tenso que seu maxilar tremia.

– Ravenscroft – disse para Blake, a voz controlada –, você nunca teve necessidade de estrangulá-la?

– Ah, o tempo todo – respondeu o amigo em tom animado. – Mas na maior parte do tempo fico feliz por ter sido eu a me casar com ela, e não você.

– O quê? – perguntou Elizabeth em uma voz muito aguda. – Ele a pediu em casamento? – Ela balançou a cabeça para a frente e para trás por vários segundos antes de conseguir parar de movê-la e fixar os olhos em Caroline. – Ele a pediu em casamento?

– Sim – respondeu Caroline com um dar de ombros despreocupado. – Mas não estava falando sério.

Elizabeth se virou para James com uma expressão dura nos olhos.

– Você tem o hábito de fazer pedidos de casamento falsos?

James se voltou para Caroline com uma expressão ainda mais severa.

– Você *não* está melhorando a situação.

Caroline encarou o marido com olhos inocentes.

– Não me peça ajuda – disse Blake.

– Ele teria se casado comigo se eu tivesse aceitado – explicou Caroline após dar um suspiro alto. – Mas James só me pediu em casamento para incitar Blake a fazer o mesmo. Na verdade, foi uma atitude muito atenciosa da parte dele. James será um marido maravilhoso, Elizabeth. Eu garanto.

Elizabeth encarou os três com perplexidade. Observá-los interagindo era exaustivo.

– Nós a estamos confundindo, não estamos? – perguntou Caroline.

Elizabeth ficou completamente sem palavras.

– É mesmo uma história sensacional – disse Blake com um dar de ombros. – Eu escreveria um livro a respeito, mas sei que ninguém acreditaria em mim.

– Acha mesmo? – perguntou Caroline, os olhos iluminados de prazer. – Que título você daria ao livro?

– Não sei... – falou Blake, esfregando o queixo. – Talvez algo sobre como agarrar uma herdeira.

James aproximou o rosto do de Blake.

– Por que não *Como deixar seus amigos completa e irrevogavelmente loucos*?

Elizabeth balançou a cabeça.

– Vocês são *todos* loucos. Estou certa disso.

Blake deu de ombros.

– Eu também tenho certeza disso pelo menos metade do tempo.

– Eu poderia por favor ter uma palavra com Elizabeth? – perguntou James, irritado.

– Desculpe – pediu Blake em uma voz claramente determinada a irritar. – Esqueci completamente por que estamos aqui.

James enfiou a mão esquerda nos cabelos, logo acima da testa, e puxou-os. Pareceu a única maneira de evitar apertar o pescoço de Blake.

– Estou começando a perceber por que é melhor cortejar uma mulher em particular.

Blake ergueu a sobrancelha.

– O que quer dizer com isso?

– Que vocês arruinaram tudo.

– Por quê? – atacou Elizabeth. – Porque ela revelou a sua identidade de forma inadvertida?

– Eu ia lhe contar tudo amanhã.

– Não acredito em você.

– Não me importo se acredita ou não! – berrou James. – É a verdade.

– Perdoem a interrupção – pontuou Caroline –, mas não deveria se importar se ela acredita ou não em você? Afinal, você a pediu em casamento.

James começou a tremer, desesperado para estrangular alguém naquela biblioteca, mas sem saber exatamente com quem estava mais furioso. Havia Blake, com seus olhares debochados; Caroline, que certamente era a mulher mais enxerida de toda a criação; e *Elizabeth*...

Elizabeth. Sim, devia ser ela a pessoa de quem ele realmente queria apertar o pescoço, porque só o fato de pensar no nome dela já fazia sua temperatura se elevar vários graus. E não apenas devido à paixão.

Estava furioso. Os ossos trêmulos, os dentes cerrados, os músculos prestes a saltar da pele. E as três pessoas no local claramente não se davam conta do perigo que estavam correndo cada vez que faziam outra piadinha idiota.

– Vou falar agora – falou James, mantendo a voz lenta e controlada. – E a pessoa que me interromper vai ser jogada pela janela. Fui claro?

Ninguém disse nada.

– *Fui claro*?

– Achei que você quisesse que ficássemos quietos – ironizou Blake.

O que foi o incentivo de que Caroline precisava para abrir a boca e dizer:

– Você acha que ele percebeu que a janela não está aberta?

Elizabeth levou a mão à boca. James a encarou com severidade. Que Deus a ajudasse se ela risse.

Ele respirou fundo e fitou muito sério os olhos azuis de Elizabeth.

– Eu não lhe contei quem eu era porque fui chamado até aqui para investigar a chantagem que estão fazendo com a minha tia.

– Alguém está chantageando a sua tia? – perguntou Caroline em um sussurro.

– Santo Deus! – exclamou Blake. – O cretino deve estar querendo morrer. – Ele se voltou para Elizabeth. – Falando por mim, tenho pavor daquele velho dragão.

James olhou para os Ravenscrofts, então voltou-se expressivamente para a janela e tornou a olhar para Elizabeth.

– Não teria sido prudente informá-la dos meus reais propósitos aqui na Casa Danbury porque, caso não se lembre, *você* era a primeira suspeita.

– Você suspeitou de Elizabeth? – interrompeu Caroline. – Está completamente louco?

– Ele suspeitou – afirmou Elizabeth. – E está. Louco, quero dizer.

James respirou fundo mais uma vez. Estava a dois passos de entrar em combustão espontânea.

– Eu logo retirei Elizabeth da lista de suspeitos – declarou.

– E foi nesse momento que você deveria ter me contado quem era – apontou Elizabeth. – Antes de... – Ela se interrompeu e abaixou os olhos.

– Antes do quê? – perguntou Caroline.

– A janela, minha querida – falou Blake, dando um tapinha carinhoso no braço da esposa. – Lembre-se da janela.

Ela assentiu e se voltou para James e Elizabeth, na expectativa.

James a ignorou de propósito e se concentrou apenas em Elizabeth. Ela estava sentada em uma cadeira, as costas muito retas, o rosto parecendo tão tenso que ele achou que a mais suave carícia a faria perder o controle. James tentou se lembrar de como Elizabeth estava apenas uma hora antes, ruborizada de paixão e prazer. Para seu grande horror, não conseguiu.

– Não revelei minha identidade a você naquele momento porque senti que antes de tudo eu devia explicações à minha tia. Ela tem sido...

Ele buscou palavras que pudessem explicar a profundidade de sua devoção pela velha dama tão caprichosa, mas então lembrou que Elizabeth conhecia o seu passado. Na verdade, ela era a única pessoa a quem ele contara toda a história de sua infância. Até mesmo Blake só sabia de algumas partes.

– Ela vem sendo muito importante para mim ao longo dos anos – declarou James finalmente. – Eu não poderia...

– Você não precisa me explicar seu amor por lady Danbury – disse Elizabeth em uma voz suave, sem encontrar os olhos dele.

– Obrigado. – Ele pigarreou. – Eu não sabia... ainda não sei... a identidade do chantagista. Além disso, não tenho como determinar se esse indivíduo pode vir a ser perigoso. Não vi motivo para arrastá-la ainda mais para dentro da questão.

Elizabeth levantou a cabeça rapidamente e a expressão que James viu nos olhos dela foi de partir o coração.

– Certamente você sabe que eu jamais faria qualquer mal a lady Danbury.

– É claro que sei. Sua devoção a ela é óbvia. Mas permanece o fato de que você não tem experiência nesses assuntos e...

– E *você* tem experiência? – perguntou ela, o sarcasmo evidente, mas não ofensivo.

– Elizabeth, passei a maior parte da última década trabalhando para o Departamento de Guerra.

– O revólver – sussurrou ela. – O modo como você atacou Fellport. Eu sabia que havia algo estranho ali.

James praguejou baixinho.

– Minha briga com Fellport não teve nada a ver com a minha experiência no Departamento de Guerra. Pelo amor de Deus, Elizabeth, o homem havia atacado você.

– Sim – retrucou ela –, mas você pareceu ter muita familiaridade com a violência. Foi fácil demais para você. O modo como sacou o revólver... passou a impressão de ter muita experiência em fazer aquilo.

James se inclinou para a frente, os olhos ardentes fixos nos dela.

– O que eu senti naquele momento estava muito longe do familiar. Foi ódio, Elizabeth, puro e primitivo, e completamente diferente de qualquer coisa que já tenha corrido pelas minhas veias.

– Você... você nunca tinha sentido ódio antes?

Ele fez que não com a cabeça lentamente.

– Não daquele jeito. Fellport ousou atacar o que era meu. Ele tem sorte de eu tê-lo deixado vivo.

– Não sou sua – sussurrou ela.

Mas faltou confiança na voz.

– Não?

Do outro lado do cômodo, Caroline suspirou.

– James, não consigo perdoá-lo. Simplesmente não consigo – disse Elizabeth.

– Por que diabo você não consegue me perdoar? – James perdeu a calma. – Por não ter lhe contado que eu tenho um título? Achei que você houvesse dito que não queria um maldito marquês.

Com um pouco menos de raiva, ela sussurrou:

– O que quer dizer?

– Não se lembra? Foi aqui mesmo nessa biblioteca. Você estava segurando o livro e...

– Não mencione aquele livro – reclamou Elizabeth, a voz baixa e furiosa. – Nunca mais o mencione.

– Por que não? – provocou James, a raiva e a mágoa tornando-o cruel. – Por que não quer ser lembrada de como estava desesperada, voraz e ambiciosa?

– James! – exclamou Caroline. – Pare com isso.

Mas ele estava magoado demais, descontrolado demais.

– Você não é melhor do que eu, Elizabeth Hotchkiss. Fica pregando sobre honestidade, mas estava disposta a preparar uma armadilha para algum tolo inocente a fim de arrastá-lo para o casamento.

– Eu não estava! Jamais teria me casado com alguém sem me certificar de que ele soubesse da minha situação antes. Você sabe disso.

– Sei? Não me lembro de você ter mencionado esses princípios tão nobres. Na verdade, tudo que lembro é de você ensaiando seus truques comigo.

– Você me pediu para fazer isso!

– James Siddons, administrador, era bom o bastante para ser provocado, mas não para ser seu marido. Era isso? – comentou ele com desdém.

– Eu amava James Siddons! – deixou escapar Elizabeth.

Então, chocada com o que dissera, ficou de pé de um pulo e disparou em direção à porta.

Mas James era muito rápido. Ele bloqueou o caminho dela e perguntou em um sussurro:

– Você me amava?

– Eu amava *James Siddons* – repetiu ela em um lamento. – Não sei quem é você.

– Sou o mesmo homem.

– Não, você não é. O homem que eu conheci era uma mentira. Ele não teria me ridicularizado como você fez. E ainda assim... – A voz dela falhou e uma risada horrorizada escapou de seus lábios. – E ainda assim, ele fez isso. Não fez?

– Pelo amor de Deus, Elizabeth, o que foi que eu fiz de tão vil e cruel?

Ela o encarou sem acreditar.

– Você nem sequer imagina, não é? Você me dá nojo.

James sentiu os músculos do pescoço se retesarem de raiva e precisou de cada grama de controle para não agarrá-la pelos ombros e sacudi-la até que ela recuperasse o bom senso. A raiva e a mágoa que sentia eram tão agudas que ele teve medo de que uma mínima demonstração de emoção pudesse desencadear uma terrível onda de fúria. Finalmente, exercendo um autocontrole que ele mal conseguia acreditar possuir, James conseguiu dizer apenas:

– Explique-se.

Elizabeth ficou absolutamente imóvel por um momento, então bateu o pé, atravessou a biblioteca e pegou o exemplar de *Como se casar com um marquês* que estava na prateleira.

– Você se lembra disso? – gritou ela, sacudindo o livrinho vermelho no ar. – Lembra-se?

– Acho que você me pediu para não mencioná-lo na frente dos Ravenscrofts.

– Não importa. Você já me humilhou na frente deles de qualquer modo. Posso muito bem terminar o serviço.

Caroline pousou a mão no braço de Elizabeth para confortá-la.

– Acho você muito corajosa – disse ela com suavidade. – Por favor, não pense que deve se sentir envergonhada de forma alguma.

– Ah, você não acha que devo? – disparou Elizabeth, engasgando a cada palavra. – Ora, então olhe para *isso*!

Ela colocou o livro nas mãos de Caroline.

O livro estava com a capa virada para baixo, então Caroline murmurou que não estava entendendo, até virá-lo e ler o título. Um gritinho de compreensão escapou de seus lábios.

– O que é isso, querida? – perguntou Blake.

Em silêncio, Caroline estendeu o livro ao marido. Ele pegou e o folheou por alguns instantes. Então os dois olharam para James.

– Não estou certa do que aconteceu – disse Caroline com cuidado –, mas a minha imaginação está concebendo todo tipo de desastre.

– Ele me encontrou com isso na mão – contou Elizabeth. – Sei que é um livro ridículo, mas eu precisava me casar e não tinha ninguém com quem me aconselhar. Então James me pegou com o livro e temi que zombasse de mim. Mas ele não fez isso.

Ela parou para respirar e secou rápido uma lágrima.

– Ele foi muito gentil. E acabou... acabou se oferecendo para me *ensinar*. Concordou que eu jamais poderia ter a esperança de me casar com um marquês...

– Eu nunca disse isso! – argumentou James com veemência. – Você disse. Não eu.

– Ele se ofereceu para me ajudar a interpretar o livro, de modo que...

– Eu me ofereci para queimar o livro, caso não se lembre. Falei a você que não passava de uma tolice. – James a encarou com irritação e, quando isso pareceu não deixá-la abalada, usou o mesmo olhar em Blake e Caroline. Isso também pareceu não ter efeito, então ele se voltou novamente para Elizabeth e gritou: – Pelo amor de Deus, mulher, só há uma regra naquele maldito livro que vale a pena seguir!

– E qual é? – perguntou Elizabeth com desdém.

– Que você se case com seu maldito marquês!

Ela ficou em silêncio por um longo momento, os olhos azuis presos aos dele. Então, em um movimento que partiu o coração de James, deu as costas.

– James disse que me ajudaria a aprender como conquistar um marido – contou ela aos Ravenscrofts. – Mas ele nunca me contou quem era. Nunca me disse que era um maldito *marquês*.

Ninguém fez qualquer comentário, assim Elizabeth deixou escapar um suspiro amargo e concluiu:

– E agora vocês conhecem a história toda. Como ele se divertiu comigo e com a minha infeliz situação.

James atravessou a biblioteca em um piscar de olhos.

– Nunca ri de você, Elizabeth – disse ele, encarando-a com intensidade. – Você precisa acreditar nisso. Nunca tive a intenção de magoá-la.

– Pois bem, magoou.

– Então case-se comigo. Deixe-me passar a vida me redimindo com você.

Uma lágrima grossa escapou pelo canto do olho de Elizabeth.

– Você não quer se casar comigo.

– Eu a pedi em casamento várias vezes – defendeu-se ele com um suspiro de impaciência. – De que outra prova você precisa?

– Não posso ter meu orgulho? Ou essa é uma emoção reservada à elite?

– Sou uma pessoa assim tão terrível? – A pergunta foi pontuada por um outro suspiro vagamente desconcertado. – Muito bem, eu não lhe disse quem eu era. Desculpe. Perdoe-me por ter gostado... não, por ter me regozijado... com o fato de você ter se apaixonado *por mim*, não pelo meu título, pelo meu dinheiro ou por qualquer outra coisa. Apenas por mim.

Elizabeth deixou escapar um som engasgado.

– Então foi um teste?

– Não! – praticamente gritou James. – É claro que não foi um teste. Eu lhe disse que tinha razões muito importantes para esconder minha identidade. Mas... mas... – Ele lutou para encontrar as palavras, sem ter ideia de como expressar o que havia em seu coração. – Mas ainda assim foi bom. Você não tem ideia, Elizabeth. Não tem a menor ideia.

– Não – admitiu ela baixinho. – Não tenho.

– Não me castigue, Elizabeth.

A voz dele estava carregada de sentimento, e Elizabeth sentiu aquele tom cálido de barítono alcançar o fundo de sua alma. Precisava sair dali, tinha que escapar antes que ele tecesse mais mentiras ao redor do coração dela.

Elizabeth se desvencilhou das mãos dele e se apressou na direção da porta.

– Tenho que ir – falou, o pânico aumentando em sua voz. – Não posso ficar com você neste momento.

– Para onde vai? – perguntou James, seguindo-a devagar.

– Para casa.

Ele esticou o braço para evitar que ela saísse.

– Não vai caminhar sozinha até em casa. Já está de noite, e esse distrito está cheio de bêbados desvairados.

– Mas...

– Não me importo se você me odeia – falou James em um tom que não deixava margem para protestos. – Não vou permitir que saia daqui sozinha.

Elizabeth dirigiu um olhar suplicante a Blake.

– Então o senhor pode fazer isso. Me levaria até em casa? Por favor?

Blake ficou de pé e seus olhos encontraram brevemente os de James antes de ele assentir.

– Seria uma honra.

– Tome conta dela – disse James emburrado.

Blake voltou a assentir.

– Você sabe que farei isso.

Ele tomou Elizabeth pelo braço e a acompanhou para fora da biblioteca.

James os observou partir, então apoiou-se contra a parede, o corpo tremendo com toda a emoção que mantivera contida durante toda a noite. A fúria, a mágoa, a irritação e até mesmo a maldita frustração, afinal não alcançara o próprio prazer no bosque com Elizabeth. Tudo aquilo parecia estar devorando-o por dentro, tornando difícil até respirar.

Ele ouviu o som de um muxoxo e levantou os olhos. Maldição, havia se esquecido completamente de que Caroline ainda estava ali.

– Ah, James – disse ela em um suspiro. – Como você pôde?

– Poupe-me, Caroline – retrucou ele irritado. – Apenas me poupe.

Então James saiu como um raio da biblioteca e atravessou o salão sem prestar atenção em quem estava à sua volta. Havia uma garrafa de uísque em seu chalé que prometia ser a melhor companhia da noite.

CAPÍTULO 19

Não demorou muito para Elizabeth chegar à conclusão de que Blake Ravenscroft, apesar de ser amigo íntimo de James, era um homem muito sábio. Enquanto a acompanhava até em casa, não ficou puxando conversa nem fez perguntas indiscretas. Só o que fez foi dar um tapinha carinhoso no braço dela e dizer:

– Se precisar de alguém, estou certo de que Caroline terá prazer em conversar com você.

Era preciso ser um homem muito esperto para saber quando manter a boca fechada.

O caminho de charrete até a casa dela foi feito em silêncio, salvo pelas ocasionais orientações de Elizabeth em relação ao caminho que deveria ser seguido.

No entanto, quando se aproximaram do chalé Hotchkiss, Elizabeth ficou surpresa ao ver a casinha toda iluminada.

– Santo Deus – murmurou ela. – Eles devem ter acendido todas as velas da casa.

Então, é claro, por força do hábito, começou a fazer de cabeça as contas do gasto com aquela iluminação toda e rezou para que as crianças não tivessem usado nenhuma das velas caras de cera de abelha que ela costumava reservar para quando tinham visita.

Blake tirou os olhos do caminho e a encarou.

– Algum problema?

– Espero que não. Não posso imaginar.

A charrete parou e Elizabeth desceu sem esperar pela ajuda de Blake. Não havia motivo algum para que o chalé Hotchkiss estivesse tão movimentado. Havia barulho o bastante na casa para acordar os mortos, e por mais que parecessem sons estridentes e animados, Elizabeth não conseguiu controlar o pânico que lhe subiu pelo peito.

Ela entrou correndo e seguiu os gritinhos e risadas até a sala de estar. Susan, Jane e Lucas estavam de mão dadas, girando em círculo, rindo e cantando canções vulgares a plenos pulmões.

Elizabeth ficou absolutamente chocada. Nunca vira os irmãos agindo daquele jeito. Gostava de pensar que conseguira resolver a maior parte das preocupações deles durante os últimos cinco anos e que as crianças haviam tido uma infância agradável, razoavelmente livre de preocupações, mas nunca os vira tão completamente bêbados de felicidade.

Ela sentiu Blake parado ao seu lado e não conseguiu encontrar uma resposta quando ele sussurrou:

– Você sabe o que aconteceu?

Depois de cerca de cinco segundos, Susan viu a irmã parada na porta, observando-os boquiaberta, e parou a ciranda, fazendo com que Jane e Lucas caíssem um por cima do outro em um emaranhado de braços finos e cabelos louros.

– Elizabeth! – exclamou Susan. – Já chegou!

Elizabeth assentiu devagar.

– O que está acontecendo? Não esperava que ainda estivessem acordados.

– Ah, Elizabeth! – exclamou Jane, entusiasmada. – A coisa mais maravilhosa. Você não vai acreditar!

– Que ótimo – retrucou Elizabeth, ainda muito abalada para conseguir colocar qualquer sentimento nas palavras.

Mas tentou. Não sabia o que acontecera para provocar tanta alegria nos irmãos, mas achava que devia apagar um pouco da mágoa nos olhos por eles e ao menos tentar parecer animada.

Susan correu até a irmã, segurando um pedaço de papel que pegara na escrivaninha.

– Olhe o que chegou enquanto você estava fora. Um mensageiro trouxe.

– Um mensageiro *de libré* – acrescentou Jane. – E era absurdamente lindo.

– Era um criado – disse Lucas à irmã.

– Isso não exclui o fato de que era lindo – retorquiu ela.

Elizabeth se pegou sorrindo. Ouvir Lucas e Jane implicando um com o outro era muito maravilhosamente *normal*. Bem diferente do resto daquela noite terrível. Ela pegou o papel da mão de Susan e o leu.

Suas mãos começaram a tremer.

– Não é incrível? – perguntou Susan, os olhos azuis cintilando de encantamento. – Quem teria imaginado?

Elizabeth não disse nada, pois estava tentando conter a onda de náusea que ameaçava subir pela sua garganta.

– Quem você acha que pode ter feito isso? – perguntou Jane. – Deve ser alguém fantástico. A pessoa mais adorável e generosa do mundo todo.

– Me permite? – murmurou Blake.

Em silêncio, Elizabeth estendeu o papel para ele. Quando se deu conta, Susan, Jane e Lucas a estavam encarando com expressões perplexas.

– Você não está feliz? – quis saber Jane.

Blake devolveu o papel e Elizabeth voltou a lê-lo, como se reler o que estava escrito pudesse mudar a mensagem ofensiva.

Sir Lucas Hotchkiss,
Srta. Hotchkiss,
Srta. Susan Hotchkiss,
Srta. Jane Hotchkiss,

É com grande prazer que informo que sua família é destinatária dessa doação anônima no valor de 5 mil libras.

Outros acordos foram feitos por seu benfeitor para que Sir Lucas frequente Eton. Ele deve se reportar à escola no começo do próximo ano letivo.

Sinceramente,
George Shillingworth
Shillingworth and Son, Advogados

Era de James. Só podia ser. Ela se virou para Blake, incapaz de disfarçar a dureza do olhar.

– Ele só teve a intenção de ajudá-la – disse Blake baixinho.

– É insultante – retrucou ela, mal conseguindo pronunciar as palavras. – Como posso aceitar isso? Como eu poderia...

Ele pousou a mão sobre o braço dela.

– Você está exausta. Talvez seja melhor pensar a respeito pela manhã...

– É claro que estou exausta! Eu...

Elizabeth percebeu o rosto assustado dos irmãos e cobriu a boca com a mão, horrorizada com a própria falta de controle.

Três pares de olhos azuis iam do rosto dela para o do Sr. Ravenscroft, que os irmãos nem sequer *conheciam*, e...

Sr. Ravenscroft. Precisava apresentá-lo às crianças. Eles já estavam perturbados o bastante com a reação dela e ao menos deveriam saber quem estava parado no saguão da casa deles.

– Susan, Jane, Lucas – disse ela tentando manter a voz neutra –, esse é o Sr. Ravenscroft. Ele é amigo do... – Elizabeth engoliu em seco. Quase dissera "Sr. Siddons", mas aquele não era o verdadeiro nome dele, certo? – É amigo de lady Danbury – completou. – E fez a gentileza de me acompanhar até em casa.

Os irmãos murmuraram cumprimentos. Elizabeth se virou para Blake e falou:

– Sr. Ravenscroft, esses são... – Ela se interrompeu e estreitou os olhos. – Quero dizer, é *Sr.* Ravenscroft, não é? Ou o senhor também está escondendo algum tipo de título?

Blake fez que não com a cabeça com a sombra de um sorriso no canto dos lábios.

– Um mero senhor, sinto muito, mas se for necessário revelar tudo, meu pai era visconde.

Elizabeth quis sorrir, pois sabia que os comentários dele tinham a intenção de divertir, mas não conseguiu. Em vez disso, virou-se para os irmãos e com o coração pesado falou:

– Não podemos aceitar isso.

– Mas...

– Não podemos. – Elizabeth nem reparou que irmão havia se manifestado e já rechaçou o protesto. – É dinheiro demais. Não podemos aceitar esse tipo de caridade.

Aparentemente, Jane discordava.

– Mas você não acha que quem quer que tenha nos dado esse dinheiro queria que ficássemos com ele?

Elizabeth tentou engolir o nó que parecia apertar sua garganta. Quem poderia saber o que James pretendera? Aquilo tudo seria parte de um grande plano para zombar dela? Depois de tudo o que ele já fizera, quem poderia saber como funcionava a mente dele?

– Com certeza acho – respondeu ela com cautela –, caso contrário não teria nossos nomes no início da carta. Mas isso é irrelevante. Não podemos aceitar essa quantidade de dinheiro de um estranho.

– Talvez não seja um estranho – comentou Susan.

– Então a situação é ainda pior! – rebateu Elizabeth. – Meu Deus, já imaginou? Alguma pessoa horrível nos tratando como marionetes, puxando nossas cordinhas, pensando que pode controlar nosso destino? É doentio. Doentio.

Houve um momento de silêncio, seguido pelo mais terrível dos sons. Lucas, lutando para controlar as lágrimas. Ele levantou os olhos muito arregalados para Elizabeth, com uma expressão de partir o coração.

– Isso significa que eu não poderei ir para Eton? – perguntou o menino em um sussurro.

A respiração de Elizabeth ficou presa na garganta. Ela tentou dizer a Lucas que ele não poderia ir, sabia que *tinha* que dizer a ele que não poderiam aceitar o dinheiro de James, mas as palavras simplesmente não saíram.

Ela ficou parada ali, encarando o rosto trêmulo do irmão. Ele estava se esforçando muito para manter o lábio superior firme e não demonstrar a decepção que sentia. Os bracinhos estavam rígidos como gravetos ao lado do corpo e o queixo projetava-se para a frente, como se manter o maxilar rígido de algum modo ajudasse a conter as lágrimas.

Elizabeth olhou para o irmão e viu o preço do próprio orgulho.

– Não sei quanto a Eton – disse ela, inclinando-se para abraçá-lo. – Talvez ainda possamos arrumar outra forma.

Mas Lucas se afastou.

– Não podemos pagar. Você tentou esconder esse fato, mas sei a verdade. Não pode pagar. Nunca poderei ir.

– Isso não é verdade. Talvez isso – ela indicou vagamente a carta – signifique algo diferente.

Elizabeth deu um sorriso fraco. As palavras dela não transmitiram convicção alguma, e até um menino de 8 anos de idade... *especialmente* um menino de 8 anos de idade... podia dizer que ela estava mentindo.

Os olhos de Lucas se fixaram nos dela pelo momento mais longo e angustiante da vida dela. Então ele apenas engoliu em seco e disse:

– Vou para a cama.

Elizabeth não tentou detê-lo. Não havia nada que pudesse dizer.

Jane o seguiu sem dizer uma palavra, a trancinha loura parecendo de algum modo sem vida.

Elizabeth olhou para Susan.

– Você me odeia?

Susan fez que não com a cabeça.

– Mas não a compreendo.

– Não podemos aceitar isso, Susan. Ficaríamos em dívida com nosso benfeitor pelo resto da vida.

– Mas por que isso importa? Nem sequer sabemos quem ele é!

– Não ficarei em dívida com ele – declarou Elizabeth com determinação. – Não ficarei.

Susan recuou um passo, os olhos arregalados.

– Você sabe quem foi. Sabe quem mandou isso.

– Não – retrucou Elizabeth, mas ambas sabiam que ela estava mentindo.

– Sabe, sim. E é por isso que não vai aceitar.

– Susan, não vou mais discutir esse assunto.

Susan deu as costas e se apoiou no batente da porta quando chegou ao corredor.

– Vou consolar Lucas – avisou. – Ele precisa de um ombro para chorar.

Elizabeth se encolheu.

– Um golpe direto – murmurou Blake, depois que Susan subiu as escadas.

Elizabeth se virou. Havia se esquecido completamente de que ele estava ali.

– Como?

Ele balançou a cabeça.

– Não vale a pena repetir.

As pernas de Elizabeth se recusaram a mantê-la de pé por mais um segundo que fosse, então ela afundou no sofá.

– Parece que o senhor testemunhou todos os meus momentos privados essa noite.

– Nem todos.

Ela deu um sorriso sem humor.

– Imagino que o senhor vá voltar até o marquês e contar tudo a ele.

– Não. Vou contar tudo à minha esposa, mas não a James.

Elizabeth o encarou com uma expressão confusa.

– Então, o que vai dizer a ele?

Blake deu de ombros enquanto se encaminhava para a porta.

– Que ele é um idiota se perder você. Mas imagino que ele já saiba disso.

Elizabeth acordou na manhã seguinte *sabendo* que seria um dia horroroso. Não havia ninguém que desejasse ver, absolutamente ninguém com quem quisesse falar, e isso incluía a si mesma.

Não queria encarar os irmãos e a expressão de decepção no rosto deles. Não queria ver os Ravenscrofts – completos estranhos que haviam testemunhado a absoluta humilhação dela. Recusou-se a visitar lady Danbury, achava que não conseguiria passar o dia na companhia da condessa sem cair em lágrimas e acabar perguntando a ela como tivera coragem de participar da farsa de James.

E com certeza não queria ver James.

Ela se levantou, se vestiu e então voltou a se sentar na cama. Uma estranha indisposição a dominava. O dia anterior fora exaustivo de todas as maneiras... seus pés, sua mente, seu coração, tudo se recusava a funcionar agora. Ficaria feliz se pudesse ficar apenas sentada ali na cama, sem ver ninguém nem fazer nada, por uma semana.

Ora, não exatamente feliz. Feliz era um exagero. Mas o que estava sentindo certamente era melhor do que o que sentiria se alguém batesse na porta e...

Toc, toc.

Elizabeth arregalou os olhos.

– Só uma vez – grunhiu para o teto – o Senhor não poderia me fazer um pequeno favor? – Ela se levantou, deu um passo, então levantou os olhos novamente, as feições assumindo uma expressão de fato decepcionada. – No que se refere a favores, esse teria sido bem pequeno.

Ela abriu a porta. Susan estava parada no corredor, a mão erguida, pronta para bater de novo. Elizabeth não disse nada, principalmente porque tinha a sensação de que não ficaria orgulhosa do seu tom de voz se o fizesse.

– Você tem visita – avisou Susan.

– Não quero vê-lo.

– Não é "ele".

Todo o rosto de Elizabeth se projetou para a frente em uma expressão de surpresa.

– Não?

– Não. – Susan estendeu um cartão de visita cor de creme. – Ela parece ser uma dama muito gentil.

Elizabeth percebeu distraidamente que o cartão era feito do papel mais elegante, o mais caro.

Sra. Blake Ravenscroft

– Presumo que ela seja a esposa do homem que conhecemos ontem. – observou Susan.

– Sim. O nome dela é Caroline. – Elizabeth passou a mão pelos cabelos, que ainda nem conseguira prender. – É uma pessoa muito gentil, mas sinceramente não estou com disposição para receber visitas agora e...

– Perdão – interrompeu Susan –, mas acho que ela não irá embora.

– Como?

– Se não me engano, as palavras exatas dela foram: "Imagino que ela não queira receber visitas, mas ficarei satisfeita em esperar até que ela se sinta mais disposta." Então ela se sentou, pegou um livro...

– Santo Deus, não foi *Como se casar com um marquês*, não é?

– Não, na verdade o livro era preto, estava mais para um caderno... e acho que deve ser algum tipo de diário, porque ela começou a escrever nele. Mas, como eu estava dizendo – continuou Susan –, então ela olhou para mim e disse: "Não precisa se preocupar. Posso entreter a mim mesma."

– Ela disse isso?

Susan assentiu e deu de ombros.

– Portanto, não estou me preocupando. Ela parece perfeitamente satisfeita em ficar escrevendo no livrinho. Mas estou preparando chá, em nome das boas maneiras.

– Ela realmente não vai embora, não é?

Susan fez que não com a cabeça.

– Ela parece a mais determinada das mulheres. Não acho que irá embora até ver você. Eu não ficaria surpresa se a dama tivesse trazido uma muda de roupa.

– Então acho que é melhor arrumar meus cabelos e descer.

Susan estendeu a mão para a pequena penteadeira de Elizabeth e pegou uma escova.

– Eu a ajudarei.

Elizabeth presumiu que aquilo fosse uma desculpa para arrancar informações; Susan nunca se oferecera para arrumar os cabelos dela antes. Mas o movimento da escova em seus cabelos estava tão gostoso que ela resolveu não fazê-la parar. Na verdade, aquele era um raro momento em que alguém cuidava dela.

Elizabeth contou as escovadas em seus cabelos até que Susan começasse a fazer perguntas. Uma, duas, três, quatro. Ah, ela fez uma breve pausa antes da quinta, devia estar se preparando para alguma coisa...

– A visita da Sra. Ravenscroft tem alguma coisa a ver com os acontecimentos da noite passada? – perguntou Susan.

Cinco escovadas. Elizabeth ficou impressionada. Nunca pensara que Susan teria resistido a mais do que três.

Susan passou mais uma vez a escova pelos cabelos de Elizabeth.

– Lizzie? Você me ouviu?

– Certamente não sei o motivo da visita da Sra. Ravenscroft – mentiu Elizabeth.

– Humpf.

– Ai!

– Desculpe.

– Me dê isso! – Elizabeth arrancou a escova da mão da irmã. – E os grampos também. Não confio em você com qualquer objeto pontiagudo.

Susan recuou, os braços cruzados, e franziu o cenho.

– É difícil me concentrar com você me encarando desse jeito – resmungou Elizabeth.

– Ótimo.

– Susan Mary Hotchkiss!

– Não fale comigo como se fosse minha mãe.

Elizabeth deixou escapar um longo e cansado suspiro e passou a mão pela testa. Era só o que faltava naquela manhã...

– Susan – disse em tom calmo –, lhe contarei o que você precisa saber quando eu puder.

Susan ficou encarando-a por vários momentos e parecia estar pesando as palavras.

– É o melhor que posso fazer – acrescentou Elizabeth, enfiando o último grampo nos cabelos. – Portanto, você pode muito bem mostrar um pouco de boa vontade e tentar compreender a minha posição.

Susan assentiu, os olhos escurecendo com um toque de arrependimento. Ela se afastou quando Elizabeth saiu do quarto, então seguiu a irmã pelas escadas.

Quando Elizabeth entrou, Caroline estava aconchegada no sofá da sala de estar, escrevendo em um caderno com capa de couro.

Ao ouvir o som de passos, a dama levantou os olhos.

– Você não está terrivelmente surpresa em me ver, espero.

Elizabeth deu um sorrisinho.

– Eu não estava esperando você, mas agora que está aqui, não, não posso dizer que estou surpresa.

Caroline fechou o caderno.

– Blake me contou tudo.

– Sim, ele disse que contaria. Eu... – Elizabeth parou, olhou sobre o ombro e encarou Susan, que estava se demorando na porta. Diante do olhar irritado, a menina se afastou rapidamente, mas ainda assim Elizabeth se virou para Caroline e disse: – Gostaria de caminhar pela alameda? Não posso antecipar a natureza de sua conversa, mas, se deseja privacidade, sugiro fortemente que saiamos de casa.

Caroline riu.

– Adoro famílias. São muito maravilhosamente enxeridas. – Ela se levantou e levou a mão às costas. – Estou certa de que você preferiria que a sua estivesse na Grécia agora... ou mais longe!... mas não cresci com uma família que fosse minha e posso lhe garantir que é muito bom ter alguém interessado em você a ponto de ficar ouvindo atrás da porta.

– Suponho que isso dependa do humor em que a pessoa está – concedeu Elizabeth.

Caroline deu uma palmadinha na barriga.

– Esse é parte do motivo para eu estar tão ansiosa por esse filho. Não tenho uma família atrás de mim, por isso posso muito bem criar uma para o futuro.

Elas caminharam até a porta da frente e saíram da casa, Caroline ainda segurando seu caderninho preto. Quando estavam fora da vista do chalé, Caroline se virou para Elizabeth e disse:

– Espero que não se sinta insultada pelas ações de James no que se refere à ordem de pagamento.

– Não sei de que outro modo eu poderia me sentir.

Caroline pareceu prestes a dar uma sugestão, mas fechou a boca, balançou ligeiramente a cabeça e continuou por outro caminho.

– Talvez ele tenha providenciado a ordem de pagamento porque não queria que você se sentisse forçada a se casar contra a vontade de seu coração.

Elizabeth não disse nada.

– Tenho certeza de que não sei a história toda – continuou Caroline –, mas venho tentando juntar as informações que possuo da melhor forma possível, e acredito que você tenha achado que precisava se casar bem para sustentar sua família.

Elizabeth assentiu com tristeza.

– Não temos nada. Mal consigo alimentá-los.

– Estou certa de que James só queria lhe garantir a liberdade para escolher quem você quisesse. Talvez até para que pudesse escolher um mero administrador.

Elizabeth virou rapidamente a cabeça para encarar a visitante.

– Não, ele nunca quis isso – retrucou em uma voz baixa e trêmula.

– Não? Quando nós duas conversamos na festa, pareceu que você e seu administrador estavam perto de um acordo.

Elizabeth mordeu o lábio inferior. Quando James era apenas o Sr. Siddons, ele nunca mencionara casamento, mas havia *sim* jurado que eles encontrariam um modo de ficar juntos. Elizabeth presumira que essas palavras eram sinceras, mas como confiar em palavras como essas se a verdadeira identidade dele era uma mentira?

Caroline pigarreou.

– Não acho que você deva aceitar a caridade de James.

– Então você compreende como eu me sinto...

– Mas acho que você deve se casar com ele.

– Ele me fez de tola, Caroline.

– Não acho que James tivesse essa intenção.

– Mas com certeza foi esse o resultado.

– Por que pensa assim? – Então, antes que Elizabeth pudesse responder, Caroline acrescentou: – Não acho que seja tola. E sei que Blake também não acha. E James com certeza...

– Podemos *por favor* parar de falar sobre James?

– Claro que sim. Acho que podemos então voltar para a sua casa. – Caroline levou a mão às costas novamente. – Parece que atualmente não tenho mais a energia de sempre. – Ela estendeu o caderno preto e perguntou: – Se incomoda de segurar isso?

– De maneira alguma. É um diário?

– De certo modo. É meu dicionário pessoal. Quando me deparo com uma nova palavra, gosto de anotá-la, com sua definição. Então, é claro, preciso usá-la em algum contexto ou com certeza acabarei esquecendo-a.

– Que interessante – murmurou Elizabeth. – Preciso tentar fazer isso.

Caroline assentiu.

– Escrevi sobre você na noite passada.

– É mesmo?

Ela fez que sim novamente.

– Está aí, na última página. A última página em que eu escrevi, quero dizer. Vá em frente. Não me importo que veja.

Elizabeth folheou o caderno até chegar à última entrada. Estava escrito:

i-ne-xo-rá-vel *(adjetivo). Implacável; severo; rigoroso.*

Temo que James se mostre inexorável *em sua perseguição à Srta. Hotchkiss.*

– É o que temo também – murmurou Elizabeth.

– Bem, "temo" foi só uma palavra aleatória – apressou-se a explicar Caroline. – Certamente não temo isso. Na verdade, para ser honesta, deveria ter escrito que eu *esperava* que James se provasse inexorável.

Elizabeth olhou para a nova amiga e lutou contra a vontade de resmungar.

– Talvez devêssemos simplesmente voltar para casa.

– Tudo bem, mas se me permite fazer um último comentário...

– Se tem a ver com James, eu sinceramente preferia que não o fizesse.

– Tem a ver, mas prometo que será o último. Entenda... – Caroline parou para coçar o queixo, deu um sorriso envergonhado e disse: – Faço isso quando estou tentando ganhar tempo.

Elizabeth gesticulou na direção do caminho de casa, e elas começaram a caminhar.

– Estou certa de que você vai me dizer que James é um homem encantador e...

– Não, eu não ia dizer nada disso – interrompeu Caroline. – Ele é insuportável, mas você precisa confiar em mim quando lhe digo que esse é o melhor tipo de homem.

– O tipo com o qual não se consegue viver?

– Não, o tipo *sem* o qual não se consegue viver. E se você o ama...

– Não amo.

– Ama, sim. Posso ver em seus olhos.

– Não amo.

Caroline acenou com a mão afastando o protesto da outra.

– Ama, sim. Você só não percebe isso ainda.

– Caroline!

– O que eu estava tentando dizer é que, embora James tenha feito algo realmente terrível não lhe contando a verdade, ele teve suas razões para isso, e nenhuma delas teve a ver com o fato de querer humilhá-la. É claro – acrescentou Caroline com um aceno de cabeça – que sei que é fácil para mim dizer isso, já que não fui eu que recebi aulas de como-se-casar-com-um-marquês de um marquês...

Elizabeth se encolheu.

– Mas as intenções dele foram honradas, tenho certeza. E quando você superar sua raiva, que é muito válida, por sinal – Caroline olhou para Elizabeth, para garantir que a amiga ouvira essa parte –, vai perceber que será muito infeliz sem ele em sua vida.

Elizabeth tentou ignorar essas palavras, porque estava com uma forte desconfiança de que eram mais verdadeiras do que gostaria que fossem.

– Isso sem mencionar – continuou Caroline, animada – que *eu* serei infeliz sem você na *minha* vida. Não conheço nenhuma mulher da minha idade além da irmã de Blake, e ela está nas Índias Orientais com o marido.

Elizabeth não conseguiu evitar um sorriso, mas foi salva de ter que dar qualquer outra resposta quando percebeu que a porta da frente do chalé estava aberta. Ela se virou para Caroline e perguntou:

– Não fechamos a porta ao sair?

– Achei que sim.

Foi quando ela ouviu o tum.

Seguido por um brado exigindo chá.

Seguido por um som decididamente felino.

– Ah, não – resmungou Elizabeth. – Lady Danbury.

CAPÍTULO 20

Lady Danbury raramente saía de casa sem seu gato.

Malcolm, infelizmente, tinha dificuldade em apreciar os aspectos mais agradáveis da vida fora da Casa Danbury. Ah, ele fazia um passeio ocasional pelos estábulos, normalmente em busca de um rato grande e gordo, mas, como fora criado entre a nobreza, claramente se considerava no mesmo patamar e não gostava de ser arrancado de seu ambiente acolchoado.

Para absoluto deslumbramento de Lucas e Jane, Malcolm escolhera expressar sua ira com um miado desolado e bastante acusador. Ele ficou repetindo o lamento a intervalos de dois segundos, com uma regularidade que seria impressionante se não fosse monstruosamente irritante.

– Miau! – reclamou ele.

– Que som é esse? – perguntou Caroline.

TUM.

– O miado ou a batida? – quis saber Elizabeth, enquanto apoiava a cabeça na mão.

– Miau!

– Ambos.

TUM.

Elizabeth esperou pelo miado seguinte e respondeu:

– Isso foi o gato de lady Danbury e – TUM – *isso* foi lady Danbury.

Antes que Caroline pudesse fazer qualquer comentário, elas ouviram outro som, de pés se movendo rápido pela casa.

– E isso, imagino – comentou Elizabeth de forma seca –, foi minha irmã Susan, servindo chá para lady Danbury.

– Ainda não conheci lady Danbury – disse Caroline.

Elizabeth segurou-a pelo braço e puxou-a para a frente.

– Então está prestes a ter esse prazer.

– Elizabeth! – bradou lady D. da sala de estar. – Ouvi você!

– Ela escuta tudo – murmurou Elizabeth.

– Também ouvi isso!

Elizabeth ergueu as sobrancelhas e disse a Caroline, apenas mexendo os lábios:

– Está vendo?

Caroline abriu a boca para dizer algo, então parou com um olhar apavorado na direção da sala de estar. Ela tirou o caderno das mãos de Elizabeth, pegou uma pena que estava sobre a escrivaninha no saguão e rabiscou.

Elizabeth leu:

Ela me deixa apavorada.

Elizabeth assentiu.

– Ela provoca esse efeito na maior parte das pessoas.

– *Elizabeth*!

– Miau!

Elizabeth balançou a cabeça.

– Não posso acreditar que ela trouxe o gato.

– *ELIZABETH*!

– Acho melhor você entrar para vê-la – sussurrou Caroline.

Elizabeth suspirou e caminhou na direção da sala de estar no ritmo mais lento possível. Lady Danbury certamente teria uma opinião a dar sobre os eventos humilhantes da noite anterior, e Elizabeth teria que ficar sentada, quieta, enquanto a condessa falava. Seu único consolo foi estar arrastando Caroline consigo.

– Vou esperar aqui – sussurrou Caroline.

– Ah, não vai, não – retrucou Elizabeth. – Ouvi seu sermão. Agora você tem que ouvir o dela.

A expressão de Caroline foi de pura consternação.

– Você vem comigo e ponto final – insistiu Elizabeth, passando a mão ao redor do braço de Caroline.

– Mas...

– Bom dia, lady Danbury – falou Elizabeth, sorrindo apesar dos dentes cerrados, enquanto enfiava a cabeça pela porta da sala de estar. – Não posso negar que estou surpresa pela visita.

– Onde você estava? – quis saber lady Danbury, tentando acomodar o peso do corpo na poltrona esfarrapada favorita de Elizabeth. – Estou esperando há horas.

Elizabeth ergueu a sobrancelha.

– Só estou fora há quinze minutos, lady Danbury.

– Humpf. Você está ficando mais insolente a cada dia, Elizabeth Hotchkiss.

– Sim – concordou Elizabeth com a insinuação de um sorriso. – Estou mesmo, não estou?

– Humpf. Onde está meu gato?

– Miiiiiiaaaaauuuu!

Elizabeth se virou e viu um monte de pelos bege descer o corredor como um raio, seguido por duas crianças dando gritinhos de alegria.

– Acho que no momento ele está ocupado, lady Danbury.

– Humpf. Deixe o gato para lá. Lidarei com ele mais tarde. Preciso falar com você, Elizabeth.

Elizabeth puxou Caroline para dentro da sala.

– Já conhece a Sra. Ravenscroft, lady Danbury?

– A esposa daquele rapaz, Blake, não é?

Caroline assentiu.

– Um bom rapaz, acredito – concedeu lady D. – Amigo do meu sobrinho. Costumava nos visitar quando criança.

– Sim – confirmou Caroline. – Ele morre de medo da senhora.

– Humpf. Homem esperto. Você deveria sentir o mesmo.

– Ah, com certeza.

Lady Danbury estreitou os olhos.

– Está zombando de mim?

– Como se ela ousasse – interrompeu Elizabeth. – A única em quem a senhora não mete medo sou eu, lady Danbury.

– Pois bem, vou fazer o meu melhor para conseguir isso agora, Elizabeth Hotchkiss. Preciso falar com você e é urgente.

– Sim – disse Elizabeth com cautela, sentando-se na beira do sofá. – Era o que eu temia. A senhora nunca havia aparecido no nosso chalé antes.

Quando lady Danbury pigarreou, Elizabeth deixou o ar escapar longamente, esperando pelo sermão que estava certa de que receberia. Lady Danbury tinha opinião sobre tudo, e Elizabeth acreditava que os acontecimentos da noite anterior não seriam exceção. Como James era sobrinho dela, com certeza a condessa ficaria do lado dele, e Elizabeth seria forçada a suportar uma longa lista dos muitos atributos positivos dele, pontuados por uma menção ocasional aos atributos positivos da própria lady Danbury.

– Você não compareceu ao baile de máscaras ontem – acusou lady D. de forma dramática, apontando o dedo na direção de Elizabeth.

Elizabeth a encarou boquiaberta.

– Era sobre *isso* que queria falar comigo?

– Estou muito aborrecida. Você – ela apontou na direção de Caroline – eu vi. A abóbora, certo? A mais bárbara das frutas.

– Acredito que seja um legume – opinou Caroline.

– Bobagem, é uma fruta. Se tem sementes na polpa, é uma fruta. Onde aprendeu biologia, menina?

– É uma abóbora – declarou Elizabeth. – Podemos deixar assim?

Lady Danbury acenou com a mão para encerrar de vez o assunto.

– Seja o que for, não cresce na Inglaterra. Portanto, não me serve.

Elizabeth sentiu que estava ficando cansada. Lady Danbury era exaustiva.

A condessa em questão virou a cabeça para encará-la.

– Ainda não acabei com você, Elizabeth.

Elizabeth teria reclamado se tivesse tido tempo antes de Lady D. acrescentar de modo severo:

– E sente-se direito.

Elizabeth endireitou o corpo.

– Pois bem, então – continuou a velha dama –, eu me esforcei muito para convencê-la a comparecer à minha festa. Consegui uma fantasia para você... uma fantasia muito digna, diga-se de passagem... e você me retribui ignorando inclusive a fila de cumprimentos? Eu me senti muito insultada. Muito...

– Miiiiiiaaaaauuuu!

Lady Danbury levantou os olhos a tempo de ver Lucas e Jane passarem correndo.

– O que eles estão fazendo com o meu gato? – quis saber.

Elizabeth esticou o pescoço.

– Não estou certa se eles estão perseguindo Malcolm ou se é *Malcolm* que os está perseguindo.

Caroline se intrometeu na situação.

– Eu teria o maior prazer de ir até lá investigar.

Elizabeth deixou uma das mãos pousar pesadamente sobre o braço de Caroline.

– Por favor, fique – disse, em uma voz bastante doce.

– Elizabeth – bradou lady Danbury –, vai me responder?

Elizabeth vacilou, confusa.

– A senhora me fez uma pergunta?

– Onde você estava? Por que não compareceu à festa?

– Eu... Eu...

Elizabeth ficou com dificuldades para encontrar as palavras. Certamente não poderia contar a *verdade*... que estivera do lado de fora da casa, sendo seduzida pelo sobrinho da condessa.

– E então?

Toc, toc, toc.

Elizabeth disparou para fora da sala como uma bala.

– Preciso atender à porta! – gritou por sobre o ombro.

– Você não vai me escapar, Lizzie Hotchkiss! – ouviu lady Danbury gritar.

Também achou ter ouvido Caroline murmurar a palavra "traidora" baixinho, mas àquela altura Elizabeth já estava consumida pela preocupação de que fosse James parado do outro lado da pesada porta de carvalho.

Ela respirou fundo. Se ele estivesse ali, não havia nada que pudesse fazer a respeito. Elizabeth abriu a porta.

– Ah, bom dia, Sr. Ravenscroft.

Por que ela ficou desapontada?

– Srta. Hotchkiss. – Ele acenou com a cabeça. – Minha esposa está aqui?

– Sim, está na sala de estar com lady Danbury.

Blake se encolheu.

– Talvez seja melhor eu voltar mais tarde...

– Blake? – eles ouviram Caroline chamar em uma voz um tanto desesperada. – É você?

Elizabeth cutucou o braço de Blake.

– Tarde demais.

Blake arrastou os pés até a sala de estar, a expressão em seu rosto exatamente a mesma do menino de 8 anos que havia sido repreendido por uma brincadeira envolvendo um sapo e uma fronha.

– Blake – praticamente cantou Caroline, o tom cheio de alívio.

– Lady Danbury – murmurou ele.

– Blake Ravenscroft! – exclamou a velha dama. – Não o vejo desde que você tinha 8 anos.

– Eu estava me escondendo.

– Humpf. Todos vocês estão ficando muito insolentes agora que estou velha.

– E como vai a senhora? – quis saber Blake.

– Não tente mudar de assunto – pontuou lady D.

Caroline se virou para Elizabeth e sussurrou:

– Há um assunto?

Lady Danbury estreitou os olhos e sacudiu o dedo na direção de Blake.

– Ainda não terminei de falar com você sobre a vez em que colocou aquele sapo na fronha da pobre Srta. Bowater.

– Ela era uma governanta terrível – retrucou Blake –, e, além do mais, foi tudo ideia de James.

– Estou certa disso, mas você deveria ter tido a retidão moral de...

Lady Danbury se interrompeu de súbito e relanceou um olhar de pânico nada característico na direção de Elizabeth, que nesse momento se lembrou de que a patroa não sabia que ela já descobrira a verdadeira identidade de James.

Elizabeth, que não queria transformar *aquele assunto* numa potencial fonte de conversa, se virou e passou a examinar atentamente as unhas. Depois de um momento, levantou os olhos, piscou, fingiu surpresa e perguntou:

– Estava falando comigo?

– Não – respondeu lady D. em uma voz confusa. – Nem sequer mencionei seu nome.

– Ah – falou Elizabeth, pensando que talvez tivesse exagerado na cena de não-estou-prestando-atenção. – Vi a senhora me olhando, e...

– Não importa – apressou-se a dizer lady Danbury.

Ela se virou para Blake e abriu a boca, a princípio para repreendê-lo, mas não saiu sequer uma palavra.

Elizabeth mordeu o lábio para conter uma risada. A pobre lady Danbury queria desesperadamente repreender Blake por alguma peça pregada duas décadas antes, mas não poderia, porque isso a faria mencionar o nome de James, sobre quem ela *achava* que Elizabeth não sabia a verdade e...

– Alguém quer chá? – balbuciou Susan, entrando na sala sob o peso de uma enorme bandeja.

– Exatamente o que eu precisava!

Lady Danbury pareceu pronta a saltar da cadeira em sua pressa de mudar de assunto.

Dessa vez, Elizabeth riu. Santo Deus, quando ela havia conseguido passar a lidar com esse assunto de forma bem-humorada?

– Elizabeth? – sussurrou Caroline. – Você está rindo?

– Não. – *Cof.* – Estou tossindo.

Caroline falou alguma coisa bem baixinho que Elizabeth achou não ser um elogio.

Susan pousou a bandeja sobre uma mesa com um baque surdo, então foi interrompida por lady Danbury, que puxou a cadeira mais para perto e anunciou:

– Eu servirei.

Susan recuou e esbarrou em Blake, que se afastou para o lado, mais para perto da esposa, e sussurrou:

– Tudo que essa cena encantadora precisa é de James.

– Morda sua língua – ralhou Elizabeth, sem se desculpar por estar ouvindo a conversa dos dois.

– Lady Danbury não sabe que Elizabeth sabe – contou Caroline em voz baixa.

– O que vocês três estão sussurrando? – bradou lady D.

– Nada!

Teria sido difícil dizer qual dos três gritou a palavra mais alto.

O silêncio reinou enquanto lady Danbury entregava uma xícara de chá a Susan, então Blake se inclinou para a frente e perguntou:

– Será que ouvi uma batida na porta?

– Pare de brincadeira – repreendeu Caroline.

– Foi o gato – disse Elizabeth com firmeza.

– Você tem um gato? – quis saber Blake.

– É o gato de lady Danbury.

– Onde *está* meu gato? – questionou lady D.

– Ela escuta tudo – murmurou Elizabeth.

– Eu ouvi *isso*!

Elizabeth revirou os olhos.

– A senhorita parece estar de bom humor hoje – comentou Blake.

– É muito exaustivo ficar perturbada. Decidi retornar ao meu hábito de fazer o melhor do pior.

– Fico feliz em ouvir isso, porque acabo de ver James chegando a cavalo – avisou Blake.

– O quê? – Elizabeth se virou rápido para olhar pela janela. – Não o estou vendo.

– Ele já passou.

– Do que vocês três estão *falando*? – voltou a perguntar lady Danbury.

– Achei que você tivesse dito que ela ouvia tudo – mencionou Caroline.

Lady Danbury se virou para Susan e comentou:

– Sua irmã parece prestes a sofrer um ataque apoplético.

– Ela está assim desde a noite passada – contou Susan.

Lady D. deu uma gargalhada.

– Gosto de sua irmã, Elizabeth. Se você algum dia se casar e me deixar, quero *essa* menina como minha nova dama de companhia.

– Não vou me casar – Elizabeth foi categórica, mais por hábito do que por qualquer outra coisa.

O que fez com que os dois Ravenscrofts se virassem e a encarassem com expressões de dúvida.

– Não vou!

Foi então que ouviram batidas na porta.

Blake ergueu a sobrancelha.

– E a senhorita diz que não vai se casar – murmurou ele.

– Elizabeth! – bradou lady Danbury. – Não vai atender a porta?

– Estava considerando essa possibilidade – resmungou Elizabeth.

Lucas e Jane escolheram esse momento para aparecer na porta da sala.

– Quer que eu atenda? – perguntou Jane.

– Acho que perdi o gato de lady Danbury – acrescentou Lucas.

Lady D. deixou cair a xícara de chá.

– Onde está meu pobre Malcolm?

– Bem, ele entrou correndo na cozinha, então saiu para o jardim, passou por trás do canteiro de nabos e...

– Eu poderia valsar até a porta da frente – sugeriu Jane. – Preciso praticar.

– Malcolm! – gritou lady D. – Aqui, gatinho, gatinho!

Elizabeth se virou e encarou Caroline e Blake com irritação, já que ambos se sacudiam com risadas silenciosas e que pareciam incontroláveis.

– Acho que ele não vai ouvi-la daqui, lady Danbury – alertou Lucas.

As batidas na porta ficaram mais fortes. Pelo visto, Jane decidira valsar ao redor do saguão antes de atender.

Então James começou a gritar o nome de Elizabeth, seguido por:

– Abra esta porta de uma vez!

Elizabeth se deixou cair sobre um banco acolchoado, lutando contra uma vontade absurda de rir. Se a temperatura na sala estivesse apenas alguns degraus mais quente, ela juraria que estava no inferno.

James Sidwell, marquês de Riverdale, não estava de bom humor. O temperamento dele não poderia ser classificado nem como educado. Passara a manhã quase subindo pelas paredes, praticamente se acorrentando à cama para evitar procurar Elizabeth.

Se dependesse dele, já teria ido procurá-la assim que acordara, mas não, tanto Caroline quanto Blake haviam insistido para que ele lhe desse um pouco de tempo. Elizabeth estava exaltada, segundo os dois. Era melhor esperar até que as emoções dela estivessem mais sob controle.

Assim, James esperou. Contra a própria vontade e, mais importante no que dizia respeito ao seu temperamento, contra o próprio instinto natural, ele esperou. Então, quando finalmente foi até o quarto dos Ravenscrofts para perguntar se achavam que já havia esperado o bastante, encontrou um bilhete de Caroline para Blake, explicando que ela fora até o chalé dos Hotchkisses.

E logo encontrou também um bilhete de Blake para James, dizendo quase a mesma coisa.

E, como última afronta, quando James atravessava o grande salão da Casa Danbury, o mordomo o interrompeu para mencionar que a condessa havia ido até o chalé dos Hotchkisses.

A única criatura que não fizera o caminho de quase 2 quilômetros fora o maldito gato.

– Elizabeth! – gritou James, batendo com o punho contra uma porta sólida, surpreendentemente bem-feita. – Deixe-me entrar neste instante, ou eu juro que...

A porta foi aberta de forma abrupta. James olhou para o nada, então abaixou o olhar alguns centímetros. A pequena Jane Hotchkiss estava parada à porta, sorrindo encantada para ele.

– Bom dia, Sr. Siddons – cantarolou, estendendo a mão. – Estou aprendendo a valsar.

Com relutância, James encarou o fato de que não poderia passar direto por uma menina de 9 anos e viver com isso na consciência.

– Srta. Jane – respondeu ele. – Que prazer voltar a vê-la.

Ela balançou os dedos.

Ele não entendeu.

Ela voltou a balançá-los.

– Ah, claro – apressou-se em dizer James, inclinando-se para beijar a mão dela.

Ao que parecia, depois que beija uma vez a mão de uma menininha, um homem fica obrigado a repetir o gesto pelo resto da infância dela.

– Está um lindo dia, não acha? – perguntou Jane, ostentando seu tom mais adulto.

– Sim, eu...

As palavras se perderam enquanto ele olhava por cima do ombro dela, tentando ter um vislumbre do que estava causando tanta comoção na sala de estar. A tia estava gritando alguma coisa, Lucas gritava também, e até Susan fazia o mesmo, enquanto cruzava o corredor para entrar na cozinha.

– Eu o achei! – gritou Susan.

Então, para espanto absoluto de James, uma bola obesa de pelo saiu trotando da cozinha, atravessou o saguão e entrou com calma na sala de estar.

Maldição. Até o desgraçado do gato conseguira chegar ali antes dele.

– Jane, preciso muito falar com a sua irmã – disse James com o que pensou ser uma enorme paciência.

– Com Elizabeth?

Não, com Susan.

– Sim, com Elizabeth – disse ele devagar.

– Ah. Ela está na sala de estar. Mas devo avisá-lo – Jane inclinou a cabeça em um gesto cheio de requinte – que Elizabeth está muito ocupada. Estamos com muitas visitas hoje.

– Eu sei – resmungou James, esperando que Jane se afastasse para não ter que passar por cima dela para chegar à sala de estar.

– Miau!

– Esse gato não é muito bem-comportado – comentou Jane com um arzinho afetado, sem dar sinais de que pretendia se mover, agora que encontrara um novo assunto. – Passou o dia miando assim.

James percebeu que estava com os punhos cerrados ao lado do corpo, sinalizando impaciência.

– É mesmo? – perguntou ele, com o máximo de educação possível no momento.

Se usasse um tom de voz que refletisse como estava se sentindo, a menininha provavelmente sairia correndo dali.

E o caminho para o coração de Elizabeth sem dúvida não incluía reduzir a irmã mais nova dela às lágrimas.

Jane assentiu.

– Ele é um gato terrível.

– Jane – disse James, agachando-se para ficar na altura dela –, eu poderia falar com Elizabeth agora?

A menina se afastou para o lado.

– É claro. O senhor deveria ter pedido.

James resistiu à vontade de fazer um comentário. Em vez disso, agradeceu a menina, deu outro beijo na mão dela e partiu em direção à sala de estar, onde, para sua grande surpresa e certa diversão, encontrou Elizabeth de quatro.

– Malcolm – sibilou Elizabeth –, saia de baixo desse armário agora mesmo.

Malcolm fungou.

– Neste instante, seu gatinho miserável.

– *Não* chame meu gato de miserável – reclamou lady Danbury.

Elizabeth estendeu a mão e tentou agarrar a bola de pelo rebelde, que reagiu esticando a pata cheia de garras.

– Lady Danbury, esse gato é um monstro – anunciou Elizabeth, sem erguer a cabeça.

– Não seja absurda. Malcolm é um gatinho de ótima natureza e você sabe disso.

– Malcolm é cria do demo – resmungou Elizabeth.

– Elizabeth Hotchkiss!

– É verdade.

– Na semana passada mesmo você disse que ele era maravilhoso.

– Na semana passada ele estava sendo gentil comigo. Se bem me lembro, a *senhora* o chamou de traidor.

Lady Danbury fungou enquanto observava Elizabeth tentando agarrar o gato.

– Ele obviamente está aborrecido porque aqueles monstrinhos o estavam perseguindo ao redor da casa.

Essa foi a gota d'água! Elizabeth se levantou do chão, fuzilou lady Danbury com o olhar e grunhiu:

– *Ninguém* chama Lucas e James de monstrinhos além de mim!

O que se seguiu não foi o mais absoluto silêncio. Blake estava claramente rindo por trás da mão e lady Danbury ficou balbuciando palavras aleatórias, deixando escapar estranhos sons gorgolejantes e piscando com tanta força que Elizabeth poderia jurar que era capaz de ouvir suas pálpebras batendo.

Mas nada a teria preparado para o som lento de palmas que veio de trás dela. Elizabeth se virou com calma em direção à porta.

James. Parado ali, com um meio sorriso impressionado e uma sobrancelha arqueada. Ele fez uma mesura na direção da tia e disse:

– Não consigo me lembrar da última vez que ouvi alguém falar com você assim, tia.

– A não ser você! – retorquiu lady D.

Então, percebendo que James acabara de chamá-la de "tia", ela começou a balbuciar de novo, virando a cabeça na direção de Elizabeth.

– Está tudo bem – declarou James. – Ela já sabe de tudo.

– Desde quando?

– Desde a noite passada.

Lady Danbury se virou para Elizabeth e falou, irritada:

– E por que você não me disse?

– A senhora não perguntou! – Então Elizabeth se virou de volta para James e perguntou em um grunhido: – Há quanto tempo está parado aí?

– Eu a vi engatinhando para baixo do armário, se é o que está querendo saber.

Elizabeth resmungou por dentro. Conseguira alcançar Jane, antes de a irmã ir abrir a porta, e implorara a ela para mantê-lo no saguão ao menos até que conseguisse devolver o maldito gato para lady Danbury.

Não queria de forma alguma que a primeira visão que James tivesse dela depois do embate da véspera fosse de seu traseiro.

Quando pusesse as mãos naquele gato...

– Por que ninguém me informou sobre a revelação da verdadeira identidade de James? – perguntou lady Danbury em uma voz estridente.

– Blake – disse Caroline, puxando o braço do marido –, essa talvez seja a nossa deixa para ir embora.

Ele fez que não com a cabeça.

– Eu não perderia isso por nada no mundo.

– Bem, terá que perder – declarou James com determinação. Ele atravessou a sala e pegou a mão de Elizabeth. – Vocês são bem-vindos para ficar e saborear o chá, mas Elizabeth e eu estamos de saída.

– Espere um instante – protestou ela, tentando sem sucesso soltar a mão da dele. – Você não pode fazer isso.

Ele a encarou.

– Não posso fazer o quê?

– Isso! – reclamou ela. – Você não tem direitos sobre mim...

– Terei – retrucou ele, ostentando um sorriso muito confiante e másculo.

– Péssima estratégia da parte dele – sussurrou Caroline para Blake.

Elizabeth cerrou os punhos, tentando desesperadamente conter a raiva.

– Esta casa é minha – declarou ela. – Se alguém vai dizer aos meus convidados que são bem-vindos para fazer qualquer coisa, essa pessoa serei eu.

– Então faça isso – pediu James.

– E você não pode ordenar que eu saia com você.

– Não fiz isso. Só comuniquei aos seus vários convidados... que se reuniram aqui sem serem convidados... que estávamos de saída.

– Ele não está levando bem a situação – sussurrou Caroline para Blake.

Elizabeth cruzou os braços.

– Não vou a lugar nenhum.

A expressão de James se tornou de fato ameaçadora.

– Se ele ao menos a tivesse convidado de forma gentil... – murmurou Caroline para Blake.

– Blake – chamou James –, amordace a sua esposa.

Blake riu, o que lhe garantiu um soco no braço com bastante força, dado pela esposa.

– E quanto a *você* – James dirigiu-se a Elizabeth. – Já tive toda a paciência possível. Precisamos conversar. Podemos fazer isso lá fora ou aqui dentro, na frente da minha tia, dos seus irmãos e – nesse momento ele indicou Caroline e Blake com a cabeça – desses dois.

Elizabeth engoliu em seco, nervosa, paralisada pela indecisão.

James se inclinou mais para perto dela.

– Você decide, Elizabeth.

Ela não fez nada, incapaz de pronunciar qualquer palavra.

– Muito bem, então – disse James, irritado. – Eu decidirei por você.

E sem mais discussão, passou a mão ao redor da cintura dela, jogou-a por sobre o ombro e saiu da sala carregando-a.

Blake, que observara o drama se desenrolar à sua frente com um sorriso no rosto, virou-se para a esposa e falou:

– Na verdade, querida, tenho que discordar. Levando tudo em consideração, acho que ele lidou muito bem com a situação.

CAPÍTULO 21

Quando James saiu com ela pela porta, Elizabeth estava se sacudindo como uma enguia. Uma enguia furiosa. Mas James fora modesto quando descreveu seus dotes de pugilista – ele tinha muita experiência, e certamente tivera mais do que algumas "poucas aulas". Quando estava em Londres, ele ia todo dia ao Jackson's, um estabelecimento de boxe para cavalheiros, e, quando não estava em Londres, costumava assustar e divertir os criados pulando graciosamente de um pé para o outro e socando sacos de feno. Como resultado, seus braços eram fortes, o corpo firme, e Elizabeth, por mais que se debatesse, não iria a lugar nenhum.

– Ponha-me no chão! – chiou ela.

Ele não viu motivo para responder.

– Milorde! – exclamou Elizabeth em protesto.

– James – avisou ele, irritado, ampliando a distância entre eles e o chalé com passadas longas e determinadas. – Você já me chamou pelo nome de batismo muitas vezes.

– Isso foi quando eu achei que você fosse o Sr. Siddons – retrucou ela. – Ponha-me no chão.

James continuou a andar, o braço como um torno por baixo das costelas dela.

– James!

Ele grunhiu.

– Assim está melhor.

Elizabeth se debateu ainda mais, forçando James a passar o segundo braço ao redor dela, que ficou quieta quase imediatamente.

– Percebeu enfim que será impossível escapar? – perguntou ele em tom suave.

Ela o encarou furiosa.

– Interpretarei isso como um sim – completou ele.

Por fim, depois de caminharem em silêncio por mais um minuto, James pousou Elizabeth no chão perto de uma árvore enorme. As costas dela estavam apoiadas no tronco, os pés no meio das raízes grossas e retorcidas. James ficou parado na frente dela, a postura ereta e os braços cruzados.

Elizabeth olhou para ele, muito irritada, e também cruzou os braços. Estava encurralada na inclinação que levava ao tronco da árvore, por isso a diferença de altura entre os dois não estava tão grande quanto o normal.

James mudou o peso ligeiramente de um pé para o outro, mas não disse nada.

Elizabeth levantou o queixo, o maxilar muito rígido.

James ergueu a sobrancelha.

– Ah, pelo amor de Deus! – explodiu ela. – Diga logo o que tem a dizer.

– Ontem eu a pedi em casamento – começou ele.

Ela engoliu em seco.

– Ontem eu recusei.

– E hoje?

Elizabeth quase disse que hoje ele ainda não tinha feito a proposta, mas as palavras morreram antes de cruzarem seus lábios. Aquele era o tipo de comentário que ela teria feito para o homem que conhecera como James Siddons. O homem diante dela, o marquês, era outra pessoa completamente diferente, e Elizabeth não tinha ideia de como deveria agir com ele. Não que ela não estivesse familiarizada com as idiossincrasias da nobreza, afinal, passara anos na companhia de lady Danbury.

Elizabeth sentia como se estivesse presa em alguma estranha comédia, e não conhecia as regras. Durante toda a vida fora ensinada a se comportar – toda jovem de boa linhagem da Inglaterra aprendia essas coisas. Mas ninguém nunca lhe dissera o que fazer quando alguém se apaixonava por um homem que mudava de identidade como quem muda de roupa.

Depois de um longo minuto de silêncio, Elizabeth disse:

– Você não deveria ter mandado aquela ordem de pagamento.

Ele se encolheu.

– Chegou?

– Na noite passada.

Ele praguejou baixinho, murmurando alguma coisa como "péssimo momento, maldição".

Elizabeth piscou para afastar as lágrimas.

– Por que fez uma coisa dessas? Achou que eu quisesse uma doação? Que eu fosse uma pessoa patética, indefesa...

– Eu achei – interrompeu-a James com determinação – que era um crime você ter que se casar com algum velho lascivo e nojento para conseguir sustentar seus irmãos. Além disso, quase partiu meu coração vê-la se contorcendo para conseguir se adequar à visão da Sra. Seeton de como devem ser as mulheres.

– Não quero a sua pena – disse ela em voz baixa.

– Não é pena, Elizabeth. Só que você não precisa daqueles malditos decretos. Tudo o que consegue com eles é abater seu espírito. – Ele passou a mão pelos cabelos. – Eu não conseguiria suportar se você perdesse essa luz que a torna tão especial. Esse fogo manso nos olhos ou o sorriso secreto quando está achando algo divertido.... ela teria arrancado isso de você, e eu não estava disposto a ficar assistindo.

Elizabeth engoliu em seco, sentindo-se desconfortável com a gentileza das palavras de James.

Ele se adiantou, diminuindo a distância entre eles.

– Fiz o que fiz por amizade.

– Então por que fez em segredo?

James ergueu as sobrancelhas, em uma expressão confusa.

– Mas você teria aceitado a ajuda? – Ele esperou apenas um segundo antes de acrescentar: – Achei que não. Além do mais, em tese eu ainda era James Siddons. Onde um administrador conseguiria tanto dinheiro?

– James, você tem ideia de como me senti humilhada na noite passada? Quando cheguei em casa, depois de tudo o que tinha acontecido e ainda encontrei uma ordem de pagamento *anônima* para mim!

– E como você teria se sentido se a doação tivesse chegado dois dias antes? – argumentou ele. – Antes que você soubesse quem eu era. Antes que tivesse motivos para desconfiar que eu havia mandado a ordem de pagamento.

Ela mordeu o lábio. Provavelmente teria ficado desconfiada, mas também exultante. E com certeza teria aceitado o presente. Orgulho era orgulho, mas os irmãos tinham que comer. E Lucas precisava ir para a escola. E se aceitasse o pedido de casamento de James...

– Tem alguma ideia de como você é egoísta? – perguntou James, felizmente interrompendo os pensamentos dela, que a estavam levando na mais perigosa das direções.

– Não ouse me chamar assim. Posso até aceitar outros insultos, mas não esse – retrucou Elizabeth, a voz trêmula de raiva.

– Por quê? Porque você passou cinco anos trabalhando como uma escrava pelo bem-estar da sua família? Porque cedeu todas as migalhas para eles e não ficou com nada para si?

O tom dele era zombeteiro, e Elizabeth estava furiosa demais para responder.

– Ah, você fez mesmo tudo isso – continuou ele com um exagero cruel –, mas quando tem uma única chance de realmente melhorar sua situação, uma única oportunidade para acabar com as preocupações e dar a eles a vida que sei que acha que merecem, você joga tudo fora.

– Tenho meu orgulho – declarou Elizabeth.

James deu uma risada dura.

– Sim, você tem. E está bem claro que dá muito mais valor ao seu orgulho do que ao bem-estar da sua família.

Elizabeth ergueu a mão para esbofeteá-lo, mas James a impediu com facilidade.

– Mesmo se você não quisesse se casar comigo – disse ele, tentando ignorar a pontada de dor que essa simples frase provocou em seu peito –, poderia ter aceitado o dinheiro e me tirado da sua vida.

Ela balançou a cabeça.

– Você teria controle demais sobre mim.

– Como? O dinheiro era seu. Uma ordem de pagamento. Eu não teria como pegá-lo de volta.

– Você teria me punido por aceitar o dinheiro – sussurrou Elizabeth. – Por aceitá-lo e não me casar com você.

James sentiu o coração ficar frio.

– É esse tipo de homem que você acha que eu sou?

– Não sei que tipo de homem você é! – explodiu ela. – Como poderia saber? Não sei nem mesmo quem você é.

– Tudo o que é necessário saber sobre o tipo de homem que eu sou e sobre o marido que eu seria você já sabe. – Ele tocou o rosto dela, permitindo que cada emoção alcançasse a superfície. Tinha a alma à mostra nos olhos, e sabia disso. – Você me conhece melhor do que ninguém, Elizabeth.

James viu a hesitação dela e, naquele instante, odiou-a por isso. Oferecera tudo a Elizabeth, cada mínima parte do seu coração, e tudo o que ela conseguia fazer era *hesitar*?

Ele praguejou baixinho e se virou para ir embora. Mas dera apenas dois passos quando Elizabeth chamou:

– Espere!

James se virou lentamente.

– Eu me casarei com você – disse ela de súbito.

Ele estreitou os olhos.

– Por quê?

– Por quê? – ecoou Elizabeth, meio tola. – Por quê?

– Você recusou meu pedido repetidamente por dois dias – argumentou ele. – Por que mudou de ideia?

Elizabeth entreabriu os lábios e sentiu a garganta se fechar de pânico. Não conseguiria uma palavra, nem sequer formar um pensamento. Entre todas as possibilidades, nunca esperara que ele fosse questionar o motivo de ela ter aceitado o pedido de casamento.

James voltou na direção dela, o calor e a força de seu corpo impressionantes, apesar de ele não ter feito qualquer menção de tocá-la. Elizabeth se viu apoiada na árvore, sem fôlego, enquanto encarava os olhos escuros, que cintilavam furiosos.

– Você... você me pediu em casamento – mal conseguiu dizer Elizabeth. – Você me pediu e eu aceitei. Não era o que você queria?

Ele balançou a cabeça lentamente e apoiou as mãos contra a árvore, uma à esquerda de Elizabeth, outra à direita.

– Diga-me por que aceitou.

Elizabeth tentou afundar mais o corpo contra o tronco da árvore. Algo na determinação silenciosa e letal dele a apavorava. Se James estivesse gritando, brigando com ela ou qualquer outra coisa, ela saberia o que fazer. Mas essa fúria calma era enervante, e a prisão formada pelos braços dele e pela árvore fazia o sangue dela arder nas veias.

Elizabeth arregalou os olhos e se deu conta de que devia estar passando a impressão de ser uma covarde.

– Você... você apresentou alguns bons argumentos – disse ela, tentando se agarrar ao próprio orgulho, exatamente a emoção que ele a acusou de ter em excesso. – Não... não posso dar aos meus irmãos a vida que eles merecem, mas você pode, e eu teria que me casar de qualquer modo, então poderia muito bem ser com alguém...

– Esqueça – disse James de forma dura. – A oferta foi retirada.

O ar pareceu sair do corpo de Elizabeth em um curto e violento *vuuu*.

– Retirada?

– Não terei você dessa forma.

Elizabeth sentiu as pernas bambas e se agarrou ao tronco largo da árvore atrás de seu corpo para se apoiar.

– Não estou entendendo – sussurrou.

– Eu não me casarei pelo meu dinheiro – sacramentou ele.

– Ah! – irritou-se ela, a energia e a indignação retornando à plena força. – Quem é o hipócrita agora? Primeiro você assume o papel de professor para que eu possa me casar com algum pobre tolo inocente por causa do dinheiro dele, então me recrimina por não usar o seu dinheiro para sustentar os meus irmãos. E agora... agora tem a audácia de retirar seu pedido de casamento... uma atitude nada cavalheiresca, devo dizer... porque eu tive a honestidade de dizer que preciso de sua riqueza e de sua posição social para ajudar a minha família. O que é exatamente o argumento que estava usando até então para me convencer a me casar com você!

– Terminou? – perguntou James em uma voz insolente.

– Não – retrucou ela. Estava zangada e magoada, e queria magoá-lo também. – Você acabaria mesmo se casando com alguém que só estivesse de olho no seu dinheiro. Não é assim que funcionam as coisas entre os seus pares?

– Sim – disse ele com uma suavidade fria –, provavelmente eu sempre estive destinado a um casamento por interesse. Foi o que meus pais fizeram, e os pais deles antes deles, e os deles antes ainda. Posso tolerar um casamento frio baseado em notas de libra. Fui criado para isso. – Ele se inclinou para a frente até seus lábios estarem a um suspiro dos dela. – Mas não vou conseguir tolerar um casamento desse tipo com você.

– Por que não? – perguntou Elizabeth em um sussurro, incapaz de desviar os olhos dos dele.

– Porque nós temos *isso*.

James se moveu rápido, a mão grande segurando Elizabeth pela nuca enquanto seus lábios encontravam os dela. Em seu último segundo de coerência, antes que ele a puxasse contra si, Elizabeth achou que aquele seria um beijo de raiva, um abraço furioso. Mas embora os braços de James a mantivessem firme no lugar, a boca dele tocava a dela com uma delicadeza surpreendente e enternecedora.

Foi o tipo de beijo pelo qual uma mulher morreria, o tipo de beijo que uma mulher não interromperia mesmo se as chamas do inferno estivessem lambendo seus pés. Elizabeth sentiu o corpo despertar por dentro e seus braços soltaram o tronco da árvore e envolveram James. Ela tocou os braços dele, os ombros, o pescoço, até suas mãos finalmente descansarem nos cabelos densos.

James sussurrou palavras de amor e desejo por todo o rosto dela até chegar à orelha, onde mordiscou o lóbulo macio, murmurando sua satisfação enquanto Elizabeth jogava a cabeça para trás, expondo o arco longo e elegante do pescoço. Havia algo em relação ao pescoço de uma mulher, no modo como os cabelos dela roçavam suavemente a pele, que sempre o excitava.

Mas aquela era Elizabeth, e ela era diferente. E James sentia-se completamente entregue. Os cabelos dela eram tão louros que pareciam quase invisíveis quando encontravam sua pele. E o perfume dela era sedutor, uma mistura delicada de sabonete, rosas e mais alguma coisa... algo que só existia naquela mulher.

James deixou a boca descer até o pescoço dela, parando para prestar homenagem à linha delicada da clavícula. Os botões de cima do vestido de Elizabeth estavam abertos... ele não se lembrava de tê-los aberto, mas provavelmente o fizera, e se deliciou com a pequena faixa de pele que se expunha aos seus olhos.

James ouviu Elizabeth ofegar, sentiu o sussurro do hálito dela contra os cabelos, quando passou a beijá-la sob o queixo. Agora ela arquejava, gemendo entre uma respiração e outra, e o corpo de James se enrijeceu ainda mais diante da evidência do desejo dela. Elizabeth o queria. Precisava dele mais do que conseguia compreender, e ele sabia que era verdade. Aquilo era algo que ela não conseguia esconder.

Com relutância, James se afastou, forçando-se a colocar quase meio metro entre eles, embora suas mãos continuassem sobre os ombros de Elizabeth. Os dois tremiam, ofegantes, e ainda precisavam se apoiar um no outro. James não estava certo se devia confiar no próprio equilíbrio, e ela não parecia estar em melhores condições.

Ele correu os olhos por ela, percebendo cada centímetro de desalinho. Os cabelos de Elizabeth haviam escapado da prisão do coque e cada mecha parecia provocar James, implorando para ser tocada pelos lábios dele. O corpo dele parecia uma mola rígida, e foi preciso cada gota de controle que possuía para não puxá-la de volta contra si.

James teve vontade de rasgar as roupas de Elizabeth, deitá-la na relva macia e torná-la sua da maneira mais primitiva possível. Então, quando terminasse, quando ela não tivesse mais dúvidas de que pertencia completa e irrevogavelmente a ele, faria tudo de novo, dessa vez mais devagar, explorando cada centímetro de Elizabeth com as mãos, então com os lábios e, por fim, quando ela estivesse quente e arquejante de desejo...

James tirou as mãos dos ombros de Elizabeth abruptamente. Não poderia tocá-la quando sua mente percorria um território tão perigoso.

Elizabeth se deixou cair contra a árvore e ergueu os olhos azuis para encontrar os dele. Ela umedeceu os lábios com a língua e James sentiu esse movimento o atingir direto no ventre.

Ele se afastou outro passo. A cada movimento que Elizabeth fazia, cada mínima, quase inaudível respiração, o fazia perder um pouco mais o controle. Já não confiava mais nas próprias mãos, que formigavam de vontade de segurar Elizabeth.

– Quando você admitir que é *por isso* que me quer – disse James, a voz intensa e ardente – *então* eu me casarei com você.

~

Dois dias mais tarde, a lembrança daquele último beijo ainda fazia Elizabeth estremecer. Ela ficara parada junto à árvore, zonza e perplexa, e o observara ir embora. Então permanecera no mesmo lugar por mais dez minutos, os olhos fixos no horizonte, encarando distraída o último ponto por onde ele passara. Quando sua mente finalmente acordara do choque de paixão do toque de James, ela sentara e chorara.

Fora desonesta quando tentara se convencer de que queria se casar com James porque ele era um marquês abastado. A situação fora bem irônica.

Ela passara o último mês se resignando ao destino de ter que se casar por dinheiro e agora se apaixonara, e o homem em questão era rico o bastante para dar uma vida melhor para a família dela, mas tudo dera errado.

Ela o amava. Ou melhor, amava um homem que se parecia muito com ele. Elizabeth não se importava com o que lady Danbury ou os Ravenscrofts haviam lhe dito; na sua opinião, o humilde James Siddons não poderia ter a mesma essência do arrogante marquês de Riverdale. Simplesmente não era possível. Todos tinham seu lugar na sociedade britânica, isso era algo que se aprendia desde cedo, principalmente pessoas como Elizabeth, filhas de uma nobreza mais humilde, que viviam à margem da aristocracia.

Parecia que ela conseguiria resolver todos os seus problemas indo até James e dizendo a ele que o queria, não ao dinheiro dele. Casaria, então, com o homem que amava, com amplos recursos para sustentar a família dela. Mas não conseguia afastar a desconfiança perturbadora de que não o conhecia.

A mulher prática que havia dentro dela a lembrou de que provavelmente não conheceria qualquer homem com quem escolhesse se casar, ou ao menos não o conheceria bem. Homens e mulheres raras vezes iam além dos níveis mais superficiais enquanto estavam apenas se cortejando.

Mas com James era diferente. Ele mesmo dissera que não conseguiria tolerar um casamento de conveniência com ela, e Elizabeth não conseguia se imaginar suportando uma união sem confiança. Talvez com qualquer outra pessoa, mas não com ele.

Ela apertou os olhos com força e se deitou na cama. Passara a maior parte dos últimos dias enfiada no próprio quarto. Depois de algumas tentativas, os irmãos haviam desistido de tentar conversar com ela e passaram a deixar bandejas de comida do lado de fora da porta. Susan preparara todos os pratos preferidos de Elizabeth, mas a maior parte da comida permanecera intacta. Ao que parecia, um coração partido acabava com o apetite.

Uma batida hesitante na porta fez Elizabeth virar a cabeça para olhar pela janela. A julgar pela posição do sol, estava bem na hora da refeição do fim de tarde. Se ignorasse a batida, eles simplesmente deixariam a bandeja e iriam embora.

Mas a batida persistiu e, assim, Elizabeth suspirou e se forçou a ficar de pé. Ela cruzou o pequeno quarto em três passos, abriu a porta e deparou com os três Hotchkisses mais novos.

– Isso chegou para você – disse Susan, estendendo um envelope elegante. – É de lady Danbury. Ela quer vê-la.

Elizabeth ergueu a sobrancelha.

– Você passou a ler minha correspondência?

– É claro que não! O criado que a trouxe que me contou.

– É verdade – confirmou Jane. – Eu estava lá.

Elizabeth estendeu a mão e pegou o envelope. Olhou para os irmãos, que devolveram o olhar.

– Não vai ler? – perguntou Lucas finalmente.

Jane cutucou o irmão na altura das costelas.

– Lucas, não seja grosseiro. – Ela levantou os olhos para Elizabeth. – Não vai?

– Agora quem está sendo grosseira? – foi a vez de Elizabeth questionar.

– Você pode muito bem abri-la – sugeriu Susan. – Se não for por mais nada, pelo menos vai distrair você de...

– Não continue – avisou Elizabeth.

– Ora, você certamente não pode permanecer com pena de si mesma para sempre.

Elizabeth deixou escapar um *xiii* logo depois de dar um suspiro.

– Não tenho direito a pelo menos um ou dois dias?

– É claro – falou Susan em tom conciliatório. – Mas mesmo nesse cronograma, seu tempo terminou.

Elizabeth resmungou e abriu o envelope. E se perguntou quanto os irmãos sabiam de sua situação. Não contara nada a eles, mas os três eram como pequenos detetives no que se referia a desvendar segredos, e ela apostaria que já sabiam pelo menos metade da história àquela altura.

– Não vai abrir? – perguntou Lucas, entusiasmado.

Elizabeth ergueu as sobrancelhas e encarou o irmão. Ele estava pulando de entusiasmo!

– Não posso imaginar por que você está tão empolgado para saber o que lady Danbury tem a dizer – comentou ela.

– Também não consigo imaginar – resmungou Susan, e pousou a mão com firmeza sobre o ombro de Lucas, para mantê-lo quieto.

Elizabeth apenas balançou a cabeça. Se os Hotchkisses estavam implicando uns com os outros, então a vida devia estar voltando ao normal, e isso sem dúvida era bom.

Ignorando os grunhidos de protesto de Lucas por estar sendo contido pela irmã, ela tirou o bilhete de dentro do envelope e o desdobrou. Seus olhos levaram meros segundos para ler as poucas linhas e um surpreso "Eu?" escapou de seus lábios.

– Algum problema? – quis saber Susan.

Elizabeth fez que não com a cabeça.

– Não exatamente. Mas lady Danbury quer que eu vá vê-la.

– Achei que você não estivesse mais trabalhando para ela – disse Jane.

– Não estou, embora eu imagine que vá precisar engolir meu orgulho e pedir meu emprego de volta. Não vejo outro modo de termos dinheiro para comer.

Quando Elizabeth se deu conta, os outros três Hotchkisses estavam mordendo os lábios inferiores, obviamente loucos de vontade de argumentar que (A) Elizabeth poderia ter se casado com James ou (B) ela poderia ao menos ter depositado a ordem de pagamento no banco em vez de rasgá-la meticulosamente em quatro pedaços.

Elizabeth se agachou para pegar as botas embaixo da cama, para onde as chutara na véspera. Encontrou sua bolsinha junto e pegou-a também.

– Você vai agora? – perguntou Jane.

Elizabeth assentiu, enquanto se sentava sobre o tapete de retalhos para calçar as botas.

– Não me esperem acordados – avisou. – Não sei quanto tempo vou demorar. Imagino que lady Danbury vá mandar uma carruagem me trazer em casa.

– Você pode até acabar passando a noite lá – sugeriu Lucas.

Jane bateu no ombro dele.

– Por que ela faria isso?

– Pode ser mais fácil, se estiver escuro – retrucou ele com um olhar irritado –, e...

– De qualquer modo – falou Elizabeth elevando o tom de voz. Estava achando toda aquela conversa um tanto bizarra –, não há necessidade de me esperarem acordados.

– Não esperaremos – assegurou Susan, tirando Lucas e Jane do caminho quando Elizabeth saiu para o corredor.

Eles a observaram enquanto ela descia as escadas correndo e abria a porta da frente.

– Divirta-se! – gritou Susan.

Elizabeth dirigiu um olhar sarcástico à irmã por sobre o ombro.

– Estou certa de que não irei, mas obrigada pela intenção.

Ela fechou a porta ao sair, deixando Susan, Jane e Lucas parados no alto das escadas.

– Ah, você pode acabar se surpreendendo, Elizabeth Hotchkiss – disse Susan com um sorriso. – Pode acabar se surpreendendo.

Os últimos dias certamente não poderiam ser colocados entre os mais agradáveis da vida de James Sidwell. Dizer que ele estava de péssimo humor seria atenuar muito a verdade, e os criados haviam começado a usar caminhos alternativos ao redor da casa só para evitá-lo.

A primeira inclinação dele fora ficar muito bêbado, mas já fizera isso uma vez, na noite em que Elizabeth descobrira sua verdadeira identidade, e tudo o que conseguira tinha sido uma terrível ressaca. Assim, o copo de uísque de que se servira quando voltara do chalé dela ainda estava sobre a mesa da biblioteca da Casa Danbury, e ele não dera mais de um ou dois goles na bebida. Normalmente, os criados bem treinados teriam retirado dali o copo pela metade – nada feria mais os brios deles do que um copo de bebida abandonado pousado diretamente sobre o tampo polido de uma mesa de madeira. Mas a expressão feroz com que James recebera o primeiro que ousara bater na porta trancada da biblioteca lhe garantira privacidade, e agora o refúgio, assim como o copo de uísque abandonado, permaneciam em posse dele.

James estava, é claro, chafurdando em autopiedade, mas lhe parecia que um homem tinha direito a um ou dois dias de comportamento antissocial depois do que acontecera.

Teria sido mais fácil se tivesse conseguido decidir com quem estava mais furioso, se com Elizabeth ou consigo mesmo.

James pegou o copo de uísque pela centésima vez naquele dia, olhou para ele e voltou a pousá-lo. Do outro lado da sala, *Como se casar com um marquês* descansava sobre a prateleira, a lombada de couro vermelho desafiando-o em silêncio a olhar para alguma outra coisa. James olhou para o livro com raiva e mal conseguiu conter a vontade de derramar o uísque em cima dele.

Vamos ver... se encharcasse o livro com uísque, e então o atirasse na lareira... o inferno resultante seria bastante satisfatório.

Ele estava considerando essa possibilidade, tentando mensurar a altura que as chamas alcançariam, quando ouviu uma batida na porta consideravelmente mais forte do que as tentativas hesitantes dos criados.

– James! Abra logo esta porta.

Ele resmungou. Tia Agatha. James se levantou e foi até a porta. Era melhor acabar logo com aquilo. Conhecia aquele tom de voz; a tia bateria na porta até seu punho sangrar.

– Agatha, que prazer vê-la – disse ele em tom doce.

– Sua aparência está péssima – bradou ela, então afastou-o, entrou na biblioteca e sentou-se em uma das poltronas.

– Sutil como sempre – murmurou ele, apoiando-se contra o tampo da mesa.

– Você está bêbado?

Ele fez que não com a cabeça e indicou o uísque.

– Eu me servi de um copo, mas não cheguei a beber. – James encarou o líquido cor de âmbar. – Humm. A superfície está começando a ficar empoeirada.

– Não vim aqui para conversar sobre bebidas alcoólicas – falou Agatha com arrogância.

– Você perguntou sobre a minha sobriedade – argumentou ele.

Ela ignorou o comentário.

– Eu não havia percebido que você ficara tão amigo do jovem Lucas Hotchkiss.

James vacilou e endireitou o corpo. De todos os absurdos que a tia poderia ter escolhido para abordar, e ela era mestre em mudar de assunto sem aviso prévio, ele certamente não esperava por *aquilo*.

– Lucas? – repetiu James. – O que houve com ele?

Lady Danbury estendeu ao sobrinho uma folha de papel dobrada.

– Ele lhe mandou esta carta.

James pegou a folha da mão dela e reparou no papel manchas típicas de crianças.

– Imagino que a senhora tenha lido – disse ele.

– Não estava selada.

James resolveu não insistir no assunto e desdobrou o papel.

– Que estranho – murmurou.

– Que ele queira ver você? Não acho nem um pouco estranho. O pobre menino não tem um homem na vida desde que tinha 3 anos e o pai dele morreu em um acidente de caça.

James levantou rápido os olhos para encarar a tia. Ao que parecia, o ardil de Elizabeth havia funcionado. Se Agatha não conseguira descobrir a verdade sobre a morte do Sr. Hotchkiss, então o segredo dela estava a salvo.

– Ele provavelmente tem alguma pergunta a lhe fazer – continuou Agatha. – Algo que se sentiria constrangido demais para perguntar às irmãs. Meninos são assim. E estou certa de que o pequeno Lucas deve estar confuso com tudo o que aconteceu nos últimos dias.

James a encarou com curiosidade. A tia estava demonstrando uma sensibilidade impressionante em relação ao pedido de Lucas.

Então, Agatha falou baixinho:

– Ele me faz lembrar de você quando tinha essa idade.

James arquejou, surpreso.

– Ah, não fique tão surpreso. É claro que Lucas é muito mais feliz do que você era na idade dele. – Ela estendeu a mão e pegou o gato no colo. Malcolm havia se infiltrado na biblioteca. – Mas ele tem no rosto aquela expressão de quando os meninos chegam a uma determinada idade e não têm um homem para orientá-los. – Agatha acariciou o pelo abundante de Malcolm. – Na maior parte das vezes, nós mulheres somos extremamente capazes e, é claro, muito mais inteligentes do que os homens, mas até mesmo eu tenho que admitir que há certas coisas que não podemos fazer.

Enquanto James se demorava assimilando o fato de que a tia realmente admitira que existia uma tarefa além de suas capacidades, ela acrescentou:

– Você *vai* vê-lo, não vai?

James ficou insultado por ela sequer ter perguntado. Apenas um monstro sem sentimentos ignoraria um pedido daqueles.

– É claro que vou. Só achei bastante curioso, no entanto, o local que Lucas escolheu.

– A cabana de caça de lorde Danbury? – Agatha deu de ombros. – Não é tão estranho quanto você pensa. Depois que ele morreu, ninguém mais usou-a. Cedric não é chegado a caça, e como de qualquer modo ele nunca deixa Londres, ofereci o lugar a Elizabeth. Ela recusou, é claro.

– É claro – murmurou James.

– Ah, sei que você está achando que ela é muito orgulhosa, mas a verdade é que Elizabeth tem um contrato de aluguel de cinco anos no chalé onde mora, então a mudança não a faria economizar dinheiro algum. E ela não queria tirar a família da casa a que estão acostumados. – Lady Danbury levantou Malcolm colocando-o de pé sobre seu colo e deixou que ele beijasse o nariz dela. – Não é o gato mais querido?

– Depende da sua definição de "querido" – disse James, mas só para implicar com a tia.

Afinal, tinha uma dívida de gratidão eterna com o gato por levá-lo a Elizabeth quando Fellport a atacara.

Lady D. o encarou com severidade.

– Como eu estava dizendo, Elizabeth recusou a oferta, mas concordou que eles se mudassem para lá depois que o contrato de aluguel atual terminasse, por isso trouxe a família toda para visitar a cabana de caça. O jovem Lucas adorou o lugar. – Ela franziu o cenho, pensativa. – Acho que foi por causa dos troféus de caça. Meninos adoram esse tipo de coisa.

James olhou para o relógio que estava sendo usado como apoio de livros. Precisava sair em cerca de quinze minutos se quisesse chegar a tempo ao encontro que Lucas combinara.

Agatha empinou o nariz e se levantou, deixando Malcolm saltar para uma prateleira vazia.

– Deixarei você em sua própria companhia – disse ela, apoiando-se sobre a bengala. – E direi aos criados que não o esperem para o jantar.

– Estou certo de que não demorarei muito.

– Nunca se sabe, e se o menino estiver perturbado, talvez você deva passar algum tempo com ele. Além do mais – ela fez uma pausa quando chegou à porta e se virou para o sobrinho –, de qualquer modo nos últimos dias você não tem agraciado a mesa com sua ilustre presença.

Uma resposta mordaz teria estragado a saída magnífica dela, por isso James apenas sorriu secamente e a observou cruzar devagar o corredor, a bengala batendo com suavidade no chão, no ritmo de seus passos. Ele aprendera havia muito tempo que todos ficavam mais felizes quando Agatha conseguia ter a última palavra pelo menos metade das vezes.

James caminhou devagar de volta à biblioteca, pegou o copo de uísque e jogou o conteúdo pela janela. Quando pousou o copo de volta sobre a mesa e deu uma olhada ao redor da biblioteca, seus olhos pousaram sobre o livrinho vermelho que o vinha assombrando havia dias.

Ele foi até a prateleira, pegou o livro e ficou jogando-o de uma mão para a outra. Não pesava quase nada, o que parecia irônico, já que mudara tanto a vida de James. Então, em uma decisão tomada em uma fração de segundo, que nunca entenderia por completo, ele deslizou o livro para dentro do bolso do casaco.

Por mais que detestasse aquele livro, de algum modo ele o fazia sentir-se perto *dela*.

CAPÍTULO 22

Quando já se aproximava da cabana de caça do falecido lorde Danbury, Elizabeth, nervosa, mordeu o lábio inferior e parou para reler a mensagem inesperada de lady Danbury.

Elizabeth,

Como deve saber, estou sendo chantageada. Acredito que você possa ter informações que irão desmascarar o patife que me escolheu como alvo. Por favor, encontre-me na cabana de caça de lorde Danbury às oito horas hoje à noite.

Com carinho,
Agatha, lady Danbury

Elizabeth não conseguia imaginar por que lady Danbury acreditava que ela possuiria qualquer informação pertinente, mas não tinha motivos para suspeitar da autenticidade do bilhete. Conhecia a letra de lady D. tão bem quanto a própria letra, e aquilo não fora forjado.

Ela não mostrou o bilhete aos irmãos mais novos – preferiu dizer a eles apenas que lady Danbury precisava vê-la e parou por aí. Eles não sabiam nada sobre a chantagem, e Elizabeth não quis preocupá-los, sobretudo porque lady Danbury marcara o encontro para muito tarde. Ainda estava claro às oito, mas, a menos que a condessa quisesse que a reunião durasse apenas alguns minutos, estaria escuro na hora de Elizabeth voltar para casa.

Ela parou com a mão sobre a maçaneta. Não havia nenhuma carruagem à vista, e a saúde de lady Danbury não permitia que ela caminhasse uma distância daquelas. Se a condessa ainda não havia chegado, então a porta provavelmente estaria trancada, e...

Elizabeth conseguiu girar a maçaneta.

– Que estranho... – murmurou, e entrou na cabana.

A lareira estava acesa e havia uma refeição elegante servida à mesa. Elizabeth deu mais alguns passos e girou o corpo em um círculo lento, enquanto reparava nos preparativos. Por que lady Danbury faria...

– Lady Danbury? – chamou. – A senhora está aqui?

Elizabeth sentiu uma presença na porta atrás dela e se virou.

– Não – respondeu James. – Só eu.

Elizabeth levou a mão à boca.

– O que está fazendo aqui? – perguntou em um arquejo.

Ele deu um sorriso de lado.

– O mesmo que você, imagino. Recebeu um bilhete do seu irmão?

– De Lucas? Não, da sua tia.

– Ah, então estão todos conspirando contra nós. Olhe... – James estendeu um pedaço de papel amassado. – Leia isso.

Elizabeth desamassou o bilhete e leu:

Milorde,

Antes que o senhor deixe o distrito, peço que me conceda uma audiência. Há um assunto um tanto delicado sobre o qual eu gostaria de pedir o seu conselho. Não é algo que um homem gostaria de discutir com as irmãs.

A menos que eu seja avisado do contrário, vou esperá-lo na cabana de caça de lorde Danbury às oito horas de hoje à noite.

Sinceramente,
sir Lucas Hotchkiss

Elizabeth mal conteve uma risadinha chocada.

– A letra é de Lucas, mas as palavras saíram direto da boca de Susan.

James sorriu.

– Achei mesmo que soavam um pouco precoces.

– Ele é muito inteligente, é claro...

– É claro.

– ... mas não consigo imaginá-lo usando a frase "um assunto um tanto delicado".

– Isso sem mencionar – acrescentou James – o fato de que aos 8 anos é pouco provável que ele *realmente* tenha algum assunto um tanto delicado.

Elizabeth assentiu.

– Ah! Estou certa de que você vai querer ler isso.

Ela entregou a ele o bilhete que recebera de lady Danbury.

James leu e comentou:

– Não estou surpreso. Cheguei alguns minutos antes de você e encontrei isso. – Ele estendeu dois envelopes, um deles marcado com as palavras *Leiam agora*, e outro com *Leiam depois de terem se reconciliado.*

Elizabeth abafou uma risada perplexa.

– Essa foi exatamente a minha reação, embora eu duvide que tenha ficado tão encantador quanto você – murmurou ele.

Ela olhou na hora para o rosto dele. James a encarava com uma intensidade tranquila e ardente que a fez perder o ar. Então, sem desviar os olhos dos dela nem por um instante, perguntou:

– Vamos abri-los?

Elizabeth demorou alguns segundos para se dar conta do que ele estava falando.

– Ah, os envelopes. Sim, sim. – Ela umedeceu os lábios, que haviam ficado completamente secos. – Mas os dois?

James levantou o envelope onde se lia *Leiam depois de terem se reconciliado* e o balançou ligeiramente no ar.

– Posso guardar este para mais tarde, se você acha que teremos motivo para lê-lo logo.

Elizabeth engoliu em seco várias vezes e evitou fazer comentários a respeito disso, dizendo apenas:

– Por que não abrimos o outro para vermos o que diz?

– Tudo bem.

James assentiu com elegância e passou o dedo por baixo da aba do envelope. Então pegou o cartão que estava dentro e, juntos, os dois inclinaram a cabeça para ler:

Para vocês dois:
Tentem não ser completamente idiotas se puderem.

O bilhete não estava assinado, mas não havia dúvida sobre quem o escrevera. A letra longa e elegante era bem conhecida tanto por James quanto por Elizabeth, mas foram as palavras que definitivamente denunciaram lady Danbury como a autora. Ninguém mais conseguiria ser tão deliciosamente rude.

James inclinou a cabeça para o lado.

– Ah, minha adorável tia.

– Não consigo acreditar que ela me enganou dessa forma – resmungou Elizabeth.

– Não consegue? – perguntou ele, sem acreditar.

– Ora, sim, é claro que consigo acreditar *nisso*. Só não consigo acreditar que ela usaria a chantagem como isca. Fiquei bastante apavorada por ela.

– Ah, sim, a chantagem. – James olhou para o envelope que ainda estava fechado, o que tinha escrito *Leiam depois de se reconciliarem*. – Tenho a ligeira desconfiança de que vamos encontrar alguma coisa a respeito aqui.

Elizabeth arquejou.

– Acha que ela inventou a chantagem?

– Uma coisa certa é que minha tia nunca pareceu muito preocupada com a minha falta de sucesso em solucionar o crime.

– Abra esse envelope – ordenou Elizabeth. – Imediatamente. Ou mais rápido ainda.

James começou a abri-lo, então parou e balançou a cabeça.

– Não – disse em uma voz preguiçosa –, acho que vou esperar.

– Você quer esperar?

Ele abriu um sorriso sensual para ela.

– Ainda não nos reconciliamos.

– James... – disse Elizabeth, com uma voz que era parte um aviso, parte um anseio.

– Você me conhece – falou ele. – Conhece mais da minha alma do que qualquer outra pessoa neste mundo, talvez até mais do que eu mesmo. Se a princípio não sabia meu nome verdadeiro... ora, tudo o que posso dizer é que você conhece o motivo por que não revelei logo a minha identidade. Eu tinha obrigações a cumprir com a minha tia e devo mais a ela do que jamais poderei pagar.

James esperou que Elizabeth dissesse alguma coisa e, quando ela não o fez, sua voz ficou impaciente.

– Você me conhece – repetiu ele –, e acho que bem o bastante para ter certeza de que eu jamais faria qualquer coisa para magoar ou humilhar você. – As mãos de James pousaram pesadamente sobre os ombros dela e ele lutou contra a vontade de sacudi-la até que ela concordasse. – Porque se não tiver, então não há esperança para nós.

Os lábios de Elizabeth se entreabriram em uma expressão de surpresa, e James viu de relance a ponta sedutora da língua dela. Então de algum modo, ao olhar para aquele rosto que o assombrava havia semanas, ele soube exatamente o que fazer.

Antes que Elizabeth tivesse chance de reagir, James estendeu a mão e pegou a dela.

– Está sentindo? – sussurrou ele, pousando a mão dela sobre seu coração. – Está batendo por você. E isso? – voltou a perguntar, levando a mesma mão aos lábios dele. – Sou eu respirando por você. E meus olhos... enxergam por você. Minhas pernas caminham por você. Minha voz fala por você, e meus braços...

– Pare – pediu Elizabeth com uma voz engasgada, profundamente comovida. – Pare.

– Meus braços – continuou James, a voz agora rouca de emoção. – Eles necessitam de você.

Elizabeth deu um passo à frente – apenas alguns poucos centímetros –, e James percebeu que ela estava próxima, que o coração dela estava muito perto de admitir o inevitável.

– Eu amo você – declarou ele. – Amo você. Vejo seu rosto quando acordo pela manhã e sonho com você todas as noites. Tudo o que sou e tudo o que quero ser...

Elizabeth correu para os braços dele e aninhou o rosto em seu peito.

– Você nunca tinha dito isso – observou ela, a voz quase estrangulada pelos soluços que vinha contendo havia dias. – Nunca tinha dito isso antes.

– Não sei por quê – confessou James, o rosto contra os cabelos dela. – Tive a intenção, mas estava esperando pela hora certa, que nunca chegava, e...

Ela pousou um dedo na boca dele.

– Shhh. Só me beije.

Por uma fração de segundo James ficou paralisado, seus músculos não conseguiram se mover diante do enorme alívio que sentia. Então, dominado pelo medo irracional de que ela desaparecesse de seus braços, puxou-a contra o corpo, a boca devorando a dela em um misto de amor e desejo.

– Pare – pediu James, afastando-se ligeiramente de Elizabeth. E, enquanto ela o encarava confusa, estendeu a mão para os cabelos dela e soltou um grampo. – Nunca os vi soltos. Já os vi desalinhados, mas nunca soltos, brilhando sobre os seus ombros.

Um por um, ele tirou os grampos, cada um deles soltando um longo cacho de cabelos dourados. Por fim, quando todo o cabelo cascateava livre pelos ombros dela, James a segurou a certa distância e girou-a devagar.

– Você é a mulher mais linda que eu já vi – sussurrou.

Elizabeth ruborizou.

– Não seja tolo – balbuciou. – Eu...

– A mulher mais linda – repetiu ele. Então, puxou-a de volta, segurou um cacho perfumado e deslizou-o sobre a boca. – Seda pura. Quero sentir isso quando for para a cama à noite.

Elizabeth pensara que sua pele estava quente antes, mas esse último comentário levou-a além do limite. Seu rosto queimava, e ela usaria os cabelos para esconder o rubor se James não houvesse tocado a parte de baixo de seu queixo e inclinado a cabeça dela para trás para que pudesse olhar nos olhos dela.

Ele se inclinou para a frente e beijou o canto da boca da amada.

– Logo você não vai mais ficar ruborizada. – E beijou o outro canto. – Ou talvez, se eu tiver sorte, conseguirei continuar a deixá-la ruborizada todas as noites.

– Eu amo você – deixou escapar Elizabeth, sem saber exatamente por que estava dizendo aquilo naquele momento, mas certa de que precisava falar.

O sorriso de James ficou mais largo e seus olhos arderam de orgulho. Mas em vez de dizer algo em resposta, ele segurou o rosto dela entre as mãos e a puxou para outro beijo, este mais profundo e mais íntimo do que qualquer outro.

Elizabeth se sentiu dissolver nele, e o calor de James penetrou nela, atiçando um fogo que já ameaçava escapar do controle. O corpo dela latejava de excitação e desejo, e quando James a levantou nos braços e a carregou na direção do quarto, Elizabeth não soltou sequer um murmúrio de protesto.

Segundos depois, os dois caíram sobre a cama. Elizabeth sentiu as roupas sendo retiradas, peça por peça, até estar usando apenas a camisa de baixo, de algodão fino. O único som que se ouvia era o da respiração dos dois, até James dizer em uma voz entrecortada:

– Elizabeth... Eu não vou... Eu não posso.

Ela o fitou, fazendo todas as perguntas com o olhar.

– Se quer que eu pare – conseguiu avisar ele –, diga-me agora.

Elizabeth estendeu a mão e tocou o rosto dele.

– Tem que ser agora – insistiu ele, a voz rouca –, porque em um minuto não serei capaz de....

Ela o beijou.

– Ah, Deus – gemeu James. – Ah, Elizabeth.

Elizabeth sabia que deveria tê-lo feito parar. Deveria ter saído correndo do quarto e não ter permitido que ele chegasse a menos de 6 metros dela até que os dois estivessem diante do altar, como marido e mulher. Mas ela estava descobrindo que o amor era uma emoção poderosa, e a paixão também. E nada, nem o decoro, nem uma aliança de casamento, nem mesmo o dano eterno à reputação e ao bom nome dela, poderia impedi-la de se entregar àquele homem naquele momento e encorajá-lo a fazer com que ela fosse dele.

Elizabeth levou os dedos trêmulos aos botões da camisa dele. Ela nunca tivera um papel tão ativo na relação física deles, mas, que Deus a ajudasse, queria muito tocar a pele quente do peito dele. Queria deixar os dedos correrem pelos músculos fortes e sentir o coração dele pulsando de desejo.

As mãos dela desceram pelo abdômen de James e se demoraram ali por um momento antes de puxar delicadamente a camisa de linho para fora dos calções dele. Com um arrepio de orgulho, Elizabeth viu os músculos se contraindo e relaxando sob seu toque delicado, e percebeu que o desejo de James era grande demais para que ele conseguisse contê-lo.

O fato de aquele homem, que perseguia criminosos por toda a Europa e que, de acordo com Caroline Ravenscroft, *fora perseguido* por inúmeras mulheres, perder o controle sob o toque dela deixava Elizabeth muito excitada. Sentiu-se muito... muito *mulher* ao observar sua mão pequena traçando círculos e corações sobre os planos suaves do peito e do estômago dele. E quando James prendeu o ar e disse o nome dela em um gemido, Elizabeth se sentiu infinitamente poderosa.

Ele permitiu que ela o explorasse daquele jeito por um minuto inteiro antes de deixar escapar um grunhido rouco do fundo da garganta, e de rolar para o lado, levando Elizabeth com ele.

– Chega – pediu James em um arquejo. – Não consigo... nem mais um...

Elizabeth aceitou isso como um elogio e seus lábios se curvaram em um sorriso secreto e sensual. Mas durou pouco a empolgação dela por estar no controle. Não demorou muito e James rolou-a de lado, então posicionou-a de frente para ele e, antes que Elizabeth conseguisse respirar de novo, ele estava montado nela, olhando-a com uma expectativa muito masculina, carregada de puro desejo.

Os dedos de James encontraram os botões minúsculos que se acomodavam entre os seios dela e, com uma destreza e uma velocidade espantosa, desabotoou os cinco.

– Ah – murmurou ele, descendo a camisa de baixo pelos ombros dela –, era disso que eu precisava.

James desnudou os seios dela e deixou os dedos correrem pelo colo antes de deslizarem mais para baixo.

Elizabeth agarrou os lençóis para se impedir de se cobrir. Ele a ficou olhando com uma intensidade tão ardente que ela sentiu o calor e a umidade se acumularem entre as pernas. James ficou imóvel por quase um minuto, sem erguer um único dedo para acariciá-la, apenas mirando os seios dela e umedecendo os lábios enquanto observava os mamilos de Elizabeth se enrijecerem.

– Faça alguma coisa – pediu ela finalmente, em um arquejo.

– Isso? – perguntou James baixinho, acariciando um dos mamilos com a palma da mão.

Ela não disse nada, apenas lutou para conseguir respirar.

– Isso?

Ele moveu a mão para o outro lado e beliscou o mamilo gentilmente.

– Por favor – implorou Elizabeth.

– Ah, deve estar se referindo a isso – disse ele com a voz rouca, as palavras se perdendo enquanto ele se inclinava e capturava o mamilo com a boca.

Elizabeth deixou escapar um gritinho. Uma de suas mãos se enrolou no lençol em uma espiral firme, enquanto a outra ficou afundada nos cabelos cheios de James.

– Ah, não era isso o que você queria? – provocou ele. – Talvez eu precise prestar mais atenção ao outro lado.

Então ele fez de novo, e Elizabeth teve certeza de que morreria se James não fizesse alguma coisa para aliviar aquela tensão absurda que crescia dentro dela.

Ele se afastou dela apenas pelo tempo suficiente para despir a camisa de baixo que ela ainda usava. Então, enquanto James se livrava do próprio cinto, Elizabeth puxou a coberta fina por cima do corpo.

– Você não vai conseguir se esconder por muito tempo – avisou ele, a voz densa de desejo.

– Eu sei. – Ela ficou ruborizada. – Mas é diferente quando você está perto de mim.

James a encarou com curiosidade enquanto voltava para a cama.

– O que quer dizer?

– Não consigo explicar. – Ela deu de ombros. – É diferente quando você pode ver *tudo* de mim.

– Ah – disse ele devagar –, isso quer dizer que eu posso olhar para você *assim*?

Com um olhar provocador, ele puxou o lençol até desnudar um dos ombros sedosos, que logo começou a beijar apaixonadamente.

Elizabeth se agitou e riu.

– Entendo – falou ele, adotando um estranho sotaque estrangeiro só por diversão. – E quanto a isso? – James abaixou a mão, levantou o lençol dos pés dela e começou a fazer cócegas em seus dedos.

– Pare! – pediu ela, entre gritinhos.

Ele se virou de volta para Elizabeth e a encarou com seu olhar mais provocante.

– Eu não tinha ideia de que você era tão sensível. – E fez um pouco mais de cócegas nos dedos dela. – Sem dúvida é algo importante a se saber.

– Ai, pare! – arquejou Elizabeth. – Por favor, pare! Não aguento mais!

James sorriu para ela com todo o amor que tinha no coração. Era muito importante para ele que a primeira vez fosse perfeita para ela. Vinha sonhando com aquele momento havia semanas, com o modo como mostraria a Elizabeth que o amor entre um homem e uma mulher podia ser muito especial. E se ele não havia se imaginado especificamente fazendo cócegas nos pés dela, havia, *sim*, imaginado Elizabeth com um sorriso no rosto.

Exatamente como acontecia naquele momento.

– Ah, Elizabeth – murmurou James, inclinando-se para um beijo delicado na boca da jovem –, amo tanto você... Precisa acreditar em mim.

– Acredito em você, porque vejo nos seus olhos o que sinto no meu coração – disse ela baixinho.

James sentiu os olhos marejados de lágrimas, e não teve palavras para expressar a torrente de emoção que aquela declaração tão simples desencadeou. Ele voltou a beijá-la, dessa vez traçando a linha externa dos lábios dela com a língua, enquanto deslizava a mão pela lateral do corpo dela.

James sentiu que Elizabeth enrijecia o corpo em expectativa, os músculos se agitando sob o toque dele. Mas quando a mão de James alcançou o ponto mais íntimo da feminilidade dela, Elizabeth abriu as pernas ligeiramente para recebê-lo. Ele brincou com os pelos que a cobriam ali e, quando ouviu a respiração dela ficar irregular e entrecortada, foi mais fundo. Ela já estava pronta para ele, graças a Deus, porque James não estava certo se conseguiria esperar nem mais um instante.

Ele afastou mais as pernas de Elizabeth e se posicionou entre elas.

– Isso pode doer – avisou James e notou a preocupação na própria voz. – Não há outra forma, mas depois fica melhor, eu prometo.

Elizabeth assentiu, e ele notou que o rosto dela havia ficado ligeiramente tenso ao ouvir as palavras dele. Maldição. Talvez não devesse tê-la avisado. Não tinha experiência com virgens, não tinha a menor ideia do que fazer para diminuir a dor dela. Tudo o que poderia fazer era ser delicado, ir devagar – por mais difícil que fosse diante do desejo mais intenso que já sentira – e esperar pelo melhor.

– Shhh – sussurrou ele, passando a mão pela testa dela. James se adiantou alguns centímetros, até a ponta de seu membro estar pressionada contra o corpo dela. – Está vendo? – perguntou baixinho. – Não é nada extraordinário.

– Você é enorme – retrucou ela.

Para grande choque de James, uma risada escapou de seus lábios.

– Ah, meu amor, normalmente eu tomaria isso como o maior dos elogios.

– E agora... – provocou Elizabeth.

Os dedos de James desceram com carinho pela têmpora dela até a linha do maxilar.

– Agora tudo o que eu quero é que você não se preocupe.

Ela balançou ligeiramente a cabeça.

– Não estou preocupada. Um pouco nervosa, talvez, mas não preocupada. Sei que você tornará este momento maravilhoso. Você torna tudo maravilhoso.

– Farei isso – disse ele com fervor contra os lábios dela. – Prometo.

Elizabeth arquejou quando ele arremeteu um pouco mais, penetrando--a. A sensação foi muito estranha e, por incrível que pareça, muito correta, como se ela tivesse sido feita para aquele momento, criada para receber aquele homem em um ato de amor.

James passou as mãos ao redor do traseiro dela e a levantou ligeiramente. Elizabeth voltou a arquejar ao sentir a diferença que a nova posição fez quando ele deslizou facilmente para dentro dela até alcançar a prova de sua inocência.

– Depois deste momento – disse James, a voz ardente contra o ouvido dela –, você será minha.

Então, sem esperar, ele arremeteu mais, e capturou o "Ah!" que Elizabeth deixou escapar com um beijo profundo.

Com as mãos ainda sob o corpo dela, James começou a se mover. Elizabeth arquejava a cada arremetida, até que, sem se dar conta, começou a se mover também, acompanhando-o no ritmo ancestral.

A tensão que vinha se acumulando dentro dela ficou mais forte, mais urgente, e Elizabeth sentiu como se estivesse indo além da própria pele. Então algo mudou, e a sensação agora era de estar despencando de um penhasco, até o mundo explodir ao seu redor. Um segundo mais tarde, James emitiu um grito rouco e as mãos dele agarraram os ombros de Elizabeth com uma força enorme. Por um instante, foi como se ele estivesse morrendo, então o rosto dele assumiu uma expressão de plenitude absoluta e ele caiu por cima dela.

Algum tempo se passou e o único som que ouviam era o da respiração de ambos, que se acalmava aos poucos. James rolou para o lado, puxou Elizabeth contra o corpo e aconchegou-se contra ela, os dois ficando como duas colheres encaixadas.

– É isso – disse ele com a voz trêmula. – É isso que venho procurando por toda a minha vida.

Elizabeth assentiu contra o corpo dele e eles dormiram.

Horas mais tarde, Elizabeth acordou com o som dos pés de James se movendo no piso de madeira da cabana de caça. Ela não o sentira levantar da cama, mas lá estava ele, voltando para o quarto, nu como no dia em que havia nascido.

Elizabeth sentiu-se dividida entre a urgência de desviar os olhos e a tentação de observá-lo sem qualquer pudor. E terminou fazendo um pouco dos dois.

– Olhe o que esquecemos – disse James, acenando alguma coisa no ar. – Encontrei isso no chão.

– A carta de lady Danbury!

Ele ergueu as sobrancelhas e brindou-a com o sorriso mais libertino.

– Devo ter deixado cair na minha pressa de possuí-la.

Elizabeth achava que, com tudo o que acontecera, ele não seria mais capaz de fazê-la ruborizar, mas ao que parece estava errada.

– Abra logo! – resmungou.

James pousou uma vela sobre a mesinha de cabeceira e se acomodou ao lado dela na cama. Uma vez que ele não abriu o envelope na velocidade que ela desejava, Elizabeth agarrou o papel da mão dele e o abriu. Dentro, havia outro envelope, com as seguintes palavras escritas na frente:

Vocês estão trapaceando, não estão? Realmente querem abrir isso antes de se reconciliarem?

Elizabeth levou a mão à boca e James nem se deu o trabalho de abafar as risadas que subiram por sua garganta.

– Desconfiada ela, não? – brincou ele.

– Provavelmente com razão – admitiu Elizabeth. – Quase abrimos o envelope antes de nos...

– De nos reconciliarmos? – ajudou James com um sorriso travesso.

– Sim, exatamente – murmurou ela.

Ele gesticulou para o envelope nas mãos dela.

– Vai abrir?

– Ah, sim, é claro.

Agindo com um pouco mais de decoro dessa vez, ela ergueu a aba do envelope e tirou de dentro uma folha de papel branca, cuidadosamente dobrada ao meio. Elizabeth desdobrou-a e, com uma cabeça encostada na outra, à luz da vela, os dois leram:

Meus filhos mais queridos,

Sim, é verdade. Meus filhos mais queridos. No fim, é assim que os considero.

James, nunca vou esquecer do dia em que o trouxe para a Casa Danbury. Você estava muito desconfiado, muito relutante em acreditar que eu poderia amá-lo por quem é. Todo dia eu o abraçava, tentando mostrar o significado de ser uma família. Então, um dia, você me abraçou de volta e disse: "Amo você, tia Agatha." E desse momento em diante você foi como um filho para mim. Eu daria a minha vida por você, mas desconfio que já saiba disso.

Elizabeth, você entrou na minha vida quando o último dos meus filhos havia se casado e partido daqui. Desde o primeiro dia, você me ensinou o que significa ser corajosa, leal e fiel àquilo em que se acredita. Ao longo desses últimos anos, tem sido um enorme prazer vê-la desabrochar e crescer. Quando você veio pela primeira vez à Casa Danbury, era tão jovem, imatura e suscetível... Mas em algum lugar ao longo do caminho, você desenvolveu uma determinação e uma segurança que causaria inveja a qualquer jovem mulher. Você não me bajula e nunca me permitiu intimidá-la; esse provavelmente é o maior presente que uma mulher como eu pode receber. Eu daria tudo o que possuo para chamá-la de minha filha, mas também desconfio de que já sabe disso.

Portanto, é assim tão estranho que eu tenha sonhado em juntar vocês dois, as minhas duas pessoas favoritas? Eu sabia que não poderia seguir os meios tradicionais. James certamente resistiria a qualquer tentativa da minha parte de fazer o papel de casamenteira. Afinal é um homem e, portanto, estupidamente orgulhoso. E eu sabia que nunca conseguiria convencer Elizabeth a viajar para Londres para aproveitar uma temporada social às minhas custas. Ela nunca participaria de qualquer coisa que a deixasse longe da família por muito tempo.

E assim nasceu a minha pequena farsa. Começou com um bilhete para James. Você sempre quis me ajudar como eu o ajudei, meu menino. Foi bem fácil imaginar uma chantagem. (Preciso divagar por um momento para lhe assegurar que o motivo da chantagem foi totalmente inventado, e todos os meus filhos são legítimos e foram, é claro, gerados pelo falecido lorde Danbury. Não sou o tipo de mulher que rompe os votos do matrimônio.)

Estava quase certa de que, se eu conseguisse arrumar uma forma de vocês dois se conhecerem, acabariam se apaixonando (raramente me engano sobre esse tipo de coisa), mas, só para plantar ideias na cabeça de Elizabeth, deixei estrategicamente à vista minha antiga cópia de Como se casar com um marquês. *Nunca houve um livro mais tolo, mas eu não via outro modo de fazê-la considerar a possibilidade do casamento. (No caso de estar se perguntando, Lizzie, eu a perdoo por roubar o livro da minha biblioteca. Era minha intenção que você fizesse isso, com certeza, e pode ficar com ele como uma lembrança do encontro amoroso de vocês.)*

Essa é minha confissão completa. Não vou pedir perdão a vocês porque não há nada a ser perdoado. Suponho que alguns talvez se ofendessem com meus métodos, e normalmente eu nem sequer sonharia em orquestrar uma situação tão comprometedora, mas estava claro que vocês dois são teimosos demais para enxergar a verdade de qualquer outra maneira. O amor é um presente precioso, e vocês fariam bem se não o jogassem fora por causa de um orgulho tolo.

Espero que estejam aproveitando a cabana de caça; vocês vão perceber que previ cada uma de suas necessidades. Por favor, fiquem à vontade para passar a noite – ao contrário da crença popular, não controlo as condições climáticas mas venho negociando com o cavalheiro do andar de cima uma violenta tempestade, do tipo que faria com que ninguém se aventurasse a sair ao ar livre.

Vocês podem me agradecer no dia em que se casarem. Já consegui uma licença especial no nome de vocês.

Carinhosamente,
Agatha, lady Danbury

Elizabeth estava boquiaberta.
– Não consigo acreditar nisso – disse em um sussurro. – Ela arquitetou tudo.
James revirou os olhos.
– Eu consigo.
– Não posso acreditar que ela deixou aquele maldito livrinho à mostra, porque sabia que eu o pegaria.
James assentiu.
– Posso acreditar nisso também.
Ela se virou para ele, os lábios ainda entreabertos de surpresa.
– E ela já tem até uma licença especial.
– Nisso eu não consigo acreditar – admitiu ele. – Mas só porque eu também consegui uma, e estou um pouco surpreso pelo fato de o arcebispo ter feito uma duplicata.
A carta de lady Danbury escapou da mão de Elizabeth e pousou sobre o lençol.
– Você conseguiu uma licença?
James pegou a mão de Elizabeth e levou-a aos lábios.
– Quando eu estava em Londres, procurando o chantagista fictício de Agatha.
– Você quer se casar comigo – declarou Elizabeth, ainda em um sussurro.
As palavras dela foram uma afirmação, não uma pergunta, mas soaram como se ela não conseguisse acreditar completamente naquilo.
James abriu um sorriso divertido para ela.
– Eu só tentei pedir-la em casamento uma dezena de vezes nos últimos dias.
Elizabeth balançou a cabeça, como se estivesse acordando de um sonho.
– Se tentar de novo – disse ela em tom malicioso –, talvez eu lhe dê uma resposta positiva.
– É mesmo?
Elizabeth assentiu.
– Definitivamente, sim.
Ele correu o dedo pela lateral do pescoço dela e sentiu o sangue acelerar nas veias quando viu o modo como o toque a fazia estremecer.
– E o que a fez mudar de ideia? – murmurou ele.
– Alguém pode pensar – falou ela em um arquejo quando o dedo dele deslizou mais para baixo – que tem alguma coisa a ver com o fato de estar com a minha virtude comprometida, mas se quer mesmo saber a verdade...

Ele se inclinou mais para perto dela, com um sorriso selvagem no rosto.

– Ah, com certeza quero saber a verdade.

Elizabeth permitiu que ele diminuísse a distância entre os dois para pouquíssimos centímetros antes de dizer:

– Foi o livro.

James ficou paralisado.

– O livro?

– *Como se casar com um marquês.* – Ela ergueu a sobrancelha. – Estou pensando em escrever uma edição revisada.

Ele ficou pálido.

– Você está brincando.

Elizabeth sorriu e remexeu o corpo sob o dele.

– Estou?

– Por favor, diga que está brincando.

Ela desceu o corpo um pouco mais na cama.

– Vou fazê-la dizer que está brincando – grunhiu James.

Elizabeth levantou os braços e passou-os ao redor dele, sem nem perceber o ribombar do trovão que sacudiu as paredes.

– Por favor, faça.

E ele fez.

EPÍLOGO

Nota da autora: é consenso universal entre estudiosos de etiqueta do século XIX que as várias anotações encontradas nas margens deste volume único foram feitas pelo marquês de Riverdale.

Trechos de

COMO SE CASAR COM UM MARQUÊS
SEGUNDA EDIÇÃO
PELA MARQUESA DE RIVERDALE

Publicado em 1818
Cópias impressas: Uma

Decreto nº 1

NUNCA SE PERMITA INTERESSAR-SE POR UM CAVALHEIRO ATÉ TER ABSOLUTA CERTEZA DA IDENTIDADE DELE. COMO QUALQUER JOVEM DAMA SENSATA DEVE SABER, HOMENS SÃO SEMPRE ENGANADORES.

Santo Deus, Lizzie, você ainda não me perdoou por isso?

Decreto nº 5

A CONVENÇÃO POPULAR DETERMINA QUE VOCÊ NÃO DEVE PASSAR MAIS DE DEZ MINUTOS CONVERSANDO A SÓS COM UM CAVALHEIRO. ESTA AUTORA DISCORDA. SE VOCÊ SENTIR QUE ESSE HOMEM PODE SER UM CANDIDATO A MARIDO, É NECESSÁRIO QUE SAIBA O QUE ELE PENSA ANTES QUE SE COMPROMETA POR MEIO DE UM VOTO TÃO SACROSSANTO. EM OUTRAS PALAVRAS, MEIA HORA DE CONVERSA PODE SALVÁ-LA DO ERRO DE UMA VIDA INTEIRA.

Sem argumentos contra esse trecho.

Decreto nº 8

NÃO IMPORTA QUANTO VOCÊ AME SEUS PARENTES: A CORTE ENTRE UM HOMEM E UMA MULHER É MAIS BEM CONDUZIDA SEM A PARTICIPAÇÃO DA FAMÍLIA.

Ah, mas não se esqueça da cabana de caça...

Decreto nº 13

TODA MULHER DEVE SABER COMO SE DEFENDER DE ATENÇÕES NÃO DESEJADAS. ESTA AUTORA RECOMENDA O BOXE. ALGUNS TALVEZ CONSIDEREM QUE UMA CONDUTA TÃO ATLÉTICA É IMPRÓPRIA A UMA JOVEM DAMA DA NOBREZA, MAS VOCÊ PRECISA ESTAR PREPARADA PARA DEFENDER SUA REPUTAÇÃO. SEU MARQUÊS NEM SEMPRE ESTARÁ POR PERTO. PODE HAVER MOMENTOS EM QUE VOCÊ PRECISARÁ SE PROTEGER SOZINHA.

Eu SEMPRE protegerei você.

Decreto nº 14

CASO AS ATENÇÕES ANTES MENCIONADAS **NÃO** SEJAM INDESEJADAS, ESTA AUTORA SÓ TEM CONSELHOS QUE NÃO PODEM SER LEGALMENTE IMPRESSOS NESTE LIVRO.

Encontre-me na suíte principal e eu aconselharei VOCÊ.

Decreto nº 20
(O único de que você realmente precisa se lembrar)

ACIMA DE TUDO, SEJA SINCERA COM SEU CORAÇÃO. QUANDO SE CASAR, SEJA COM UM MARQUÊS OU COM UM CAPATAZ (ou com alguém que seja as duas coisas!), SERÁ PARA A VIDA TODA. VOCÊ DEVE IR AONDE O SEU CORAÇÃO A LEVAR E NUNCA SE ESQUECER DE QUE O AMOR É O PRESENTE MAIS PRECIOSO DE TODOS. DINHEIRO E POSIÇÃO SOCIAL SÃO POBRES

SUBSTITUTOS PARA UM ABRAÇO CÁLIDO E TERNO, E HÁ POUCA COISA NA VIDA QUE NOS REALIZE MAIS DO QUE A ALEGRIA DE AMAR E DE SABER QUE SE É AMADA.

E você é amada, Elizabeth. Até o meu último suspiro e pela eternidade depois disso...

CONHEÇA OS LIVROS DE JULIA QUINN

OS BRIDGERTONS
O duque e eu
O visconde que me amava
Um perfeito cavalheiro
Os segredos de Colin Bridgerton
Para Sir Phillip, com amor
O conde enfeitiçado
Um beijo inesquecível
A caminho do altar
E viveram felizes para sempre

QUARTETO SMYTHE-SMITH
Simplesmente o paraíso
Uma noite como esta
A soma de todos os beijos
Os mistérios de sir Richard

AGENTES DA COROA
Como agarrar uma herdeira
Como se casar com um marquês

IRMÃS LYNDON
Mais lindo que a lua
Mais forte que o sol

OS ROKESBYS
Uma dama fora dos padrões
Um marido de faz de conta
Um cavalheiro a bordo
Uma noiva rebelde

TRILOGIA BEVELSTOKE
História de um grande amor
O que acontece em Londres
Dez coisas que eu amo em você

DAMAS REBELDES
Esplêndida – A história de Emma
Brilhante – A história de Belle

editoraarqueiro.com.br